저 찬란한 슬픔

저 찬란한 슬픔: 김영랑 평전

초판 1쇄 발행일 2026년 3월 26일
초판 2쇄 발행일 2026년 4월 30일

지은이 황주홍 **감수** 김현철

발행인 윤호권

편집 김화평 **디자인** 김영중 **마케팅** 최기현
발행처 ㈜SIGONGSA **주소** 서울시 성동구 광나루로 172 린하우스 4층(우편번호 04791)
대표전화 02-3486-6877 **팩스(주문)** 02-598-4245
홈페이지 www.sigongsa.com / www.sigongjunior.com

글 ⓒ 황주홍, 2026

ISBN 979-11-7125-916-8 03810

*SIGONGSA는 시공간을 넘는 무한한 콘텐츠 세상을 만듭니다.
*SIGONGSA는 더 나은 내일을 함께 만들 여러분의 소중한 의견을 기다립니다.
*잘못 만들어진 책은 구입하신 곳에서 바꾸어 드립니다.

WEPUB 원스톱 출판 투고 플랫폼 '위펍' _wepub.kr
위펍은 다양한 콘텐츠 발굴과 확장의 기회를 높여주는
SIGONGSA의 출판IP 투고·매칭 플랫폼입니다.

김영랑 평전

저 찬란한 슬픔

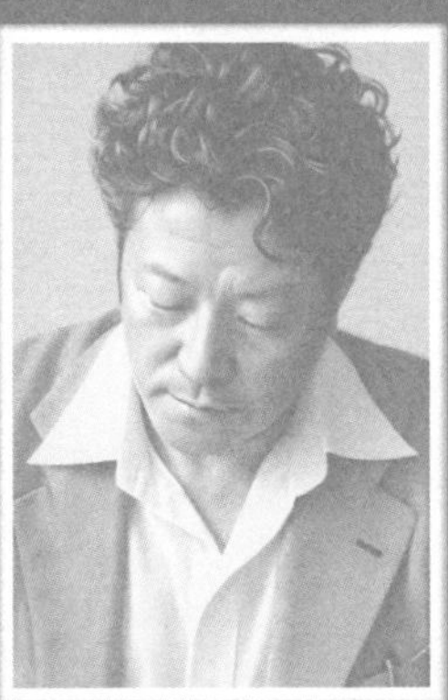

김영랑 3남 **김현철** 감수 · **황주홍** 지음

SIGONGSA

황주홍 박사가 내게 선친 관련 책을 한 권 같이 내보면 어떻겠느냐고 물어 왔다. 2024년 가을이었다. 영랑 선생의 진면목을 한국 독자들에게 한번 제대로 알려 보자는 것이었다. "선배님께서 내놓으신 『아버지 그립고야』를 확장 보완하는 '결정판'을 내보고 싶다, 영랑 선생의 전모를 완전 복원해 보고 싶다"는 것이었다. 나는 황 박사를 너무 잘 알고, 그 실력을 믿어 의심치 않았기에 즉시 그 제안을 기쁜 마음으로 수락했다. 대신, 집필은 황 박사가 하고, 나는 구술과 감수의 역할을 충실히 하는 선에서, 우리는 이 흥미로운 작업에 착수하기로 뜻을 모았다.

이때 나는 선친의 묘를 서울 망우역사문화공원에 재이장하는 행사 참석을 위해 마침 미국으로부터 귀국해 있었다. 나와 황 박사는 그날 이후 더 자주 만났고, 수시로 의견을 교환했다. 장시간에 걸친 구술 녹음도 10여 차례 이상 서울과 강진을 오가며 진행했다. 내가 미국으로 돌아온 뒤에는 일주일에 한 번 정도 이메일로 계속 교신했다. 그때그때의 문의 사항과 관심 사항을 묻고 대답하는 식이었다. 그리고 시일이 좀 경과해서 황 박사의 글쓰기가 시작되면서는 한 장(章)의 초고가 완성되는 대로 그걸 내게 보내고, 나는 그걸 정독해서 자료와 기억을 보태고, 나름의 수정 의견을 제시하곤 하는 방식으로 공동 작업을 계속해 나갔다.

수십 년의 세월이 강물처럼 흐르고 흘렀건만, 선친 관련 기억만큼은 어제적 일처럼 선명하고 뚜렷해서 황 박사의 수많은 물음에 충실히 대답해 주려고 최선을 다할 수 있었다. 선친과 유가족들의 정보도 샅샅이 보완했다.

황 박사는 강진군수와 강진을 지역구로 하는 국회의원을 성실하게 지낸 분으로, 강진의 자랑인 선친을 누구보다도 잘 알고 좋아하고 존경하는 분이다. 그래서 이와 같은 책을 지어 내기에 가장 적합한 분이라 믿고 있었는데, 이번에 원고를 계속 주고받으면서 황 박사의 문장력과 글 관리능력이 아주 출중하다는 사실을 새삼 재발견하게 되었다. 놀랍고 기쁜 일이었다.

영랑의 아들로서 이 책의 내용과 수준에 대해서 최고로 만족한다는 말씀을 드리고 싶다. 부디 많은 독자들께서 이 책을 읽으셔서 가족보다도 시와 나라를 먼저 생각하셨던 아버지의 모습이 오래도록 잊혀지지 않았으면 하고 바랄 뿐이다.

내 나이 구순이 된 마당에 이것이 선친을 위해 해 드릴 수 있는 아마 마지막 기회일 것으로 믿고 있다. 그래서 더 각별한 마음으로 이 일을 해내었다.

2025년 여름

영랑의 3남 김현철

이 글을 쓰며 적잖은 분들로부터 많은 도움을 받았다.

김영랑 선생의 셋째 아드님 김현철 선배의 회고와 감수는 이 책에 절대적이었다. 미국에 계시는 김 선배님과 사모님께서 최근 큰 교통사고를 당하셨다는데, 부디 어서 좋아지셨으면 좋겠다.

강진 시문학파기념관에는 당시의 귀한 자료들이 다량 소장되어 있어서 큰 도움을 받았다. 1935년에 나온 『영랑시집』을 처음 손에 들었을 때는 감개무량하기까지 했다. 정장과 제본이 세련되고 고급스러워서 발행인 용아 박용철의 장인적 집념과 영랑에 대한 그의 뜨거운 우정이 전해 오는 듯 했다. 여러 도움을 주신 이석우 관장과 윤정아 주무관께 감사드린다.

회고담, 자료 제공과 수집, 정서와 편집, 자문과 논평, 추천사 등 여러 가지로 큰 도움을 주신 게이코, 고충석, 김상수, 김선기, 김선태, 김애란, 김은경, 김한식, 김현도, 김혜경, 박수이, 복창규, 서영조, 신영호, 여연, 오세영, 유종호, 윤선자, 이상식, 이숭원, 이승현, 이형우, 조성미, 주희춘, 한승원, 현은희, 황지우 선생님께 머리 숙여 깊은 사의를 표한다.

서정주, 박두진, 김학동 교수님을 비롯한, 벌써 세상을 뜨신 영랑 연구자들께 진심 어린 경의를 표한다. 유종호, 오세영, 이숭원 교수님을 비롯한, 여태 생존해 계시는 영랑 연구자들께도 크게 감사드린다. 훌륭하고 든든한 선행 연구들이 있어서 저 같은 문외한이 그나마 더듬더듬 여기까지 올 수 있었다.

시공사에 감사드린다. 저자로서 명문 출판사의 이름에 누가 되지 않았으면, 하고 빌 따름이다.

이 책이 지니는, 혹 있을, 좋은 것들은 이렇게 여러 형태로 도와주신 이들로 말미암고, 이 책이 지니고 있을 많은 부족한 것들은 당연히, 오로지 저자인 제 탓이다. 이제 평가는 이 책을 펼쳐볼 독자들에게 달렸다.

2026년 봄

황주홍

1. 이 책에서는 '영랑 김윤식'을 그때그때의 문맥과 필요에 따라 필명인 '영랑'과 본명인 '김윤식', 또는 '김영랑' 등으로 표기하고 있다. 이 세 이름이 다 같은 이를 지칭하고 있음은 물론이다. 용아 박용철과 지용 정지용의 경우에도 마찬가지다. 당시의 서울 지명인 '경성' 역시 그때그때 '서울'과 번갈아 사용하고 있다.

2. 광복일인 1945년 8월 15일 전의 우리나라, 우리 문학계, 우리 시단을 표현할 때 '한국'이라는 말보다는 '조선'이라는 말을 더 주로 썼다. 영랑이나 지용이나 용아가 다 '조선'이라는 말을 사용했기 때문이다. 여컨대, "시문학파는 한국인의 서정을 가장 잘 드러내었다."라는 표현도 그냥 '우리의 서정'이라든가 '조선인의 서정' 등으로 적으려 했다.

3. 이 책에 등장하는 역사적 인물들에 대한 정치적 평가를 하려 하지 않았다. 친일파이건 좌익 계열이건 우익 인사이건, 지금 존경받는 인물이건 비판받는 인물이건, 당시의 사실(史實 또는 事實)에 따라 가급적 중립적이고 객관적으로 기술하려 했다.

4. 이 책 속의 사진들은 책 내용을 시각적으로 확인하기 위하여 실었다. 상당히 자주, 사진은 글보다 더 설명적이고 더 입증적이다.

5. 책, 잡지, 신문 등 단행본은 『 』, 시나 논문이나 신문·잡지의 기

고문 등의 제목은「」, 직접 인용할 때는 “ ”, 혼잣말이나 마음 속 독백을 나타낼 때는 ‘ ’으로 표기했다. 그 의미를 따로 부각 시키려 할 때도 ‘ ’를 썼다.

6. 이 글의 감수자이신 김현철의 『아버지 그립고야』(동아일보사, 개정증보판은 예다인)로부터 인용하는 글의 경우에는 굳이 쪽 수 등을 따로 밝히지 않았다. 김현철 선배가 구술해 주신 내용 과 서로 일치하기 때문이다. 물론, 저작권자인 김 선배님으로 부터 양해를 얻었기도 하다.

7. 창씨개명은 ‘창씨(개명)’로 표기했다. 감수자인 김현철 선배께 서는 일제가 성 바꾸기(창씨)를 강요했지, 이름 바꾸기(=개명) 까지 강요한 것은 아니었으므로 그냥 ‘창씨’로 써야 한다고 얘 기하시고, 필자는 지금까지 우리들이 통상 불러오던 대로 ‘창 씨개명’이라고 써야 독자들이 더 쉽게 이해할 거라고 얘기한 결과, 타협지책으로 ‘창씨(개명)’로 쓰기로 하였다.

8. 이 책에 인용하는 시들은 가급적 지금의 우리말 현대어로 바 꿔 실었다. 어떤 경우에는 원래의 표현을 그대로 두고, 괄호 속에 현대어 또는 표준어를 넣어 두었다. 현대어에 익숙한 독 자들에 대한 생각에서 그리하였으나, 감수자께서는 원래 표 기 그대로 두자는 쪽이셨다. 서로 약간씩 양보해서 위와 같이 타협을 본 셈이다.

9. 이 책에서는 ‘3남 (김)현철’이란 이름이 수십 번 등장한다. 맨 처음에 딱 한 번 그렇게 길게 적고, 그다음부터는 그냥 ‘현철’ 이라고만 해도 되지만, 중간부터 읽는 독자들이나 처음에 ‘3

남 김현철’이라는 표현을 읽었으나 진도가 나가다 보면 이를 잊어버리는 경우가 허다하기 때문에 이런 일을 감안해서 중간중간 같은 긴 이름을 다시 적어 놓고 있다. 마찬가지로, ‘용아 박용철’의 경우에도 책 중간에 가서 그냥 ‘용아’라고만 적으면 용아가 누구지? 하는 일이 있을 것 같아 가끔 다시 ‘용아 박용철’이라고 이름을 다 써 주고 있다. 등장인물들의 생몰 연도도 맨 처음 딱 한 번만 적어 놓으려 하지 않고, 장(章)이 달라지는 경우라든가, 글의 내용상 그것이 필요하다고 판단될 때는 다시 반복해서 적어 놓았다. 예를 들어, 용아 박용철의 생몰 연도(=1904~1938)는 이 책에서 두어 차례 반복 사용되고 있다.

10. 이 책의 당사자(=김영랑과 시기적으로 직접 관계되는)들의 경우에는 생몰 연도를 밝히고, 영랑과 영랑 문학에 관한 후대 연구자들의 경우에는 그렇게 하지 않았다.

11. 이 책에서 인용하는 시와 인용문은 하늘색 색상으로 바꿔 실었다. 그러니, 훨씬 읽기 좋아졌다.

12. 영랑을 비롯한 몇몇 시인들의 시를 인용할 때, ‘/’는 연속 행인 경우, ‘//’는 연이 달라지는 경우, ‘///’는 그 이상의 간격이 있는 인용의 경우를 의미하고 있다.

13. 본문 내용을 부연 설명하는 경우 괄호 안에 ‘=’ 표시를 했다. 이를테면 ‘수주(=변영로의 호)’ 이런 식으로 해설 내용을 괄호 안에 담았다.

14. 괄호 안에 *표시와 함께 기술하고 있는 문장들이 꽤 된다. 예를 들어, 6장에 “...아들에게 조언했다(*영랑은, 자식들이 문학만

안 하면 됐다.).”라고 되어 있는 경우다. *표 이하의 내용들은 전후 맥락상 그렇게 처리해야 글 흐름이 더 자연스럽겠다는 판단에 따른 것이다. (*) 안에 들어 있는 내용의 비중이 낮다는 뜻은 아니다.

15. 영랑 시와 생애에 관한 연구자들의 경우, 이미 세상을 떴거나 (=문학평론가 김용직, 김윤식, 김재홍, 김학동, 김현, 박두진, 오하근, 정한모 등), 벌써 대학에서 정년 퇴임한 경우(=김종길, 김현자, 오세영, 유종호 등)에도 그대로 현직 소속으로 적어 놓고 있다. ‘역사적 현재’를 택한 까닭은 그렇게 해서 연구자의 최소 이력을 알려 주기 위함이다. 예를 들면, ‘김학동(=서강대 교수), 이런 식이다.

16. 다른 연구서나 해설서를 참조하고 인용하는 경우 철저히 출전을 밝혔다. 다만, 이 책이 본격적인 학술서적은 아닌 까닭에, 매 줄 매 문단마다 빈번하게 밝혀 가기보다는 맨 마지막에 종합해서 그 출전을 밝혔다. 실수로라도, 표절이나 학문적 부정직이 없도록 철저에 철저를 기했다.

17. 참고하거나 인용하는 내용의 출처를 본문 속에서는 저자 이름과 쪽수만 밝히고, 제목 등은 이 책 뒤쪽 「참고한 글과 책」에 자세히 적어 놓았다.

차례

　이 책을 내게 된 것은, 거의 모든 세상 일이 그렇듯, 우연이며 필연이었다.

　우리 근현대사에 이런 어른도 있었다,는 감격이 이 책의 집필 동기다. 이처럼 완벽한 우리말 시인, 무결점 민족주의자, 칼같은 선비의 길을 걸었던 이가 이 땅에 있었다,는 감동이 이 책을 쓰게 했다.

　「모란이 피기까지는」의 시인 영랑 김윤식이 김소월, 윤동주, 이육사, 서정주 같이 국어책에 자기 시가 나오는 대단한 시인이라는 것은 알고 있었다. 그런데, 알고 보니 영랑은 그게 아니었다. 영랑이 이 시인들보다 더 중요한 시인이라는 뜻이 아니라, 시인으로서의 삶뿐만 아니라 그의 온 삶 전체가 조금의 흐트러짐도 없이 곧고 반듯하고 곡진하게 시와 일상과 인격이 전일(全一)을 이루어 들여다보는 사람을 슬프고 감격하게 하는 것이었다. 아, 세상에 이렇게 세상을 어렵게 살아간 분도 계셨구나, 하는 깨달음이었다. 이건 흔한 일일 수 없는 것이었다. '세상에 사람이 없다', '세상에 믿을 놈 하나 없다'는 개탄의 세상이 지금 우리 사는 세상 아니던가.

　이제라도 이분의 전체 삶을 우리 사회에 보다 널리 알려지게 해 드리는 것이 옳지 않겠느냐,는 뉘우침 같은 생각이었다. 아, 나는 이녁 동네 점쟁이 용한 줄 몰랐던 것이다. '오마하의 현인'으로 칭송받았던 '가치 투자'의 전설 워런 버핏은 훌륭한 기업, 뛰어난 경영진을 만났을 때의 가장 이상적인 주식 보유 기간을 '영원 (forever)'이라고 했다. 우리들의 영랑 보유 기간이야말로 '영원'이라고 말하고 싶었다. 그래서 부족한 사람이 감히 이 글을 내게 되었다. 필연이라면 필연의 꽂힘이었다.

영랑과 같은 고향인 강진(康津) 사람으로서 군수를 지냈고, 그때 영랑문학제를 처음 만들고, 영랑시문학상을 새롭게 제정 시상하면서, 영랑의 아드님 김현철 선배와도 절친처럼 지내오고 있는 것은 우연이라는 이름의 소중한 연때였으리라 생각한다.

영랑은 시인의 시인이었고, 민족주의자였으며, 단정하고 엄격한 선비였다(*그중에서도 그는 단연 시인이었다...). 김영랑은 이 세 모습을 하나로 품으며 일제 치하 35년을 처음에서 끝까지 곧 그대로 살았다. 그 긴긴 세월 내내 도대체 변함도 굽힘도 없었다. 있기 힘들고 믿기 어려운 삶이었다. 극히 이례적이었다.

영랑은 시인이었지만 시인 이상의 시인이었다. 서양 철학의 아버지라는 플라톤을 '철학자(들)의 철학자'라고 부르기도 하던데, 그 비슷한 의미에서 영랑은 시인(들)의 시인이었다. 시인으로서 영랑은 한자어로, 일본어로, 시를 써야 했을 때 그렇게 하지 않았다(*거짓말처럼, 김영랑은 한자어를 극히 경원시했고, 일본어는 아예 입에 올리지조차 않았다.). 오직 우리말 우리글로만 시를 썼다. 영랑이 수천 년 이어져 온 한자와 한문 중심의 문학과 가치관을 깨끗이 버리고, '언문'이라며 괄시받아 온 한글과 한국어(=조선어)로 시 쓰기를 시도하고 발표한 일은 예사롭지 않는 일이었다. 역사적인 일이었다. 일제 치하의 영랑은 일본어로 된 시를 단 한 줄도 쓰지 않았다. 일본 유학까지 다녀왔지만 그랬다. 역시 쉽잖은 일이었다.

김영랑은 외세의 혹독한 강점기 오직 우리글 우리말로 시를 썼다. 이 자체가 우리 얼의 지킴이었기에 바로 저항이며 독립운동이었다. 맞다. 나라는 잃었지만, 간신히 남았던 그 모국어로, 곱고 맑아서 마침내 의연한 향기가 나도록, 모국의 자연과 풍정을 예찬하는 시 행위는 그 자체로 "역사의 암흑한 밤을 환하게 밝힌"(오세영 2008, 32) 애족이자 우국이었으며, 참여이자 저항이었다. 주시경 선생이나 외솔 최현배가 한글을 지키고 연구했던 일이 곧 독립운동의 한 방향이었던 것처럼 말이다. 영랑은 일제 말기 탄압이 극심해 오자 가장 먼저 자기 붓을 꺾고 절필했을지언정 모국어와 한글을 포기하거나 저버리지 않았다.

영랑은 시로써 시를 살렸다. (*영랑 김윤식과 용아 박용철과 지용 정지용이 속하고 주도했던 '시문학파'와 박두진, 박목월, 조지훈이 이끌었던 '청록파'의 '의거' 같은 것이었다.) 해방이 되어 나라를 찾고 말과 글을 되찾아 이제 마음껏 자유자재 우리말 시를 써도 되는 지금 세상의 시인들과 "민족언어의 완성"(*박용철, 「편집 후기」, 1930)에 몸 바친 저 시인들 영랑·용아·지용은 같은 시인이었으되 다른 시인이었다. 영랑과 시문학파의 시인들은 시인 그 이상의 시인이었다.

「서른, 잔치는 끝났다」는 시로 유명한 최영미 시인은 영랑이 봄을 노래하여 '돌담에 속삭이는(=소색이는, 쏘삭거리는) 햇발'이라고 표현한 것을 두고 봄을 읊은 우리 시들 중 최고 시라고 평한 바 있다. 몇 날 며칠을, 몇 달 몇 년을 걸려 관찰한 조선의 봄 햇살을 돌담에 속삭인다고 느끼는 순간까지 영랑은 한글과 모국어를 끔찍하도록 아끼고 그 조탁 연마와 발굴 발전에 온 세월과 정성과 심혈을 바친 분이었다. 오직 그림 그리는 일에만 온 생을 바쳤던 빈센트 반 고흐처럼, 그는 평생 다른 직업을 가져보지 않았다. 오직 글만 썼다.

김영랑은 열여섯 살 때 민족과 겨레라는 것에 눈을 떴던 이다. 그저 코흘리개 같았던 내 중학생일 때를 생각해 보면 그이의 눈높이와 그 기개에 스스로 부끄럽고 뭉클해진다. 김영랑이 농향(農鄕)이던 강진에서 서울로 올라가 휘문의숙(=현 휘문중·고)에 다니던 1919년 3월 1일 서울에서 3·1운동이 일어난다. "오등은 자에 아 조선의 독립국임과 조선인의 자주민임을 선언하노라"로 시작되는 저 유명한 기미독립선언문이 탑골공원에서 발표되었다. 1905년 을사늑약, 1910년 한일합병으로 조선(=대한제국)은 국권을 일본에 빼앗겼고, 그 뒤 9년 만에 대대적인 민족 독립만세운동이 일어난 것이었다. 9년 만에 분출한 민족의식은 2천만 겨레의 가슴을 뒤흔들었고, 예민한 문학적 감수성의 열여섯 살 소년을 전율케 했을 것이다.

서울로 유학 간 지 3년 된 소년 김윤식은 그 기미독립선언문을 자기 구두 안창 밑에 몰래 숨겨 고향 땅으로 내려온다. 그것을 강진의 젊은 애국자들과 비밀리에 등사기로 밀고, 태극기를 만들었다. 이들은 1919년 3월 하순 강진에서도 독립만세운동을 일으키려 했지만, 거사 직전 체포되고, 극심한 고초를 겪는다. 영랑 김윤식은 이날 이후 일경의 온갖 회유와 탄압과 감시에도 불구하고 일생 민족(지상)주의자로서의 그 길을 외롭도록 홀로 걸었다. 그는 단발령, 국민복 착용, 창씨(개명), 신사참배 등을 모두 거부했다. 당시 학교에 다녔던 자녀들의 창씨(개명)까지 거부시켰다. 안중근 의사 방식으로 항일 독립운동의 선두에서 군사적으로 활약했던 것은 아니지만, 그는 자신의 방식에서 우국 충성하였다. 백범 김구 선생이 독립운동 자금을 모금하기 위해 일경의 눈을 피해 강진에 내려왔을 때 영랑은 당시 전국적 부농이었던 강진의 재력가들 집으로 백범을 모시도록 연락을 했고, 자신의 집으로도 모셔 아버지가 광복군 군자금을 내놓으시도록 설득해서 노애국자를 만족시켰다. 1945년 8월 15일 마침내 해방되던 날 당일의 영랑 행적은 소설처럼 눈물겹고 시처럼 눈부셨다. 16세 때부터 해방되던 날까지 그는 거짓말처럼 오직 순정했으며 단 한 자 한 치도 훼절하지 않았다.

그는 누구보다도 천생 선비였다. 그는 정말 곧았다. 진짜로 때 묻지 않았다. 대쪽 같은 선비의 모습 바로 그것이었다. 그는 현실에 타협하지 않았다. 현실에 초연했고, 좌우 이념에마저 사실상 초연했으며, 오직 그 지사적 순수함으로 전생을 시종했다. 나라가 이민족(異民族)에게 합병되던 날 "글을 아는 자로서 사람 구실하기가 이리도 어렵구나” 하며 자결했던 저 조선 선비 매천 황현(=1855~1910)을 떠올리게 하는 그 선비, 딱 그 선비였다.

그는 일제에 대한 비타협과 불응은 말할 것도 없고, 경성(=서울)의 문단 활동에도 기웃거리거나 관여하지 않았다. 경성 자체에를 별로 가질 않았다. 고향 땅을 지킴으로써 조선 땅을 지킨다는 선비의 기백 같은 것이었다. 당대 최고 지식인으로서 그 당대에 끝내 ‘출사’하지 않고 남도 끝자락 강진에서 세상을 살피며 홀로 시대를 앓으며 살았다.

영랑은 자녀들에게도 엄한 아버지였고, 아내에게도 엄격했던 전형적 가부장이었다. 무엇보다 그는 자신에게 더 엄격했고, 자신의 시에 특히 엄격했다. 좋은 일화가 있다. 그는 훗날 자신을 상징하는 대표작이 되는 시 「모란이 피기까지는」조차 마음에 들지 않아 원고지를 구겨 쓰레기통에 넣어 버리려 했다. 때마침 곁에 있던 선배 문인 한 분이 이 원고를 빼앗듯 건네받아 읽어보고 곧 감탄하면서 이 시를 그대로 발표하도록 했다는 일화가 있을 정도였다. 자신에게 가장 추상같았던 참 선비가 김영랑이었다.

이 책은 나름의 두어 기준에서 쓰였다.

쉽게 쓰려고 했다. 결코 쉽지 않은 가치와 의미가 담겨 있는 내용을 쉽게 써 내려가는 일 또한 손쉬운 일이 아닌 것이긴 하나, 쉽게 쓰려 했다. (*그런데, 유명 교수님들의 어려운 연구 내용을 직접 인용하면서 이 책이 좀 어렵게 된 것 같아 걱정이다.) 우선 기본 국문법에도 안 맞는 글이 안 되게 하고 싶었고, 시답잖게 한자 말투나 외래어, 외국어 사용을 시도 때도 없이 하려 하지 않았다. 이것이 시문학파나 청록파 선구자들의 가르침 같았기 때문이다. [*정지용은 일제 말기 『문장』지를 통해 등단한 이한직의 시 「풍장(風葬)」을 두고 논평하면서 '실루엣'이나 '올갠' 같은 "외국 단어가 그렇게 쓰고 싶은 것일까?"라고 지적한 바도 있다(유종호 2005, 131).]

이 글로 뭔가를 특별히 내세우려 하지 않았다. 주어진 사료(史料 또는 事料)에 충실하려 했다. 김영랑에 관한 자료와 증언과 회고를 따라 그저 소극적으로 주제가 제시되게 했다는 표현이 더 나을 것 같다(*독자들이 그렇게 느끼셨을지 궁금하다.). 주의 주장이 아주 없는 글이 어디 있으랴만, 그것이 두드러지지 않게 하려 했다. 그 같은 주장과 평가는 독자들의 몫이라 생각한 때문이다.

이 책은 우리말 시인들의 시인이었고, 민족주의자였고, 조선 선비였던 영랑 김윤식 선생의 일화를 담고 있다. 일화의 대부분은 영랑의 3남 김현철의 직접 경험담과 구전 회고담에 따라 작성되었다. 김 선배는 이 책의 완성을 위해 아흔 고령에도 불구하고 귀한 말씀들을 상세하게 전달해 주셨다. 기억력도 비상하게 총총하셔서 나로서는 크게 의존하면서도 적이 안심이 되었다. 관련 자료도 많이 제공해 주셨다. 존 스튜어트 밀이, 자신의 『자유론』은 먼저 세상을 뜬 아내 해리엇 테일러 밀과 함께 공저한 거나 마찬가지라고 했었는데, 이 책이야말로 김현철 선배님과 공저라 해야 마땅할 정도이다. 물론 다른 생존자들의 회고와 그 밖의 문헌과 연구 자료의 도움도 받았다. 아무튼, 이 책을 통해 우리 역사의 이

자랑스러운 시인의 시인, 민족주의자, 선비였던 영랑 김윤식의 참된 면모가 조금이라도 더 부각될 수 있다면 참 좋겠다.

비록 힘에 부쳤지만, 책 쓰는 일은 정말 재미있었다. 글을 쓴다는 건 밤을 견디는 일이어서, 눈이 조금 힘들었지만, 그래도 좋았다. 고흐의 얘기처럼, 낮보다는 밤이 더 살아 있는 것 같았다. 무언가를 새로 알고, 거기서 새로운 감회가 일어나는 경험은 짜릿짜릿 전율이었다. 일제 시대 우리 작가들의 명문장, 명표현, 명시를 읽어가며 얼마나 행복했는지 모른다. 우리 문학의 마력이 이런 거였구나, 하는 걸 수없이 느꼈다. 좀 더 일찍 문학과 가까워질 걸, 후회했다. "글을 쓴다는 것은 이 세상에서 가장 힘든 일이다… 그러나 글을 쓴다는 것만이 나를 완전히 행복하게 해 준다."(하퍼리, 김동욱 역, 『앵무새 죽이기』, 532)는 의미를 조금 알 것 같은 시간이었다. 나는 영랑 김윤식으로 가슴이 벅찼다. 그것은 슬프되 빛나는 찬란이었다.

우리 한국인의 주민등록증은 '주민부독증(不讀症)'이라고, 책을 멀리하고 잘 읽지 않는 시대를 살고 있다고들 걱정하지만, 나는 그 말을 곧이곧대로 받아들이지 않는다. 종이 신문을 정기 구독하고 매일 정독하는 사람들이 있듯이, 종이 책을 사고 읽는 독서 인구가 엄연하고, 확실하게 존재한다고 나는 오히려 믿는다. 다만, 글을 쓰고 책을 내는 이들이 걱정할 일은 그 글 그 책을 읽는 사람들을 절망시키지 않도록 해야 한다는 것이다. 감히, 독자들께 '심독(深讀, 깊이 읽기, deep reading)의 즐거움'을 드리고 싶다. 이 뜨겁고 두려운 마음으로 이제 책을 내놓는다.

2026년 새봄에

황주홍 쓰다

1부

시작

영랑과 강진

강진은 영랑 '특별도시'다. 김영랑은 강진을 특별한 곳으로 만들었다. 영랑은 강진 사람들의 자부심이고, 강진 사람들의 가장 친숙한 이웃이다. 서울에서 남쪽으로 천 리 길인 강진군에는 영랑과 관련된 것들 투성이다. 강진의 중심 도로명이 '영랑로'다. 영랑생가, 영랑시비, 영랑캐슬주택, 영랑빌라, 영랑나루쉼터, 영랑수산, 영랑사진관, 영랑컴퓨터, 영랑정식, 영랑도자기, 영랑석유, 영랑(축)구장, 영랑다방, 모란공원, 모란빌라, 모란마트, 모란다방, '모맥'(=모란이 피는 맥주) 같은 맥주집 등등이다. 세워져 있는 영랑 동상만 해도 서너 개다.

영랑이 태어나고 살았던 생가는 지금 국가 지정 문화재다. 유홍준 교수가 『나의 문화유산 답사기』에서 강진을 '남도 답사 1번지'라고 명명하고 있는 것은 강진에 역사적 문화적 흔적과 구경

거리가 그만큼 많다는 것이었는데, 그중 두 가지 대표적인 답사 명소가 다산초당(=다산 정약용의 『목민심서』가 집필된 곳)과 영랑 생가다. 영랑생가는 두말의 필요가 없는 김영랑 탄생지이자 성장지이고 일제하 35년을 버티고 이겨내던 고통의 은거지였으며, 우리말 우리글로 빚은 눈부신 시들이 밤하늘의 별처럼 쏟아져 내린 창작의 산실이었다.

강진에는 한국시문학파기념관이 있다. 한국 순수 서정시의 선구자이자 민족시인 영랑의 고향이기에 가능한 일이다. [*서울대 김현 교수(=문학 평론가)도 시문학파의 탄생지가 바로 강진이었다고 얘기하고 있다(김현, 167).] 김영랑, 박용철, 정지용 외에 정인보, 변영로, 이하윤, 김현구, 신석정, 허보 등 아홉 분 『시문학』 동인들의 업적을 기리는 공간이다. 9명의 시인들 한 분 한 분이 한국 시문학사에서 막대한 비중을 차지하고 있는데, 이분들 모두를 일거에 관찰하고 함께 살필 수 있게 해야 한다는 건립 의지가 있었다. 영랑의 셋째 아드님인 김현철은 한국시문학파기념관 건립추진위원장으로 무척 고생하셨고, 아버지 영랑 문학의 위상 정립에도 심혈을 기울였다. 지금 이 시문학파기념관에는 한국 근현대 문학사의 귀한 문헌들이 많이 보존되어 있다.

영랑시문학상은 강진군과 동아일보가 공동으로 운영해 오고 있다. 강진군은 상금(=본상 3천만 원)을 후원하고, 동아일보사는 문학상 선정 전반을 관리한다. 매년 봄 모란꽃이 활짝 만개할 때 영랑생가 터에서 시상식을 한다. 숨이 막힐 듯 진동하는 향기에 취해 보는 모란꽃 향연은 전국에서 강진 영랑생가 터가 단연 최고다. 문학상 시상 장소로도 영랑생가는 그만이다.

하얀 눈에 뒤덮인 영랑생가의 전경. 생가 뒤편 낮은 산이 강진의 명산이라는 보은산의 끝자락이다. 1930년대까지만 해도 보은산에는 호랑이가 살고 있었다.

영랑의 시는 노래로도 많이 만들어졌다. 영랑 시가 처음 작곡된 것은 해방 직후인 1948년이었다. 숙명여전(=현 숙명여대) 교수로 작곡가 겸 소프라노로 명성을 떨치던 김천애가 「모란이 피기까지는」을 맨 처음 가곡으로 작곡해서 불렀다. 바로 이어 유명한 작곡가 채동선도 같은 시를 가곡으로 작곡했다. 국악(=우효원, 오병희 작곡)으로는 「바다로 가자」 등 여러 편의 영랑 시가 작곡되었다. 아래의 시 7편도 성악가들이 즐겨 노래하고 있다. 「사랑은 깊으기 푸른하늘」, 「내 마음을 아실 이」, 「꿈밭에 봄 마음」, 「다정히도 불어오는 바람」, 「바람이 부는 대로 찾아가오리」(=이상은 소프라노 이지민), 「오월」, 「연 1」, 「북」(=이상은 소리꾼 고영열) 등이다. "남으로 남으로 내려가자…"로 시작되는 김종률·정권수·

박미희의 MBC 대학가요제(1979년) 은상 곡 「영랑과 강진」이라는 대중가요는 제법 알려진 곡이다. 국민가수급이라 할 만한 안치환이 부르는 「모란이 피기까지는」도 참 좋은 곡이다. 소리꾼 장사익이 몇 해 전 현충일 추념식에서 부른 또 다른 「모란이 피기까지는」은 그윽한 울림이 있어서 감동적이었다.

영랑 김윤식은 1903년 전라남도 강진군에서 태어났다. 누구에게 있어서나 마찬가지이겠지만, 강진에서 영랑이 태어나면서 영랑과 강진은 서로의 운명이 되었다. 강진 땅에서 태어났고, 강진의 대지와 자연 속에서 성장하고, 강진 사람들과 더불어 부대끼며 살고, 일제를 맞고 일제에 맞서고, 시를 알고 시를 쓴 곳이 강진이었다. 그때 조선은 농업 국가였기 때문에 경지 면적이 넓고 날씨가 좋은 전라도 지방은 자연히 전국적으로 부유했고, 그 중에서도 '동순천, 서강진'이라는 말이 있었을 만큼 강진은 부유한 대농들이 많았다. 그 강진에서 영랑 집안은 오백 석지기 지주 집안이었다. 그는 죽을 때까지 가난과 궁핍을 모르고 자랐다. 일제에 등을 돌리고, 걱정없이 예술지상주의 취향의 생활과 문학을 하게 된 배경의 일부는 집안의 넉넉한 뒷받침 덕이었다.

일제 치하 유명 시인들은, 몇몇 예외가 없는 건 아니지만, 대부분 좋은 집안에서 태어나서, 서울에서 공부하다가, 일본으로 건너가서 문학에 눈 뜨고, 거기서 자기 문학의 동반자(=문우)들을 발견한다. 영랑도 전형적으로 그 엘리트 코스를 밟았다. 그와 가까웠던 정지용, 박용철, 이하윤, 김광섭, 이헌구 등이 다 그러했다. 단 하나, 영랑이 이들 엘리트 문인들과 뚜렷이 다른 점은, 일본 유학 후 거의 모두 경성(=서울)에다 둥지를 틀었던 반면, 영랑은 바로 강진으로 귀향했다는 사실이다. (*집안 종손으로 선영을 지켜야 한다는 것이 가장 큰 이유였지만, 영랑 자신이 고향과 고향에서의 삶을 좋아한 것이 더 큰 이유였다.) 영랑이 강진에서 태어난 것은 그의 선택이 아니었지만, 서울로 유학 가고, 일본으로 유학 갔다 다시 강진 땅으로 돌아온 것은 그의 선택이었다. 처음에는 강진이 그를 선택한 것이라면, 장성해선 영랑이 강진을 선택한 것이었다. 이렇게 해서 강진은 그의 삶의 무대가 되었고, 그의 문학 세계가 되었고, 그의 기쁨과 환희, 고통과 좌절의 운명이 되었다. 영랑과 강진은 분리가 어려울 만큼 하나의 연으로 칭칭 얽힌다.

강진이 그의 운명이 되었다는 말은 특히 영랑의 문학에 있어서 더 그렇다. 한 시인의 조국은 한 시민인 시인의 조국과 같지 않을 수 있다. 그(녀)의 문학 세계가 그(녀)의 조국일 수 있다는 말이다. 영랑 시문학의 조국은 강진이었다. 경성 대신 강진을 선택한 영랑은 문단으로부터 더 멀어졌고, 일경의 탄압과 감시를 더 밀착해서 받게 되지만, 영랑의 시문학은 향토적 독창성으로 더 조선적일 수 있었다. "영랑의 시심(詩心)은 맑고 파란 강물이 바다와 마주치는 다도해 연안의 아름다운 남도의 자연과 소박하고 따스한 인정 속에서 싹튼 것이다."(김학동 2000, 165). 강진의 높고 맑은 자연은 소년 김윤식의 감성을 적시는 깊고 맑은 발원지였다. 소년은 강진의 산하로부터 배우고 강진 사람들로부터 성장했다. 일제 강점기의 설움과 고통으로부터 자신을 지키고 세울 수 있었던 힘이 또한 강진과 강진 사람들이었다.

영랑 김윤식의 할아버지 김석기(=1851~1922)는 1906년 강진군 작천면 일대에 흉년이 들자 일대 주민들에게 식량을 풀었다. 이에 주민들은 작천면 삼당리에 보정안민비(輔政安民碑)를 세워 김석기의 공덕을 기렸다. 영랑의 아버지 김종호(=1879~1945)는 한학을 공부했던 이로서 1911년 가뭄으로 흉년을 맞은 강진군 칠량면 일대 주민들에게 곳간을 열어 식량을 풀었다. 주민들은 김종호의 덕을 기려 칠량면에 영세기념비(永世紀念碑)를 세웠다. 작천면의 비석은 그 흔적을 찾을 길이 없지만, 김씨 집안 족보에는 이 사실이 기록되어 있다. 칠량면 영세기념비도 100년이 훨씬 더 된 것이어서 비석 가운데가 두 토막 나 버렸으나, 다행히 수리를 해서 지금도 면사무소 앞뜰에 보존되어 있다.

영랑의 아버지 김종호 송덕비. "학무위원 김공 종호 영구기념비"라고 새긴 뒤, 그 공적 사항을 기록해 놓고 있다. 현재 강진군 칠량면 사무소 마당에 세워져 있다.

김종호는 1933년경 비밀리에 강진을 찾은 백범 김구 (=1876~1949)에게 상당한 액수의 광복군 군자금을 전달하기도 한다. 아들인 영랑이 백범을 생가로 모셔 부친과 마주 앉게 해 드렸고, 만족할 만한 액수의 군자금을 댈 수 있게 부친을 설득하고 상의했다. 당시 조선의 3대 갑부라 했던 강진 최고 거부 김충식을 비롯한 몇몇 유력 재력가들이 난색을 표했던 터여서 김종호 김윤식 부자의 광복군 군자금 쾌척은 특기할 만했다. (*김현철은 "그때 우리 집에서 많이 후원을 한 것 같아요"라고 기억한다. 그렇게 들었다는 얘기겠다.) 당시 백범은 중국 상하이 홍구(=홍커우, 虹口) 공원에 온 일제 사령관 시라카와 대장 등을 겨냥해 폭탄을 투척한 윤봉길 의사의 배후로 지목돼 체포령이 떨어지자 도피해 다니던 중 중국으로부터 일시 귀국했다. 백범은 단 하루도 쉬지 않고 광복군 군자금을 마련하기 위해 동분서주하던 중 강진을 찾게 되었다. (*김현철이 들어 기억하기로는, 백범은 혼자 다녔다 한다. 한 사람 정도의 비밀 수행원조차 없었을까 하는 생각이 들지만, 비밀 '점조직'의 필요에 따른 것이었던 모양이다. 30세쯤의 김영랑이 57세쯤이었을 백범을 어떻게 아무도 몰래 영랑생가로 모셨을까, 안방으로 모셔진 백범과 김종호 부자는 무슨 말씀을 나누었을까, 상상을 해 보니 문득 긴장되고 궁금해진다. 김영랑은 '광복군은 부디 총으로 싸워 이기라. 나는 시로써 이루리...' 마음속으로 빌고 다짐했을 것 같다.) 백범은 비밀리에 강진의 재력가들을 접촉했는데, 영랑은 이 접촉을 일부 주선하기도 했다. (*노(老)애국자는 강진의 재력가들에게 자신의 지론이 돼 버린 얘기, "지식이 있는 자는 지식으로, 돈이 있는 자는 돈으로, 곡식이 있는 자는 곡식으로, 아무것도 없는 자는 맨몸으로, 나라의 독립을 돕자. 지금은 지게 받침 작대기 하나도 필요하다...”며 호소하고 역설했을 것이다.]

　광복 직후 김구 선생은 강진을 다시 찾는다. 전국 순회 강연의 일환이었다. 백범은, 강연 중 이곳 강진의 애국 동지들이 열렬히 협조해 주지 않았다면 광복군의 활동은 크게 위축됐을 것이라며 감사의 뜻을 피력하였다. (*아마 이날 영랑은 그 강연장에 갔을 것이고, 잠시지만 백범과 다시 감격적인 재회를 하였을 것으로 믿어진다. 아버지 김종호는 병석에 있었거나, 타계했을 것으로 보인다.) 순수한 우리말 서정시로 일거에 경성 문단을 흥분케 했던 시인 영랑이 비타협적(=비합법적) 독립운동의 핵심 지도자와 연결되어 광복군을 지원했다는 사실은 퍽 이채롭다.

　영랑은 자기 집 논 네 마지기(=약 800평)를 20년간 소작해 온 한 노인에게 무상 증여하기도 했다. 이 노인 앞으로 명의를 변경한 뒤, 땅문서를 노인에게 넘겨 주었다. 1943년 어느 봄 날 당시 초등학생이던 영랑 3남 김현철은 흰 바지저고리를 입은 백발노인이 사랑채 마루에서 젊은 아버지 영랑에게 큰절을 올리는 것을 보게 된다. 현철은 깜짝 놀라서 저녁 때 안채로 들어가 어머니께 연유를 물었고, 앞과 같은 설명을 들었다.

　이보다 앞선 1930년 새해 벽두에는 이런 일도 있었다. 스물 일곱 영랑은 설날 새벽 일찍 세배 길에 나섰다. 인적이 끊긴 강진읍 시장통을 지나는데 남루한 차림의 농부가 나무를 가득 실은 지게를 받쳐 놓고 나무 사 갈 손님을 기다리고 있는 모습이 눈에 들어왔다. 영랑이 가까이 가서 설날 새벽에 나온 까닭을 물으니, 아내가 아이를 낳았건만 미역국조차 끓여줄 수가 없어 아이와 산모가 걱정되어 산에 올라가 땔감 나무를 해 온 거라 했다. 농부는 새벽부터 나와 덜덜 떨며 서 있었다. 영랑은 세배를 뒤로 미루고, 이 농부를 집에 데려와 나뭇값을 두 배로 쳐주고, 거기다 쌀 두 말까지 그의 지게에 실어 보냈다. 미당 서정주가 김영랑의 천품(天稟)을 일컬어, 세상의 어느 누구도 그 누구보다 덜 중요한 사람은 없다고 믿는 이의 됨됨이라고 표현했던 걸 문득 연상시킨다.

김현철은, 이러한 것들 말고도 집안의 기부와 베풀기 선행은 아마 더 있었을 것이라고 얘기한다[*영랑 평전을 쓴 서강대 국문학과 김학동 교수에 따르면, 영랑은 "지주로 살면서도 언제나 가난한 사람들을 마치 자기 일처럼 돌보았기 때문에 향리에서 '큰 어른' 또는 '선생님'으로 숭앙을 받았고, 그도 그렇게 곧고 바르게 행동했다." "굶주리는 사람들에게 무엇이든지 배불리 먹이려고 하는 영랑의 후한 인정에 감사하고, 많은 사람들이 그를 따랐다."(김학동 2019, 316~317 & 319)]. 김석기·김종호·김윤식 3대는 어쩌면 '베풀어야 할 때를 절대 놓치지 말자'는 자기 훈(訓) 같은 걸 지녔을지 모르겠다. 작은 부자는 아껴야 하고, 큰 부자는 베풀어야 한다고 믿었을 것 같다. 영랑의 기질이자 집안의 내력 같은 게 느껴진다. 밀란 쿤데라라는 명소설 『참을 수 없는 존재의 가벼움』(=『존재의 참을 수 없는 가벼움』이라야 더 정확한 번역일 것이다.) 등에서 타인의 아픔을 그냥 지나치지 못하고, 함께 고통받는 마음을 연민(compassio)이라고 했다. 쿤데라는, 이 연민의 마음이 인간의 참된 시작이라 했다. 영랑의 가문에는 이 연민의 전통이 아름답게 이어져 오고 있었던 것이다.

휘문의숙

영랑 김윤식은 어린 시절 같은 강진 김해 김씨 일족인 김현구(=훗날 '시문학파' 9인의 일원이 됨), 김위균, 차부진 등과 함께 한학당 금서당에서 공부했다. 일곱 살 때는 강진공립보통학교에 입학했다. 영랑은 여기서 공부를 아주 잘했다. 아버지 김종호는 학업성적이 매우 우수했던 큰아들을 자랑스러워했다. 1915년 당시 4년제였던 보통학교를 졸업할 때까지 영랑은 강진을 떠나본 적이 없었다.

1916년 13세 소년 영랑은 난생 처음 서울로 올라간다. 저 어린 집안 장남을 서울로 혼자 보낸다는 것 때문에 아버지 김종호의 반대가 있었지만, 자녀 교육에 열의를 지녔던 어머니 김경무(=1876~1933)의 노력과 설득으로 기독교청년회관(YMCA)에서 1년여 영어 공부를 하게 되었다. [*당대 규범과 관습에 충실했던 김종호에 비해, 김경무는 전향적이고 도전적이었다. **조선의 거부 김충식의 집안으로 강진 부잣집 딸이었던 김경무는 사실상의 가장일 정도로 통이 크고, 선이 굵은 여걸형이었다. 특히 큰아들인 영랑의 교육과 다양한 고비용 취미 생활을 묵묵히 지원했다. 개성 처녀 안귀련을 강진 현모양처로 조련한 이가 시어머니 김경무였다. 강진읍 보은산 자락인 생가 대밭을 거쳐 앞마당까지 호랑이가 나타나 어슬렁거려도 마루에 그대로 앉아 "저리 가거라!" 하고 타이를 정도였다. ***바위처럼 과묵하고 무거웠던 부동(不動)의 영랑 기질은 김종호보다는 김경무로부터 더 많이 내려온 것으로 보인다. 영랑 나이 서른에 그 어머니가 세상을 뜨자 아들은 몇 날 며칠 슬피 울었다.]

김영랑의 어머니 김경무와 아버지 김종호

이듬해 열네 살 때인 1917년 영랑은 서울 휘문의숙(=현 휘문 중·고)에 입학한다. 영랑은 5년제인 이 학교를 졸업하지 못했다. 3학년까지 다니다 '강진 4.4독립만세운동'의 1차 주모자로 예비 검속되어 4개월여 옥고를 치른다. 휘문의숙을 더 다닐 수 없게 되었다. 그러나 지금 휘문고 교정에는 영랑의 대표 시 「모란이 피기까지는」 시비(詩碑)가 세워져 가슴이 뜨거웠던 옛 선배를 자랑스럽게 기억하고 기리고 있다.

모교 휘문중·고 교정에 세워진 김영랑 시비.
시비 옆에 '영랑의 꽃' 모란이 몇 그루 심겨 있다.

휘문의숙은 고종의 외척으로 당시 정권 실세이자 거부였던 민영휘(=본명 민영준)가 1906년 설립했다. 영랑의 휘문의숙 1년 선배로는 훗날 필명을 날리는 월탄 박종화(=소설가)가 있었고, 그 위에는 석영 안석주(=시인, 극작가)와 로작 홍사용(=시인)이 있었다. 영랑 바로 아래 학년에는 바로 정지용(=시인)이, 그리고 이선근(=역사학자, 문교부 장관)이 있었다. 그 아래 학년에는 훗날 월북하여 그 생사를 알지 못하는 상허 이태준(=소설가)이 재학 중이었다. 당시 휘문은 우리나라 "신문학(新文學)의 요람"이었다(김용성, 1973).

영랑의 같은 반에는 서양화가이자 신문 등의 삽화가로 유명해진 행인 이승만(=1903~1975)이 있었다. [*영랑의 휘문 친구 이승만(李承萬)은 호가 행인(杏仁)으로 알려져 있지만, 이들의 휘문 1년 후배 정지용은 이승만을 '향린(香隣)'으로 지칭하고 있기도 하다.](정지용,

247) 이승만은 휘문 선배 박종화의 인기 역사소설『금삼(錦衫)의 피』의 삽화를 그렸다. 영랑과 이승만은 동기 동창으로 줄곧 친밀하게 우의(友誼)를 지키며 교우한다. 영랑과 이승만은 같은 반인데다 서로 성격이 비슷해서 바로 친해졌다. 영랑은 학교 공부를 뛰어나게 잘한 건 아니었지만, 결코 평범한 또래 학생은 아니었다고 행인은 기억한다. 영랑은 남달리 민족의식이 강했다. 영랑은 공부보다는 나라의 독립을 위한 여러 얘기들을 자주 털어놓았다고 행인은 회상했다(김학동 1981, 210). (*중학생 때 공부보다는 나라의 독립을 위한 얘기를 더 자주 했다니... 놀라운 얘기다. 중학생으로서 나라의 독립을 위한 생각과 얘기를 많이 했다는 거다. 남달랐던 것 같다.)

영랑 김윤식과 지용 정지용이 휘문의숙 1년 선후배로 동문 수학하게 된 것은 우리 시문학사에서 아주 특별한 사건이다. 휘문에서 만난 두 시인은 평생 우정을 돈독히 하면서『시문학』지를 발간하고 시문학 운동을 함께했다. '휘문(徽文)'이라는 교명(校名)처럼 이 두 거장 시인들은 눈부시게 빛나는 문장가들이었다. 영랑과 지용은 전국 명산들을 함께 찾아다닐 정도로 가까웠다. 일제 때의 교양지였던『여성』에 지용이 2회에 걸쳐 기고한「영랑과 그의 시」라는 글을 읽어 보면 이 두 대시인들이 얼마나 각별히 흉금을 터놓는 사이였는지를 쉽게 알게 된다. 이 기고문에서 정지용은 영랑을 "시를 순정(純正) 지식으로 취급하여 온 자"라고 언급한다. 그러면서 지용은 더 얘기한다. 영랑은 다도해 강진 땅에서 "입은 굳게 봉하고 눈과 가슴으로만 사는 경건한 신적

(神的) 광인(狂人)의 기질"을 발휘하고 있는데, 고향 친구 용철(=박용철)을 만나면서 "영랑의 신적 광기가 증세(增勢)되었다" 한다. 그러더니 지용은 쓰기를, "영랑을 한 정점으로 한 삼각관계"를 밝힐 듯하더니 "그런 이야기는 아니 하는 것이 좋다"며 이야기를 싱겁게 거두어 들인다(정지용, 318~319). 이 모두 보통 사이에서는 사용할 수 없는, 매우 개인적이고 진한 표현들이다. 영랑은 광주 욱고녀(=旭高女, 현 전남여고)에 유학 중이던 큰딸 애로에게 보낸 편지(=작성 시점은 1940년대 초엽)에서 "올해는 서울 정 선생이랑 지리산엘 갔다 올 거"라고 일러주고 있다. 영랑이 자식들에게 '서울의 정 선생'이라고 하면 그것이 정지용 선생님을 지칭하는 것임을 자식들이 알고 있었을 만큼 지용과 영랑은 각별했다. 맏딸에게 보낸 영랑의 이 편지는 1964년부터 1969년까지 당시 국어책에 그대로 실리기도 했다. (*3남 김현철이 쓴 『아버지 그립고야』에 이 편지 전문이 실려 있다.)

휘문의숙 3학년 때 영랑의 일생에 중대한 전환점이 되는 사건이 일어난다. 1919년 "기미년 3월 1일 정오 터지자 밀물 같은 대한독립 만세, 태극기 곳곳마다 삼천만이 하나로" 뭉쳐 일어났다(=영랑·용아·지용 등과 더불어 시문학파의 창립 동인이었던 위당 정인보가 쓴 「삼일절」 노래). 영랑 역시 친구들과 함께 이날 떨리는 마음과 벅찬 감회를 안고 종로의 탑골공원엘 갔을 것으로 짐작된다. 어쩌면 2월 27일 천도교 인쇄소 보성사(普成社)에서 독립선언문 2만여 장을 비밀리에 찍어 거사 하루 전인 2월 28일 요소요소의 요인요인들에게 배포하였으니, 이때 이 기미독립선언문을 손에 넣었을 수도 있었겠다.

3월 1일에 이어 3월 5일에도 서울에서는 다시 큰 만세 시위가 열렸다. 학생들은 등교를 거부하고, 거리로 나와 태극기를 흔들며 독립 만세를 불렀다. 영랑은 이 만세 운동의 현장에도 있었던 것이 거의 틀림없었을 것 같다. 이미 휘문의숙 1학년 때인 1917년 열네 살 김윤식 소년은 학교 친구들과 종로 네 거리에서 독립 만세를 외치다 현장에서 일경에 체포되어 종로경찰서로 끌려갔고, 거기서 모진 고문과 구타를 당하고 엄중한 경고를 받은 뒤 훈방조치된 적도 있었다(김병균, 『강진일보』). 이런 빛나는 '전공(戰功)'이 있었던 영랑이었으니 2년 뒤 3·1운동 때는 더 적극 동참했었을 것이다. 휘문의숙 3학년 김윤식은 이미 민족소년이었다.

휘문의숙 재학 시절이던 1919년의 김영랑. 교복 대신 한복을 입은 모습이 특이하다. 강진에서 독립 만세 운동 주모자로 구속되기 직전의 사진이다.

앞에서 썼던 대로, 영랑은 이 역사적인 기미독립선언문을 교복 주머니에 숨겨 하숙집에 가져온다. 영랑은 남몰래 읽고 또 읽었을 것이다. 어쩌면 가슴에 가득 차오르는 감격에 젖어 소리 없이 통곡했을 것 같기도 하다. 그는 경성법전(=현 서울대 법대) 다니던 고향 선배 양경천과 함께 강진으로 내려 갈 결심을 한다. 일경의 불심 검문을 피하기 위해 자신의 구두 안창 바닥에 이를 숨겨 열차를 타고 강진으로 내려온다. [*영랑의 강진 친구 차부진이 쓴 『강진3·1운동사』(203~204)에 따르면, 휘문학교 김윤식과 경성법전 양경천 양인이 독립선언문, 애국가, 『독립신문』 등을 서울에서 입수한 뒤, 김윤식은 독립선언문을, 양경천은 애국가와 『독립신문』을 각각 소지하고, 이들은 3월 8일 무사히 강진에 도착하였다.] 영랑을 포함하여 거사를 준비하는 12명의 젊은 애국자들은 비밀리에 등사기로 독립선언문을 수천 부 복사했다. 태극기도 만들었다(*이들은 16세부터 25세 사이였고, 영랑이 16세로 가장 어렸다.). 이렇게 해서 3·1운동의 강진 판이라 할 강진 독립만세운동을 준비하게 된다[*1차 거사일은 원래 3월 23일이었다. 준비 작업은 영랑의 친구 김위균 댁 죽림 속 초가집이었다. 그러나 이들은 거사 3일 전인 3월 20일 일경에 발각되었고, 결국 12명 전원이 체포되고 만다. 영랑 김윤식을 비롯, 김안식, 양경천, 김위균 등 12명이었다. 서울에서 가져온 독립선언문을 등사판에 밀어 복사하는 데 잉크가 떨어졌고, 그걸 구하러 다니는 것을 경찰이 수상하게 여겨서 이들을 미행, 구속하게 된 것이었다. 이들은 즉시 강진경찰서에 전원 긴급 구속되었다. 그리고 3월 23일 장흥검사국(=검찰지청)으로 송치되었다.]. 이 강진 독립만세운동은 마침내 강진 장날인 1919년 4월 4일(=지금도 강진 장은 4일과 9일 선다.)을 기하여 일어났다(*1차 거사가 실패하자 2차 거사 준비에 나선 20여 명의 강진 청년들은 보안을 보다 철저히 하고, 치밀한 역할 분담 전략으로 일경의 감시를 따돌리고, 마침내 거사 예정일인 4월 4일을 맞는다.). 교복을 입은 학생들과 흰 한복을 입은 강진의 남녀노소 4천여 명이 모여 대한독립만세운동을 펼쳤다. 강진 4·4독립만세운동은 인근 시군 단위에서는 가장 먼저 봉기한 것이었고, 시위 규모도 가장 컸다[*이기성, 김현봉, 황호경, 오승남 등 11명의 2차 거사 주역들도 즉시 체포되었다. 이들은 5월 21일 대구복심법원(=고등법원)에서 각각 징역 2년, 1년 6개월, 1년 5개월, 집행유예 2년 등의 형을 받는다. 그러나 이들은 감형 과정을 거치며, 1920년 10월까지는 전원이 형기를 마치고 강진으로 귀향하였다(차부진, 220~224)]. 지금도 강진군에서는 매년 이날을 '강진 4·4독립만세운동'으로 기념하고 있다. 이 자랑스러운 역사적 거사의 초기 주역 중 한 명이 열여섯 살의 민족소년 김윤식이었다.

민족소년은 졸지에 시국 사범이 되었다. 영랑 일행은 4월 5일 1심 법원(=광주지방법원 장흥지원)에서 선고를 받았는데, 영랑은 징역 1년형을 선고받는다. 나머지 11명은 징역 5월부터 1년 2월 사이의 형량을 각각 받았다(*가장 어린 나이였음에도 영랑은 다른 선배들보다 비교적 무거운 형을 받았다.). 이들은 4월 7일 대구복심법원으로 이송된다. 대구복심법원에 가서 2심 재판을 받게 되는 것이다. 이송되던 날 이들은 두 사람씩 한 고랑에 묶여서 포승으로 연결된 채 걸어서 장흥, 영암을 거쳐 목포경찰서 구치장까지 끌려 갔다. 믿기 어려울 만큼 야만적인 압송 행태였다. 이들은 4월 8일 저녁에야 기차로 대구형무소에 압송되었다. 이들은 대부분 학생들이었고, 모두 강진 명문가 자식들이었다. 아들의 앞길이 막히게 될까 전전긍긍하던 영랑의 아버지 김종호를 비롯한 해당 가족들이 요로요로에 손을 넣고 온갖 방법으로 힘을 쓴 데다, 어린 학생들이라는 점, 모의에 그쳤을 뿐 실제 실행되지 않았다는 점, 구속 중 충분히 대가를 치렀다는 점 등이 참작되어 6월 9일 대구복심법원으로부터 12명 전원이 무죄 판결을 받아 석방되었다. 그러나 4개월에 이르는 형무소 생활은 영랑으로선 처음 경험하는 혹독한 시련의 시간이었다(*6월 9일 고등법원 형사부가 검사의 불복 상고를 기각하여 형이 최종 확정되었다.).

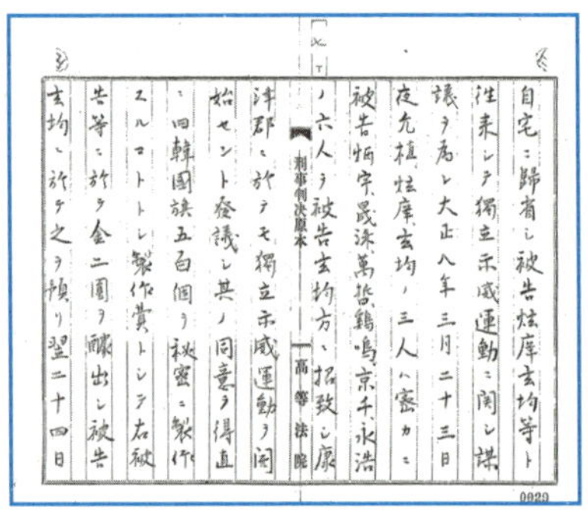

강진 독립만세운동 주모자의 한 명으로 구속되어 재판에 넘겨진
김영랑(=金允植, 김윤식) 등의 재판 기록. 당시 영랑은 16세로 휘문의숙 3학년이었다.

영랑 일행은 석방될 때까지 온몸이 망가질 만큼 심한 고문을 당했다. 낮에는 물론이고 특히 밤에 더 혹독한 고문과 구타가 따랐다. 영랑은 그 공포의 형무소 야간을 "무서운 밤"이라 했다. 열여섯 살 민족소년 김윤식은 고문을 당하면서 성삼문, 박팽년의 사육신을 생각했다(=훗날 김영랑은 '성학사' 성삼문과 박팽년을 자기 시의 소재로 삼는다.). 영랑 소년은 구타를 당하고 고문을 받으

며 오직 억울했다. 내가, 우리가, 잘못한 게 뭐냐는 의분뿐이었
다. 자식을 납치당한 부모가 내 자식 내놓으라는 게 왜 죄가 되
는 것이냐. 내 나라의 독립을 되찾으려는 우리가 왜 잘못인 것이
냐. 남의 나라를 강탈해 간 당신들이야말로 잘못한 것 아니냐. 소
년은 고문을 당하면 당할수록 분하고 억울하고, 이 나쁜 적수들
과 내 이제 끝까지 싸울 거라는 생각과 다짐뿐이었다.

대구형무소에서 출옥한 김윤식은 11관(=42kg) 미만으로 빼빼
마른 몰골이 되어 부모님이 계시는 강진으로 귀향하였다. 그는
이미 일제의 요주의(要注意) 인물인 '불령선인(不逞鮮人)'(=일본
의 명령을 따르지 않는 불온한 조선인) 명단에 올라갔고, 학교에 다
시 다닐 수도 없게 되었다. 실제로 영랑은 이때부터 해방되는 날
까지 줄곧 일경의 감시 대상이 된다. 영랑은 4개월여 만에 강진
으로 돌아오면서 걱정도 되고 불안하기도 했다. 부모님이 뭐라
고 하실지가 가장 큰 걱정거리였다. 하라는 공부는 안하고, 네가
뭘 안다고 중뿔나게 그런 짓을 해서 벌써부터 감옥살이냐,고 야
단치시지나 않을까 긴장되었다.

그러나, 영랑의 아버지 김종호는 깨어 있었고, 그릇이 달랐다.
그 아들에 그 아버지였달까. 출옥해서 집에 온 아들을 본 아버지
의 눈에 뜨거운 이슬이 맺혔다. "고생했다. 애비도 못한 독립운
동을 어린 니(=네)가 했구나. 장하다!" 하는 것이었다. 어머니(=
김경무)는 아들을 끌어안고 깊게 울먹였다. "네가 잽혀가 부니께
(=잡혀가 버리니까) 나라 뺏긴 설움이 얼매나(=얼마나) 큰지 알 것
더라." 하셨다. 아버지는 "그렁께(=그러니) 왜놈들한테 나라를 얼

릉(=얼른) 찾아야지.” 하며 길게 신음했다(김병균,『강진일보』).

강진읍 서문(안) 김씨 일가들은 물론이거니와 강진의 어른들과 친구들까지 영랑 일행 12명을 독립투사처럼 거의 영웅시했다. 일경에 체포되어 4개월여 옥고를 치른 민족소년은 강진 군민들의 칭송에 몸 둘 바를 몰랐다. 이때 김영랑은 중국으로 건너가 본격적으로 독립운동을 펼치려는 생각을 하게 되었다. 형무소에서 석방되자마자 그는 주위에 이렇게 말했다. “임정(臨政)(=임시 정부)이 있는 상해로 가겠소.”(박지윤,『한국일보』, 2018).

대구형무소에서 석방되고 강진에 낙향해 있는 동안 영랑은 몸을 추스르면서 두 가지 일을 하게 된다. 하나는 금강산 여행이었고, 또 하나는 강진에서 문학 동인지를 낸 일이다. 김종호는 아들을 보고 “윤식아, 집에서 보약을 좀 먹고 기운이 돌아오면, 금강산 바람이나 쐬고 오너라. 거기 장안사에서 머물도록 해라. 천하 명산 금강산에 가면 몸과 마음이 달라질 것이다.”라고 격려했다. 사려 깊은 아버지였다. 남도 끝자락 강진에서 금강산과 장안사를 생각했다니 말이다. 1919년 늦가을 영랑은 경성(=서울)행 열차를 탔다. 서울에 내려 몇몇 친구들을 만나 그동안의 소식을 챙겨 듣고 곧바로 금강산으로 향했다. 영랑은 금강산 장안사에서 두어 달쯤 머물렀다. 개골산(皆骨山)이라고 불리는 겨울의 금강산 품에 잠겨 영랑은 무슨 상념에 잠겼을까.

이듬해(=1920년) 1월 서울로 돌아온 그는 휘문 친구 이승만(*서양화가. 그는 5년 뒤 친구 영랑의 재혼 결혼식에서 들러리를 선다. 둘은 그만큼 친했다.)의 집을 찾았다. 가슴 친구를 만난 민족소년은,

이제 자신은 임정이 있는 중국으로 가서 독립투사로서의 일지(一志)를 굳게 할 것이라고 털어놓았다(김용성 1973). 거기서 며칠 묵으면서 영랑은 친구들을 만나 여러 애기를 했을 것이다. 1학년 때 종로 네 거리에서 독립 만세를 부르다 종로경찰서로 잡혀가 함께 곤욕을 치렀던 친구들도 만났을 것이다. 이 휘문 소년들은 또 무슨 애기들을 나누었을까. 월탄(박종화), 석영(안석주), 로작(홍사용), 정지용 같은 문학 지망의 휘문 친구들도 만나고, 서울로 유학 온 강진 서문(안) 김씨 친척들도 만났을 것이다.

1920년 2월 영랑은 꽤 긴 여행을 끝내고 강진으로 돌아온다. 강진에 다시 내려온 영랑은 친구인 김위균, 차부진, 노안, 김현구, 김길수 등 강진의 문학청년들과 자주 어울렸다. 강진읍 탑골 꼭대기 집(=영랑생가)이 이들의 집합소였다. 강진의 문청(=문학청년)들은 여러 가지로 의기투합하였고, 마침내 강진 최초의 향토문학회였던 청구문학회를 만든다. 이들은 시를 써 와서 서로 읽어 주고 읽어 보고 했던 모양이다. 이들을 움직여 가는 중심이 영랑이었다. 영랑은 자신들의 시를 모아 시집으로 내보자는 애기를 했고, 이윽고 이들은 『청구(靑鳩)』라는 문학 동인지를 펴낸다(허형만, 287 ; 김병균, 2021년 3월 25일~4월 8일). (*이 『청구』는 출판사에서 발간한 책자였기보다는 손글씨 그대로를 등사기로 밀어 제본한 것이었을 가능성이 커 보인다.) 영랑의 소년 시절 문집이 강진에서 처음 나오게 된 것이다. 16세 소년(들)은 떡잎부터 남다른, 될 성부른 나무들이었던가 보다.

김은초

가슴 아픈 일이지만, 영랑의 소년 시절을 얘기할 때 언급하지 않을 수 없는 사연이 있다. 영랑에게는 이승의 연을 맺은 여성이 몇 사람 있었는데, 그 첫 인연의 여성 김은초 이야기다.

1916년 열세 살 소년 영랑은 네 살 위 여성 김은초와 결혼한다. 김해 김씨로 강진읍 도원리 출신의 여성이었다. 김은초의 아버지 김종철은 진사 벼슬을 했고, 할아버지 김윤배가 첨사(정3품) 직에 있었다. [*지금도 강진읍 도원리에는 첨절제사 김윤배 불망비(=공덕비)가 세워져 있다.] 집안끼리 서로 잘 아는 사이여서 혼인을 하게 된 것이었다. 당시 풍속에 따라 조기 결혼한 열세 살 소년과 열일곱 살 처녀는 영랑의 아버지 어머니가 계시던 강진 본가(=영랑생가)에서 신혼 생활을 했다. 오누이처럼 소꿉동무 같았을 것이다. 이 김씨 처녀는 마음이 곱고 얼굴이 고왔다 했다. 영랑의 오랜 친구 정지용에 따르면, "그 댁네가 절세미인이시었던 모양이다."(정지용, 315). 처녀는 수줍고 내성적인 성격의 잘생긴 영랑 소년을 좋아했다. 자신의 신랑이자 평생의 지아비이기 전에 이성으로서 소년에게 호감을 느꼈다. 어느 날엔 영랑을 업어 주기도 하고 그랬다 한다.

영랑은 결혼한 지 몇 개월만에 혼자 서울로 유학의 길을 떠나게 된다. 이들 신혼부부는 따로 떨어지게 된다. 김은초는 강진 시댁에 머물고, 영랑은 집안의 지휘자였던 어머니(=김경무)의 주선으로 영어 교육을 위해 서울 기독교청년회관(YMCA) 영어 교육부에 입학한다. 그리고 다시 이듬해 휘문의숙에 입학한다. 방학 때는 강진에 내려와서 둘이 함께 생활하지만, 방학은 짧기만 했다.

그러다 김은초는 병(=호흡기 전염병인 콜레라의 일종)을 얻었고, 결혼한 지 1년 반 만인 1917년 결국 세상을 뜨고 만다. 사춘기의 영랑은 연상 아내의 병사(病死)에 엄청난 충격을 받는다. 그는 슬픔으로 크게 고통스러워했다. 영랑 생의 첫 슬픔이었다. 서울에서 아내의 부음(訃音)을 접한 영랑은 휘문의숙 재학 중이었지만, 단숨에 강진으로 달려왔다(김학동 1981, 211). 경성역에서 열차로 나주 영산포역까지 내려 온 뒤, 거기서 곧바로 친척집 인력거에 몸을 싣고 질주하듯 강진 땅에 당도했다. 영랑은 펑펑 울면서 이미 싸늘하게 식어 있는 김은초를 찾아 고향집에 도착하였다[*영랑의 매제 김창식(=1907~1985, 일본 상지대(=尚志大) 졸업. 강진 성요셉금릉여중고 교장)의 회고, 김용성 1973].

이들은 비록 어린 나이에 결혼했지만, 서로 간 애정이 애틋하고 깊었다 한다. 김영랑의 필생 시붕(=詩朋, 시벗) 정지용의 말처럼, 남도의 엄격한 세가(勢家)에서 태어난 어린 소년으로 부부애를 겉으로 표현할 수 없었기에 영랑은 못다 한 애정을 더욱 간절히 느꼈을 것이고, 아내와의 갑작스러운 사별이 더 슬펐다. 영랑과의 사이에 소생도 두지 못한 김은초의 유해는 지금 영랑 집안 선영에 호젓이 홀로 모셔져 있다.

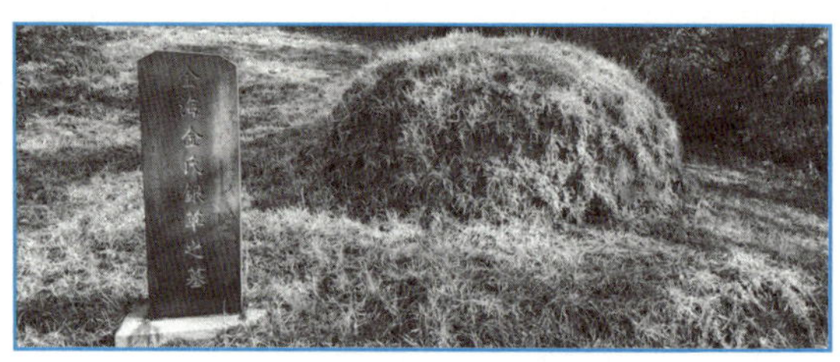

해남군 김영랑 집안 선영 입구에 있는 김은초 묘와 비석. 조성한 지 백 년이 훨씬 지났고,
슬하에 자식 하나 없었으니 무덤이 저만한 것도 다행일 거라는 생각도 들었다.
"김해 김씨 은초의 묘"라는 비문이 홀로 외롭다. 이 비석 뒷면에는 원래 아무런 설명이 없었으나,
훗날 영랑이 "영랑 김윤식 처"라는 말을 새겨 넣었다.

영랑은 김은초의 무덤 잔디에 얼굴을 비비며 눈물을 쏟았다. 영랑의 아주 초기 시 「쓸쓸한 뫼아폐(=묘 앞에)」에서 보여 주고 있는 대로다.

쓸쓸한 묘 앞에 후젓이(=호젓이) 앉으면
마음은 가라앉은 양금 줄 같이
무덤의 잔디에 얼굴을 부비면
넋이는(=넋은) 향 맑은 구슬 손(=예쁜 손, 옥수, 玉手) 같이
산골로 가노라 산골로 가노라

영랑은 김은초를 잊지 못했다. 그는 김은초를 잃은 자신의 처지에 대해 깊은 불우감(不遇感)을 느꼈던 것 같다. [*김은초를 잃은 지 22년이나 지난 1939년 영랑은 "가장 허물없고 다정하고 친근하고 미더운" 친구 용아 박용철의 유고집에 쓴 「후기」에 "일찍 처를 여의어 보고 아들도 놓쳐 보고 엄마마저 보내 본 나로서는 중(重)한 사람의 죽음을 거의 겪어본 셈"이라 털어놓고 있다(김영랑, 「후기」, 127).]

김은초를 잃고 쓴 시도 서너 편이었다. 영랑의 한 고향 친구의 기억에 따르면, 영랑의 시들에 나타나는 애틋함과 절망에 대한 숙명론적 찬사는 첫 아내 김은초와의 사별에 따른 고통의 슬픈 흔적일 거라 한다. 「모란이 피기까지는」의 '모란'이 김은초일 수도 있다고 그는 얘기한다(김병균, 『강진일보』). [*한편, 임환모 교수는, 「모란이 피기까지는」에서 '봄'이 인생이라면 '모란'은 젊음의 미래이자 꿈일 수 있고, 관념적 조국이라면 민족의 혼(=정신)일 수 있다고 말한다(임환모, 155). 필자의 고등학교 때 국어 선생님은, 영랑의 모란은 조국이며 조국의 독립일 수 있다고 해석해 주셨었다. 작품 속에 담긴 깊은 모호함이나 다의성(多義性)으로 다양한 해석을 낳아 후대의 사유(思惟) 세계를 풍요롭게 하는 것이 좋은 고전이라 배웠다. 영랑의 이 시문학처럼 말이다.]

좁은 길가에 무덤이 하나
이슬에 젖이우며 밤을 새인다

정지용에 따르면, 영랑의 인생에서 가장 먼저 만난 관문이 무덤이었다. 무덤부터 만나게 되는 인생이라니... 딱하고 기구하다. 영랑이 죽음이나 무덤을 알게 된 것은 첫사랑이던 아내를 잃은 뒤 그 묘 앞에서였다. 김은초에 대한 그리움 또한 그녀의 무덤 위 잔디풀에서 더 슬프게 느껴졌는지 모른다. 그의 시가 처음 내디딘 길가에 후손도 없는 조촐한 무덤이 하나 이슬에 젖으며 별빛에 씻기우며 서럽게 솟아 있는 것이었다(정지용, 316).

첫사랑의 기억은 가슴속 저 깊이 간직되어 생이 다하는 날까지 잊혀지지 않는다. 마음 졸이던 첫사랑 때문에 슬퍼하고 상심했던 옛 추억이 우리 모두를 지금의 언덕으로 끌어 주었다. 사랑의 모든 추억은 지금 생각해 보면, 다 축복이다. 실연일지라도 말이다. 사랑을 잃으면서 우리는 사랑을 알게 되기 때문이다. 우리 사랑의 8할은 첫사랑이다.

김은초를 기다리던 저승의 뱃사공은 그녀를 싣고 어디로 노저어 갔을까. 구름 나라 지나서 어디로 가나. 가기도 잘도 간다. 서쪽 나라로... 영랑 시 전편(全篇)에 흐르는 비애, 특히 초기 시에 자주 보이는 비애 의식은 첫사랑이던 아내 김은초에 대한 그리움과 이승에서는 다시 볼 수 없다는 허무함과 절망감이 시화(詩化)한 것이었을지 모른다(김학동 1981, 246). 이렇듯, 자신의 시 세계에서 영랑은 김은초와 사별하지 않았다.

일본 유학

휘문의숙(=현 휘문중·고) 유학 생활, 이때 있었던 3·1 운동과 이어진 강진 독립만세운동, 그리고 4개월여의 감옥 생활은 소년 김윤식을 새롭게 일깨웠다. 20대의 청년 독일인 카를 마르크스는 프랑스 파리에서 무산자 대중을 발견했다고 얘기했다. 10대의 식민지 조선 소년 김윤식은 휘문에서 민족을 발견했다.

대구형무소에서 혹독한 대가를 치르고 출옥한 16세 휘문의숙 3학년 김윤식은 많은 상념으로 머릿속이 깊고 복잡했을 것이다. 앞에서 잠시 얘기한대로, 소년은 처음 독립운동가의 길을 걸으려 했다. 그는 중국 상해(=상하이)로 건너갈 생각을 했다. 그곳의 독립 운동가들처럼 자신도 거기서 조국의 독립을 위해 한 몸 바치겠다는 생각을 했던 것이다. 비록 부모와 가까운 친척들의 절대 반대와 만류로 중국으로의 유학이나 상해에서의 독립 전선

투신 의지를 접었긴 하나, 중학교 3학년 학생이 외세 거악 세력과 맞서 어린 목숨을 초개와 같이 내던져야 할 수도 있는 해외에서의 광복 투쟁을 하겠다는 생각을 했다니, 그저 놀랍고 필자 같은 필부로선 상상하기 어려울 따름이다.

영랑의 아버지 김종호는 근대적 정규 교육을 받지는 못했지만, 어려서부터 금서당(琴書堂)이라고 불리는 강진의 한학 교육 기관(=서당)에서 한문과 한학을 익혔다. 그는 이미 오백 석 이상의 대농 지주였던 아버지 김석기로부터 재산 관리 교육, 일종의 사(私) 금융업에 관한 교육도 받았다. 조선 말기, 구한말에는 춘궁기에 곡식을 빌려주고 수확기에 되돌려 받는다든가, 월 이자를 내는 조건으로 돈을 융통해 주는 초기 금융 대부업이 활발했다. 각 지방 지주들의 안방, 사랑채가 바로 이 대출 업무를 처리하는 창구였다. 가산을 크게 일으킨 김석기의 장남으로 이 재산을 유지하고 늘려야 하는 김종호였지만, 그는 필요할 때는 어려운 고향 지역 주민들을 위해 구휼 양곡을 내놓기도 하고, 강진을 찾은 백범 김구 같은 민족 지도자들에게 적잖은 돈을 독립헌금으로 내놓기도 하는 등 원만하면서도 경우가 확실하여 주위의 신망을 얻고 있는 사람이었다. 김종호는, 시국 사범이 되어 버린 자신의 장남을 위해 어떻게 해야 하는지를 계획하고 실행할 수 있는 생각과 역량을 갖춘 아버지였다.

김종호는 아들에게 일본 유학을 권했다. 당시 조선의 여유 있는 집 자제들의 일본 유학은 선망의 대명사 같은 것이었다. 일본 제국주의 식민 통치하였으니 일본에서 배우고 일본을 알아야 한다는 현실주의적 추세였다. 수영을 배우려면 수영장엘 가야 한다는 식이었다. 더구나 그때 일본은 아시아의 유일한 '열강(列強)'이었으니 미국이나 유럽이 아니라면 일본으로 유학 가는 일이 당연한 선택지였다. 김종호가 아들에게 일본 유학을 가도록 한 것은 또 다른 이유가 있었다. 김종호는 강진 독립만세운동의 사전 가담자로 이제 일경의 감시 대상이 되어 버린 장남의 미래가 신경 쓰이고 심히 걱정되는 거였다. 김종호가 백방으로 손을 쓰고 노력한 결과, 어린 학생이라는 이유에다, 당시 일본의 유화 정책의 일환으로, 1심에서 징역 1년형이었던 걸 복심(=2심)법원으로부터 무혐의 취지의 '무죄'를 선고받긴 했지만, 일제의 경찰로부터까지 무죄를 받은 건 아니었기 때문이다. '불령선인(不逞鮮人)'(=일본의 명령을 따르지 않는 불온한 조선 사람이라는 비칭)으로 분류되어 평생 감시 대상자가 되어 버린 집안 장남을 잠시 일본으로 유학을 보내 그사이 여건 개선을 생각해 볼 수도 있겠고, 학력과 신분이 상승되고 '세탁'되는 효과를 기대했었으리라. 뿐만 아니라, 국내에 계속 있다 보면 아들이 다시 시국 관련 일에 연루될 소지가 없잖다고 보여 일단 일본으로 '격리'시킨다는 생각도 했었던 것이다. 다행히, 아버지와 아들은 일본 유학 합의에 별 어려움이 없었다. 아버지에게 늘 정중하고 예의 바른 아들 윤식은 아버지의 일본 유학 제의에 순순히 호응하였다.

영랑은 17세 때인 1920년 마침내 조기 외국 유학 길에 오른다. [*요즘으로 치면, 고1 때 외국 유학을 시작한 셈이다. **영랑은 두 차례 일본 유학을 간다. 한 번은 중학생(=지금의 중고교생)이었고, 한 번은 대학생이었다. 두 번 다 2년씩 모두 4년이었다(김영랑, 『민성』, 140).] 태어나서 처음 다른 나라에 가보는 일이었고, 어린 나이에 자신을 감옥살이하게 한 그 나라에 유학 가는 일이었으니, 만 가지 감회가 교차했을 것이었다. 다음은 일본으로 떠나기 전날 밤 영랑이 쓴 시다(정지용, 319).

님 두시고 가는 길의 애끈한(=애 끊는) 마음이여

한숨 쉬면 꺼질듯한 조매로운(=조마조마한) 꿈길이여

이 밤은 캄캄한 어느 뉘(=어느 누구의) 시골인가

영랑은 일본 아오야마가쿠인(靑山學院=청산학원) 중학부에 4학년으로 입학한다. 영랑은 강진 독립만세운동 사건으로 휘문의숙을 중퇴하였고, 아버지의 지휘하에 일본 유학 중이던 서문안 김씨 친척 형들의 도움을 받아 여러 곳을 수소문했고, 마침내 도쿄에 있는 아오야마에 입학하게 되었던 것이다.

1923년 일본 동경에 유학 온 강진 출신 친척들끼리 사진을 찍었다.
왼쪽부터 김광식, 김형식, 김윤식(=김영랑), 김연수이다.
훗날 영랑은 6.25 전쟁 중 김형식 댁에 3개월여 피신했다가 불의에 운명한다.

아오야마가 왜경(倭京) 도쿄에 소재하고 있어서 조선 유학생들도 일본의 다른 도시들보다 훨씬 많았다. 당시 대부분의 조선 유학생들은 독립운동가들이나 민족의식이 뚜렷한 유학생들을 만나는 걸 꺼리고 행여 자기 장래에 지장이라도 있을까 봐 조심조심해가며 착실히 공부만 하겠다는 학생들이었다. 이리보다 못하다는 주눅 든 호랑이, 알아서 기어 다니는 그런 조선 호랑이들이 대부분이었다. 그것이 당시 조선인 사회의 일반적 세태이자 분위기였고, 앞으로 잘나가 대성하고 싶은 유학생들 사회는 더 그랬다. 심지어 노골적으로 친일적인 언행을 일삼거나 자진해서 그 같은 색채를 띠는 학생들도 꽤 되었다.

김윤식은 누구보다도 투철한 반일 민족의식을 지닌 청년이었기에 이런 얄고 얇은 유학생 세태에 아랑곳하지 않았다. 아오야마 시절 영랑은 비슷한 성향을 지닌 유학생, 독립 운동가들을 자연스럽게 만난다. 일본 천황 제거를 꿈꾸었던 조선 아나키스트 박열(=1902~1974)(*아내이자 동지였던 일본인 가네코 후미코와의 극적인 사랑으로도 유명한 박열은 일본 국왕 폭살 혐의로 1926년 재판을 받고 사형을 선고받지만, 무기징역으로 감형되고, 끝내 22년을 감옥에 살았다. 해방 후인 1949년 조국으로 영구 귀국했으나, 6·25 때 납북되었다. 박열은 북한에서 숨을 거둔다.)을 만나게 된 것도 우연한 만남이 아니었을지 모른다.

1920년 10월 어느 날 강진의 집안 동생이자 일본 유학 중이던 김형식(*1950년 6월 한국전쟁이 터지자 영랑은 바로 이 김형식의 서울 신당동 댁으로 몸을 피하게 되고, 결국 목숨을 잃는다.)과 함께 우에노 음악당에서 열린 슈베르트 바이올린 연주회를 감상하고 하숙집에 돌아왔는데, 돌연 주인이 영랑더러 자기 집을 나가 달라고 했다. 일제 경시청 형사가 다녀갔다 했다. 요시찰 감시자에 대한 끈질긴 소재 확인 작업이었던 것이다. 하는 수 없이 영랑은 부산 출신으로 아오야마의 같은 반 친구 박경탁의 하숙집으로 거처를 옮기게 되었다. 영랑은 이 박경탁의 소개로 박열을 만나게 된다. 영랑은 한때 박열의 하숙집에 함께 유숙하기도 한다(김병균 2021. 3. 11.~3. 18.). 기이하고도 특별한 인연이라 할 일이다. 조선의 두 청년 박열·김윤식은 곧바로 강한 민족애와 동료애를 느꼈고, 아마도 이때 영랑의 자유 의식과 항일 정신은 더욱 고취되었을 것이다. 겨레를 위한 반일 항일 외길에서 이탈은커녕, 단 한 번도 이럴까 말까, 이러다 나는 어찌 되는 것인가, 따위의 망설임과 불안조차 없이 민족 일로(一路) 조국 매진할 수 있었던 순백의 민족주의 청년 영랑 김윤식은 박열의 뜨거운 조국애와 동포애를 보며 더욱 단단해지고 견고해지지 않았겠는가. (*22년간의 감옥살이를 마치고 1949년 마침내 박열이 귀국했으니, 틀림없이 영랑과 박열은 서울에서 뜨겁게 재회했을 것이다. 관련 자료나 증언이 없어 크게 아쉽다.) 휘문에서 발견한 민족이 이민족의 수도 아오야마의 조선 청년 가슴에 더욱 선명히 자리 잡았다[*민족주의는 객관적, 비교적 의미가 아니다. 제일 잘나서가 아니라 제일 소중해서 민족을 따르겠다는 태도인 것이다. 알베르 카뮈가 노벨문학상 수상 연설 중 "나는 정의를 사랑하지만, 그 정의가 내 어머니에게 총부리를 겨눈다면 나는 부정의의 편에 설 것이다"고 했던 그 어머니 같은 크기의 존재가 민족이고 민족주의다. 카뮈가 다시 "(내) 어머니는 비록 틀렸을지라도 옳다."라고 했던 것처럼, 민족(주의)은 내게 늘 옳고, 부동의 무오류다. 세상의 모든 민족주의는 그 구성원들에게 모두 옳다. 세상에서 제

일본 유학

일 소중한 조선민족(주의)이 다른 민족에 의해 부정되는 일은 조선민족에게는 성립할 수 없다. 그 역도 마찬가지다. 영랑의 민족주의는 그런 것이었다.].

용아 박용철과의 만남 역시 기적적이었다. 박용철이 미국인 선교사가 세운 서울의 배재학당을 졸업하고, 역시 미국인 선교사가 세운 아오야마 학원 중학부에 진학해 보니 거기 강진 출신의 김영랑이 먼저 와 있었다. 두 사람은 다 전남 출신으로 동향이었으니 더욱 쉽게 가까워질 수 있었을 것이다. 용아는 수학에 천재적이었다. 수업 시간에 수학 문제 풀기에 관한 한 한국 학생이건 일본 학생이건 따를 자가 없었다. 어떤 때는 선생님이 풀지 못하는 문제까지도 용아가 풀어내서 주위를 놀라게 했다. 수학 천재라는 명성을 얻게 되었다.

영랑은 그 박용철을 '발굴'했다. 영랑과 용아는 깊은 내면에서 우러나오는 대화를 자주 했고, 두 사람은 이내 친구가 되었다. 이 무렵 영랑은 박경탁의 하숙집에서 다시 하숙집을 옮긴다. 이미 절친이 된 박용철의 하숙집이었다. 이때부터 영랑과 용아는 한 방에서 같이 생활하게 된다. 훗날 영랑은 이때를 "그 옛날 왜경(倭京)에서 4년을 한 품자리에서 자던 사이"(김영랑, 「문학이 부업이라던 박용철 형」, 140)로 "한솥에 밥을 먹고 한 이불 속에 잠을 자고" 하던 그 시절이 "무던히 길었었나니"(김영랑, 「박용철과 나」, 124) 하고 회상하고 있다. 영랑이 한 살 위였지만, 같은 고향 출신에다 이역만리 일본에까지 같은 학교로 유학 온 것이었으니 두 사람은 깊은 동료애와 동지애를 이내 공유하게 된다. 영랑과 용아는 둘 다 뚜렷한 민족의식을 지닌 터여서 더욱 가까워진다.

일본 유학 시절의 김영랑(왼쪽)과 박용철.
왜경 하숙집 같은 방에서 함께 지냈을 만큼 깊었던 두 문학도의 우정이
우리 한글 문단 혁신의 시발점이었다.

일본 유학 시절의 1922년 사진.
뒷줄 왼쪽이 김영랑, 그 옆 안경 낀 이가 박용철이다.

두 사람은 나라와 민족의 미래에 대해서 밤늦도록 얘기했고,
문학과 시에 대한 얘기도 자주 나누었다. 영랑 자신의 표현대로,
두 사람은 "서로 이역(異域) 하늘 밑에 서툰 옷(=일제의 교복)들을
입고 손을 잡아 아는 체하던 바로 그때부터 가장 가깝고 친한 사

람이 되었었다.”(김영랑, 「박용철과 나」, 124) 강진 독립만세운동의 초기 주모자로 대구형무소 등에서 4개월여 복역하고 난 뒤부터 문학동인지 『청구』를 내며 서서히 문학의 길을 걸어가고 있던 영랑으로서는 박용철의 천재가 문학에서 꽃피울 수 있다고 내다봤을 것이다. 영랑은 용아에게 문학을 하라고, 문학의 길로 함께 걸어가자고 제안했다. 그로부터 10년 뒤 한국 시문학사의 영원한 이정표 『시문학』이라는 동인지를 함께 내게 되니 아오야마 학원에서의 이 두 유학생의 만남은 그 자체로 역사였다.

용아는 광주 송정리의 5천 석 대지주 집안 출신이었다. 아들을 믿었던 재력가 아버지 박하준의 뒷받침 아래 박용철은 1930년 『시문학』 동인지 발간이라는 대업을 이룩한다. 뿐만 아니라 『정지용 시집』, 『영랑 시집』을 연달아 펴낸다. 용아는 서울에다 출판사를 내놓고, 여러 의미 있는 기획과 발간을 해내었다. 용아는 『시문학』지 이외에도 여러 다른 문학 관련 잡지들을 발간한다. 귀국해서 십중팔구 수학 교수쯤 하게 되었을 박용철을 대시인이자 일제하 우리글 전용의 명출판 편집인으로 이끈 것이 영랑의 안목이었다. 천리마는 어느 시대 어느 곳에나 있지만, 이를 알아보는 백락(伯樂) 같은 이가 드물 뿐이다. 영랑은 용아의 백락이었다.

박열과의 의기투합, 용아 박용철과의 문학적 결연이라는 이 두 만남만으로도 영랑의 일본 유학은 충분히 값진 것이었다. 시인 영랑, 민족주의자 김윤식의 일생 밑그림이 일본의 심장 도쿄에서 차츰 완성되어 가는 것이었다.

아오야마 중학부를 2년 만에 졸업한 영랑은 1921년 일시 귀국한다. 강진 집에 내려가 대학 진학 문제를 아버지와 상의하기 위함이었다. 아버지는 1874년에 설립된 일본의 기독교 명문 사립 대학 중학부를 졸업한 아들이 자랑스러웠다. 이 중학부를 졸업했으니 이제 바로 대학에 진학해야 할 걸로 아버지는 기대했다. 영랑도 여기까지는 아버지와 다름이 없었다. 그러나 어느 대학에서 뭘 공부할 것인가에 대한 의견은 부자가 완전히 달랐다.

영랑은, 일본에 다시 유학을 가기로 한다면, 안 간다면 모를까, 음악을 공부하고 싶었다. 더 정확히는 성악을 공부하고 싶어 했다. 영랑은 성량이 굉장히 크고 좋았고, 천부적인 데가 있어서 노래를 부르면 사람들이 깜짝깜짝 놀랄 정도였다. 영랑은 음악에 대한 예민한 감각과 타고 난 목소리에 나름의 자신감도 있었다. 무엇보다 음악을 향한 주체할 수 없는 열정이 있었다. 앞서 일본 유학 중인 집안 형들의 조언도 받고, 영랑 스스로 알아보고 조사도 해서 영랑은 도쿄예술대학 성악과 진학을 꿈꾸었다. 영랑은 자신의 뜻을 아버지에게 밝혔다. 음악대학에서 성악을 공부하고 싶다는 뜻이었다. (*이때까지의 영랑에게 최우선은 음악이었다. 문학은 우선이었다. 어떤 의미에서, 음악과 문학, '복수 전공'이었다.)

그때는 서양고전음악을 한 사람도 '광대'(=딴따라)로 여기던 시절이었다. 김종호는 음악대학에 진학해서 성악 전공을 희망한다는 아들의 설명에 도무지 이해가 가질 않았다. 대학까지 가서 음악이니 성악이니 하는 걸 배워야 한다는 생각에 아버지는 도대체 동의할 수 없었다. 강진의 뼈대 있는 집안의 장남이라는 놈

이 일본에 유학까지 가서 광대 되는 공부를 하겠다는 것을 이해할 수 없었고, 무엇보다 남부끄러운 일이었다. "하필이면 왜 광대냐?"는 것이었다. 1921년의 일이니, 지금부터 100년도 전의 일이니, 그럴 법도 했다.

아버지의 반대와 설득에도 아들은 타협하거나 물러서지 않았다. 뒤에 가서 더 설명할 기회가 있겠지만, 영랑은 음악을 정말 공부하고 싶었다. 음악만큼 매력적이고 자신 있는 학문이 없었다. 그러나 아버지는 요지부동이었다. 아들도 요지부동이었던 것 같다. 아버지가 최후의 '카드'까지 꺼냈던 걸로 봐서다. 아버지의 최후 카드는 학비 중단이었다. (*완고한 규범주의자 남편을 움직이는 어머니 김경무의 조율도 잘 먹히지 않는 부자 대치 국면이었다.) "네가 애비 말을 정 따르지 않는다면, 나는 네 학비를 한 푼도 대줄 수 없다."라는 강경한 최후통첩이었다. 열여덟 살이 되도록 아버지의 전적인 경제 지원으로 학업을 해온 영랑으로선 부친으로부터의 학비 지원 중단 협박은 치명적이고 결정적이었다. 김종호의 협박에 김윤식은 비로소 무릎을 꿇었다(*영랑은 이렇게 음악 공부 할 수 없었던 걸 두고두고 아쉬워했다 한다. 문학을 해서 이름을 남기게 되었으니 잘된 일이었을지라도, "개인으로 보면 아버지는 굉장히 불행했다"고 3남 김현철은 얘기하고 있다. 행복의 비밀은 포기해야 하는 것을 포기하는 것인데, 영랑은 음악을 포기할 수 없었다. 영랑에게 있어서 음악이 없는 삶은 삶이 아니었다. 영랑은 음악 애호가를 넘어 곧바로 음악인이었으며, 음악은 영랑의 존재와 정체성의 일부 그 이상이었다.). 부자는 아오야마의 문학부에 진학하는 것으로 가까스로 합의에 도달했다.

도쿄 시부야에 위치한 아오야마가쿠인대학(=청산학원대학,靑山學院大學)은 서양 선교사가 설립한 학교여서 국책 교육기관인 제국대학들과는 달리, 비교적 자유롭고 개방적인 학풍이었다. 아오야마학원 대학 내에서도 인문학 분야는 특히 그랬다. 영랑은 인문학부에서 영문학을 전공한다.

아오야마학원 대학에서 영랑은 영문학도로서 서양 문학의 세례를 받는다. 영문학 가운데서도 영랑은 특히 영시(英詩)에 매료되었던 것으로 보인다. 영랑은 키츠와 예이츠, 셸리 등의 천재적 낭만 시인에게 경도되었다(김학동 2000, 169). 『영랑 시집』의 첫 페이지에 인용하고 있는 내용도 바로 키츠의 시론의 일부였다. 영랑은 영시를 직접 우리말로 번역하기도 했다. 열세 살 때 서울 YMCA에서 영어 교육을 받은 뒤 꾸준히 영어와 영문학을 공부했으니 영랑의 영어 실력은 상당한 수준에 도달했었을 것으로 짐작된다(*영랑의 4남 김현태 교수는, 아버지가 영문학을 전공했다 지만, 영랑생가에서의 아버지에게는 영문 서적이 거의 없었던 것 같고, 영어 책을 보는 모습도 전혀 기억에 없다고 말한다. 김 교수의 기억력을 믿는다면, 영랑은 이미 영어에 통달했거나, 이미 영어를 멀리했거나 중 하나였을 듯하다. 아마 후자였지 않았을까.).

영랑의 일본 유학은 1923년 9월 발생한 일본의 관동 대지진(=관동대진재) 때문에 중단된다. 잘 알려진 대로, 관동 지역에 대지진이 발생했고, 건물이 붕괴되고 사람들이 매장되어 목숨을 잃는 큰 재앙 속에서 일부 오해와 일부 음모와 편견으로 조선인들

일본 유학

을 대학살하는 만행이 저질러졌다. 일본에 있던 조선인들은 속수무책으로 희생되었다. 생명에 위협을 느낀 많은 조선인 유학생들은 속속 귀국하지 않을 수 없었다. 영랑 역시 학업을 중단하고 귀국길에 오른다. 영랑은 고향 강진으로 귀향했다. 이렇게 영랑의 일본 유학 4년은 끝이 난다.

그러나 아오야마에서의 2년 가까운 체계적인 (영)문학 공부는 영랑 시 세계에 지대한 영향을 미친다. 영랑 연구에 기여가 큰 서강대 김학동 교수는, "영랑이 청산학원 영문과를 택한 것을 계기로 시인이 되었음에 틀림없다"고 얘기한다. 영랑의 시단 등장은 1930년이었지만, 영랑의 습작 기간은 보다 이전으로 앞당겨 1920년대로 잡을 수 있다는 것이다(김학동 2000, 227). 순수 서정시를 지향하는 아오야마 문학부의 전통은 이후 영랑 시 세계의 변함없는 기조이자 정신이 되었다.

안귀련

영랑의 아내 안귀련은 당시의 신여성이었다. 영랑 또한 일본 유학까지 다녀온 '모던' 남성이었다. 그러나 이 두 부부의 관계는 지극히 조선시대적이었다. 전형적인 상하관계였다. 수직 계서 질서였다. 남편은 하늘이고, 가장이며, 결정권자인 데 반하여, 여성인 아내의 지위는 지극히 보잘 것 없었다. 모든 결정은 영랑이 내리고, 안귀련은 그 결정에 복종하고 집행하는 사람이었다. 안귀련은 지아비에게 절대 순종해야 한다는 것을 부덕(婦德)이자 지어미의 미덕으로 생각하는 조선 여성이었다[*3남 김현철이 미국으로 이주해 간 1974년부터 1989년 타계할 때까지 15년간 녹내장을 앓던 어머니 안귀련의 두 손과 두 눈이 되어 주었던 막내딸 김애란이, 어머니의 절대 불평등 시집살이 얘기를 듣고 어머니의 고생이 너무 불쌍하고 화가 나서 "나 같으면 이혼하고 친정집으로 가버렸을 텐데 왜 그렇게 바보같이 참고 살았어요?” 하고 안귀련에게 따지듯 물었다. 그랬더니 안귀련은 “가긴 어딜 가나? 시집 가면 그 집 귀신 돼야 한다고 (친정)집에서 귀가 아프도록 듣고 자라온 걸…” 하고 말더란다.]. 영랑 김윤식의 가치관도 조선시대적이었다. 그럼에도 불구하고, 영랑과 안귀련의 부부 관계는 원만했다. 그때 그 시절에는 다 그렇게 살며 ‘원만’했다.

영랑은 22세 때인 1925년 안귀련과 결혼한다. 영랑으로선 7년 만의 재혼이었다. 안귀련(=일부 저작물에서 ‘김귀련’으로 적어 놓고 있는데, 이는 잘못이다. 안귀련은 어머니가 남편을 일찍 여의고, 김씨 성을 가진 사람에게 개가를 하는 바람에 잠시 ‘김귀련’이었지만, 나중에 다시 안씨 성을 회복했다.)은 개성 출신으로 개성 호수돈여고를 졸업했다. 경성의전(=지금의 서울대 의대) 동기동창인 김흥렬과 김종섭이 중매했다. 김흥렬은 안귀련의 의숙부(義叔父)로서 개성 분인데 광주의 중앙의원 원장이었고, 김종섭은 영랑의 숙부로서 강진의원 원장이었다. 안귀련이 세 살 아래였으니 결혼할 때 안귀련은 열아홉 살이었다.

당시 안귀련은 교사였다. 미국인 여선교사 루씨 커닝김(=1838~1908)이 1903년 함남 원산에 설립한 원산루씨고등여학교에서 교편을 잡고 있었다. 이 여학교는 동해가 내려다보이는 언덕에 지은 교사(校舍)가 아름답기로 유명했다. 이 좋은 선교 여학교가 지금은 없어져 버렸다 한다. 심훈이 쓴 『상록수』의 실제 주인공 최용신이 바로 이 학교 졸업생이었다.

김영랑과 안귀련의 결혼식 사진.
1925년 개성 중앙교회에서였다.

김윤식과 안귀련은 개성 시내 중앙교회에서 결혼식을 올린다. 주례는 독립운동가로 유명한 고하 송진우(=1890~1945, 동아일보 사장을 지냄) 선생이었다. 3·1운동 거사 기획책으로 옥고를 치른 바 있는 송진우는 어린 나이로 독립만세운동 관련으로 옥고를 치른 데다 일본 유학생으로 민족의식이 투철하고 용모와 예의가 반듯한 김윤식을 무척 아끼고 좋아했다. 휘문 친구 행인 이승만(=화가)은 결혼식 들러리를 섰다.

축하객 중에는 훗날 세계적으로 이름을 날리는 무용가 최승희(=1911~1969)가 있었다. 최승희와 영랑은 바로 얼마 전까지 열렬히 사랑하던 연인 사이였다. 오빠 최승일(=1901~1966)과 영랑은 서울에서부터 친구 사이였는데, 두 사람 다 일본에서 유학을 하며 더 가깝게 되었다. 영랑은 오빠를 보러 도쿄에 온 최승희를 이때 처음 만나게 된다. 이후 두 청춘남녀는 영랑의 귀국과 더불어 가까워지게 되었고, 8년의 나이 차이에도 사랑하는 관계로 발전한다. 최승일은 연극인이자 소설가였으며 경성방송(=지금의 KBS 한국방송)의 제1호 프로그램 제작자(=PD)이기도 한 팔방미남이었다. 그때 최승희는 숙명여고보(=현 숙명여중·고) 학생이었다. 영랑은 아예 서울에 올라 와 있으면서 거의 날마다 최승희를 만났다. 두 사람은 그렇게 1년여 사랑에 깊이 빠졌다.

김영랑과 최승희는 결혼하려 했다. 결혼해서 행복하게 살아보자고 두 사람은 굳게 다짐했다. 문학과 예술에 대한 남다른 관심과 감수성이 두 남녀를 잇는 다리였을 것이다. 문제는 양가 집안의 반대였다. 며느리가 될 여성이 무용을 한다는 얘기에 영랑 집안의 반대는 결사적이었다. 양반집 장남 며느리가 맨살을 드러내놓고 춤을 추는 사람이라는 건 있을 수 없었다. 아버지는 확고하게 반대했다. 최승희의 집에서도 마찬가지였다. 경성(=서울)의 명문 집안이었던 최승희 집에서도 저 시골 전라도의 농가로 귀한 막내딸을 보낼 수 없다는 것이었다. 추정컨대, 신랑될 사람이 일정(日政)에 반대해서 감옥에까지 갔다 왔다는 사실도 부정적으로 작용했을 것 같다. 최승희 집안은 친일 가문이었다. 게다가 당시 김윤식이 시를 쓰는 문학을 업으로 하는 데다, 일정한 직업이 없다는 사실에도 거부감이 있었을 것이다.

최승희도 크게 낙담했을 것이지만, 영랑의 낙담 또한 이루 말할 수가 없었다. 다정다감한 성품에다 아름다움을 추구하고 아름다움 그 자체를 찬미하는 미학도적인 기질을 지닌 영랑에게 이 좌절은 이겨낼 수 없는 것이었다(*김현철은, 아버지 영랑이 "슬픈 일을 당하셨을 때 남들이 느낀 슬픔의 정도보다 훨씬 더 슬프게 느끼셨고, 아름다움을 발견하셨을 때도 남달리 깊이 심취하신 경향이 강하셨다"고 회상하고 있다.). 부친의 반대로 사랑하는 이와의 결혼을 이룰 수 없다면 이제 삶은 무의미할 뿐이라고 조선 청년은 판단했다. 최승희와의 결혼이 이루어질 수 없는 것이라면 스스로 세상을 떠날 수밖에 없다고 영랑은 생각했다. 영랑은 자살을 기도했다(*조금 다른 각도의 다른 얘기인데, 영랑의 이 일화는 영랑이 이생과 이승의 삶에 대한 집착과 미련이 과도하거나 집요한 것 같진 않다는, 살기 위해 구질구질할 성향은 아닐 것 같은, 그런 인상을 받게 한다.). 비탄과 절망에 빠진 문학청년 김영랑은 자기 집 뒷산 높은 동백나무 가지에 목을 매달았다. 때마침 이 산에서 일을 하다가 내려오던 이웃에게 발견되어 가까스로 목숨을 부지하게 되었다. 어디 영랑만이었으랴. 사랑을 위해 목숨을 거는 일은 선남선녀의 마지막 선택일 때가 적잖았다. 괴테의『젊은 베르테르의 슬픔』속 주인공도 이미 남편이 있는 로테와의 이루어질 수 없는 사랑에 좌절한 나머지 스스로 목숨을 끊었다. 유명한『로미오와 줄리엣』에서는 집안의 반대에 절망한 로미오가 독약을 먹고 자살하자 이를 발견한 줄리엣이 사랑했던 로미오의 단검으로 자신의 가슴을 찔러 이승에서 이루지 못하는 비련을 슬퍼하며 연인의 뒤를 따른다. 영랑의 자살 소동으로 온 집안은 발칵 뒤집혔다. 긴 말을 더 이상 하지 않고 있었지만, 아버지 김종호의 충격은 어마어마한 것이었다. 하마터면 집안 장남을 다 키워서 잃을 뻔했다는 위기감과 자책감이 전신을 강타해서 온 몸이 다 휘청거릴 정도였다.

훗날 영랑은, 자신보다 열한 살 아래인 동생 김하식(=일본 와세다대학 영문학과 졸업 후 황해도 재령 명신중학 교사를 지냄)이 소프라노 가수 지망생 최순희와 결혼하려 할 때 아버지가 비슷한 이유로 결혼을 반대하자, 이번에는 아버지를 적극적으로 설득해서 하식의 결혼을 본인들이 원하는 대로 성사시켜 주었다. "동생은 장남도 아니잖습니까"라는 말씀 등등으로 아버지를 집중적으로 움직였다. 김윤식이 가장 사랑했던 동생 김하식의 신부될 최순희는 원산 출신으로 이화여전(=현 이화여대) 성악과 재학 중이었다. 당시의 편견과 완고함에 막혔던 최승희와의 결혼 좌절의 아픔이 훗날 아버지를 움직이는 영랑의 설득력이 되었다.

김하식과 최순희는 강진 집(=영랑생가) 마당에 큰 흰색 천막을 치고 그 안에서 전통식 혼례를 올림으로써 김윤식과 최승희가 건너지 못했던 그 슬픔의 강을 건너고 편견의 그 높은 벽을 넘어섰다. 시간은 그렇게 흐르고, 우리 삶 또한 그렇게 나아가는 것이었다[*영랑이 끔찍하게 아꼈던 동생 김하식은 영문학과를 나왔는데, 영어는 말할 것도 없고, 러시아 등 4개 국어에 능통한 어학 천재였다. 나중에 더 보게 되겠지만, 영랑 집안에는 어학 능통자들이 아주 많다. 유전인 것 같다. 어쨌든, 황해도에서 영어 교사 하던 하식의 러시아어 실력을 해방 후 김일성이 알게 되었다. 그러더니 북한 중앙통신사 러시아부로 발령이 난다. 하식은 거기서 외신부장으로까지 승진했다. 최순희는 평양에서 유명한 오페라 가수로 활동했다. 『왕자 호동』에서 프리마돈나로 명성을 떨쳤다. 김하식과 나란히 앉아 오페라를 관람한 김일성이 뒷풀이 하는 시간에 "외신부장, 이번에 수고 많이 했소!" 하는 덕담을 건네는가 하면, 최순희에게는 춤을 한번 같이 추자고 말할 정도로 가깝게 지냈다. 그때 남쪽의 영랑 가족들은 김하식이 여전히 황해도에서 교편을 잡고 있는 것으로 알고 있었다. 하식은 6·25가 터지기 전년인 1949년 항생제가 없었던 북에서 병(=결핵성 경부염)을 얻어 평양에서 눈을 감는다.].

최승희와의 이루어질 수 없는 사랑(=결혼)으로 영랑은 깊고 큰 상처를 받았다. 순정적이고 내성적인 영랑이었기에 더 그러했을 것이다. 실의에 빠져 식음을 전폐하다시피 했다. 자기 인생의 모든 것을 의미했던 여성을 잃어 버린 청년에게 세상은 이제 아무것도 아닌 것이었다. 게오르규는 『25시』에서 한 사람과의 사랑을 잃은 지 얼마 되지도 않아 다른 사람을 사랑한다면, 그건 사랑이 아니라 했다. 참된 사랑이란, 한 사람을 잃어 버리면 그 사람을 백 년, 육백 년을 잊을 수 없어야 하는 사랑이라 했다. 최승희와 헤어질 수밖에 없게 된 영랑은 백 년, 육백 년이 지난다 한들 그녀를 결코 잊을 수 없을 것 같았다. 의심할 바 없었다.

그러나, 우리는 같은 강물에 발을 두 번 담글 수 없다. 강물은 흘러가고, 우리 발목은 자연히 뒷 강물에 다시 적셔진다. 필자의 대학 시절 교양영어 책의 한 장(章) 제목이 "The show must go on"이었다. 연극은 계속되지 않으면 안 된다 쯤의 뜻이었다. 어느 영국인이 쓴 유명 수필이었는데, 무대 밖 세상에서 어머니를 잃는 슬픔에도 불구하고 무대 위의 우리는 자기에게 주어진 배역을 웃으며 연기해야 하는 거라는 내용을 담고 있었다. 최승희를 잃었지만, 더 쇼 머스트 고우 온. 슬퍼할 시간에 빛나게 살아가야 하는 것이 이놈의 인생이란 괴물인 거였다. '동백나무에서 죽지 못했으니 이왕이면 동백꽃처럼 붉게 살아요' 하고 영랑에게 속삭이는 마지막 천사(*김현철은 어머니 안귀련이 실제로 "천사 같은 분이셨다"고 회고한다.) 안귀련이 나타난 것이다.

김윤식과 안귀련의 개성 결혼식에 최승희가 오빠 최승일과 함께 참석한 것은 뜻밖의 일이고, 어떻게 해석해야 할지 모를 일이다. 최승일이 여동생에게 함께 가서 축하해 주는 것이 좋겠고, 그게 도리 아니겠냐,고 설득했을 가능성이 커 보이지만, 어떤 마음으로 최승희가 참석하게 되었을지, 영랑은 또 어떤 마음이었을

지, 궁금할 뿐 더 알려진 바가 없다.

영랑과의 결혼 계획이 물거품이 되고 나서 6년이 지난 뒤 최승희는 일본 와세다대학을 졸업한 카프(=조선프롤레타리아예술가동맹) 계열의 사회주의 문학인 안막(=1910~1958)과 결혼한다. 그 뒤 최승희는 '조선 춤'으로 세계를 들썩이게 했다. 헤밍웨이, 장 콕토, 피카소, 존 스타인벡, 배우 게리 쿠퍼와 로버트 테일러를 매료시켰다 한다. 그녀는 해방 후 1946년 안막과 월북했다. 북한에서 고위직에 있기도 했던 안막은 1958년, 최승희는 1967년에, 각각 숙청된 것으로 알려지고 있다(*안막은 '반당 종파분자'로 바로 처형되었지만, 최승희는 숙청되어 가택연금 처벌을 받고, 2년 뒤인 1969년 사망한 걸로 되어 있다.).

김영랑은 일본 유학 가기 전, 마재경이라는 여성과 잠시 사귄다. 이화여전(=현 이화여대)을 나온 마재경은 강진보통학교 교사였다. 서울이 집이던 마재경은 교사 부임 후 영랑생가에서 하숙을 했고, 그러다 보니 남녀는 가까워지게 되었다[*마재경이 최승희 오빠 최승일의 처제였고, 최승일과 김영랑이 친구였던 걸 생각하면, 영랑생가에서 하숙을 하게 된 것이 영랑의 배려와 제안에 따른 게 아니었을까 하는 생각도 든다. **마재경이 영랑 어머니 김경무의 고향 친구 딸이어서 영랑댁에 기거하게 된다는 얘기도 있다(김학동 2019, 31~37). 그러나 김경무는 강진이 고향이었고, 마재경은 서울이 고향이었다.]. 두 사람은 그러나 1년이 채 못 되어 김영랑의 일본 유학으로 헤어진다(*이 뒤 마재경도 일본으로 유학을 떠났다 하는데, 이 두 조선인 남녀가 재회했는지는 알려진 바 없다. 앞서 얘기한 대로, 영랑은 일본에서 최승희를 처음 알게 되었고, 귀국 후 연인 사이로 급진전한다.). 그리고, 영랑은 안귀련과 재혼한 뒤, 어느 해 강진읍의 또 다른 어떤 여성과의 사이에 아이(=김애나)까지 두게 된다. 그 당시 조선 남자들에게 종종 흔한 일이었긴 하다. 로마의 지배자 카이사르는 남녀 가리지 않는 바람둥이였다는데, 영랑도 '인물값'은 했던 것 같다.

영랑과 안귀련은 첫 만남에 서로 호감을 느꼈다. 곧 결혼 애기가 오갈 정도가 되었다. 안귀련은 곱고 착하고 여성스러운 열아홉 살 처녀였다.

이들의 셋째 아들 김현철에 따르면, 어머니 안귀련은 여성스럽다 못해 너무 여성스러웠다. "너무너무 여성적이었고, 그저 조용조용한 분이었다." 당시로서는 고학력에 고등여학교 선생님까지 지냈지만, 안귀련은 김윤식에게 꼼짝을 못하고 잡혀 살았다. 수평은커녕 완전 수직이고 불평등 의존 관계였다. 그런데 결혼하던 해(=1925년) 이 신혼부부가 함께 찍은 사진을 보면, 꼭 그런 것만도 아니었던 것 같다. 안귀련은 앉아 있고, 영랑은 그 옆에 다소곳하게 서 있는 걸 보면 말이다. 사진관에서 권한 모습으로 연출했을지라도 영랑이 거기 순순히 응했기에 가능한 장면이었을 테니까.

1925년의 결혼 직후에 찍은 김영랑과 안귀련. 안귀련은 앉아 있고 영랑은 서 있다.
수줍음을 타는 내성적 영랑이 아내 등에 손을 얹지 않고 뒤로 가져간 모습이 재미있다.

　아무튼 저 사진 속 남자 김영랑은 여성을 제대로 예우하고 배려하고 있다.

　남편 영랑은 예의 바르고 과묵하면서도 신경이 예민한 편이어서 큰소리로 화를 내는 경우가 적지 않았지만, 그것이 부부싸움으로 번지는 일은 한 번도 없었다. 안귀련이 아예 말대꾸를 하지 않으니 싸움이 성립될 수 없었다. 안귀련의 무대응은 전략이라기보다는 성품 탓이었다. 김현철은, 어머니가 누구하고 시비하거나 누구랑 언쟁 벌이는 일을 단 한 번도 본 적이 없다. 그러니 그녀는 영랑에게 '죽어' 지내는 것이었다. 그러다 보면 남편의 화가 누그러지게 마련이고, 다시 부부 관계는 원만 모드로 복구되는 것이었다(*아주 예외적으로, 안귀련이 토라지는 경우도 있었다. 일년에 한 번 있을까 말까 했지만, 이 경우 안귀련은 하루 이틀 아예 입을 달아 버렸다. 그러면 불편해진 영랑이 먼저 말을 걸었다. 그걸로 짧은

'내전'은 종식되는 것이었다. 마하트마 간디식 '비폭력무저항주의' 같았다.). 어찌 보면 궁합이 잘 맞는 부부였다고 할 수 있을 것이었다. 권위주의적 남편과 약한 아내의 배역 조정이 가정의 '균형'을 가져다주었다. 결코 이상적인 부부 모습은 아닌 것이지만, 그 당시로서는 흔한 사례인 것도 사실이었다[*영랑은 "자아가 강하고 자신의 시를 이해하지 못하는 부인과 그리 화평한 사이가 아니었다"는 증언도 있다(김병균, 2021). 호수돈여고 졸업 후 일본 유학을 꿈꾸었으나, 여자가 무슨 외국 유학이냐는 집안 반대로 그 꿈을 접었다는 안귀련이었으니, 어찌 자아가 없었겠으랴. 두 부부 관계의 진실은 원만과 불화 그 중간 어디쯤이나 되었을지…]

앞에서도 잠깐 언급한, 국어 교과서에도 실린 영랑의 편지가 있다. 광주 욱고녀(=현 전남여고)에 다니는 큰딸 애로에게 보낸 것이다. 교과서에 실린 제목은 「애로에게」로 되어 있다. 그런데 애로가 강진 집으로 보낸 편지 겉봉에 '김애로 본제 입납(入納)'이라고 써야 할 것을 '본제 입지(入紙)'라 써서 보냈던 모양이다. 영랑은 딸에게 보낸 편지에서 이를 정정해 주면서 "이번 네 편지 보고 엄마 아빠는 웃었다. 본제 입납의 '납'을 '지'자로 썼구나. 이담부터 고쳐 써라"라고 적어 보내고 있다. 두 부부가 함께 웃음 짓는 모습이 어렴풋이 연상된다.

어느 날 어딜 다녀오던 안귀련이 영랑생가 앞마당 돌부리에 걸려 그만 앞으로 고꾸라지듯 넘어져 버렸다. 그 광경을 영랑의 아버지 김종호가 먼 발치에서 보고 있었다. 김종호는 며느리쪽으로 옮겨 갈 몸짓이었다. 그때 영랑은 방에 있었지만 방문을 열어 놓고 있어서 이를 보고 곧바로 방을 나와 빠른 걸음으로 안귀련에게 다가갔다. 그런데 영랑은 넘어져 있는 안귀련 앞에 섰지만, 정작 안귀련의 손을 잡아 일으켜 주지 않았다. 걱정스러운 표정으로 내려다 보면서 이렇게 짧게 말 하는 것이었다. "괜찮아?" 김현철은 그때 '왜 아버지가 어머니를 손잡아 일으켜주시지 않을까…' 이상하고 이해되지 않았다. 김현철은 나중에 안귀련에게 그 연유를 물었다. 어머니의 대답은 이랬다. 어른이 옆에 계실 때는 아내나 자식의 손을 잡아 준다든지 안아 주는 모습을 보여선 안 된다는 것이었다(*그때의 가정 '법도'였을 것이다. 글쎄다. 법도는 법도겠지만, 너무 금지적이고 너무 비인간적 법도 같다. 그럼에도 영랑은 그 법도가 몸에 밴 충직한 선비였다. 예절과 법도는 당시 조선 선비들에게 '헌법' 같은 것이었다.).

영랑과 안귀련은 슬하에 5남 2녀를 뒀다. 장남 현욱 아래로 현복, 4남 현태 아래로 현중이라는 아들이 둘 더 있었지만, 일찍 세상을 떴다〔*영랑이 1940년 2월 28일 『조선일보』에 쓴 「수양(垂楊)」이라는 글에는 두 아이들을 일찍 여읜 아버지의 "항상 서언한 마음"이 잘 드러나 있다. 두어 달 전 땅에 묻고 온 현중을 보고 싶다고 안귀련이 얘기하자 남편은 "마음을 그만 가라앉히래두" 했지만, 부부는 "살려 주기를 애원하는 그 두 눈이 잘 생겼던 아이"를 만나러 "3마장 논둑길, 별로 말도 없이 간다." 아이의 묘를 찾아 가며 영랑이 "울지 말우" 하는 데 아내는 대답이 없다. 한참 뒤 아내는 "울 테요" 한다. 영랑은 "10년 전에 처음 아이를 놓쳐 봤고, 이번 (현)중이를 보내는데 간이 어찌 안 썩고 있는지 모르겠다"고 하면서 "사람의 죽음 중에 영아의 죽음

이 가장 불쌍하지 않을까” 하고 적는다.]. 그러니 실제로는 7남 2녀
였다. [*한편, 앞에서 잠깐 언급했던 대로, 영랑에게는 딸이 하나 더 있
었다. 우리가 이름을 모르는 강진 여성과의 사이에서 났다. 김애나
(=1934~2013)는 영랑 집안 어르신들이 인정하지도 않고 받아들이지
도 않는 바람에 불쌍하게 자랐다. 현철보다 한 살 위였던 애나는 현철
과 같이 초등학교를 다녔는데, 집에 와서 수업료(=그때는 초등학교에
서도 수업료를 내야 했다)만 받으면 얼른 도망치듯 사라져 버리곤 했
다. 영랑은 애나를 아주 이뻐했다 한다. 애나는 초등학교 졸업 후 10대
후반 나이에 강진농고를 졸업한 해남 청년 유금섭과 결혼했다. 애나는
평생을 해남에서 살다 세상을 떴다. 어렸을 때부터 현철은, 애나가 가
족 취급을 받지 못하는 현실에 마음이 아팠다. 그래서 다른 형제들과는
달리, 애나에게 따뜻하게 대했다. ‘누나’라고 불렀고, 애나도 그런 현철
을 아주 좋아했다. 가족 몰래 애나 어머니에게 한복도 해 드리고 그랬
다. 애나로부터 자기 엄마가 굉장히 고마워하셨다는 얘기도 전해 들었
다. 애나가 결혼한 뒤에도 현철은 애나와 잘 지냈다. 애나의 해남 집에
도 놀러 가고, 애나 부부와 식사도 종종 했었다. 영랑으로 보자면, 자식
이 7남 3녀였던 것이다.]

　영랑이 직장에 다니는 것도 아니고, 번잡한 도시 생활로 바쁘
게 살아가는 삶도 아니어서, 부부는 함께 있는 시간이 많았다. 영
랑과 귀련은 무난하게(또는 원만하게) 잘 지냈다(*무난했던 부부
사이에 대한 각자의 기여도는 어땠을까. 부부 관계의 원만함을 위한 영
랑의 기여도가 더 컸을 것 같진 않다.) 남편이 평생 직장을 가져 보
지 않았지만, 안귀련은 그에 대해서도 별 불만이 없었던 것같다.

남편이 어려서부터 민족의식과 항일의식이 투철한 사람이었다
는 사실을 이미 잘 알았고, 안귀련은 이를 이해했다. 짧지만 감옥
생활까지 했던 사실 때문에 일제가 직장을 쉽게 허락하지 않을
거라는 점도 모르지 않았다. 그렇다고 생활이 어려울 정도로 빈
한한 것도 아니어서 남편의 무직 전업 문학인 생활에 크게 신경
을 쓰지 않았던 것 같다.

영랑의 자식들은 하나같이 광주와 서울의 명문 학교로 진학했
다. 장남, 차남, 3남이 연이어 서울 경복중에 입학한 것은 대단한
일이었다. 강진에서 국민학교(=초등학교)를 나온 '시골' 아이들이
우리나라 최고 수준 학교에 연거푸 합격한 것은 강진군 전체의
경사스런 일에 해당하는 쾌거였다. 그렇다고 영랑 부부가 자식
교육에 특별히 신경 쓴 것은 아니었다. 다만, 아버지인 영랑은 책
을 읽거나 글을 쓰는 일이 업이었고, 안귀련은 시댁 가사 일로
바빴지만 반듯하고 식견 있는 교사 출신 어머니여서 아이들에
게는 부모들이 자연스러운 거울이었을 게다. 자식들은 부모의
'말'을 듣고 배우기보다는 부모가 하는 '짓'을 보고 더 배운다. 나
락은 주인 발자국 소리를 들으며 자라고, 자식은 부모 하는 걸
보며 자란다. 부모가 공부하라고 해서 공부하는 게 아니라, 부모
가 늘 집에서 책을 보고 공부하면 아이들은 그걸 보고 절로 공부
한다. 최고의 과외 교사는 책 읽는 부모 모습이다. 자식이 부모의
'상전'이라면, 부모는 자식의 거울이다. 영랑은 자식들에게 공부
갖고 뭐라 한 적이 없었다 한다. 안귀련도 거의 비슷했다. 다만,
안귀련은 아이들이 공부해야 할 시간인데 나돌아 다니는 걸 보

면 "너(희들) 지금 뭘 하냐? 어서 공부방으로 들어가야지!" 하는 정도로 지나갔다. (*영랑은 몰라도, 적어도 안귀련까지 자녀 교육에 신경을 아주 안 쓴 건 아니었음을 보여주는 대목이다.) 큰아들 때부터 자식들이 졸업식에서 으레 도지사상이나 군수상을 탈 만큼 성 적들이 뛰어나서 아이들 학교 일에는 크게 신경을 쓰지 않았다.

안귀련은 장손 며느리였다. 시원시원한 성격의 시어머니 김경 무로부터 강진 전통 음식 요리법을 차근차근 교육받았다. 안귀 련은 본디 손재주가 있었던 데다 시댁의 엄격한 도제식 교육을 받은 덕분에 불과 2, 3년 뒤부터는 스스로 일등 요리상을 내놓을 정도가 되었다. 본디 강진 출신 가정주부였던 것처럼, '개성댁' 안귀련은 부엌일을 도와주는 사람들을 손수 지휘해 가면서 솜 씨를 자랑하게 되었다. (*강진에 있을 때나 서울 이주 후 집을 찾는 손님이나 문우들로부터 "별미 음식은 역시 영랑 댁이라야!"라는 찬사 를 줄곧 들을 정도였다.) 김경무는 안귀련을 "버릴 데가 없는 사람" 이라며 좋아했다. 시어머니는 큰며느리를 친딸처럼 살갑게 대하 고 늘 신임했다.

안귀련은 좋은 며느리였고, 좋은 아내였고, 좋은 어머니였다. 부잣집에서 종사하던 머슴들과 여성들에게도 큰소리 한 번 내 지 않고 한결같이 따뜻했던 '안주인'이었다. 힘들다는 소리, 아프 다는 말 한 번 하지 않던(또는 못 했던) 헌신의 조선 여인이자 조 선 어머니였다. 신이 모든 곳에 있을 수 없어서 어머니를 만들었 다면, 안귀련이 딱 그 어머니였다.

난생 처음 내려온 시골 전라도 땅 강진에서 층층시하 시집살이를 하다 보면 친정집 개성이나 교사 시절과 원산 땅이 그리울 법도 한데, 시댁 어른들이 후덕하고 새 며느리에 대해 크게 만족하고 있어서였던지, 게다가 신랑을 잘 만났다고 생각해서인지, 안귀련은 간혹 교사 시절 얘기를 자식들에게 들려주는 정도이지 직장 생활을 그리워하거나 하지는 않았다.

안귀련이 가끔 눈물짓는 일은 친정 식구들 생각 때문이었다. [*안귀련은 장녀였다. 밑으로 여동생이 둘 있었다. 막내가 안정님이었는데, 아주 예쁘게 생긴 데다 수도여자의대(=현 고려대 의대)를 나와 서울부민병원(=현 국립의료원) 내과의사로 근무하고 있어서 친정 식구들이 큰 기대를 걸고 있었다. 안정님의 애인도 서울에 있었는데, 그는 무슨 일로 북쪽으로 가게 되었다. 해방이 되며 남북 분단이 서서히 고착화하자 두 남녀는 남북 어느 한쪽을 선택해야 했고, 안정님은 가족들 누구에게도 말 한 마디 남기지 않고, 나중에 식구들에게 설명할 생각이었겠지만, 어느 날 홀연히 애인을 찾아 북으로 넘어가 버렸다. 그 뒤 안정님 소식은 영영 끊기고 말았다. 안정님은 언니 안귀련에게 가슴의 '못'이 되었다.] 안귀련의 부모들, 삼촌, 고모, 이모들, 그리고 1남 2녀 형제 자매들은 모두 개성과 서울에 살고 있었다. 전라도 강진 땅하고는 멀어도 너무 멀어 이역만리 타국 같은 것이었다. 지독한 타향살이였다. 동요 「과꽃」 노래 말 "시집 간 지 온 삼 년 소식이 없는 누나가 가을이면 더 생각나요"처럼 살아야 했던 게 그때의 시집살이였다. 1930년대 말경까지는 전화도 없었던 시절이니 고작 편지 정도가 유일한 안부 소통 수단이었다. 친정 식구들이 그리울 때 젊은 어머니는 눈물짓곤 하셨다고 아들 현철은 기억하고 있다.

한국전쟁 중에 47세 남편 김영랑이 세상을 뜨자 처음 얼마 동안 안귀련은 거의 넋이 나간 사람 같았다. 장녀 애로는 결혼해서 출가했다지만, 이제 저 어린 5남 1녀 자식들을 홀로 책임져야 한다는 본능적 모성애가 겨우 그녀를 붙들어 주었다. 1988년 남편을 잃은 후 소설가 박완서는, "고통은 극복할 수 있는 게 아니다, 그냥 견디는 것이다"라고 썼었다. 그리고 견딜 수 있으면 또 해낼 수 있는 것이다. 삶이 우리를 외면해도 우리가 그걸 외면할 수는 없었으므로, 안귀련은 살아야 했다. 자식들이 없었더라면 하늘이 무너져 내리는 슬픔과 절망감에 안귀련은 쓰러져 버렸을지도 몰랐다. 그만큼 남편을 사랑했고, 남편만 바라보며 25년을 함께 살아왔던 안귀련이었다. [*영랑이 가장 아꼈던 후배 미당 서정주는 부인 방옥숙이 세상을 뜨자 곡기를 끊고 눈이 많이 쌓인 2000년 겨울 스스로 세상을 등졌다. 김현철은, 방옥숙이 가정주부로서 한국적 부덕이 있는 분이었다고 기억한다. 사랑은 위대하지만, 사랑은 또한 이처럼 철저히 양자적(兩者的)이다. 사랑은 두 당사자만 있을 뿐이어서 타인(들)의 개입과 도덕을 거부한다.]

안귀련의 인생은 산산조각이 났다. 홀로 남겨진 44세 안귀련은 빈털터리 처지가 되었다. 들 수도 없고 어디 부릴 수도 없는 절대 신산의 삶이었다. 단 한 번도 겪어보지 못한 극심한 생활고에 시달렸다. 서울 수복 후 큰아들이 전투 경찰로 입대하고, 둘째도 육군 장교로 입대하면서, 이 두 아들이 보내 주는 돈으로 겨우겨우 최저 생활을 유지하는 수준이었다. 고생 없이 세상을 살아온 안귀련에게 생활력이 있었을 리 만무했다. 영랑 사후 유가족 일가는 서울 시내 여러 곳을 셋방살이로 전전해야 했다. 무려 20년을 그래야 했다.

셋째 김현철이 방송사 기자로 취업하고, 넷째 현태가 대학 교수가 되면서 비로소 다시 경제적 안정을 되찾게 되었다. 김현철 부부는 미국으로 이주할 때(=1974년 4월 23일)까지 10여 년간 어머니를 극진히 모셨다. 그런데, 가장 의지하던 그 김현철이 미국 이민을 간다는 사실에 안귀련은 또다시 몹시 큰 슬픔에 잠겨야 했다. 현철은 미국으로 떠나면서 본인 명의의 집을 독신이었던 넷째 김현태 교수에게 넘겨주었다. 노모와 막내 여동생 애란에게 잘해 달라고 신신 당부했다. 현태는 효심이 지극했다. 그러나 이 무렵 안귀련은 당시의 불치병인 녹내장으로 극심한 고생길을 걸어야 했다. 결국 말년 10여 년간을 사실상의 실명 상태로 지내야 했다.

막내딸 김애란이 다니던 회사를 그만두고 어머니 수발을 들 수밖에 없게 된다. 안귀련은 바깥 출입할 때는 말할 것도 없고, 집 안에서 화장실 다닐 때조차 혼자 다닐 수가 없을 정도가 되었다. 막내딸은 어머니의 두 눈이 되어 드렸다. 그 어머니 돌아가실 때 애란 나이 마흔 다섯이었다. 꽃다운 나이였을 30대 중반 무렵부터 마흔 다섯까지 김애란은 자기 시간과 자기 삶을 갖기 어려웠다. 그것이 안쓰럽고 미안하기만 했던 안귀련은 이따금 "나는 너라도 있어 이렇게 불편을 덜고 있는데, 나 떠나고 나면 너는 어떡 하냐. 눈 먼 딸이라도 하나 있으면 좋을 텐데...”했다. 그럼 뭐라 대꾸하셨느냐?고 필자가 묻자 김애란 선배의 대답은 이랬다. “엄마, 다 하늘이 내리는 대로 사는 거예요...”

안귀련은 1989년 불편했던 두 눈을 영영 감는다. 을사늑약 1년 뒤인 1906년 출생했으니 83세를 일기로 한 많은 이승 이 땅을 하직한 것이다. 안귀련의 일생은 어려운 시대를 어렵게 살아야 했던 이 땅 여성들의 고된 삶의 모습 그대로였다. 지금 안귀련은 25년을 함께 살았던 남편 김영랑 곁에 함께 안장되어 있다.

2부

일면

자식들의 아버지

지용 정지용의 장남 구관(=1927~2004)은 「아, 내 아버지의 향수」라는 글에서 "자식들의 잘못에 한 번도 용서 않으시고 매로 다스리던 아버지"라고 지용을 기억하고 있다. 영랑의 3남 김현철도 완벽하게 똑같이 아버지를 기억한다. 영랑은 자식들에게 한 마디로 호랑이였다. (*필자가 김현철 선배께 "영랑 선생은 정말 그렇게 철권 통치를 하셨나요?" 했더니, 곧바로 "철권도 그런 철권이 없었다"는 응답이었다.)

또 정구관은, 아버지 정지용에 대해 생활 경제는 빵점짜리셨다고 회상했다. 영랑의 4남 김현태(=단국대 불문학과 교수)도 꼭 그렇게 말했다. 월간 『신동아』에서 작고 문인들의 자녀들을 모아 좌담회를 열었는데, 이 자리에 나온 현태는 아버지를 "시를 쓰는 일 말고는 아무것도 할 수 없는 분"이었다고 했다(신경림,

184).

　시 「농무」로 유명한 신경림 시인은 몇몇 문인들과의 저녁 술자리에 같이 있던 김현태로부터 영랑에 관한 다른 어떤 일화라도 들을 수 있을까 해서 "언덕에 바로 누워/아슬한 푸른 하늘 뜻 없이 바래다가/나는 잊었읍네 눈물 도는 노래를..." 하고 영랑의 시 「언덕에 바로 누워」의 한 소절을 짐짓 외워 보였다. 그런데도 김현태는 별다른 반응을 보이지 않더랬다(신경림, 185). 특별히 할 말이 없었거나, 좋은 추억 얘기가 없었거나, 영랑처럼 아들 역시 워낙 과묵했던 탓이었을까.

　영랑의 자식들은 하나같이 일평생 화투를 치고 놀아 본 역사가 없다. 자식들만 그런 게 아니고, 아버지인 영랑 자신부터 화투, 마작 같은 잡기를 아예 금기시했다. 아마 영랑의 부친 김종호(＝1879~1945)도 마찬가지였을 것이다. 영랑의 조부 김석기(＝1851~1922) 역시 똑같지 않았을까 싶다. 가문의 내력이고 집안의 가풍이랄까 문화가 그랬던 것 같다.

　3남 현철이 초등학교 3학년 때였다. 1944년 봄이었던 것 같다. 현철은 학교가 파한 뒤 친구와 함께 집에 돌아오던 중 학교 가까이 사는 그 친구 집에 들르게 되었다. 친구의 책상 위에서 하얀 보름달이 그려져 있는 화려한 그림의 화투짝 하나를 보았다. 처음 보는 신기한 그림이라 현철이 한참 들여다보며 이게 뭐냐?고 물었다. 친구는 응, 화투짝의 공산(명월)이라는 거야, 갖고 싶으면 가지고 가라,고 했다. 집에 돌아온 현철은 이 화투를 책상 위에 올려놓았는데, 나중에 이를 보게 된 영랑은 화들짝 놀라며

"아니, 이것 어디서 났냐?"며 버럭 화를 내는 것이었다. 자초지종을 들은 영랑은 아들을 데리고 나와 화투짝을 활활 타는 아궁이 불 속에 집어 던졌다. 영랑은 아무런 설명도 없이 "두 번 다시 이런 것에 손을 대면 안 된다"고 불호령을 내렸다.

영랑생가 안방 장롱 위에는 안채 뒤편 대나무밭에서 골라 온 대나무로 만든 매가 항상 놓여 있었다. 이 매를 들어 사용하는 사람은 오직 한 사람 영랑뿐이었다. 어머니 안귀련은 단 한 번도 자식들에게 매를 들어본 적이 없었다. 자식들에게만 호랑이였던 영랑은 종종 매를 들었다. 정구관의 아버지 정지용처럼, 김현철의 아버지 김영랑은 자식들을 매로 '다스렸다.' 영랑은 자식들의 '군기'를 잡는 데 아주 엄했다. 3남 현철의 기억에 따르면, 영랑은 호랑이 같다 못해 아이들의 기를 죽일 정도로 엄격했다. 거짓말을 둘러대다가 들통이 난다든가, 엄마 아빠의 허락을 받지 않고 무슨 일을 저질러 사고를 낸다든가, 형제간에 싸움박질을 한다든가 하는 날은 난리 나는 날이다. 영랑이 이를 알게 되면 그는 그 큰 목소리로 호통을 치며 자식(들)이 "잘못했습니다, 다시는 안 하겠습니다."라고 할 때까지 매로 다스렸다. 이 대나무 회초리는 얼마나 센지 종아리에 시퍼렇게 핏줄이 서게 했다. 이때 안귀련은 자식들이 벌을 받고 있는 자리를 처음부터 끝까지 지켜보며 함께 서 있곤 했다. 영랑의 매가 심할 때는, 극히 드문 일이었긴 하지만, 본인이 울면서 매를 잡고 더 이상 때리지 못하게 자식들을 보호해 주기도 했다. 어머니로서 안귀련은 자식들의 수호천사였다.

영랑 부친 김종호의 후처(後妻)의 아들들 중 현철과 동갑내기가 있었다. 이름이 판식이었다. 김판식은 현철에게는 엄연한 삼촌이었다. 둘은 같은 나이 또래다 보니 친구처럼 잘 놀다가도 수 틀어지면 엉켜 싸움박질하는 일이 허다할 수밖에 없었다. 이걸 영랑이 알면, 그날은 경을 치는 날이 된다. 지 삼촌과 싸우고 삼촌을 때리는 놈이 어디 있느냐,며 두둘겨 맞는다. 그런데 현철 생각에는 이 싸움에서 잘못한 건 어디까지나 김판식이었으므로 현철은 "잘못했습니다."라는 그 '항복 선언'을 하지 않아 거의 죽도록 얻어맞는다. 그러니, 현철에게 영랑은 자나깨나 호랑이였다.

그 당시 대부분의 아버지들이 다 그러셨다. 필자네 집의 경우에는 양친이 다 우리를 매로 다스렸다. 우리 형제들은 아버지한테는 이따금씩, 어머니한테는 수시로, 매를 맞고 컸다. '자식 놈 이뻐 했더니 지 애비 상투 잡더라'는 속담처럼, 당시 부모들은 거의 다 매로 자녀를 교육했다. 귀한 자식일수록 엄하게 키우라는 것이 그때 어른들이었다. 영어 속담에도 '매를 아끼면 아이를 버린다(Spare the rod, spoil the child)'는 말이 있다고 송성문의 『정통종합영어』에서 배웠다.

그런 김현철이 유독 보물 다루듯 애지중지하는 사진이 한 장 있다.

자식들의 아버지

아버지 영랑 품에 안겨 있는 3남 김현철(1939년).
현철은 이 장면이 실제였는지 믿기지 않는다 한다.

네 살 때였던 1939년에 찍은 사진이다. 현철이 아버지 품에 안겨 있는 장면의 사진이다. 현철은 오랜 세월이 흐른 어느 날 어떻게어떻게 겨우 보존되고 건네져 온 묵은 사진첩에서 이 사진을 처음 발견하고 깜짝 놀랐다. 자기 눈을 의심했을 정도였단다. '내가 아버지에게 안긴 적이 있었나?' 오직 추상같고 호랑이 같았던 그 아버지의 품에 자신이 안기기도 했었다는 사실, 그 아버지 품에 안겨 있었던 순간이 존재했다는 사실이 쉽게 믿기질 않는 것이었다. 그만큼 그 순간과 그 사진이 소중하고 신기했다 한다. 이 사진 속 장면은 자신의 어렸을 때 영랑생가에서의 모든 일들을 소환하여 회상시키는 것이었다. (*필자가 김현철 선배더러 "단란했던 추억담 같은 거 없느냐"고 여쭸더니 돌아오는 대답이 이랬다. "선친이 워낙 엄해서 그냥 매 안 얻어맞고 조용히 지나가면 그게 단란이었어요.”)

아버지로서 영랑의 자식 교육의 핵심 중 핵심은 거짓말하지 말라는 것이었다. 한 번의 거짓말을 감추기 위해서는 스무 가지 거짓말을 더해야 하는 법이다. 어떤 경우에도 정직해야 한다는 것이었다(*그다음은, 형제지간에, 친척지간에, 싸우지 말라는 것이었다.). 그것이 아닌 경우라면 영랑은 자식들에게 너그러운 편이었던 것 같다. 자식들의 부정직한 사례가 발각되는 경우가 아닌 한, 영랑은 자식들의 일에 별 큰 관심을 안 가졌던 것 같기도 하다. 아내였던 안귀련에게 자식 교육을 ‘전담’시켜도 될 만하다고 판단했을 수도 있다. 또 아이들이 하나같이 전교 1, 2등을 할 정도로 공부를 잘 하는 모범생들이어서 ‘절로 컸다’고 볼 여지도 조금 있었을 것 같다.

한번은, 이런 일이 있었다. 영랑이 자신보다 훨씬 어려 보이는 같은 강진읍 탑골 태생 ‘친구’와 서로 “그랬는가”, “저랬는가” 하며 동년배 언어를 사용하고 있는 것이었다. 이것이 이상해서 현철이 아버지께 질문을 했다. “아버지보다 훨씬 어린 분인데 왜 저분은 아버지께 친구처럼 그렇게 말씀하시지요?” 이에 대해 영랑은 빙그레 웃으며 이렇게 대답했다. “응, 좋은 질문이다. 우리 조선 예법(禮法)으로는 동갑부터 위아래 7년까지는 친구로 대해서, 서로 말을 마구 놓는 하대가 아닌, 점잖은 친구 간 표현법인 “그랬는가, 그러세” 등으로 서로 벗을 해야 한다. 동갑이라고 친밀감의 표현이라며 말을 “해라”로 표현하면 나이가 들어가면서 차츰 품위가 결핍되고 누가 들어도 상스러운, 천박한 대화

자식들의 아버지

가 되는 법이다. 반면, 상하 8년차부터는 윗사람께 무조건 선생님 대우를 해야 하는 법이다."라는 것이었다. 이 설명을 들은 현철은 아, 그렇구나, 하고 생각하면서 바르게 행실하며 사는 일이 쉽지 않다는 걸 느꼈다 한다. 자식들이 단정하게 커 가기를 바랐을 아버지로서 영랑은 자신이 아이들의 기준이 될 것임을 아는 표준 선비였던 것이다.

맏아들 김현욱이 명문 경복중에 합격했을 때 영랑은 뛸 듯이 기뻤던 듯하다. 그때 강진에서 서울 명문중 합격은 전교 통틀어 한두 명 정도에 불과 했었으니 집안의 큰 경사임에 틀림없었다. 영랑은 현욱을 등에 업고 주위 친척들에게 "이놈이 서울 경복중학에 합격했답니다!" 하고 자랑했다. 주위 사람들은 영랑이 저렇게 좋아하며 자식 자랑, 자기 자랑하는 것을 처음 보았다. 과묵한 일면을 지닌 영랑과 다정다감한 일면을 지닌 영랑 중 이 초유의 자식 자랑 일화는 다정다감한 일면의 영랑이 두드러진 경우였다 하겠다.

음악을 끔찍이도 좋아했던 영랑이었으니 음악 감상 시간이 꽤 자주 꽤 길었을 법하고, 그러다 보면 그 시간에 아이들과 함께 있는 경우도 꽤 되었을 것이다. 그래서 영랑의 어린 자식들은 네 살 무렵부터 초등학교 입학하기 전까지 아버지 무릎 위에 앉는 호사를 누릴 수 있었다. 부자의 음악 감상 시간이었다. 영랑은 자신이 기거하는 사랑채 큰 방에서 지그시 눈을 감고 음악에 귀를 기울였다. 영랑은 서양고전음악과 우리 국악을 망라하는 전 영역의 교양 있는 청중이었다. 현철은, 부자 간 음악 감상으로 자식

들 모두가 서양고전음악과 국악에 귀가 열리는 계기가 됐다고
회고한다. 그렇다고 이것이 영랑의 조기 예능교육 같은 건 아니
었다. 영랑이 음악 감상할 때마다 자식들을 사랑채로 데려온 것
도 아니었고, 영랑이 그 음악들을 자식들에게 '해설'하거나 교육
시킨 것도 아니었기 때문이다. 결과적으로 자식들에게는 예능
조기교육이 자연스럽게 이뤄졌다고 봐야 할 것 같다. 아무튼 영
랑 무릎 위의 예능 교육은 영랑이 무조건 호랑이 같은 아빠인 것
만은 아니었다는 반증 예화가 될 것 같다.

영랑은 살아생전 경제적 고초를 안 겪으며 살았다. 그러나 그
것이 자신의 '자업자득'이 아니라, 그저 부잣집 아들로 태어난 일
종의 '무임승차' 비슷한 행운이었을 뿐임을 스스로 잘 알고 있었
다. 사실상 평생을 무직으로 시인의 외길을 무난하게 고수할 수
있었던 것은 말 그대로 요행에 가까운 행운(=fortune)일 따름이
었다. 그래서 영랑은 자식들이 대학에 진학할 때 무슨 과를 택하
든 반대하지 않겠지만, 문학만은 피하라,고 했다. 우선, 무슨 과
를 선택하더라도 너희들 원하는 대로 하겠다는 입장은 놀라운
일이었다. 도쿄예술대 성악과 진학을 간청하던 영랑의 뜻을 꺾
고 말았던 그 아버지 김종호와도 분명 다른 것이었다. 가부장적
이고 가장으로서 절대 지위를 누렸을 법한 영랑으로서 자식들
의 중요한 학과 선택을 자식들 스스로의 판단에 따르겠다는 입
장은 멋진 아버지의 모습이면서 동시에 인문학자랄까 시문학
예술가다운 관용이 느껴져서 다행스럽다. 더 놀라운 것은, 문학

만은 안 된다는 영랑의 엄한 그 입장이다. '당신께선 문학의 길을 그렇게도 힘들게 걸으신 거였구나, 마치 수행 구도자처럼 홀로 그 길 걸으며 얼마나 지치고 후회스러웠을까...' 하는 생각이 들었고, 필자의 마음이 아팠다. '나는 아버지 재산 덕에 직장도 갖지 않고 내 하고 싶은 대로 해왔지만, 이제 유산도 얼마 남지 않은 터에 너희들까지 가난과 고독의 이 문학의 길을 걷게 할 순 없다'는 생각이었을 것이다.

장녀 김애로가 광주 욱고녀(=현 전남여고) 졸업 후 이화여전(=현 이화여대) 가정학과를 가겠다고 할 때 영랑은 반대하지 않고 애로의 그 선택을 존중했다. 그 뒤 장남 김현욱이 서울 경복고 졸업 후 동국대 국문학과를 가겠다고 하자 영랑은 이렇다 할 설명도 없이 무조건 반대했다. 그럼에도 현욱은 자신의 뜻대로, 동국대 국문과로 진학한다. 영랑도 결국 '자식 이긴 부모 없다'는 그 부모였던 것이다. 영랑은 한 발짝 물러섰다. 그러면서 마지막 선을 제시했다. 문학을 전공하는 것까지는 몰라도 문학을 (전)업으로 삼아선 안 된다는 마지노선이었다.

여기서 자식들의 아버지로서의 영랑을 잠시 비켜 두고, 그 아버지의 자식들이 어찌 되었는지, 문학 전업 작가는 혹 없었는지 들여다보기로 한다.

장녀 애로(=1926~1996)는 이화여전 졸업 후 여수에서 개업한 외과의사 이상무의 아내가 되었다. 6·25 때 서울을 떠나 남하한 영랑의 유가족들은 여수의 애로 집에서 잠시 피난 생활을 하게 된다.

아까 얘기한 대로, 장남 현욱(=1928~1989)은 경복고와 동국대 국문학과를 나왔다. 여수 여양중고등학교 국어 교사로 재직했다.

둘째 현국(=1932~2005)은 경복고에서도 영어가 월등해서 영랑은 아들이 외교관이 되기를 원했지만, 6·25 전쟁이 나자 그는 육군 단기 장교 후보를 지망, 임관했다. 육군 본부 공보실에서 근무했다. 렘니처 미 육군 참모총장이 방한했을 때 여러 통역장교들을 물리치고 공보장교였던 현국이 통역으로 발탁되기도 했다. 그 뒤 그는 미국으로 건너갔고, 거기서 20여 년간 뉴욕 대법원 한국어 수석 통역관으로 활동했다. 김현국의 장녀 혜경(1957~)은 할아버지 영랑의 문화적 유전자를 내리받았던지 할아버지가 그렇게도 하고 싶어 했던 성악(=대구가톨릭대 성악과)을 전공했다. 지금도 한국문화예술회관연합회장 등을 맡아 헌신하는 등 문화예술가 가문의 후예답게 활동하고 있다.

이 책의 감수자인 셋째 현철(=1935~)은 홍익대에서 신문학을 전공했고, MBC 기자로 재직했다. 미국에서도 한인 언론인으로 활동하다가 최근 은퇴했다. 장장 60여 년의 대쪽같은 언론인 세월이었다.

넷째 현태(=1938~2004)는 서울고와 서울대 불문학과를 졸업했으며, 프랑스 문학을 전공했다. 공군사관학교, 이화여대, 연세대를 거쳐 단국대 교수로 정년 퇴임했다. 모파상의 소설 등 20여 권의 번역서를 냈다.

다섯째 현도(=1940~)는 서울 서라벌고를 나와 외국어대 독일어과를 다녔으나, 집안 형편으로 중퇴하고 만다. 현도는, 고흥에 있는 국립 소록도병원(=한센인 치료병원)에서 잠시 재직하며 영어 통역을 맡게 된 현철의 도움으로 여기서 봉사 중이던 오스트리아 출신의 마리안느와 (빌마 수녀를 뒤이어 부임한) 마가렛 두 수녀(=간호사)들과 가깝게 지내게 되었다. 이 두 수녀님은 훗날 '소록도 천사'로 칭송되고, 노벨평화상 후보로도 추천되었던 성녀(聖女)들이었다. 이 수녀님들이 본국의 한 기업인에게 "완벽한 독일어를 구사하는 성실한 젊은이"라고 추천해 주어, 현도는 장학금을 약속받고 한국을 떠난다. 그러나 장학금을 주기로 한 그 회사가 파산 나는 바람에 그는 오스트리아에서도 계속 공부할 수 없게 되었다. 그렇지만 현도는 유창한 독일어 실력으로 오스트리아[*오스트리아는 표준말이 독일어다. 이른바 '오스트리아(식) 독일어'다.] 국립은행 전산 분야 공채에 합격했다. 거기서 그는 최고 직위인 전산부장까지 승진했다. 그 후 마지막 20년은 바로 인접국인 리히텐슈타인(=인구 4~5만의 작은 나라이지만, 2023년 통계로 1인당 GDP가 20만 달러로 세계 2위의 부국임) 국립은행 전산과 최고위직으로 근무했다. 현도의 경험에 의하면, 입사 시험에 합격하면 그 이후의 실력과 기여도로 승진 여부를 결정할 뿐 과거의 학력과 학벌을 일절 따지지 않는 곳이 유럽이다. 유럽(=오스트리아 + 리히텐슈타인)에서 벌써 50년 이상을 살아오는 동안 자신에게 학력과 학벌을 묻는 경우는 단 한 번도 없었다. 한국처럼 학벌과 학력을 기준으로 했다면 자신의 국립은행 근무는 불가능했을 거라고 그는 얘기한다. "결국 나를 받아줄 곳은 유럽이라는 확신을 갖게 되었습니다.” 그는 이게 다 자기 운명인 것 같다고 말한다.

현도에게는 어머니 안귀련에 관련한 슬픈 얘기가 하나 있다. 현도의 고교 시절이었다. 늑막염을 앓아 누워 있을 때 옆집 아주머니가 현도의 상태를 묻자 “돈이 없어 맛있는 것 하나 해 줄 수가 없어서 그게 너무 가슴이 아파요.”라고 말씀하며 어머니는 서럽게 울먹이시는 거였다. 그때 현도는, 아, 내가 어머니를 저렇게 슬프게 해 드리고 있구나, 생각이 들었다. 70여 년이 흐른 지금까지도 죄송스럽고 안타까운 생각이 잊히질 않는다고 그는 회고한다.

아버지에 관한 기억 중 한 가지는 아직까지도 현도에게 생생하다. 6·25 직전 일이다. 서울 신당동 집 정원 지하에 콘크리트로 된 넓은 방공호가 있었는데, 그 속은 흙이 절반쯤 차 있어서 영랑은 아들들에게 그 흙을 파서 좀 없애 보라,고 했다(*그때 벌써, 사람들은, 세월이 수상하다, 전쟁이 한번 나고야 말 것이다,고 느끼고 있었다는 얘기다.). 형제들 모두가 교대로 흙을 밖으로 치우기 시작했는데, 현도 차례가 되어 삽을 들고 일하기 시작했다. 얼마 후 아버지가 옆에 계신 어머니께 “제일 어린 현도(=당시 9살)가 일을 아주 잘하네!”라고 말씀하셨다. 현도는 그 말을 듣고 자기가 아주 자랑스럽고 어깨가 으쓱했었다 한다. 그 막내가 이제 86세가 되었다. 그는 지금 오스트리아 최대 도시이자 모차르트의 고향인 찰스부르크 교외에서 그곳 부인과 함께 여생을 누리고 있다.

자식들의 아버지

영랑의 막내딸 애란(=1944~)은 이화여대 부속고를 나온 뒤 외국어대 영어영문학과를 졸업했다. 졸업 후 건설 대기업에 근무했다. 앞에서 언급한 대로, 김애란은 어머니를 1989년 마지막 날까지 지극하게 돌보았다. 지금 그녀는 서울에서 곱고 평화롭게 살아가고 있다(*3남 김현철이 미국으로부터 서울에 나오게 될 때는 항상 이 막내 여동생 집에 머무른다.).

영랑의 5남 3녀(=1녀는 김애나다.) 중 생존해 있는 이는 3남 현철, 5남 현도, 막내딸 애란이다. 5남 3녀의 영랑 자녀들 중 문학을 전공한 자식들이 없는 건 아니었지만, 문학 전업 작가는 나오지 않았다. 영랑의 뼈저린 신신당부 탓이었을까. 결과적으로 5남 3녀는 아버지의 간곡한 뜻을 저버리지 않고 받든 셈이 되었다.

안귀련과 막내딸이자 마지막 반려 김애란, 이 두 모녀의 1979년 여름날 사진. 안귀련 73세, 김애란 35세일 때다. 6. 25 때 영랑의 급서 이후 절대궁핍하던 시절을 벗어나 있던 시점이어서인지 사실상의 실명 상태였던 어머니와 그 어머니를 위해 개인 삶을 반납해야 했던 딸의 모습이 뜻밖에 평화롭고 행복해 보인다. 그래서 보는 이를 더 찡하고 뭉클하게 하는 사진이다.

영랑이 큰딸 김애로에게 보낸 편지는 아주 귀한 영랑 자료다. 6·25 전쟁 통에 영랑이 유명을 달리해버린 데다, 이곳저곳 피난 다니느라 그의 친필 메모는 말할 것도 없고, 사진, 시집, 애용 애장품까지 모든 것이 완전 소실되고 말았다. 다른 유명 시인들에 비해, 영랑의 삶과 일화나 일대기가 덜 발굴되고 덜 알려진 가장 큰 까닭이었기도 하다. 그런 와중에 영랑의 이 친필 편지는 지극히 반갑고 귀중한 일차 자료가 아닐 수 없다. 다행히 여고생이었던 김애로가 아버지의 이 편지를 고이 간직하고 있었고, 뒷날 애로가 이 편지를 아마도 영랑 관련 연구자에게 제공해서 널리 알려지게 된 것으로 보인다. 이 편지는 나중에 고등학교 국어책에도 「애노에게」(=교과서에서는 장녀의 이름을 '애노'라 했지만, 실제 이름은 '애로'였다)라는 제목으로 한동안 실렸었다. 이 편지는 광주에 유학 중이던 맏딸이 강진 집에 보낸 편지에 대한 아빠의 답장이었다. 애로는, 어느 학부형이 학교 일로 투서를 해서 학교 분위기가 안 좋다고 전하면서 혹시라도 아버지 어머니께서는 그러시지 말아 달라는 얘기의 편지를 써 보냈던 듯하다. 영랑은 답장에 이렇게 쓰고 있다.

어제 네 편지를 읽고 멀쩡한 일에
네가 어린 마음을 공연히 죄고 있는
것을 알았다.
기숙사 밥이 먹기 사납다고

자식들의 아버지

얼마나 의젓하고 반듯한 부모인가, 영랑은. 그리고 얼마나 좋은 학부형인가, 영랑은.

편지에는 이런 내용도 들어 있다. 『시문학』 동인들인 정지용, 김현구와 더불어 지리산에 오를 계획임을 적은 뒤 이어지는 글이다.

얼마나 자상하고 사려 깊은 부모인가, 영랑은.

영랑이 시종 호랑이 같은 아버지였다는 김현철 선배의 기억 (또는 진술)은 뭔가 좀 과장된 듯하다. 다른 형제들처럼 약삭빠르게 무조건 잘못했다고 빌면 덜 맞을 것을, 매 맞아 죽더라도 '항복'할 줄을 몰라 형제들 중 매번 가장 많이 맞았다는 현철 선배의 선택적 '피해의식'으로 어느 일면만 집중 부각된 게 아니었을까, 하는 생각이 든다. 자식들에게 엄하되 자상했던 아버지라고 정리해야 영랑에게도 자식들에게도 두루 공평한 게 아닐까 하는 생각이 드는 것이다. 영랑은 자식들에게 종이호랑이에 가까운 강진 뒷산 호랑이쯤 되었던 것 같다.

아버지 현창의 일등 공신

피는 못 속인다.

영랑의 셋째 아들 김현철은 5남 3녀 여덟 형제들 가운데서도 유독 아버지를 많이 닮았다. 키, 음성, 기질에서 특히 그렇다.

영랑은 키가 170cm 정도였다는데, 김현철도 딱 그렇다. 체중도 부자가 처음엔 비슷했을 텐데, 40대 이후 영랑은 몸이 불어 육중해져서 부자간 '균형'이 깨졌다. 영랑의 목소리가 웅장하고 듣기 좋은 바리톤이었다는데, 김현철도 목소리가 아주 굵고 듣기 좋은 음색을 지녔다. 아흔이 넘으셨지만, 목소리만 들으면 교양 있는 60대 같으시다. 아들로 미루어 보건대, 아버지의 피부 혈색도 동안(童顔)으로 고왔을 것이다. (*영랑의 절친 정지용도 학창 시절 친구를 "홍안 미소년"으로 얘기하고 있다.)

부자는 기질도 완전 닮은꼴이라는 게 필자의 가설이다. 필자가 상당히 오랫동안 지켜본 김현철 선배는 구질구질한 걸 못 참고 손해 보더라도 할 말은 하고, 할 일은 하는, 형이다. 자부심과 자존심이 무척 강한 분이지만, 겉으로는 드러내지 않고 자기 얘기가 나오면 쑥스러워하고, 늘 예의를 잃지 않는 분이다. 호불호가 선명하고, 대쪽같은, 대쪽 그 자체인 분이 김현철 선배다. 저 연세에 어쩌면 저렇게 때가 안 묻으셨을까, 생각이 들 때가 많다. 정의롭고 반듯한 분이다. 대의(大義)를 위해 소아(小我)를 내려놓을 줄 안다. 인격자가 틀림없는 분이지만, 그렇다고 '무골호인' 쪽은 또 분명 아니다. 비타협적이고 급한 성격에다 직구(直球) '구질'이다. 이런 김현철 선배를 보면, 아버지 김영랑 선생이 저러셨겠구나, 하고 속으로 생각한다. 이것이 김현철 장(章)을 여기 따로 만드는 까닭이다. 김현철을 통해 독자들로 하여금 아버지 김영랑을 미루어 더 짐작하실 수 있게 해 보려는 필자의 의도인 것이다. 김현철에게서 영랑 김윤식을 본다는 말이다.

　김영랑이 난생 처음 직장이던 해방 조국의 중앙청 공보처 출판국장에 재임 중일 때 중학생이던 현철은 아버지랑 같이 출퇴근을 했다. 행복했을 부자의 모습이 눈에 선하게 상상된다. 당시 미군들로부터 불하받은 지프차가 출판국장에게 지급되던 관용차였다. 경복중이 바로 경복궁 옆에 있었으니 중앙청과 지척 거리였다. 그래서 아버지 관용차를 타고 함께 중앙청까지 와서, 거기서 걸어 학교로 등교했다. 신당동 집으로 돌아갈 때도 마찬가지였다. 아버지 사무실에도 자연히 들르게 되었다. 학교가 일찍 파하면 아버지 사무실에서 아버지 퇴근 시간까지 기다리며 학교 공부를 하기도 했다. 그러니 중앙청 공무원들을 매일같이 보고 만나게 되었다. 열네 살 중학생의 눈으로 1949년의 중앙청을 관찰했던 셈이다. 당시 중앙청 공무원들은 99%가 조선총독부 공무원 출신들이었다. 이해가 가면서도 이해가 안 되는 일이다. 그 중앙청 공무원들은 백이면 백 모두 양복 차림이었다. 딱 한 사람이 유일하게 한복 차림이었다. 아버지 김윤식 국장이었다. 영랑은 날마다 한복을 입었다.

눈이 아직 녹지 않은 1949년의 어느 겨울,
중앙청 옆 경복궁 경회루 연못가에 앉은 영랑. 공보처 출판국장 재직 시절의 사진이다.

양복이 없어서나 양복 입을 줄 몰라서가 물론 아니었다. 영랑에게는 생각이 있었던 것 같다. 겨레를 잊지 말고, 새 나라를 위해 멸사봉공하자는 뜻을 영랑은 한복으로 시위했을 것이다. 다른 어떤 중앙청 공무원도 그렇게 하지 않았고, 영랑처럼 하지 못했다. 겨레 앞에 떳떳했기에, 일제 35년을 당당했기에, 영랑은 그럴 수 있었다.

출판국장 사무실에는 당연히 기자들의 출입이 빈번했다. 그러다 보니 아버지와 친한 기자 아저씨 한 분과 현철 소년도 서로 조금 알게 되었다. 어느 통신사 기자였는데, 이 기자는 아버지와 취재차 대화할 때 아주 똑똑하고 예리하면서도 예의를 지키고 겸손한 모습이어서 눈길을 사로잡았다. 키도 크고 바바리 코트 깃을 세우고 다니는 것도 멋진 모습이었다. 현철은 기자라는 직업에 매료되었다. 어느 날 현철이 영랑에게 저 아저씨처럼 기자가 되려면 어떻게 해야 하는지 묻자, 아버지는 신문학원(*그때는 대학에 신문학과가 없었다.) 가면 기자 되기가 그만큼 쉬울 거라고 아들에게 조언했다(*영랑은, 자식들이 문학만 안 하면 됐다.). 그 아버지는 1950년에 세상을 뜨지만, 아버지의 셋째 아들은 아버지의 조언을 기억해서 우리나라 최초의 신문학과인 홍익대 신문학과에 진학하는 것이었다. 그러나 현철은 가정 형편으로 뒤늦게 입학한 대학을 다른 학생들보다 일찍 중퇴하고 만다. 그러다 전남일보(=현 광주일보의 전신) 서울특파원으로 입사하게 되었다. 1년 남짓 전남일보에서 근무하다가 1964년 서울 문화방송(=MBC) 사회부 기자로 자리를 옮긴다. 기자로서 김현철은 명석한 데다 투철한 기자 정신으로 무장된 명기자였다. 잡기를 아예 할 줄 모르는 김현철이 출입처 기자실의 담배 연기가 싫어 일어나 밖으로 나갈라 치면 포커, 화투, 장기, 바둑 등을 하며 놀고 있던 타사의 동료들이 '또 무슨 취재거리가 있나 보다' 짐작하고 하나둘씩 현철의 뒤를 따라 나올 정도였다. 그러다 김현철은 1974년 어느 날 부인과 함께 미국으로 갑자기 이주하게 된다. "여기

아버지 현창의 일등 공신

가 싫어서” 뜬 것이었다(*박정희 유신 정부 시절 기자들을 통제할 목적으로 ‘프레스 카드’라는 걸 발급해서 미운털이 박힌 기자들에게는 이 카드를 내주지 않는 것이었다. 김현철은 이미 여러 건의 특종 기사가 청와대의 압력으로 보도 불발되며 마찰을 빚고 제재를 당했던 터라 프레스 카드를 발급받지 못했고, 결국 미국 주재 기자의 길을 택할 수밖에 없었다.). 김현철은 미국으로 건너가 우리말 동포신문인 『한겨레 저널』을 창간해서 발행인 겸 편집인으로 열정적인 활약을 펼쳤다.

　김현철은 어려서부터 눈썰미가 있었다. 꼼꼼하고 철저해서 대충대충 일을 하거나 대충대충 넘어가는 법이 없었다. 그걸 안 영랑은 강진읍 아랫마을에 무슨 심부름을 보낼 때도 두 형들은 제쳐놓고 고작 대여섯 살 된 현철을 시켜 보냈다. 현철은 심부름을 제대로 해냈다. 현철은 놀다가도 조금만 색다른 물건이 보이면 그냥 지나치는 법이 없는 아이였다. 작은 못 한 개까지도 집에 가지고 와서 자신의 서랍 속에다 보관하는 버릇이 있었다. 서랍은 현철이 주워 온 온갖 잡동사니들로 늘 가득 찼다. 영랑은 집에서 뭘 잃어버리면 현철의 그 잡동사니 서랍을 뒤지곤 했다. 그러다 분실한 물건을 거기서 찾으면 영랑은 “내 이럴 줄 알았어!” 하며 기뻐했다. 영랑은 어느 날 강진 생가 앞마당에서 아내 안귀련과 무슨 이야기를 하다가 마침 곁에 있던 현철을 보더니 “여보, 나는 늙으면 이놈과 살겠소. 이 녀석은 틀림없이 살림꾼이 될 놈이오” 하며 환하게 웃었다. 현철은 아버지의 그 말이 기분 좋았다. 어깨가 으쓱해지는 그런 기분이었다. 위로 형들이 있긴 하지만, 자기가 어머니 아버지를 모실지 모른다는 생각은 가슴 두 근거리는 일이었다.

영랑은 「묘비명(墓碑銘)」이라는 시에서 "생전에 이다지 외로운 사람//날마다 외롭다(=외롭게 지내다) 가고 말 사람"으로 스스로를 표현하고 있다. 왜 안 그랬겠는가. 강대한 제국주의의 위압에 비타협적, 반타협적 개인으로 맞서는 일, 저 먼 남도 땅끝에서 자기 유배객처럼 스스로를 고립하며 사는 일이 어디 쉬웠겠는가, 어디 편했겠는가. 그래서 영랑은 생가 마당에서 얻는 작은 기쁨에 짐짓 크게 웃음으로써 어려운 세상사를 잊고 넘고 싶어 했다. 영랑은 다섯 아들 중 셋째 현철과 살고 싶어 했다. 거대한 세상 시름을 먼 미래 일에 대한 지켜질 수 없는 상상으로 넘고 싶었을 게다. 자초하듯 외길을 걷고 있던 순수 시인은 고향과 가족의 품 속에서 생겨나는 웃음 하나하나로 작지만 버틸 새 힘을 얻곤 했었을 것이다.

김현철은, 필자가 강진군수 재직 시 미국으로부터 한국에 잠시 나와 강진군영랑·현구문학관 관장과 한국시문학파기념관 건립추진위원장을 맡는다. 그렇게 2년여 되던 어느 날 김현철 선배는 갑자기 건강을 이유로 미국으로 돌아가겠다고 단호하게 얘기하셨다. 필자의 만류에도 현철 선배는 완강했다. 그렇게 해서 김현철 선배에게 초대 한국시문학파기념관장을 맡기려던 필자의 생각은 어긋나 버렸다. 영랑 선생의 묘소를 강진으로, 그것도 영랑생가 터로, 옮겨 오고 싶어 했던 구상도 틀어져 버렸다. 직계 유가족을 전면에 내세워 확실한 영랑 관광 '산업'을 모색해 보려던 계획도 함께 무산되어 버렸다. 영랑문학제를 처음 시작하고, 서울의 권위 있는 언론사(=동아일보)에 영랑시문학상 관리를 위탁해서 문학상의 권위를 높이고, 영랑의 민족주의자적인 면모를 입증해서 정부로부터 훈장과 독립 유공자 지정을 받아내고, 한국시문학파기념관을 강진에다 설립하는 일까지는 그런대로 해냈지만, 필자의 낭패감은 말로 다할 수 없을 만큼 컸었다. 그런데 거의 20년만에 그 갑작스러웠던 관장직 사직의 진짜 이유를 선배님 스스로 털어놓으셨다. 김현철 선배가 쓰신『아버지 그립고야』개정증보판(2024년)을 통해서다. 당시 군청 담당 간부가 김 선배님더러 근거도 없는 업무 '보고'를 하시도록 요구했다는 것이다. 연배상으로 20년 정도 연상이신 데다 군수 직속으로 특별 임용해서 모신 것인데, 일부 직업 공무원이 텃세를 부렸던 것이다. 필자는, 군수로 있으면서 가장 나쁜 세금이 '텃세'다, 텃세 부리는 사람이 제일 못난 사람이다, 강진에 오시는 관광객, 이사 오시는 분들, 시집오시는 다문화가정 어머니들을 우리(=강진 사람들)가 업어라도 드려야 한다, 친절은 최강 혁신 '시설'이다, 불친절이야말로 지역을 낙후로 이끄는 최악의 '경제 사범'이라는 얘기 등등을 노래 부르듯 외치고 강조했건만, 핵심 부서장이 그같이 못난 텃세를 부렸다니 기가 딱 막혔다. 필자가 이 일의 진상을 그때 알았더라면, 하는 아쉬움이 들고 또 들었다. 필자에게 살짝 귀띔만 좀 해 주셨더라면 하는 섭섭한 마음조차 드는 것이었다.

　필자는 이 불유쾌한 일화를 그 회고록 개정판에서 읽고, 또 선배님으로부터 직접 들으며 매우 강한 기시감(既視感)을 느꼈다. 바로 이때로부터 61년 전, 뒤에 더 설명할 것이지만, 영랑은 공보처 2인자 자리를 원하는 친구에게 미련 없이 내주고, 자신은 그보다 아래인 3인자 자리를 기꺼이 맡았었다. 그리고 이 출판 국장 자리조차 재직 7개월 만에 전격 사퇴한다. 미국에서 사업을 하다가 이승만 대통령이 불러 부임한 신임 공보처장이 지사적 자부심이 높은 영랑의 전결 업무에 대해 이러쿵저러쿵 간섭하는 것이었다. 영랑의 자존심은 상처를 받았다. 영랑은 그 길로 사표를 던져 버린다. 바로 이 일화가 연상되는 것이었다. 수십 년 전 영랑의 그 기질이 아들인 현철에게 그대로 인수인계된 듯한 기시감이었다. 그 어떤 자리, 그 어떤 일에도 연연하지 않는 부자의 기질, 치사하고 구질구질한 일을 참지 못하는 괄괄한 성격이 그대로 느껴지는 것이었다.

김현철 선배는 조금 어이없거나 마음에 들지 않는 일을 맞으면 개의치 않는다는 뜻, 그게 무슨 대수냐는 뜻, 무슨 개소리냐는 뜻으로 '핫핫핫!' 하고 큰소리로 웃으신다. 약간 반어적이고 멋쩍은 느낌이 묻어나는 특유의 파안대소다. 일제 때인 1930년대 말의 어느 가을 김영랑과 미당 서정주는 명동에서 거나하게 술을 마신다. 그리고 이 두 거장은 함께 명동 길을 걷는다. 이때 영랑이 문득 혼잣말처럼 "오장환이 보고 지금도 사람들은 시왕(詩王)이라고들 한단가?"라고 말했다. 미당은 오장환을 그렇게 생각하고 있지 않던 터라 그저 "모르겠소"라고 대답했다. 그랬더니 영랑은 한참 말이 없더니 뜻밖에 "그 왕관을 정주 자네가 써라,

내가 줄 테니...”라고 말해 놓고 무엇이 그리 재미있는지 “핫핫핫!” 하며 파안대소했다. 이때 미당은 영랑을 “해방 전 우리 시단의 모든 시 언어 시험자들 중 제일인자로 알고” 있었으므로 “아직 그 왕관 (영랑께서) 그대로 가지고 계시오” 하며 함께 너털거리고 말았다(서정주 1962, 227~228). 아들 현철 특유의 맑은 음색의 웃음소리가 아버지 영랑의 이 웃음소리를 어쩐지 빼다 박았을 거라는 느낌이 순간 들었다.

김현철은 아버지를 열다섯 살 때 여의었다. 자신의 시(詩) 대로, 생전에 “날마다 외롭다 느꼈던 이다지 외로운 사람” 영랑은 3남이 모실 날을 기다려 주지 않고 홀연 먼저 떠나가고 말았다.
그런데 김현철은 어떤 의미에서 아버지를 진짜 제대로 ‘모셨다.’ 현철은 아버지 현창(顯彰) 사업의 일등 공신이 되었다. 그는 서울에서 기자 생활하면서 민완 취재력으로 아버지 지인 문인들을 거의 다 만났다(*너무 일찍 가족들 곁을 떠나 버린 그 아버지가 너무 그리워서였다 한다.). 그리고 그걸 기자답게 기록으로 남겼다. 게다가 나중에 미국으로부터 일시 귀국해서 2년 반 동안 영랑·현구문학관 관장 재직 시 보다 깊이 취재할 수 있었고, 관련 자료도 더 확인하고 확보했다. 동아일보사에서 출판한 『아버지 그립고야』(2010, 개정증보판, 예다인, 2024)가 그 결과물이었다. 이 책은 영랑에 관한, 사료적 가치가 있는 가장 믿을 만한 기록으로 평가받고 있다. 연희전문(=현 연세대) 친구 윤동주의 육필 원고를 비밀리에 보존했다가 광복 이후 내놓아 민족시인 윤동주를

세상에 알린 정병욱(=1922~1982, 서울대 교수)의 역할에 비견할
만한 일이었다. 6·25 전란으로 인해 영랑 관련 사진, 친필, 애장
품 할 것 없이 거의 모두 사라져 버렸기에 영랑의 인간 면모와
일화, 창작 배경 등등은 생각하는 것 이상으로 알려지지 않고 있
었는데, 김현철의 아버지에 관한 이 회고 저술이 그 빈 곳을 충
분히 잘 메워 주었다. 이 단행본은 영랑 김윤식을 복원시키는 일
에 결정적으로 기여했다. 아버지의 눈이 맞았다. 셋째는 과연 '살
림'꾼이었다. 6·25가 죽인 김영랑을 셋째 아들이 '살려' 놓은 것
이다. 아버지를 우리 역사 속에 되살려 낳으니 아들로서 이보다
더 장한 살림이 어디 있겠는가.

부전자전이랄까. 김현철을 보면 김영랑이 보인다. 강직하고
비타협적이고, 강자에게 강하고 약자에게 약하고, 호방하면서도
섬세한, 김현철을 보면 딱 김영랑 그대로다. 이 두 부자의 유전자
는 거의 모든 면에서 그대로 일치한다. 한 가지 불일치가 있다.
단명했던 아버지와 달리, 그 아들 현철 선배는 벌써 아흔이 넘으
셨다. 장수하고 계시는 거다. 이 점 자신의 아버지와 크게 달라서
얼마나 다행스러운 일인지 모르겠다. 부디 더 오래오래 무병장
수하시길 기도드린다.

영랑의 음악

영랑의 서울 친구들은 영랑이 서울에 얼굴을 보이면 이번에는 무슨 음악회가 열리는 것이냐고 물었다. 영랑이 멀리 강진으로부터 서울에 나타나는 것은 음악회 참석이 아니면 거의 없는 일이었다.

일본 유학을 갈 때 영랑은 처음 도쿄예술대학 성악과에 진학할 생각이었지만, 아버지의 결연한 반대로 그 뜻을 접었었다. 그때 영랑이 음대 진학의 꿈은 버렸지만, 음악을 향한 마음까지 버린 건 아니었다. 영랑은 평생 음악과 함께 있었다. 음악은 영랑의 유전자에 깊이 새겨진 것이었다. 그는 일평생 음악 속에서 살았다. 그의 음악 세계는 동서양을 망라하는 것이었다. 우리 국악과 서양 음악을 가리지 않는 그의 음악 애호는 호사가의 취향 그 훨씬 이상이었다.

　영랑이 부르는 남도 판소리는 당시의 명창들도 놀랄 정도였다. 거문고, 가야금, 북, 양금 등을 모두 연주할 수 있었다. 그 연주 실력 역시 전문가를 뺨칠 수준이었다. 강진 영랑생가를 찾는 당대 조선 명창들은 영랑의 우리 악기 연주 실력을 인정했다. 임방울, 박초월, 이화중선, 이중선, 임유앵, 임춘앵, 김소희〔=훗날, 김소희는 1954년의 영랑 장례식에서 망가(亡歌)를 부른다.〕, 박귀희 등의 국악 대가들이 강진을 찾았다. 영랑 초청으로 강진에 오면 손님들은 보통 한 보름에서 한 달 가까이 영랑생가 사랑채에 머물렀다(*영랑은 아버지 김종호 생일에 맞춰 소리꾼들을 모신다든가 했다. **사랑채에만 방이 4개였다.). 이들은 영랑의 북장단에 맞춰 소리를 했다〔*영랑은 국창으로 추앙되던 임방울(=1904~1961)을 특히 아끼고 좋아했다.〕. 이 명창들은 영랑의 빼어난 북 연주 실력을 믿고, 고수(鼓手) 없이 강진에 오곤 했을 정도였다. 영랑이 북채를 들어 명창들의 판소리 장단에 호흡을 맞출 때 영랑은 그렇게 행복하고 흥겨울 수가 없어 보였다. 때로는 눈을 뜨고 때로는 눈을 감고 채를 들어 북을 두드릴 때 영랑은 무아지경의 황홀한 세상을 다 소유하는 듯했다. 영랑 풍류 시의 최고 걸작인 「북」(=1946년 12월 10일 『동아일보』에 게재)에 보이는 대로, "자네 소리하게 내 북을 잡지/진양조 중모리 중중모리/엇모리 잦아지다 휘몰아보아//떡 궁! 정중동이오 소란 속에 고요 있어/인생이 가을같이 익어가오/자네 소리하게 내 북을 치지"… 하는, 운율이 딱딱 떨어지는 이 시 속에서처럼 영랑은 속연의 운명을 떡떡궁 둥둥둥 멀리 초극하고 싶었다〔*서울여대 이숭원 교수는 이 시 속의 "인생이 가을같이 익어가오"라는 시행을 "김영랑이 창조한 기막힌 명구다."
라고 평한다(이숭원 2009, 311).]. [*청록파 시인 박두진(=연세대 교수)
은 이 「북」을 두고 "한국적 정서, 그중에도 국악에 대한 깊은 이해와 조
예를 가진 영랑이, 민족의 멋과 그 자신의 멋, 인생의 멋과 그 화합의 묘
미를 시로 터득하고 있다"고 설명하고 있다.(박두진, 101)].

　김영랑은 이런 수필을 쓴 적이 있다. "오, 친구야. 현실은 무섭
고 괴롭도다. 그렇기로 우리가 그 사이 하루 이 시간을 어찌 갖
지 못하랴. 어디까지든지 현실은 무서워, 별이나 달이나 해나 그
꼴을 보고는 상을 찌푸릴 것인가."(김영랑 1939년 5월, 109). 그랬
다. 일제 치하 1939년은 극도로 무섭고 괴롭고 고통스러운 세월
이었다. 그러나 어찌할 것인가. 일제가 싫고 증오스럽다고 "하루
이 시간"도 없이 얼굴만 찌푸릴 것이냐. 당대 식민지 지식인 김
영랑은 동시대 지식인 독자들에게 엄중한 현실 앞의 우리 자신
을 그대로 보여주고 싶었을 것이다. 저들의 삼엄한 검열을 의식,
극히 아슬아슬한 표현으로 말이다.

영랑이 어느 때엔가 남원 출신의 자매 명창 이화중선(=1898~1943)과 이중선(=1900~1932)의 소리를 평한 적이 있었다. 미당 서정주가 영랑에게서 직접 들은 얘기라며 소개하고 있다. 영랑은, 두 자매들이 모두 말 그대로 조선의 최고 여창(女唱)들이지만, 아우인 이중선의 소리가 더 맛이 있다고 했다. 이중선의 소리에는 촉기가 있어 더 좋다는 것이었다. '촉기'가 무엇이냐는 미당의 질문에 영랑은 "같은 슬픔을 노래하면서도 그 슬픔을 딱한 데에 떨어뜨리지 않는, 싱그러운 음색의 기름지고 생생한 기운을 말하는 것"이라고 설명하였다. 미당 자신도 두 자매의 판소리를 감상해보았는데, 정말 그렇더라고 했다(서정주 1962, 228). 영랑의 음악은 "거의 전문적 경지였다."(김학동 2000, 201). [*미당은, 조금 다른 얘기인데, 바다에 몸을 던져 자살한 비운의 언니

영랑의 음악

영랑생가 사랑채의 방 하나에는 국악 명창들과 세계적인 작곡
가들 작품 레코드판이 엄청 많이 쌓여 있었다. 당시 영랑의 서가
에는 문학 책 만큼이나 많은 음악 관련 책과 레코드 판들이 숲을
이루고 있었다. 영랑은 평생 음악을 떠나지 않았다. 영랑생가 사
랑채 방에 있던 거문고, 가야금, 북, 양금과 수많은 레코드판들은
영랑의 마음의 벗이자 인생 도반이었다.

아까 잠깐 얘기한 대로, 김영랑은 어린 자식들을 네 살 무렵부
터 초등학교 입학하기 전까지 자신의 무릎 위에 앉히고 이곳에
서 거문고와 가야금 산조, 춘향전, 흥부전, 토끼전, 적벽가 등의
국악을 함께 감상했다. 김영랑은 어린 자식들에게 이런 비유를
써서 거문고와 가야금의 차이를 설명해 주기도 했다. "오늘날 악
기로는 피아노가 바로 거문고다, 강약이 강조될 수 있는 것이 거
문고다, 강약을 구분하기 힘든 오르간 같은 것이 가야금이다." (*인간이면 음악의 세계를 알아야 한다고 영랑은 믿었다. 음악 속에 담겨
져 있는 깊이와 넓이를 이해해야 인생과 삶을 제대로 이해할 수 있다는
영랑의 '음악 철학' 같은 것이었다.) 영랑의 자식들은 아버지의 무릎
위에, 어떤 때는 바로 옆 방바닥에 앉아, 몇 시간을 꼼짝 없이 '강
청(强聽)'하느라, 소변을 참느라, 좀이 쑤셨지만 호랑이 같은 아
버지 옆이라 다른 방도가 없었다. 베토벤, 브람스, 차이코프스키
등 서양 고전 음악도 그렇게 함께 들었다(*영랑은 심오하고 깊은
진동이 있는 베토벤과 브람스를 특히 좋아했다. 조금 울적할 때는 경쾌

한 모차르트나 맨델스존을 들었다.).

영랑의 또 다른 특별한 교육 한 가지는 아들과 함께 떠나는 자전거 성묘였다. 영랑은 아들들이 일곱 살이 되면 그 아이를 자전거 뒤에 태우고, 1시간 정도를 달려 강진 인근 해남군 계곡면에 있는 선영에 데리고 갔다. 딱 두 부자만 하는 성묘였다. 자전거 페달을 밟으며 영랑은 아들에게 인생을 들려준다. "봐라, 인생은 자전거 타기와 같다. 달리는 자전거만이 넘어지지 않는다. 힘들지만 페달을 밟아야 인생길을 달려 나갈 수 있는 법이다." 그러다 가는 길이 오르내리막이면 "인생이 이런 거다. 오르고 내리고 계속 되풀이된다. 고통이 있지만 곧 낙이 오고, 낙이 오면 또 고통이 뒤따른다. 인생은 그런 거란다."라는 얘기를 자전거 뒤에서 자기 허리춤을 붙들고 있는 자식에게 설명하는 것이었다.

영랑은 서울에서 열리는 세계적 성악가 표도르 샬리아핀, 바이올리니스트 미샤 엘만 등의 음악회는 말할 것도 없고, 일본에서 열리는 공연 참석을 위해 기꺼이 현해탄을 건널 정도였다. 도쿄에 세계적인 교향악단이 왔을 때 영랑은 강진으로부터 부산, 시모노세키를 거쳐 도쿄를 찾았다. 음악회 참석을 위해서라면 그는 전답까지도 팔아치울 정도였다. 그는 음악을 위해서라면 어쩌면 더한 것도 포기할 수 있었다.

강진에는 영랑이 평소 아끼던 술벗이 둘 있었다. 차형환(=1918~1968, 목포 차피부과 차승훈 원장과 음악교사 차화정의 부친)과 김현장(=1920~1981, 한국화가 김승희 화백과 사업가 김세배의 부친)이 그들이었다. 14-15년 이상 나이 차이가 지는 한참 후배들이었지만, 이들은 영랑을 '영랑 선생'으로 호칭하며 지역의 큰 지도자로 존경하고 극진하게 따랐다. 섬세하고 여성적 분위기의 영랑 시와는 딴판으로, 정말 영 딴판으로, 고향에서 후배들과 담소하고 말술을 마실 때의 영랑은 카루소나 파바로티 같이 열정으로 끓어오르는 활화산이었고, 우렁차고 담대한 의병 지도자였다. 차형환은 보성전문학교(=현 고려대) 응원단장을 지냈고, 해방 후 3년 뒤 영랑이 강진을 떠나게 되자 영랑에 이어 2대 강진 청년단장을 맡은 강진 청년들의 지도자였다. 김현장은 일본 니혼대(日本大)의 응원단장이자 승마 기수로 활약했다. 영랑의 조카이기도 한 김현장은 일본어 웅변대회에 나가 일본인 참가자들을 제치고 1등을 해서 강진을 떠들썩하게 했다.

광복 직전, 그러니까 1945년 7, 8월의 어느 날 차형환이 강진읍 목리의 자기 집에다 막걸리 두 말을 빚어 놓고 영랑 선생과 김현장을 초대했다. 이들은 술 바닥이 드러날 때까지 호기롭게 대작했다(*차형환은 말술인 영랑을 빗대어 "술 한 말을 등에 지고 다니지는 못해도 뱃속에는 담고 다닐 분"이라고 농담했다.). 이들은 영랑의 문학, 음악, 일본 제국주의와 조선의 운명에 관한 얘기를 듣고, 함께 우려하고, 같이 전후(戰後)를 전망했다. 곧이어, 영랑이 내다봤던 대로, 거짓처럼 일본의 패망과 광복이 왔고, 차형환과 김현장은 영랑으로 하여금 제헌 국회의원 선거에 출마하도록 강청하였고, 이 두 사람은 호위무사가 되어 영랑 김윤식 후보를 위해 동분서주한다. 아무튼, 이날의 말술 대작에 영랑은 거나하게 취했다. 늘 자신을 옥죄는 외세 치하의 암울함과 오랜 자기 은거로 고독 속에 살던 영랑은 술에 취했을 때 무장이 해제된다.

술에 취한 영랑은 늘 기분이 좋아진다. 귀가하던 영랑은 자기 집 대문 안으로 들어서자마자 넓은 마당에서 두 팔을 벌려 덩실덩실 춤을 추었다. 그리고 우렁찬 목소리로 노래를 불렀다. 비제의 오페라 『카르멘』 2악장 에스카밀리오의 아리아 「투우사의 노래」를 원어 그대로 완창하는 것이었다(*성악 공부를 끝내 막았던 아버지 김종호더러 들으라는 듯했다. 비록 그때 김종호는 중풍과 치매가 깊은 상태였긴 하지만...). 음악은 영랑 삶의 일부였다. 마찬가지로, 영랑 삶은 음악의 일부였다. 영랑과 음악은 이위(二位) 일체였다(*만취해서 귀가하는 날 영랑은 거의 늘 대문에서부터 노래를 불렀다. 이 노래를 신호탄으로 5남2녀 자식들은 일제히 대문 앞으로 나가서 아버지를 영접해야 했다. 화장실에 있더라도 바로 튀어 나가야 했다. 영랑은 전원 집합 완료 전에는 집에 들어가지 않았다. 머리를 한 번씩 쓰다듬어 주고 나면 비로소 각자 자기들 방으로 들어가는 것이었다. 자기 감정 절제 속에 삶을 살던 조선 선비 김영랑만의 사랑 표현법이었던 것이다.).

영랑만큼 고향을 떠나지 못하고 고향에 있으면서도 못내 고향을 잊지 못하고 그리워하는 시인은 별로 없었다고 영랑 연구에 기여가 큰 국문학자 김학동 교수는 얘기한다. 마찬가지로, 영랑만큼 음악을 사랑하고 음악 속에서 살아가려 했던 시인도 별로 없었다. 영랑의 음악에 대한 이 같은 심취와 조예가 그의 시적 운율을 이루고 있음은 당연하다 하겠다(김학동 2000, 201). 영랑의 모든 시에는 탁월한 음악성이 흐르고 있다고 「농무」의 시인 신경림도 얘기하고 있다(신경림, 194).

생전의 용아 박용철은 『조선일보』(1930. 3. 2.)에 기고한 글에서 "조각과 회화가 한 개의 존재인 것과 꼭 같이 시나 음악도 (시인으로 말미암아 창조된) 한낱 존재이다."라고 말한 바 있다. 영랑의 음악은 그 자체로서 한 존재였고, 한 장르 그 이상의 세계였다. 영랑을 "우리 문학사에서 영원한 민족시인"이라 평가하는 서울대 오세영 교수는 "영랑의 시적 진술은 매우 음악적이며 한국적이다."라고 지적하고 있다[*오세영에 따르면, 김영랑은 정지용, 김상용 등과 함께 1920년대의 민요시를 더 높게 계승해서 1940년대의 박목월, 박남수 등을 거쳐 박재삼, 나태주 등으로 이어 주는 큰 역할을 했다(오세영 2008, 35).].

영랑은 "음악적인 시가 아니면 시가 아니다."라던 폴 베를렌에게 깊이 심취했다고 스스로 얘기한 바 있다. 문학평론가 김현 교수(=서울대)는 『김영랑 박용철 외』에서 이렇게 얘기하고 있다. "시사적(詩史的)으로 볼 때, 영랑은 안서 김억(=1896~6·25 때 납북)과 김소월(=1902~1934)이 달성하려 한 음악적 완성을 일정한 수준에서 이룩한 시인이다. 영랑에 이르면 김억의 단조로운 7·5조와 김소월의 7·5조 변형의 극복이 이루어진다. 그 극복은 산문 리듬의 과감한 도입, 늘어진 박자와 줄어든 박자의 개념의 도입에 의해 이루어진다. 영랑의 시는, 산문의 리듬을 받아들이되, 거기에 짧은 박자와 늘어난 박자의 변주를 붙임으로써, 시적 음악성을 높은 차원에서 얻고 있다."(김현, 184).

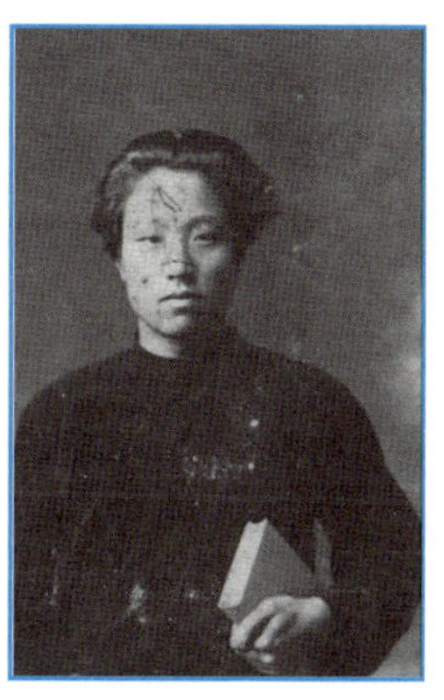

일본 유학 중 일어난 관동대지진으로 학업을 중단하고
귀국한 직후인 1923년 겨울의 김영랑. 영랑은 귀국 후부터 머리를 길렀고,
이후 해방되는 날까지 단발을 거부하고 '장발'을 지켰다.

영랑이 일본 관동대지진으로 학업을 중단하고 귀국한 것이 1923년 스무 살 때였다. 이때부터 1945년 해방될 때까지가 장장 22년인데, 이 22년을 영랑은 직장을 얻지 않고 고향에서 그저 꿋꿋하게 살았다. 그렇지만 그 삶의 길은 힘들었고, 그의 뒤안길은 극심하게 쓸쓸하고 고적했을 것이었다. 이 외로운 길의 혈육이 음악이었다. 음악은 영랑의 육친 형제였다. 영랑은 5남 3녀의 장남이었다. 이를테면, 음악까지 포함해서 영랑의 형제는 모두 9명이었다. 영랑 문학은 바로 음악이었다. 영랑은 굳이 음악적인 시를 쓰려 하지 않았다. 영랑은 시로써 음악을 하듯, 음악으로써 시를 했다. 영랑에게 있어서 시가 곧 음악이었고, 그의 음악이 곧 문학이자 시였다. 영랑의 예술 세계에서 그의 시와 음악은 다르되 같고, 같되 다른, 한 세계였다. [*시인 조재훈(=공주대 교수)은

영랑의 음악

"영랑은 보다 청각적인 면에서 섬세한 언어감각을 보여 준다. 우리 근대시 사상 한국어의 유포니(=두 단어를 연치시켜 더 듣기 좋은 음질에 이르는 현상)를 김영랑의 시에서 비로소 찾게 된다."라고 언급하고 있다(조재훈, 1981).]

음악은 영랑의 종교이자 신앙이었다. 일본 제국주의의 무시무시한 위압, 일경의 지긋지긋한 감시를 잊고 일축할 수 있었던 피난처랄까 안식처가 음악의 품이기도 했다. 영랑의 음악은 맑은 샘이자 어머니 김경무의 넓은 품이었다. 영랑의 모든 고통과 좌절과 고독이 안길 수 있는 넓은 품이었고, 그 모든 슬픔과 외로움이 스스로 녹아드는 샘이었다. 식민지 지식인 김영랑은 소리에 인생을 걸었던 『서편제』의 소리꾼 아비가 도달하고 싶어 했던 그 해탈(=득음)의 화열(和悅)을 음악의 화음 속에서 느꼈다. 음악의 장단에서 민족주의자 김영랑은 새날의 유월 햇살 같은, 뜨겁지만 빛나는 해방의 생명력을 느꼈다.

영랑의 실존적 외로움과 절대적 고립감이 비루해지거나 딱한 데로 떨어지지 않고 외려 싱그럽고 생생한 촉기를 머금을 수 있었던 비밀이 24시간 365일 내내 영랑의 사위를 에워싸고 있던 이 음악의 정령(精靈)이었을지 모르겠다.

페어플레이

영랑은 휘문의숙(=현 휘문중·고) 시절 축구 선수로 활동했다. 당시 휘문의 축구부가 전국 단위 대회에 나가 겨룰 만한 실력이었는지, 영랑이 거기의 주전 선수였는지 등은 알 길이 없지만, 영랑은 휘문 재학 시 축구 선수였다. (*영랑이 절친 용아 박용철 댁에서 미당 서정주를 처음 만난 자리에서도 휘문 축구 선수 시절 얘기를 했다는 걸 보면 '대기 선수'는 아니었던 것으로 보인다.) 축구는 주력(走力)이 기본인 운동이니 그만큼 운동 신경이 좋았던 것 같다.

해방 후인 1947년 가을 강진중앙초등학교에서 운동회가 열린 날이었다. 그날 학생과 학부모 두 명이 한 조를 이루어 왼쪽 다리와 상대의 오른쪽 다리를 묶은 뒤 손잡고 뛰는 '2인3각' 달리기 시합이 있었다. 추첨으로 짝을 맞이하는 방식이었는데, 김은경(1936~ , 강진 중앙의원 김영배 원장 여동생, 시집 「공허한 저녁」 등을 낸 시인)과 김영랑이 우연히 같은 조가 되었다. 그리고 김영랑·김은경 조는 8개 조가 뛴 시합에서 1위를 했다. 축구 선수였던 영랑의 주력은 여전했던 모양이다. 김은경은, 영랑이 아주 잘 달리셨다고 회상한다. 그리고 김은경은 그 당시 영랑이 이 학교 후원회장이었다고도 기억하고 있다. 할아버지뻘이었던 영랑은 은경이를 아주 이뻐해서 만나면 머리를 쓰다듬어 주며 "내가 네 할아버지다"라고 말하며 웃곤 했다.

영랑은 휘문 시절 정구를 즐겼다. 휘문의숙 1년 후배였던 정지용에 따르면, "휘문고보 교정에 정구채를 잡고 뛰노는 홍안(紅顏) 미소년이 하나 있었으니" 바로 영랑 김윤식이었다(정지용, 315). 영랑의 3남 김현철은 영랑의 연식 정구(=소프트 테니스) 실력이 "월등했다"고 기억한다. 강진의 '제일 선수'로 공인받을 정도였다. 일제 때는 지금과 달리, 테니스는 거의 보급되지 않았고, 연식 정구가 더 인기였었다. 영랑은 정구를 얼마나 좋아했던지 강진 자기 집 사랑채 동쪽에 정구 코트를 만들었을 정도다. 그 당시 연식 정구 코트를 집 마당에 조성할 수 있었다는 사실도 놀랍거니와, 정구를 얼마나 사랑했기에 집에다 정구장을 조성할 생각을 했을까, 사뭇 놀랍고 부럽고 굉장한 배포다. 이 코트에서 영랑은 시간 나는 대로 여러 사람들과 정구를 치며 달렸다. 영랑은 이때를 "테니스, 내 청춘의 감격이 무던히 바쳐진 테니스"였다고 회상하고 있다(김영랑, 「춘심」, 119).

강진에는 이미 정구 코트가 한 면 조성되어 있었다. 군청 서쪽

뒤뜰이었다. 그러니까 그때 전국적 부농 지역이던 강진에는 테니스 코트가 군청과 영랑생가, 이렇게 2개 있었던 것이다. 당시 우리 경제 규모로 미뤄 드문 일이었다. 이 코트에서 영랑은 후배들을 가르치고 지도했다. 이때 강진군의 정구 실력은 전국 최고 수준이었다. 영랑의 집안이기도 하고 후배이기도 한 김영배(=1931~2017, 김은경 시인의 오빠, 전 강진 중앙의원 원장)가 1948년 대한체육회 주최 전국대회와 서울대 약대 주최 전국대회에서 각각 우승하기도 했다.

영랑은 1932년 강진에서 야학을 개설하기도 한다. 그의 나이 스물아홉 때였다. 심훈의 『상록수』에서 보여지는 것처럼, 일제 치하 야학(夜學)은 한글 교육을 넘어서는 민족실력양성운동이었다. 영랑은 자기 집 사랑채에다 야학을 열고, 학교 교육을 받지 못한 이들에게 우리말 교육을 실시했다. 낮에 정구를 치고, 밤에 야학을 했던 것이다.

영랑은 등산에 굉장한 취미가 있었다. 주로 시문학파의 동인들인 정지용, 박용철, 김현구 등과 금강산, 한라산, 지리산 등에 오르곤 했다. 산을 좋아하고 호연지기를 중시하는 영랑은 강진의 친구들이나 후배들과도 산행을 즐겼다. 큰딸 애로에게 보낸 영랑의 편지를 보면, 정지용, 김현구와 더불어 지리산에 갈 계획이 있음을 자상하게 설명하고 있다. "짧은 양복 바지에 루크새크(=배낭)를 메고 (지리산 엘) 올라가면 사흘이면 갔다 온다"는 걸 보면 정말 '산 사나이'가 틀림없었다. '명산 순례' 연차(年次) 계획까지 세워 놓고 그 계획에 따라 유명 산을 섭렵하고 있던 영랑은 딸에게 "백두산만 가 보면 아버지의 소원이 다 이루어지는데,"
(백두산 행은) "이삼 년 뒤로 미루기로 한다"고 알려 주고 있다. 인
자요산(仁者樂山)이라 했다. 어진 이는 산을 좋아한다는 것이다.
정말 그런 것인지는 솔직히 잘 모르겠다(*오직 건강, 건강, 하며 산
에 오르는 이들이 거의 대부분인 것 같아서이다). 나아가, 산을 좋아
하는 어진 이는 산같이 고요하다(仁者靜)고 했다. 그건 맞는 말
같다. 영랑은 그 품새가 고요한 산이었다.

영랑은 축구를 잘하고 정구를 즐기고 산을 좋아했다. 영랑은
바둑이나 장기나 당구를 즐기거나, 마작, 화투를 하거나, 이쁜 여
자들 있는 요정 집엘 드나들거나, 수다 떨기나 뒷담화 까기 같은
이른바 '잡기(雜技)'는 좋아하지 않았다. 체질적으로 젬병이었다.
그는 그런 걸 싫어했다. 하나를 보면 열을 알고, 하루를 보면 그
일생이 보인다 했다. 영랑은 기질적으로 장황한 논술형이기 보
다는 단답형이었다. 거의 '정오형(正誤型)'에 가까웠다.

축구나 정구에서처럼 지거나 이기거나가 영랑의 가치관이었
다. 승자는 패자를 위로하고 패자는 승자에게 승복하는 세계에
익숙했고, 속임수를 쓰는 일이나 속임수가 횡행하는 세계에 대
해 영랑은 적대적이었거나 거리 두기를 했다. "페어플레이의 정
신을 나는 테니스에서 얻었다 함이 솔직한 고백일 것 같다"고 영
랑 스스로 밝히고 있다(김영랑, 『조선일보』, 120). [*알베르 카뮈는
알제리에서 열일곱 살 때까지 축구 선수였다. 골키퍼였다. 심한 결핵으
로 축구를 그만두었는데, "내가 알고 있는 인간의 도덕과 의무에 관한
모든 걸 나는 축구에서 배웠다"는 말을 남겼다. 축구의 정정당당함과

집단(=팀)적 헌신을 프랑스의 이 대표 지성은 얘기하는 것이었다.]

　두리뭉실하다거나 어정쩡한 눈치 보기는 영랑의 생리가 아니었다. 조선 사람이면 조선 사람답게, 시인이면 시인답게, 선비면 선비답게 사는 것, 그뿐이었다. 간단했다. 간결했다. 그것이 영랑이었다. 축구를 좋아하고 정구를 좋아하고 산을 좋아하는, 딱 그 기질이었다. 영랑에게는 시면 시였지, 다른 첨가물이 필요치 않았다. 민족이면 그대로 민족이었지, 그 밖은 군말이나 변명이었다. 선비면 선비인 것이지, 잔말이나 군더더기는 선비의 것이 아니었다. 축구와 정구와 산행을 하며 땀 뻘뻘 흘리며 가식 없는 소년처럼 수줍게 웃는 그의 천부적 기질이었다. 영랑 김윤식의 정체(성)이고, 철학이고, 처세관이고, 삶의 방식이었다. 스포츠맨 영랑은 그렇게 자기 당대 앞에 섰다.

　한번은 이런 일이 있었다. 해방 후인 1949년 초가을이었다. 한국 시문학사상 가장 성대했던 자작시 낭송 대회가 모윤숙(=안호상 초대 문교부 장관과 부부였다. 모윤숙의 모럴은 그 범주적 초월이었고, 한 시대를 이끌었다.) 시인 소유의 명동 문예빌딩에서 열릴 때였다. 유명 시인들 십수 명이 차례로 단상에 올라 저마다 자기 시 한 편씩을 직접 읊게 하는 행사였다. 해방 후 새 정부 출범과 더불어 우리 문학에 관한 관심이 재집중되던 때였으니 의미 있는 기획이었다. 이날의 순서에 따라 김영랑이 무대에 올라 대표 자작 시 「모란이 피기까지는」을 낭송할 차례가 되었다. 이런 행사에 얼굴을 잘 내밀지 않는 영랑이어서 이 행사에 참석한 동료 후배들과 문학을 꿈꾸는 많은 학생들은 영랑에 대해 특히 상당한 호기심과 관심을 가졌었다고 한다. 그런데 영랑의 자작 시 낭송을 들은 사람들은 의외의 영랑 모습에 실망하고, 여기저기서 소곤대면서 장내가 잠시 웅성거리기까지 했다. 영랑은, 「모란이 피기까지는」을 마치 수업시간에 선생님의 지명을 받은 중학생이 마지못해 일어나서 수줍게 국어책을 읽는 것처럼 낭송이 아니라 낭독을 하더라는 것이었다. 전혀 감정을 싣지 않고 완급 강약 조절도 없이 그저 잔잔하게 또는 밋밋하게 읽어 내려갔다는 것이다. 한껏 기교와 운율미를 살려 자기 시를 낭송하던 다른 시인들의 것과 너무 대조적이었다.

낭송을 다 마친 영랑이 무심하게 자기 자리로 돌아와 앉자 마침 옆 좌석에 자리한 시인 황금찬(=1918~2017)이 "선생님, 그 멋 있는 시를 어찌 그리 읊으셨습니까?" 하고 핀잔 같은 질문을 했더란다. 황금찬은 영랑보다 십여 년 이상 아래였지만, 서로 가깝게 지내던 후배 시인이었다. 이에 영랑은 예의 수줍은 표정을 짓더니 "글쎄, 내 시를 내가 어떻게… 나이가 들어가니 더 잘 안 되네" 하고 말하더랜다. 이날 뒤쪽에 앉아 있던 시인 박목월(=1915~1978)도 한마디했다. "아이 참, 선생님도, 아니 그 멋진 시를…" 하며 아쉽다는 표정으로 영랑을 바라다 보았다. 목월과 평소 절친한 영랑은 "이 사람아, 무(無)멋이 멋이야. 그리고 내 시를 내가 어떻게, 겸연쩍어서, 원…" 하며 순간 얼굴을 붉히더랜다. 이는 훗날 황금찬 시인과 박목월 시인이 영랑의 아들 김현철에게 웃으면서 회상에 젖어 전해 준 일화였다.

김영랑은 겸연쩍음을 아는 사람이었다. 겸연(慊然)이 있는 사람이었다. 2010년 가을 서울 혜화동 다방에서 김현철을 만난 황금찬 시인은 "60여 년이라는 긴 세월이 흐른 지금도 그때 그 장면들이 어제 일처럼 기억 속에서 새롭다."라고 회고했다. 황금찬에 따르면, 영랑은 후배들을 만나면 늘 "시인이란 지저분해서는 안 된다. 멋있는 시인이어야 한다"고 격려하던 "멋있는 선배였다." 그랬다[*영랑이 쓴 「신인에 대하여」(『민성』 1950년 5월)는 시인과 소설가를 꿈꾸는 당시의 '문청'(=영랑은 젊은 날의 자신에 대해서도 '문청류(文靑類)'라 지칭한 바 있다.)들을 위해 쓴 글이었다. 이 글에서 영랑은 "문학은 아무나 할 수 있는 것도 아니며, 또 아무렇게나 되어지는 것이 아니다... 문학은 진실한 데서 비로소 그 가치와 생명이 있는 것이다... 문학인의 그 생리에 조금이나마 불순한 티가 섞이었다면 그는 진실된 문학을 조국으로 가질 수 없는 사람이다... 발표욕과 고료 수입욕에 눈이 먼저 번쩍인다면... 조국 문단의 맑은 흐름을 너무나 혼탁하게만 만드는 일이 된다"는 자신의 오랜 지론을 피력하고 있다(김영랑, 154~157).].

영랑은 자기 자랑, 자기 홍보, 제 머리 깎기는 선비가 할 짓이 아니라 믿었다. 그리고 그는 믿은 그대로 살았다. "무엇이 멋"이라는 영랑의 미학은 일생을 관통하는 자기 지침이었다. 그는 과유불급을 믿었던 '최소주의자(minimalist)'였다. 영랑에게 있어서 참멋은 겉멋의 반대쪽이었다. 겉멋을 경계하는, 멋있는 분이었다.

큰 손

김영랑은 손이 컸다. 손이 큰 사람이었다. 영랑더러 여성적이다, 섬세하다, 내성적이다, 수줍음이 많았다고 기억하는 이들도 많고, 반대로 남성적이다, 호탕하다, 육중한 육체의 (대)장부다, 호걸풍으로 초탈하다, 웃음소리가 걸걸했고, 두주불사형 말술이었다고 기록해 놓고 있는 이들도 많다. 영랑에 대한 기억과 평가가 사람마다 조금씩 다른 것이다. 그럴 수 있다. 원래 사람은 양면적(=다면적)이다. 그런데, 영랑을 알고 기억하는 모든 이들이 이구동성으로 일치하는 점 하나는, 영랑의 손이 컸다는 사실에 대해서이다. 영랑이 손이 큰 사람이었다는 사실에 대해서 다른 얘기를 하고 있는 사람은 단 한 명도 없다. 영랑의 큰 손은 가장 확실한 영랑의 특징이었다.

영랑은 돈 씀씀이가 컸다. 짜지 않았다. 자신을 위한 씀씀이가 아니라 타인을 위해 내놓고 베푸는 지출이 시원시원했다. 자신의 소작인이 벌어온 논을 그 소작인에게 무상으로 건네주었다는 일화는 이미 여기 기록한 바 있다. '조선의 모파상' 상허 이태준의 제자인 소설가 최태응은 영랑을 "놀기를 좋아하고 남들에게 후하여 많은 후배들을 도왔다"고 기억하고 있다(신경림, 185).

영랑이 강진에 있을 때는 많은 명창들을 집으로 초대했다. 국악을 이해해 주는 교양과 식견이 있는 영랑이었으니 가능한 일이었다. 한 분야의 최고 장인들이 돈만 준다고 해서 저 먼 남도 끝자락까지 찾지는 않는다. 그렇긴 해도, 야박하지 않는 사례비가 한몫했음은 물론이었겠다. 용아 박용철은 말할 것도 없고, 정지용, 이헌구, 이광수, 서정주, 박목월 등 쟁쟁한 문인들이 강진의 영랑 자택을 찾았다. 모란꽃이 필 무렵이면 가끔 사랑채에서 전국 유명 문인과 문학 지망생들을 초청해서 시 창작대회를 열기도 했다. 상당한 사재를 털어야 가능한 일이었다. 한번 초청하려면 왕복 여비, 주무시는 일, 세끼 식사 대접하고, 술과 술안주 준비 등 경비가 만만치 않았을 것이다. 서울로 이사를 하고 나서도 영랑의 신당동 자택엔 손님 발길이 끊이질 않았다. 박종화, 이승만 화백, 이헌구, 서정주, 박목월, 이하윤, 김광섭 등이 단골 방문객들이었다. 여기에는 안귀련이 내놓는 술안주와 음식 맛이 뛰어나다는 이유도 있었겠지만, 베풀기 좋아하는 영랑의 넉넉함이 없었더라면 불가능했을 일들이었다.

영랑과 미당(=1915~2000)은 12년 나이 차가 있었지만, 자주 만나면서 친형제처럼 가까워졌다. 미당 서정주는 강진 영랑 댁에도 몇 차례 놀러오고 했었다. 영랑이 서울의 음악회 때에 맞춰 상경하는 경우 영랑은 거의 꼭 미당을 찾았다. 한번은 영랑이 동료 문인(들)과 금강산 여행을 다녀오면서 서울에 들렀는데, 이때 역시 미당을 불렀다. 영랑은 미당을 만나자 대뜸 "정주, 금강산에 다녀왔는가?" 하고 물었다. 미당이 "아니요" 했더니, 영랑은 미당의 손에 돈을 쥐여 주면서 "내가 쓰고 남은 돈인데, 이것이면 금강산 왕복 여비로 충분할 것이네. 다른 생각 말고, 꼭 한번 다녀오게." 했다. 적지 않은 액수의 돈이었다 했다. 미당은 훗날 김현철을 만나 "자네 아버님 덕분에 금강산 구경을 잘 했네." 하며 지난날의 비화들을 들려 주었다[*김영랑은 금강산엘 두 세 차례 올랐던 것으로 보인다. 김현철은, "선친은 같은 시문학파 동료 정지용 선생과 단둘이 금강산 여행을 할 만큼 막역한 사이였다"고 얘기하는데, 그때가 이때(=미당이 기억하는 때)였을 것 같지만, 근거는 없다.].

미당은 영랑 사후 김현철이 어렵게 학교 다닐 때 한 학기 대학 등록금을 대 주기도 했다. 이 역시 쉽게 할 수 있는 일이 아니었다. 미당이 어느 날 현철에게 "자네 그 학비 이번에 얼마인가?" 하고 물었다. 왜 그러시느냐,고 했더니 "그럴 일이 있어. 선친에 대해서 이제 좀 은혜를 갚으려는 것이네." 하는 것이었다. 그때 금강산 얘기도 듣게 되었다. 현철은 미당을 '집안 아저씨'처럼 생각해서 공덕동 댁, 이 뒤엔 사당동 댁으로 종종 찾아뵙곤 했다. 아버지가 그리워서였다. 김현철은 아버지에 관한 추억 거리와 일화를 이헌구, 박목월, 황금찬 등 여러 문우 어르신들로부터 전해 들었지만, 자신에게 제일 많은 이야기를 해 준 사람은 미당 서정주였다고 말하고 있다.(*김영랑이 세상을 뜨고 한참 뒤였던 1968년 미당은 영랑의 장남 김현욱의 결혼식에서 주례를 서기도 했다.)

요컨대, 영랑은 손이 컸다. 손이 컸다는 얘기는 마음이 컸다는 얘기다. 결국 사람이 컸다는 얘기다. 맞다. 영랑은 큰 사람이었다. 한 사람의 인격과 품새를 평가할 때 그 사람의 금전 문제만큼 정확한 기준도 없다. 그때나 지금이나 모두 돈, 돈, 돈 한다. 내 돈 없으면 살아도 죽은 목숨이라는 세상이다. 그 사람의 재산이 많고 적고가 결정적인 건 꼭 아니다. 어렵지만 자기 규모에서 쓸데 쓰는 사람이 빛나는 인간이다. 어렵잖게 살면서도 지독한 자린고비에게는 오직 자신과 자기 가족만 있을 뿐이다. 그들에게 이웃과 공동체는 관심사가 아니다. 영랑은 잘 살기도 했지만, 이웃을 알았고, 이웃에게 너그러웠다. 인색하거나 쩨쩨하지 않았다. 쓸 때는 쓰고 낼 때는 냈다. 그는 금전에 있어서(도) 관대한 '자유주의자'였다. 이 한 가지 사실만으로도 그는 높게 평가받아 마땅하다. 피도 눈물도 없는 샤일록 같은 수전노 세상 한복판에 큰 사람 김영랑이 우뚝 서 있었다. 영랑은 보기 힘든 참 인품의 소지자였다. 흰 모시 한복 그대로의 멋진 조선 선비 김영랑이었다.

김현철은, 아버지가 친일파에 너그러웠다고 회상하고 있다. 뜻밖이다. 영랑 스스로의 표현처럼, "연옥의 반세기"(=「감격의 8·15」), "40년 동안의 불달음", "왜놈과의 싸움"(=「감격의 8·15」), "40년의 치욕"(=「겨레의 새해」), "일제의 지독한… 탄압으로 말미암아 사기(死期=사경)에 처하였던 우리 민족"(=『신천지』)의 선두에서 평생을 항일 반일로 살아온 영랑이 친일파에 너그러웠다니 말이다.

사람 좋고 베풀기를 좋아했던 영랑 주변에는 많은 동료 문인들이 있었고, 강진 영랑생가와 서울 신당동 자택으로 초대받아 오는 이들도 적잖았다. 특히 다른 어떤 친구들의 집보다 술안주와 음식 맛이 뛰어나다고 소문난 데다, 그 안귀련 여사의 여성스러움이 동료들의 발길을 더 잦게 만들었다. 해방 후에도 우리 문단을 대표하는 여러 문인들이 영랑의 신당동 댁을 드나들었다. 하루는 대학생(=동국대 국문과)이던 장남 현욱이 영랑에게 이런 질문을 한다. 아무개 선생은 친일 문인으로 알려져 있는데, 그런 분과 아버지께서 이렇게 교류를 하셔도 좋은 것입니까? 하는 내용이었다. 영랑은, 자식의 말이 옳다는 듯, 고개를 끄덕였다. 그리고 조심스럽게 입을 열였다. "네 말뜻은 알겠는데, 일제 강점기에는 저들에게 협력하지 않고서는 먹고살 수 없는 처지인 사람들이 대다수였다. 그들이 꼭 친일파여서 그랬던 건 아니었다. 그런 점을 참작해야 한다. 아주 악질적인 친일파가 아니었다면 새 나라 건설에 필요한 인재도 태부족한 현실이니 그들에게도 일할 기회를 주어야 하지 않겠느냐?" 하는 얘기였다.

춘원 이광수나 미당 서정주는 알려진 친일파였지만, 항일 민족시인 김영랑과는 잘 지내던 사람들이었다. 춘원은 강진 영랑생가에 놀러갔다가 하마터면 쓰레기통에 버려질 뻔했던 영랑의 대표 시 「모란이 피기까지는」을 극적으로 구출해 내었던 이다.

미당은, 영랑이 1949년에 나온 자신의 두 번째 시집 『영랑 시선』
의 편집과 출판을 통째로 맡겼을 정도의 사람이었다. 영랑은 "시
는 시고, 처신은 처신이다."(=시인 김춘수가 미당 서정주를 변호하여
했다는 말)라는 생각에 가까웠던 게 아닐까 하는 생각이 든다. '나
는 비록 일제에 의해 형언할 수 없는 고통과 탄압을 받았지만,
그렇다고 모두가 그렇게 살았기를 요구하고 바랄 수는 없잖겠
는가. 친일파들을 공식적 전면에 내세우거나 요직에 기용하는
건 안 되겠지만, 그들을 개인적 단교의 대상으로 삼는 일은 과하
다'는 게 영랑의 생각이었을 것 같다.

　이런 일도 있었다. 해방 직후 강진의 애국 청년들이 일경의 앞
잡이였던 조선인 순사 '도요다 부장'을 붙잡아 놓고 죽일 듯한 기
세로 다그치고 있었다. 그는 몰매를 맞고 그 자리에서 죽게 생겼
다. 그 첩자 순사는 마지막으로 영랑 선생과 전화 통화 한 번만
할 수 있게 해 달라고 빌었다. 영랑은 이 전화를 받고 급히 자전
거를 밟아 강진 병영면으로 가서 도요다 부장을 구해 주었다. 일
제 때 영랑을 계속 감시하던 얄미운 첩자였지만, 영랑은, 사람을
미워하지 말고, 승자답게 약자를 너그럽게 품자,고 청년들을 설
득했다. 우리가 여기서 마음의 문을 모두 닫으면 우리는 없는 거
고, 결국 우리 모두가 함께 지는 거,라고 그들에게 호소했다. 도
요다 부장은 이후 영랑을 생명의 은인으로 모셨다.

　영랑의 좌익에 대한 생각도 이와 거의 유사했던 것 같다. 굳이
따지자면, 영랑은 우익이었다. 그러나 보다 엄밀하게 얘기한다
면, 영랑은 좌우익을 넘어서려 했던 민족주의자, 민족지상주의

자였다고 해야 더 객관적이고 공정한 평가일 거다(*영랑의 3남 김현철도 그렇게 얘기하고 있다.). 영랑의 시작(詩作) 노선이나 경향만 해도 그렇다. 영랑은 순수 서정주의 시의 길을 걸었기에 이념 경사 경향의 카프 계열 문학과 시에 별 관심을 보이지 않았고, 이런 경향의 시를 인정하는 편도 아니었다. 그러나 영랑이 이들 좌익 시들과 시인들에 대해 적대적이었다거나 적의(敵意)를 품고 있었던 것은 전혀 아니었다.

여기서 '프로 문학'의 기수 임화(=본명 임인식, 1908~1953) 얘기를 잠깐 하기로 한다. 임화는 서울 태생으로 보성고보를 다녔다. 「날개」, 「오감도」의 시인 이상이 그때의 친구였다 한다. 임화는 잠시 일본 유학도 갔다 왔다. 1920년대 후반부터 시인, 비평가로 문단 활동을 시작했다. 다재다능했다. 훤칠한 미남 임화는 영화 배우로도 활동했다. 1927년부터 계급문학 경향의 시를 썼다. 임화는 대표적인 '경향파'(=테제파, 강령파) 시인으로 카프(=조선프롤레타리아예술가동맹)를 상징하는 대표 작가가 되었다. 임화는 꿋꿋하게 항일 노선을 걸었으며, 창씨(개명)를 끝까지 거부했다. 그는 조선 공산주의자 박헌영에게 열렬히 매료되었고, 이후 남로당에서 활약했다. 그는 1947년 월북했고, 북한 정권 수립에 참여했다. 임화는 6·25 종전 직후인 1953년 8월 북한에서 박헌영과 함께 간첩 혐의로 사형선고를 받고 총살 집행되었다. 그는 비운의 땅에서 비운에 쓰러진 한 시대의 전설이었다. 바로 이 임화와 관련한 영랑의 짧은 일화가 있다.

아마 1934년의 봄이었다. 영랑·용아·지용 이렇게 셋이 단짝이 되어 탑골 승방(僧房)에 나갔다가 병석에 누운 임화를 찾은 것이다. "좌익의 효장(曉將=선봉장) 임화를 우리 셋이 찾았다니 좀 기이한 감이 없지도 않"다고 영랑 스스로도 얘기하고 있다. 그러면서 영랑은 이렇게 적고 있다(김영랑, 「인간 박용철」, 137).

어떤 의미에서, 영랑은 이처럼 세상적 여러 기준을 넘어 서 있었다. 그는 너그러웠고 대범했다[*그는 담담했다. 어지간한 세상사에는 초연했다. 컸다. 손이 컸듯, 사람이 컸다. 어쩌면, 선비에 대한 정의(定義)가 바로 김영랑이었다.]. 진정한 용기는 투쟁인 것 같지만, 많은 경우 관용이고 타협이다. 영랑은 그 전범(典範)이었다.

영랑은, 문학은, 시는, 그래서는 안 된다, 시는 시여야 한다는 입장이었지, 그들의 좌익 이념 자체에 대해 적대적인 것은 아니었던 것이다. 해방이 되자마자 좌우익 간 극렬 대결이 수면 위로 떠올라 세상을 시끄럽게 하고 있을 때도 영랑은 그 어느 한쪽에 서서 다른 어느 한쪽을 공격하거나 비방하지 않았다. 오히려 그는 이 좌우 진영 간 극한 대립을 진심으로 우려하고 개탄하면서 대동단결을 줄기차게 요청하는 사람이었다.

우리의 피는 그리도 불순한 배(=바) 있었나이까

이 무슨 정치의 이름아래

무슨 뼈에 사무친 원수였기에

흩한(=단 하나) 겨레의 아들딸이었을 뿐인데

이래도 이 민족에 희망을 부쳐 볼 수 있사오리까

생각은 끊기고 눈물만 흐릅니다. (영랑, 「절망」, 1948)

1948년 11월 14일 『동아일보』에 실린 시 「새벽의 처형장」에서도 우리는 같은 모습의 영랑을 다시 보게 된다.

탕탕탕 탕탕 자꾸 쓰러집니다.

연유 모를 떼죽음 원통한 떼죽음

오, 망해 가는 조국 이 모습

눈이 차마 감겨졌을까요

그래서 영랑은 절망에 빠져 "아! 인생도 겨레도 다 멀어지는구나"(김영랑, 「연」, 『백민』, 1949) 하고 개탄했다. 어리석고 부질없어 보이는 좌우 대립과 충돌을 지켜보아야 했던 민족우선주의자 영랑은 "가을바람에 늙어가는 거미처럼 까맣게 타버렸다."(김수영, 「거미」). 김영랑은, 서강대 김학동 교수의 적절한 평가대로, 해방된 조국 건설을 위한 강렬한 의욕만큼이나 좌우 유혈 충돌로 빚어진 당시 시대 상황을 통탄하고 고발하는 사람이었다(김학동 2000, 226).

천성적으로, 영랑은 모질 거나 독한 사람이 아니었다. 영랑은 시를 쓸 뿐, 평론에조차 관심이 없었다. 영랑이 쓴 「문학이 부업이라던 박용철 형」에서 "나는 평론이니 비평이니 그리 좋아하지 않는 편"이라 스스로 얘기하고 있다(김영랑, 141). 그는 남의 작품을 평가하고 '까'는 일이 내키질 않았다. 칼에 베인 상처는 아물지만, 말로 베인 상처는 아물지 않는다고 생각했을 수도 있다. 실제로, 경향파 시인, 평론가들이 시문학파를 비판해도 영랑은, 용아와는 달리, 아예 대꾸조차 하지 않았다. 불우와 불멸의 화가 고흐는 동생 테오에게 보내려던 마지막 편지에 "나는 내 그림들을 위해 내 인생을 걸었다. 나는 오직 내 그림을 통해서만 말한다. 내 영혼은 내 그림으로 인해 반쯤 망가져 버렸다."라고 유언처럼 말한 바 있었다. 영랑은 자기 시를 통해서만 말하는 것이었다. '내 할 일 내가 하면', 그걸로 끝이자 전부였다. 그것이 김영랑이었다.

영랑은 여린 사람이었다. 『시문학』 창립동인이자 영랑이 발간 자체를 반대했던 『문예월간』을 박용철과 함께 이끌던 이하윤이 박용철과 소원해진 한때가 있었던 모양이다. 그때를 영랑은 이렇게 적고 있다. "『시문학』 때부터의 결우(結友)로 『문예월간』에는 전(全) 책임을 가지고 계셨을 이하윤 형은 용아의 말년에 가까운 몇 해 어찌 그리도 멀어 졌던고. 암만해도 이유를 알 수 없었다. 하윤 형을 여러 번 만났어도 내 용기로는 툭 터놓고 물어볼 수도 없었다."(김영랑, 「인간 박용철」, 136) 영랑의 내성적이고 여린 품성을 엿보게 하는 대목의 글이다.

"내 가슴에 독을 찬지 오래로다."(김영랑, 「독을 차고」)라고 독하게 말하고 있는 것 같지만, 그 까닭은 누구를 해코지하기 위함이 아니다. "나는 독을 품고 선선히 가리라/마금날(=마지막 날) 내 외로운 혼 건지기 위하여"라고 스스로 털어놓고 있잖은가. 영랑의 '독'은 그렇게 하지 않으면 자기가 무너져 내리기 때문에 약한 자기를 지키기 위한 최종 수단이었던 것뿐이다. 그것이 아닌 한, 영랑은 너그러웠고 관대했다. 그것이 영랑의 타고난 천품(天品)이었다. 그것이 그가 사는 세상이었다. 그 속에서 춘원도 미당도 받아들여 함께 가는 것이었고, '프로 문학'도 '무산(無産) 문학'도 이해되는 것이었다. 오직 그는 해방을 원할 뿐이었다. 그의 민족주의는 겨레의 대동단결을 오직 바랄 뿐이었다(*앞서 얘기했던 대로, 민족주의는 민족지상적이고 민족자결적인 태도이지만, 그 길이 유의미하려면 타민족주의와, 예컨대 일본의 민족주의와도 공존적이어야 할 것이었다. 그것이 민족주의의 현실적 모순이며 한계였음에도 민족주의는 그래야 했고, 김영랑은 민족주의자로서의 무력감을 때때로 절감했을 것이다.). 영랑은, 모든 시냇물이 모여들어 하나가 되는, 그런 조국의 넓은 바다를 꿈꾸던 큰 사람이었다.

문득 드골이 했다는 말이 생각난다. 드골 정부는 혁명을 선동하는 행동파 지성 사르트르 때문에 애를 먹고 있었다. 마침내 1961년 파리 경찰이 이 저명한 공산주의 실존 철학자를 체포해서 구속시키려 하기에 이르렀다. 이때 우파 대통령의 입에서 나온 말이 이것이다. "그렇다고 우리가 볼테르(=18세기 프랑스 대표

지성)를 바스티유(=18세기 정치범 감옥)에 넣을 순 없는 거 아니냐.” 이 너그러움과 관용이 프랑스라는 나라의 척도였겠구나 하는 생각, 자신과 다른 길에 서 있던 이들에게 너그럽고 관대했던 영랑 같은 이들이 묵살될 수밖에 없었던 해방 직후의 우리를 보며 국력은 비약하지 않는다는 생각이 드는 것이었다(*모든 입헌 정부의 시금석은 반대가 관용되느냐는 것이다.).

무적응의 천품

김영랑은 어떤 이였을까. 자식들에게는 호랑이였고, 친구들에게는 '무한 호인'이었다는데, 어떤 모습이 영랑의 참 모습이었을까. 이 둘 다가 영랑이었을까.

영랑과 절친했던 문학평론가 이헌구(=해방 후 공보처 차장, 이화여대 국문과 교수)는 영랑을 이렇게 회상한 바 있다. "뚱뚱한 몸짓에 걸걸한 웃음소리, 거기에서 풍기는 체취, 소박하고 활달하고 호걸풍마저 섞인 '무한 호인'이라 불릴 정도의 그의 초탈한 성격, 영랑은 우리 시인들 중에서는 찾아보기 어려운 사람이었다."(=이헌구, 「생각나는 사람들」).

미당 서정주는 영랑을 1936년 용아 박용철의 종로 적선동 자택에서 처음 만난다. 미당은 「영랑의 일」(『현대문학』, 1962년 12월호)이라는 글에서 이때를 떠올리며 이렇게 얘기하고 있다.

영랑의 시는 이미 애독하고 있던 터로, 그 시에서 이 시인을 상상하기는 여성적인 섬세한 모습을 가진 그런 인물일 걸로 여기고 있었는데, 딱 만나 보니 첫인상은 딴판이었다. 휘문고보 재학 시절에는 축구 선수였다는 것도 이때 처음 들어 알았지만, 그는 그런 운동선수가 되기에 충분한 육신을 가진 장부였다. 그러나 인사를 해 보고 말하는 것을 들어 보니, 그 육중한 외모 속에는 비단결 같은 섬세와 처녀 같은 순수가 담겨 있긴 하였다.... 그는 나이가 나보다 12년 장(長)(=손위)이나 되었지만, 선배적인 말투나 거동은 영 할 줄 모르는 모양으로... 촌색시같이 볼그레해지며, 수하의 시(=시단)의 후배에게도 상당히 수줍어하는 편이었다. 전라도 남방의 말투에, 음성은... 청 맑은 것이었다.

이어서 미당은 이렇게 덧붙인다. 다른 선배들의 경우, 몇십 년씩 자주 만나고도 꼭 무슨 무슨 씨자(氏字)를 붙여 대해 오는 것과는 아주 딴판으로, 영랑은 한 두어 번 만나고부터는 서정주를 아우인양 그냥 "정주" "정주" 하고 부르더란 것이었다. 영랑이야말로 유달리 인간의 존엄을 감득(感得)하고 살아온 사람으로, 세상에 어느 누구도 그 누구보다 덜 중요한 사람은 없다고 믿는 그의 속에서, 사람에 대한 이 적당한 수줍음은 이내 곧 육친의 것 같은 친애(親愛)로 발전한다는 것을 알게 되었다고 미당은 술회하고 있다. 영랑의 "이 선수다운 육체, 그러면서도 늘 열세 살짜리 같은 음성, 사람을 누구도 절대로 무시할 줄 모르는 적당(適

當)하고 신성한 수줍음, 이런 그가 그의 시의 이쁨(=아름다움)을 낳기에 바로 맞는 것임을 (나이가 들어가면서) 나는 알게 되었다"고 서정주는 말한다(서정주 1962, 226).

미당의 회고담 인용이 조금 길어졌다. 여성적 섬세와 남성적 기상이라는 일견 모순적 덕목이 자기 내부에서 균형을 이루면서 영랑 특유의 따뜻함과 건강함이 위치하게 되었고, 이런 영랑이기에 그처럼 아름답고 맑은 시를 써낼 수 있었다는 것이 서정주 얘기의 결어 같은 것이었다. "시의 이쁨을 빚어내는 주인공인 시인이 그 어떤 힘을 늘 유지하고 있어야" 하는 바, 영랑의 그 같은 인품(人品)이 조선 제일의 그 시품(詩品)을 가능케 했을 거라는 얘기였다. 시는 시인의 품격을 반영한다는 미당의 '시(인)론'에 따른다면, 영랑의 그 곱고 맑은 시는 그대로 영랑의 그 곱고 맑은 면모인 것이었다[*알베르 카뮈는, "나는 오직 내 몸 전체로 살고, 내 몸 전체로 증언한다. 내 작품은 그에 따르는 것이다."라고 얘기했다. 김영랑의 깨끗한 시와 김영랑의 깨끗한 삶이 별개가 아니라 하나였다는 사실(또는 얘기)은 '영랑 읽기'와 '영랑 이해'에도 중요한 지점이라고 생각된다. 영랑은 민족에 대한 자부심으로 일생을 시종한 이였다. 영랑의 이같은 삶은 영랑의 시 전편에 깊이 투영되었다. 영랑의 초기 시에도 영랑의 지극한 민족애가 맑게 흐르고 있다. 시인 김수영의 얘기처럼, "시는, 온 몸으로, 바로 온 몸으로 밀고 나가는 것"이기 때문이다. 영랑 연구의 한 권위자였던 문학평론가 오하근 교수는 김영랑을 일컬어 "가장 서정적인 시인이 가장 저항적인 시인이 될 수 있다는 사실을 증명한 몇 안 되는 시인이다."라고 평가하고 있다(김원룡 2013).].

추사 김정희 말년의 글씨를 '동체(童體)'라 한다는데, 어린아이가 쓴 글씨처럼 획이 천진하고 순하다는 것이다. 미당이 기억하는 대로, 영랑의 음성은 청 맑고 늘 열세 살짜리 같은 음성이었다. 비단결 같은 섬세와 처녀 같은 순수가 속에 담겨 있었다. 위세하거나 젠체하는 선배적 말투나 거동은 영 할 줄 모르는 모양의 사람이 영랑이었다. 이런 인품의 시인이 지은 시야말로 동체시, 동시(童詩), 그의 모든 시가 순수서정의 동시였다고 말할 수 있지 않을까. 영랑의 동심, 영랑의 동시는 영랑의 확실한 일면이 아니었을까.

조선의 대문인 추사는 녹차 향기를 맡는다 하지 않고 듣는다는 뜻으로 '문향(聞香)'이라 했다. 영랑이야말로 밤새워 신새벽녘 시상의 발자국 소리를 들으려 했던 시인이 아니었을까 하는 생각이 든다. 영랑의 시들은 자연의 경청, 우리말 우리글에의 경청 없이는 나올 수 없는 시들이었다.

영랑이 '자부심의 사람'이었다는 사실 또한 영랑의 확실하고 두드러진 일면이었다. 몇 가지 예화를 들어 이를 설명해 볼까 한다. 제일 잘 알려진 예화는 영랑과 미당의 대화록이다. 일제 말엽 어느 가을이었다. 이화여전(=현 이화여대) 다니는 큰딸 애로를 만나러 상경한 영랑이 절친해진 미당을 불러낸다. 두 시인들은 함께 술을 좀 마신다. 술집을 나온 두 사람은 명동의 밤거리를 같이 걷는다. 앞에서도 잠시 언급했던 것처럼, 이때 문득 영랑이 "오장환이 보고 지금도 우리나라 시왕(詩王)이라고들 한단가?"

하며 혼자 말하듯 내뱉는다. 취기에 심드렁하게 들렸을지 몰라도, 영랑의 이 의문문은 당시 문학 문단 세태에 대한 아주 준엄한 질타다. 그게 말이나 될 법한 일이냐,는 것이다. 이에 미당은 영랑을 "해방 전 우리 시단의 모든 시언어 시험자들 중의 제일인 자로 이때에 알고" 있었기에 "아직 그 왕관은 (영랑께서) 그대로 가지고 계시오." 하고 대꾸하게 되었다 한다. 미당은 그때 번쩍 읽었다. "그(=영랑)는 그 지나친 고독 속에 묻혀 있으면서도 내심, 아무에게도 말하지 않는 내심, 이 나라 시의 첫 주인의 의식을 늘 가지고 있었다."(서정주 1962, 228). 영랑의 자부심은 그 정도였다. 그 자신 고감도 감수성의 미당은, 영랑의 내심 깊이 숨겨져 있는 그 불굴의 자부심과 자기 평가를 보고부터 영랑이야말로 이 혹독한 시련의 강을 "다 견뎌" 건너갈 만하겠음을 정확하게 발견할 수 있었고, 그것이 더없이 즐거운 일이었다고 적고 있다(서정주 1962, 228~229).

두 번째 예화는, 어느 날 영랑이 절친 정지용에게 자기 독백처럼 했다는 말이다. "내 시 독자가 다섯이나 될까?" 어떤 좋은 질문은 좋은 답보다 낫다. 영랑의 이 질문이 바로 그렇다. 영문법에서 배웠던 것 같은 수사학적 의문문의 전형 딱 그것이다. 대답을 필요로 하지 않는 물음인 거다. 천하의 영랑이 그런 수준의 질문(과 대답)을 몰라서 물었겠는가. 영랑은, 내 시란 절대고독과 절대고통 속에서 갈고 닦고 갈고 닦여 비로소 형상화 구상화(具象化)되는 것이거늘 상업적 의미의 독자 수효가 무슨 대수냐,라는 말을 우회적으로, 그러나 엄청 강력하고 강경하게, 쏘아붙였던 것이다. ‘다른 사람은 몰라도 내 벗 지용만큼은 이 말뜻을 이내 헤아릴 것이다.’라고 기대하면서 말이다.

영랑의 드높은, 그러나 잘 드러나지 않는, 자부심을 보여 주는 또 다른 예화는 용아의 유고집 『박용철 전집』에 실린 영랑의 「후기」에 있다. 영랑은 1929년 어느 가을 용아 박용철과 함께 상경해서 정지용을 『시문학』 창립 동인으로 모시기 위해 셋이 만났던 때를 이 「후기」에 잘 그리고 있다. “그때의 지용은 벗 용철과 같이 살도 변변히 찌들 못하고, 한 방에 앉아 있으면 그 마른 품으로 보든지, 재조(才操)가 넘쳐 뵈는 점으로 보든지, 과연 천하의 호적수(好敵手)로 여겨지던 때이다....” 물론 이 말은 용아와 지용이 용호상박하는 호적수라는, 삐쩍 마른 점에서나 비범함에서나 비등비등한 천재들이라는, 재치 있는 덕담이다. 그렇지만 우정이 넘치는 이 관대한 평가를 내리고 있는 이(=영랑)의 넉넉함과 여유를 우리는 곧바로 알아차린다. 이 글을 쓸 때(=1939년)의 영랑은 ‘북에는 소월, 남에는 영랑’이라는 시단의 찬사를 한창 누려가고 있을 때였기도 하거니와, 마치 시단의 선배가 두 아우들을 넉넉하게 회상하는 것처럼 느껴지지 않는가. 영랑에게는 밖으로 드러나지 않는 내심 깊은 곳에 조선 제일 시인의 자부심이 있었다.

시와는 직접 상관이 없는, 조금 다른 예화가 하나 있다. 영랑이 국악의 고수(高手)이자 북과 장구, 특히 북의 고수(鼓手)라는 건 비교적 알려졌고, 이 글에서도 이미 적은 바 있다. 그런데 영랑은 북채를 들어 흥겹게 명창들의 판소리에 장단을 맞추다가도 「육자배기」, 「자진육자배기」, 「삼산은 반락」 같은 '잡가'나 민요가 흘러 나올라치면 얼른 북채를 내려놓았다. 훗날 어떤 이가 영랑에게 그 이유를 물었더니 "판소리의 고수들은 그런 소리에는 손을 대지 않는 법"이라고 대답했단다. 범속함에 범접(犯接)하지 않는, 않으려는, 영랑의 그 고연(高然)함이 느껴지는 예화 대목 아닌가.

영랑이 그렇다고 오만한 사람은 전혀 아니었다. 오히려 그 반대였다. 영랑은 또한 '겸양의 사람'이었다. (*어찌 보면, 자부심의 사람만이 겸양의 사람일 수 있는 것 같기도 하다.) 영랑은 자기를 내세울지 모르는 것처럼 보이는 수줍음의 사람이었고, 예의 바르고, 공손하고, 모든 이에게 깍듯한 겸연의 사람이었고, 할 말을 못할 정도는 아니었지만 말이 많지 않았던 과묵의 사람이었고, 다작이 아닌 극히 과작의 시인이었고, 나중에 상술할 것이지만, 친구를 위해 관직까지 양보할 수 있었던 사람이었고, 자기 눈의 대들보를 먼저 경계하는 조선 선비였다. 영랑은 어느 편이냐 하면, 자신에 가득 차서 늘 할 말이 많은 공자보다는 그 공자더러 낮추고 삼갈 것을 주문했던 『도덕경』의 노자 편이었다. 영랑이 용아를 회고하여 쓴 글 「인간 박용철」에 나오는 다음 대목은 영랑의 겸손이 아름답기까지 함을 느끼게 한다. "(용아의 노력으로 1935년에 같이 나온 두 시집 중) 「정지용 시집」은 인기가 비등하였고, (지용의 이 시집으로) 조선 시는 획기적으로 새 출발을 하였다... (반면,) 『영랑 시집』이야 용아의 수고만 아까울 뿐이었다..." "나를 선출한 추기경들의 잘못을 용서해 달라" 했던 프란치스코 1세 교황의 겸손을 문득 연상시킨다. 『영랑 시집』이야 용아의 수고만 아까울 뿐이었다. 멋있다. 이 자체로 멋있는 한 줄 시다. [*다시 후술될 것이지만, 사실에 있어서 이 두 시집의 당시 출현은 공히 "엄청난 파장"과 반향을 불러일으켰다(김학동 2019, 26).]

영랑생가에서의 영랑 김윤식.
친구 정지용이 영랑의 풍채를 "화려한 지체와 풍염한 홍안"이라고
일컬었던 걸 문득 연상시킨다.

영랑은 어려서부터 쌀밥과 보리밥만 먹었을 뿐, 밀가루 음식과 떡은 아예 입에 대지 않았다. 평생을 그랬다. 집안 내력이 있

는 것도 아니고, 자식들도 그런 식성의 자식은 전혀 없었다니, 순전히 영랑만의 특이한 식성인 것이었다. 이 유별난 식성 때문에 영랑은 상당히 곤혹스러운 일을 겪게 된다.

안귀련과 결혼한 뒤 몇 년 만에 영랑은 혼자 개성 처가댁을 방문하게 되었다. 강진에서 개성까지 천 리 길이었다. 맏사위를 맞은 처가에서는 당연히 최고 정성을 쏟은 저녁을 해서 내왔다. 그런데, 새하얀 앞치마를 두른 처남댁과 처제가 문을 열고 들여 온 밥상은 밀가루로 빚은 유명한 개성 만두 요리였다. "만두를 빚느라 시간이 너무 많이 걸렸어요. 죄송해요. 시장하실 텐데 어서 드세요." 하는 처제의 설명을 듣는 순간 영랑은 숨이 멎을 지경이었다. 수줍음이 많던 영랑은 이실직고 하지도 못하고, 그저 숟가락 한번 들지 못한 채 끙끙거렸다. 한참이 지나서 숭늉을 들고 다시 들어 온 처제는 음식에 손도 대지 않고 있는 형부를 보고 안절부절하지 못했다. 자초지종을 들은 처가 식구들은 큰사위를 위해 다시 쌀밥을 지어 올려야 했다. 영랑은 이렇게 오래 쫄쫄 굶어 본 일이 처음이었다. 훗날 처제는, 세 살배기 현철을 데리고 10여 년 만에 친정집을 찾은 언니 안귀련을 보고 당시 일을 설명하면서 "그때는 쥐구멍에라도 숨어 버리고 싶은 심정이었다"며 길게 "휴우" 하는 것이었다.

이 일화를 듣고 읽으며, 영랑은 참 대단하다, 정말 특이(特異)한 분이라는 생각이 든다. 뭐랄까, 영·랑·은 적·응·하·지 않·는·다는 것이다. 누구든 밀가루 음식이나 떡을 안 먹을 수 있다. 그러나 몇 년 만에 처음 방문하는 처가에서 내놓는 음식인데다, 엄청

시장하고 배가 고팠을 상태에서도 숟가락 한번 대 보지 않는다는 건 누구나 할 수 있는 '경지'는 아니다. 대부분의 사람이라면 사실을 털어놓아 피차의 불필요한 시간 허비를 줄이거나, 배고파 고통받으나 배탈 나 고통 받으나 매 일반이니 한번쯤 만두 먹기를 시도해 보게 되지 않을까. 그런데 우리의 영랑은 쫄쫄 굶으면서도 처제가 숭늉 들고 와서 사태를 직감하고 수습할 때까지 꼼짝하지 않고 버티고 기다렸던 것이다. 영랑은 버티며 기다릴지언정 변화에 적응하기 위해 자신을 수정하거나 변경하지 않는다. 영랑은 초심과 초지를 지키는 것이지, '두 번째 환경'에 적응하려 하지 않는다. 대단한 지조고, 특출한 뚝심이 아닐 수 없다. '나는 이렇게 할 수밖에 없(겠)는데, 어쩌란 말이냐' 하는 심사이며 생존 체계가 김영랑이었던 것이다. 이런 기질과 저력으로 영랑은 신사참배라든가 창씨(개명) 따위에 버틸 수 있었다. 이례적이라 할 것이고, 가히 '전설적'이라 할 것이었다. 중년 이후 남자(여자)들이라면 한번쯤 좋아했을 팝송 「마이 웨이」의 가사처럼, 영랑은, "나는 그 모든 것에 맞섰고, 고개 숙이지 않았고, 내 방식대로 했다(I faced it all and I stood tall and did it my way)."

영랑이 정적(靜的)이고 과묵했고 홀로 지내는 은거 또는 한거 생활을 더 편하게 느꼈던 것은 사실인 것 같다. 그렇다고 그가 말하기에 어눌했거나 사람 만나고 사귀는 걸 꺼려 한 것은 전혀 아니었다는 것도 사실이었다. '일제 강점기 강진'에서 영랑은 확실히 과묵했고 은거하다시피 했다. '해방 이후 강진'에서의 영랑은 과묵했을지언정 은거하거나 한거하지 않고 바깥 세상에 기

무적응의 천품

꺼이 '커밍 아웃'했다. 대한독립촉성회 등에서도 활동했고, 국회의원 선거에도 출마했었다. '일제 강점기 서울'에서는 과묵했더라도 친구들과 활발하게 어울렸다. '해방 이후 서울'에서의 영랑은 과묵이 기본 모드였으되 친구들과 거의 매일로 만나서 얘기하고 먹고 마시고 '놀았다.' 강진에서의 영랑이, 특히 일제 때 강진의 영랑이, 유독 과묵했고 은거적이었다는 얘기다. 요컨대, 일제하 강진에서의 영랑에게는 대등한 친구가 없었다(*물론, 강진에도 김현구, 차부진, 김상균, 조재희, 김형식, 김현민, 양경대, 김창식, 양형식, 오승준 등의 친구들이 있었다. 그러나 그분들은 매일 신문을 읽고 라디오를 챙겨 듣는 영랑에게 궁금한 점들을 주로 질문하고, 영랑은 주로 설명을 해 주는, 그런 관계였다. 게다가 아무리 영랑의 사랑채 골방 대화라 하더라도 좁은 고향 땅은 조심스러웠다. 언제 이 대화가 왜곡되어 자신을 다시 잡을 수 있다는 점을 영랑은 경계하지 않을 수 없었다.). 강진에는 일본 제국주의의 감시만 있었다. 이것이 영랑의 삶을 역으로 규정했다. 이런 이중적 환경, 대등한 친구는 부재하고, 일경의 감시는 항존(恒存)하는, 숨막히는 이중적 고독과 고통의 환경에서 이 위대한 감성의 시인은 자기 고립과 은거를 선택할 수밖에 없었던 것이다.

일제하 강진 땅 김영랑의 과묵과 은거는 자기 부과적(=self-imposed), 자초적, 자기 의식적 선택이었을 거, 어쩌면 전략적 자기 선택이었을 거,라는 생각이 드는 것이다. 해방 이후 강진에서의 영랑은 거의 딴판이지 않았던가. 특히 일경의 감시에서 비교적 더 자유로울 수 있었을, 그리고 말과 생각이 통하고 문학과 시를 논할 수 있던, 툭 터놓고 세상을 얘기할 수 있던 서울에서의 영랑은 사람을 좋아하고 놀기를(=어울리기를) 좋아하던 모습이 아니었던가.

강진에는 용아 박용철이나 정지용이나 미당 서정주나 박목월 같은 친구(들)가(이) 없었다. 가슴을 열고 속내를 털어놓을 '가슴 친구' 족속이 없는 삶은 쓸쓸하다. 조그마한 꼬투리라도 잡히면 바로 엮어 다시 쳐 넣고 말겠다는 교활하고 표독한 일경의 감시와 탄압이 상시적으로 존재했건만, 옷깃을 열어 속마음을 털어놓아도 좋을, 이 '혹독한 시련의 강'(=영랑이 마주했던 상황을 미당 서정주가 묘사한 표현)을 함께 건너 줄 친구와 벗과 동지는 고향 땅 강진에 부재했다. 이에 영랑은 입을 닫아 침묵했고, 홀로 외롭게 살기로 했던 것이다. 지용 정지용이 조금 다른 뜻으로 썼지만 결국 잘 표현한 대로, "영랑은 입은 굳이 봉하고 눈과 가슴으로만 사는" 일종의 "경건한 신적(神的) 광인(狂人)"을 자처하게 되었다(정지용, 318). 자기의 땅에서 스스로 '유배자(流配者)'가 되었던 셈이다. 영랑은 1919년 대구형무소에서 감옥살이를 마치고 귀향한 이후부터 1948년 여름 고향을 떠나 서울로 이주하던 때까지 근 30여 년을 위리안치(圍籬安置)된 유배자처럼 고독하고 고립되고 은거하듯 깊은 침묵과 고통 속에 살았다. 세상에 이런 슬픔과 비극의 짠한 삶도 있었다... 그런데 더 슬프고 더 놀라운 일은, 영랑 김윤식이 이 30여 년을 무너지거나 항복하거나 변절하지 않고, 독하게 '무적응'으로 살았다는, 조선 민족의 지조와 조선 제일 문인으로서의 자부심을 지키며 끝까지 의연했다는

무적응의 천품

사실이다. 30여 년의 그 지조, 그 고립과 고독의 평생이 놀랍고,
장하다.

3부

시인

시문학파

1930년 『시문학(詩文學)』 발간과 '시문학파' 등장은 우리 문학사, 나아가 우리 지성사의 큰 사건이었다. 획기적 전환 사건이었다. 고려청자가 값진 것은 중국 송대의 청자에서 비롯했지만 그걸 넘어섰기 때문이며, 조선 후기 진경산수화가 유명한 것은 중국을 모방하지 않는 독창성과 월등한 그 작품성 때문이듯, 시문학파의 시들은 이전 시들을 형식과 내용으로 넘어섰고, 이들에 이르러 우리말 우리글 시가 처음으로 완전성을 얻었기 때문이었다[*문학평론가 정과리 연세대 교수는 이 1930년대 순수 서정시가 "출현한 사태"를 "언어문화의 심미성에 대한 발견"으로 규정한다. 시는 일상생활의 정서보다 더 높은 차원으로, 도덕·이념에 구애되지 않는 "한갓 고처(高處)"(=용아 박용철의 표현)로서의 자율성과 독립성을 지닌다는 전례 없는 인식이 영랑 김윤식과 용아 박용철이 이끌던 시문학파의 첨예한 기치였다는 것이다(정과리 2018, 68~76).].

 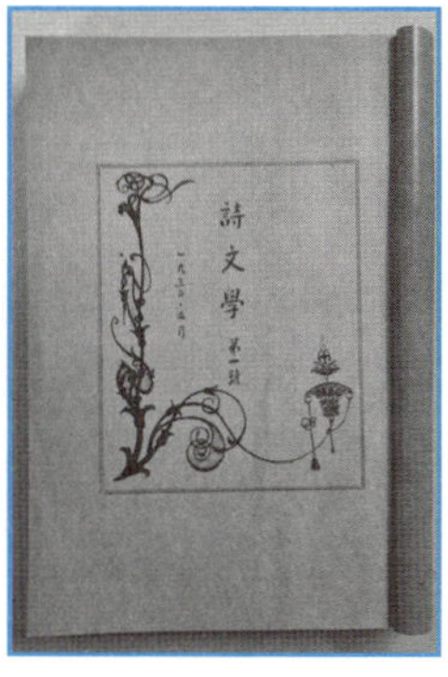

1930년 3월에 나온 『시문학』 창간호(=제1호).
오른쪽은 그 안쪽 표지 사진이다.

『시문학』 제1호는 1930년 3월 처음 간행된다. 이 시 전문잡지[*용아는 창간호의 「기고 규정」 등에서 이를 '잡지'라고 부르고 있다. 영랑은 잡지라는 말 대신 '순수시지(詩誌)'라 부르고 있다. 용아와 영랑 사이의 미묘하되 뚜렷한 시각차 또는 기대차(期待差)가 보여지는 표현이기도 하다.]에는 창립 동인(同人)들인 김영랑, 박용철, 정지용, 정인보, 이하윤의 시 29편(=번역시 5편 포함)이 실렸다. 영랑의 시 13편, 박용철 5편, 정지용 4편, 이하윤 2편 등이었다. 정인보, 이하윤, 박용철은 번역시를 실었다.

이 창간호 끝에는 제법 알려진 「편집 후기」가 실려 있다. 이 후기는 박용철이 집필한 것으로, 이들의 '강령'이며 '창간사'인 셈이었다. 용아가 초안을 작성하고, 영랑과 지용 등이 함께 공람하고 의견을 제시한 가운데, 이를 용아가 최종 완성하게 되었을 것이다. 당시 일제의 검열이 극심하던 상황임을 감안할 때, 조선민족의 얼을 지키겠노라던 이 창간사는 10여 년 전 기미년에 쓰여졌던 기미독립선언문의 그 의미심장함 같은 것을 일순 느끼게 한다.

우리는 시를 살로 새기고 피로 쓰듯 쓰고야 만다.
우리의 시는 우리 살과 피의 맺힘이다…
우리의 시는 외어지기를 구한다.
이것이 오직 하나 우리의 오만한 선언이다…
한 민족의 언어가 발달의 어느 정도에 이르면
국어로서의 존재에 만족하지 아니하고
문학의 형태를 요구한다.
그리고 그 문학의 성립은 그 민족의 언어를
완성시키는 길이다.

시를 조선인의 살을 떼어 내서 새기고 피로 써낸다는 표현은 시문학 동인들의 결연한 의지의 천명 그것이었고, 시로써 민족 언어의 완성에 닿겠다는 굳건한 선언이었다. 김영랑 역시 『시문학』 창간과 더불어 '영랑(永郎)'이라는 이름을 걸고 민족언어를 완성하기 위한 길을 이제 내딛게 되는 것이었다. 운명적 긴 장정이었다.

『시문학』지를 세상에 처음 내놓기 얼마 전, 창립 동인들이 이를 오래 기념하기 위해 함께 찍은 사진이 있다. 우리 시문학사에서 가장 중요한 장면 가운데 하나일 듯하다(*이 대단한 여섯 분들 중에서 한복 차림인 사람은 위당 정인보와 영랑 김윤식뿐이다. 영랑의 한복 차림은 뒤에 가서 더 설명하기로 한다.).

『시문학』 창간(1930년 3월)을 앞둔 1929년의 어느 날
창립동인 6인이 기념 촬영했다. 앞줄 왼쪽부터 김영랑, 정인보, 변영로, 다음 줄 왼쪽부터
이하윤, 박용철, 정지용. 이 사진은 그 자체로 문학사적 가치다.

이 창간 기념사진에는 김영랑, 박용철, 정지용, 정인보, 이하윤이 함께 자리했다. 사진에는 이들 외에 창간호에 시를 싣지 않은 변영로도 함께 들어 있는데, 용아는 이와 관련하여 "여러 가지 어긋남으로 수주(=변영로의 호)의 시를 (창간호에) 못 실음은 유감이나, 차호[=다음 호(에 실을 것)]를 기약한다"고 설명하고 있다.

『시문학』 제2호는 1930년 5월에 간행되었다. 김영랑이 시 9편, 박용철 4편, 정지용 7편을 여기 실었다. 제1호에서 예고했던 대로, 변영로의 시를 새로 1편 실었다. 새 동인으로 합류하는 김현구는 4편의 시를 발표했다[*강진 출신으로 영랑과 절친이자 같은 집안인 김현구(=1904~1950)는 "님이여 강물이 몹시도 퍼렇습니다."라고 노래한, 영랑보다 깊은 '비애'와 '상실'의 시인이었다(김선태, 75~76). **강진군은 '영랑시문학상'과 별도로 매년 '현구문학상'을 시상해 오고 있다.〕 정인보, 정지용, 박용철, 이하윤이 모두 19편의 번역시를 게재하고 있다. 용아는 「편집 후기」를 통해 "여러 동인의 노력으로 내용의 충실을 기하게 된 것을 스스로 기뻐"하고 있다는 소회를 밝히고 있다.

『시문학』 제3호는 예정보다 1년 이상이 늦어진 1931년 10월에야 발행되었다. 용아는 "동인들(간)의 사정으로" 그리 되었다고만 간단히 해명하고 있다. 영랑 시 7편, 용아 7편, 지용 4편, 현구 4편을 싣고 있다. 새로 신석정이 시 1편, 허보가 2편을 실어 『시문학』에 합류한다. 〔*신석정(=1907~1974)은 「거룩한 나의 일과」에서 "뼈에 저리도록/생활은 슬퍼도 좋다/저문 들길에 서서/푸른 별을 바라보자"고 노래했던 목가적 시인이었다. 신석정의 등장은 우리 문학에 제대로 된 전원시, 목가시의 출현을 뜻했다. **허보(=1907~?)는 일제 때 일본에서 기자 생활을 하였고, 『시문학』 동인으로 등단한 이후 40여 편의 시와 산문을 발표했다. 제3호에 실린 시 「검은 밤」에서 허보는 "낮에 찾은 진리를 검은 밤이여/지워버리소서 우리를 반성케 하소서/우리를 미치게 하는 것은 회의(懷疑)가 아니라/돌과 같은 움직일 수 없는 사실입니다/우리에게 인생에 대한 새로운 해석을 주소서"라고 묵도(默禱)를 올리듯 하고 있다. 해방 후 연락이 두절되어 이후에 관한 별다른 기록과 자료가 없다.〕 번역시로는 박용철이 10편, 이하윤이 2편을 싣고 있다.

편집 겸 발행인 박용철은 사고(社告)와 「편집 후기」에서 1, 2호를 발행한 '시문학사'의 이름을 이번 호(=3호)부터 '문예월간사'로 변경한다는 사실을 알리고 있다. 『시문학』의 자매지로 『문예월간』이라는 대중적 문예 월간지를 함께 발행하게 되며, "우리 시문학 동인 중에서 이하윤, 박용철 양인이 편집을 맡"는다고 설명하고 있다. 한편, 용아는 「편집 후기」를 통해 "『시문학』 1, 2호(에)는 자화자찬으로서만이 아니라 장원(長遠)한 미적 가치를 가진 작품이 많이 실렸"다고 자평한다.

『시문학』은 이 3호 발간을 끝으로 수명을 다하게 된다. 여러 가지 사정이 복잡하게 작용하였다. 『시문학』의 편집과 구성에 실질적 중심이던 영랑과 용아, 지용의 견해 차가 결정적이었던 것으로 보인다. 보다 직접적인 원인은 동인 확대의 어려움과 좋은 시 확보의 어려움 때문이었다. 본시 격월간 간행 예정이었지만, 연 4회의 계간으로 변경하기로 했다가, 이마저도 발행 기일을 지키지 못한 것은 좋은 시 확보상의 애로 때문이었다. 영랑도 "원고난(難)이었다"고 솔직하게 얘기하고 있다.(김영랑, 『박용철 전집』 2권, 「후기」, 131) 「편집 후기」와 「기고 규정」 등을 통해 시인(지망생)들의 기고와 투고를 요청하고, 다른 경로로도 좋은 시 확보를 위한 노력을 왜 안 했겠는가마는, 이 일은 쉽지 않았고, 결국 『시문학』 폐간의 최종 사유가 되어 버린다. 물론 많은 원고들이 시문학사로 답지하지 않은 것도 아니었다. 박용철도 이 사실을 밝히고 있다. 그러나 일정 수준에 도달한 좋은 시는 쉽게 발견되지 않았다. 게다가 '편집 동인회의'에서 추천되고 합의한 작품만을 싣기를 한 심사 규정에 충실하다 보니 몇몇 쓸 만한 시들이 없는 것도 아니었지만, 동인들끼리 의견이 일치하지 않아 결국 새로운 시를 더 싣지 못하고, "모든 겸허를 준비하여 새로운 동인들을 맞이하려 한다"(=창간호 「편집 후기」)던 처음의 약속을 실행에 옮길 수 없게 되었다. 이 엄격한 심사와 추천 경로를 거쳐 앞서의 김현구, 신석정, 허보 이 세 시인을 등단시키는 데 그치고 말았던 것이다.

이 과정에서 특히 용아와 지용 간에 의견 대립이 있었던 것 같다. 용아가 영랑에게 보낸 편지에서 "『시문학』이 탈 났네. (다음부터) 지용은(=지용의) 시가 못 나오네"(박용철, 「영랑에게의 편지」, 김선기, 40)라는 내용이나, 영랑이 "누구보다도 가까운 지용 형과도 『시문학』 3호 편집을 싸들고 내심 충돌이 있었긴 했다"(김영랑, 「인간 박용철」, 136)고 적고 있는 대목에서 이를 짐작할 수 있겠다. [*그렇다고 이들의 우정에까지 금이 간 것은 전혀 아니었다. 영랑에 따르면, 용아와 지용은 "좀 그러다 말게끔 되었다. (용아의) 말년 삼사 년 두 벗의 교분이 누구보다도 두터"웠다.(김영랑, 「인간 박용철」, 136) 편집인이자 출판인으로서 용아 박용철의 사실상의 마지막 출판 책자가 1935년의 『정지용 시집』과 『영랑 시집』이었다는 사실보다 우리 시사(詩史)상 최고 시붕(詩朋)들이었을 영랑·용아·지용의 우정을 더 잘 설명하는 건 없다 하겠다.]

또 다른 이유는, 영랑과 용아의 의견차 때문이었던 것으로 보여진다. 두 사람의 개성이랄까 노선 차이 같은 것이었다. 순수시 운동으로 초지일관하기를 바라는 다소 고답적이고 현실 초연적인 영랑과 시문학사라는 출판사의 편집 겸 발행인으로서의 현실적 판단을 해야 하는 용아와의 입장 차이 같은 것이었다. 부연한다면, 영랑은 초심을 지키자는, 용아는 현실을 수용하자는 쪽이었다. 용아도 처음에는 『시문학』 제4호를 속간하겠다는 계획이었지만, 새 동인 발굴도, 좋은 시 확보도 어려운 데다, 정지용마저 더 이상 시를 싣지 않겠다는 마당이어서 방향 전환을 모색하지 않을 수도 없었다. 그래서 출판사 이름도 시문학사에서 문예월간사로 바꾸고, "『문예월간』이라는 대중적(=통속적) 일반 문예 취미 월간 잡지"(=용아의 표현)를 내서 구독자도 늘리는 등의 현실적 필요가 절실했던 것이다. "창의성이 풍부한 재사(才士), 사업욕이 왕성한 투사" 기질의 용아는 쉬운 글도 조금 싣고, 희곡이나 영화평 등 취미 생활도 가볍게 다루는 월간 교양지(='잡지')를 내보자는 현실적 구상에 기울고 있었다(이하윤, 230).

용아는 처음에 『문예월간』을 "『시문학』의 자매지"로 낼 생각이었다. 영랑에게 이 생각을 전달하자 영랑은 크게 실망하며 명백하게 반대 의사를 표했다. 용아가, 시문학파 동인으로서 중외일보사에 재직하며 번역시 위주로 활동해 온 이하윤과 둘이 대중 영합적 교양 잡지(=『문예월간』)를 새로 내놓자 영랑은 "(내가) 어찌나 공격하였던(지)... 내 공격 때문에 벗(=용아)은 딱한 듯하였었다"고 훗날 회고한 바도 있다. 영랑은 "세상을 모르는 내가 벗을 공격하였"다고 말하면서도 "『문예월간』은... 2류 이하"였다고 평가한 뒤, 용아가 "『문예월간』을 하던 것을 나는 참으로 좋이(=좋게) 여기지 않았었다"고 토로하고 있다(김영랑, 「인간 박용철」, 136). 실제로도, 영랑은 『문예월간』이 통권 4권에 이르는 동안 단 한편의 시도 여기에 싣지 않는다(*영랑이 『문예월간』에는 자기 시를 싣지 않았지만, 그 뒤 용아가 『문학』이라는 시 전문지를 새로 내자 다시 자기 시를 용아에게 보내기 시작했다. 영랑의 대표시 「모란이 피기까지는」도 이 『문학』지에 처음 발표되었다.). 이것이 "동인들(간)의 사정"의 대략적인 전말이었다.

『시문학』은 핵심 동인이었던 김영랑과 용아 박용철과 정지용의 견해 차이로 그 막을 내렸다. 결국 제4호는 나오지 못했다. 제3호가 종간호(終刊號)였던 것이다. 그렇다고 이 『시문학』지 연속 세 차례 간행의 의미와 가치마저 '종간'되거나 종료되는 건 물론 아니었다.

당시 세상은 『시문학』에 참여한 이 아홉 분 동인들(=김영랑, 박용철, 정지용, 정인보, 변영로, 이하윤, 김현구, 신석정, 허보)의 유파(流派)를 자연스럽게 '시문학파'라 일컬었다. [*시인이자 문학평론가인 오세영 교수는 『해외 문학』, 『시문학』, 『문예월간』, 『문학』, 『시원』 등의 문예지에 걸쳐 활동한 시인 모두를 넓은 의미의 '시문학파'로 규정할 수 있다고 얘기한다(오세영 2018, 16~17).] 이들 시문학파에게 있어서 시인이란 "아직 남들이 만들어 놓지 못한 형식으로 남들이 말해 보지 못한 것을 말해야"(=『시문학』 제3호 「시인의 말」에 들어 있는 표현)하는 것이었다. 이 말뜻은 사뭇 함축적이었다. 기존 형식을 탈피하겠다는, 그리고 투박하고 무잡한 차원의 내용이지 않겠다는 말뜻은 당시 시인들의 거의 모든 것에 대한 비판이자 '단죄'였다. [*문학평론가 김용직 서울대 교수는, 당시의 기존 문예지를 이용하려 하지 않고, 경제적 채산성이 사실상 전무한 새 발표 매체를 굳이 창간하려 했던 박용철의 "속셈"을 "한 떼의 시인(들)을 모아" "철저하게… 새롭고 훌륭한 정상급의 시"를 써서 실음으로써 "새 차원의 개척을 기도"했던 것으로 정확히 해석하고 있다(김용직 2005, 252~253).]

1920년대 우리 시단의 세 가지 큰 흐름은 낭만주의, 민요적 전통시, 사회비판적 시 흐름 등이었다. 시문학파의 시인들이 보기에, 낭만주의 시나 민요시나 '경향시'(=비판적 이념 시)들은 시의 본질(=시적인 것)에 대한 자각과 인식을 제대로 보여 주지 못했다. 무엇보다 시의 대상(물)에 대한 지적이고 감성적인 사색과 성찰이 충분히 깊지 못했다. 형식은 낡고 형식적이었고, 내용은 거칠고 조야했다. 형식미로서의 기교 수준이나 내용미로서의 의식 수준이 시로서의 현대성을 지닌 것으로 평가하기엔 미흡했던 것이다(박두진, 61~64). 1920년대 시단의 감상(感傷)과 낭만 과잉의 영탄조 시나 재래의 운율에 치중하고 있던 민요조 시에 대해 시문학파 시인들은 '시는 그 이상이어야 한다'고 말하는 것이었다. 시를 어떤 이념이나 정치사회적 목적을 위한 수단쯤으로 생각하던 경향의 '프로문학'[=프롤레타리아문학=계급문학=무산(자)문학] 등에 대해 '시는 시여야 한다'는 입장을 천명하는 것이었다. 말하자면, 시문학파는 이 같은 흐름의 '시답지' 않은 일체의 시 행위에 대한 집단적 문제 제기같은 것이었다. 이는 분명히 획기적인 도전이었다.

말 그대로 '순수시파'였던 이들 『시문학』 동인들에게 시는 그 자체로서 아름답고 자유로워 영혼과 삶을 더 맑고 더 깊게 하는 일이었다. 이들은 우리말과 우리글과 우리 사유의 탁마와 세련을 최고 수준으로 끌어올리는 일이야말로 자신들에게 주어진 당대적 지상 과제임을 정확히 인식하고 있었다. 시를 즉흥적으로 도취적으로 발음하는 대신, "살로 새기고 피로 쓰듯 쓰고야" 말아(=써서) 시는 "살과 피의 맺힘"이 되는 것이고, 자신들의 이 시가 "열 번 스무 번 되씹어 읽고 외워"져서 "우리의 조선말로 쓰인 시가 조선 사람 전부를 독자로 삼"게 되는 날 우리 "민족의 언어를 완성시키는 길"에 당도케 된다는 이들의 당찬 『시문학』 창간사(=「편집 후기」)가 이를 웅변하고 있다. "언어미술(=언어예술)이 존속하는 한 그 민족은 열렬하리라"던 정지용의 이 인상적 통찰 또한 시문학파 정신의 자각과 자임(自任)을 꾸밈없이 고백하는 것이다(유종호 2011, 157). [*피카소(=1881~1973)는, 그림이 실내 장식을 위한 것이 아니고 적을 향한 무기여야 한다고 했다. 르누아르(=1841~1919)는 그림은 그 자체로 고상하고 아름다운 것이어야 한다고 했다. 그렇다면, 음악은, "사랑도 명예도 이름도 남김없이 한평생 나가자던…"의 「임을 위한 행진곡」과 같아야 하는 것일까. 음악은 "내 놀던 옛 동산에 오늘 와 다시 서니…"의 「옛 동산에 올라」와 같아야 하는 것일까. 또, 그렇다면, 시는…]

영랑을 필두로 하는 시문학파의 용아나 지용과 더불어 우리 시의 현대성은 마침내 확보되는 것이었다. 영랑의 관심이 운율(=음율)을 살리려는 형태에만 있었다면 음악적 표현에서 그 성과를 올렸을 뿐 단일한 평면적 차원에 머물렀을 것이지만, 영랑은 "형식과 내용의 행복한 일치를 보여 주는 시인"(김재홍, 140)답게 형태적 관심과 아울러 그 정련(精鍊)된 언어로서 새로운 이미지의 창조도 잊지 않았던 바, 영랑 시의 현대성은 바로 이 점에 있었다(정한모 1997, 28). 영랑의 문학적 성취는 진실로 괄목할 만한 것이었다. 김영랑의 시는 김소월의 민요 시를 한 단계 더 극복하고 있었다. 김용직(=서울대 국문과 교수)은 "영랑의 언어가 행과 연의 호응이라든가 단어 자체들의 구성에 있어서 거의 난점이 없는 것임에 반해, 소월의 것은 반드시 그와 같지가 않다"고 지적하면서, 시의 생명은 그 언어의 농축화, 짧은 시형(詩形) 속에 담겨진 의미 내용의 질량에 있는 것인데, 소월의 시가 지니는 "의미의 총량"은 영랑의 시에 비해 떨어진다고 평가한다(김용직, 41~42). [*김용직에 따르면, 영랑의 경우와는 판이하게, 소월의 시어들은 농축적이라기보다 "차라리 사설이라고 하는 편이 더 알맞을 것이다."(김용직, 42)] 문학평론가 김윤식(=서울대 교수)은, 블레이크의 시를 최고의 순수시라 할 때, 그것은 순수한 영감과 무의미의 황홀상태와 고도의 음악성을 뜻하는 바, 서정시의 극치로서의 순수시를 쓴 시문학파는 오직 김영랑뿐이었다고 지적하고 있다(김윤식, 401).

영랑 스스로는 『시문학』을 "순정과 양심으로 시작"했었노라 회상한다. 그리고, 그는 그 의미를 "당시 우리 시단의 경이"였다고 자평한다(김영랑, 「인간 박용철」, 135). 그랬다. 그것은 경이였다. 영랑과 그 동인들은 우리 서정시의 원점에서 조금도 비켜서지 않고, 자신들의 시 세계를 획기적으로 발전시켜 나갔으며, 한국

현대시의 세계를 한 단계 더 높고 더 넓게 확장시켰다(오세영 2012, 6). 영랑을 정점으로 한 『시문학』 동인들은, 시인의 중요 임무는 언어의 갱신과 사유의 심화이며, 시의 언어란 산문이나 일상적 언어와는 다르고, 달라야 한다는 사실을, 보다 명백히, 어쩌면 최초로, 자각하였다. 이들은, 시의 형식과 내용이 내재적 조화를 얻고, 음성 구조와 의미 구조가 유기적 일체성을 이루는 가운데 획득된 시적 수준을 가장 성공적으로 지향하고 제시했다. 그렇게, "『시문학』은 한국 현대시의 시발점"이었다(허형만 주해, 『시문학』, 2008). 그렇게, 시문학파는 우리 순수 서정시를 다시 세운 역사적 사건이었다(김선기, 33).

창간

이 역사적인 『시문학』지 창간은 영랑이 스물일곱 살 때인 1930년 3월 5일이었다. 앞서 살핀대로, 『시문학』 제1호는 김영랑, 박용철, 정지용, 정인보, 변영로, 이하윤 등 여섯 명을 창립 동인이자 편집 동인으로 해서 출범했다. 정지용, 정인보, 변영로, 이하윤은 영입된 동인이었다. 이 영입의 주역이 영랑과 용아였다.

영랑이 가장 먼저 휘문의숙(=현 휘문중·고) 1년 후배이자 친구인 지용을 끌어들였다. 영랑과 용아는 함께 상경 열차에 몸을 실었다. 영랑은, "10년 전(=1929년의 어느 날)... 우리는 서울로 지용을 만나러 왔었다. 그렇다. 순전히 지용을 만나러 왔었다. 지용을 만나서 (우리) 셋이서 일어서면 우리 서정시의 앞길도 찬란한 꽃을 피게 되리라는 대망(大望)"에 의기투합하면서 초면이던 용아와 지용은 "하루에 1년, 열흘에 10년의 (우)의가 생겼"다고 회고하고 있다(영랑, 「후기」, 748). [*그 얼마 뒤 가까워진 용아와 지용이 이번에는 강진으로 영랑을 함께 찾는다. 영랑생가에서 다시 만난 이들 20대 문학청년들은 새로운 동인 결성과 동인지 발간을 최종 확정한다(김학동 2019, 41).] 용아는 뒤이어 연희전문(=현 연세대) 시절 사제지간의 깊은 인연 등으로 위당 정인보(=1893~6·25 때 납북)와 수주 변영로를 만나 함께하기로 한다. [*'계급' 문학에 대응하는 '민족' 문학가였던 위당이 순수시를 지향했던 시문학파의 창립 동인이 된 것은 다소 이례적이었다. 수주 변영로(=1897~1961)의 경우도 그랬다. 위당·수주 등의 민족문학(=국민문학)의 중심 어휘와 가치는 "조선, 조선혼, 조선심, 조선적..." 이런 것이었다. 영랑·용아·지용의 시 밑바탕에도 '조선'이 항상 담겨 있었긴 하지만, 그것이 겉으로 표방되고 표시되는 건 아니었다. 위당·수주와 영랑·용아·지용은 이렇게 결은 조금 달랐지만, 보다 큰 조선 아래 서로 통할 만했고, 서로 인정할 만했다고 보여진다.] 널리 존경받고 있던 민족주의자 위당은 제자 박용철을 총애해서 용아의 집에도 자주 와서 상고사(上古史), 고문학(古文學) 이야기도 종종 들려주던 각별한 관계였다. 수주는 위당 댁에서 용아를 만났을 때, 용아의 「개」라는 소품 시가 좋았던 나머지 일곱 살이나 연하인 용아에게 큰절을 하는 등의 일로 더 가까워졌다. 이미 시집 『조선의 마음』으로 명성이 자자했던 수주는 기벽(奇癖)으로도 유명했다. 아무튼 이런 인연과 연유로 위당과 수주라는 두 거물들이 "동인으로 도와 주었던 것이다."(김영랑, 「인간 박용철」, 133). 1927년 『해외문학』을 창간한 바 있던 연포 이하윤

(=1906~1974, 해방 후 동국대, 서울대 교수를 지냈다.)은 용아가 직접 연포의 직장(=중외일보)으로 찾아가 동인 참여를 설득해서 수락을 받았다.

무명의 영랑과 용아가 이미 높은 명성을 누리던 위당과 수주[*박두진은 수주 변영로와 만해 한용운을 1920년대 우리 시단에서 '예외적 수준'을 보여 준 시인으로 고평가한다(박두진, 88~89). "거룩한 분노는/종교보다도 깊고/불붙는 정열은/사랑보다도 강하다"로 시작되는 변영로의 시 「논개」는 이 예외적 수준을 대표한다.]를 모시고, 정지용과 연포 이하윤까지 영입해서 창간 진용을 꾸린 것은 당시로선 이변이자 대박에 가까운 큰 성취였다. 그들은 영랑과 용아의 시고를 읽자마자 그 시 능력과 수준에 깜짝 놀랐을 것이고, 당장 믿음이 생겼을 것이다. 재력이 탄탄한 집안의 용아가 출판사까지 내게 된다는 구상을 들으며 신뢰는 더 깊어졌을 것이다(*위당 정인보는 창립 동인으로 참여해서, 번역시를 계속 싣긴 했으나, 창작 시 게재는 없었다. 아홉 분 중 유일한 예외였다. 연배도 가장 위였고, 당시의 사회적 위상도 특별했을 뿐 아니라, 휘문의숙 시절 영랑과 지용이 위당으로부터 한시를 배웠던 사제의 인연에다, 연희전문 사제지간이던 위당과 용아의 관계 등으로 '좌장' 비슷한 위치로 동인들 간에 양해가 있었던 듯하다.).

문단의 완전 신인 영랑과 용아에 의해 『시문학』은 세상에 그 모습을 드러낸다. 두 무명 문학청년들이 일을 낸 거다. 정말 옳게 일을 냈다. 이들은 순수 시문학 동인지를 내서 조선 시의 '새 경로'를 개척하자고 함께 결의했고, 마침내 그 길로 '민족언어'의 수호와 완성을 위한 기수가 되었다. 이것은 니콜로 마키아벨리를 연상시키는 개척이었다. 마키아벨리는, 이전까지의 사상들이 옳고 그르냐는 도덕적 평결의 차원에 머무르고 있었음에 반하여, 자신은 여태 아무도 걸어 보지 못했던 "새 경로(a new route)", 즉 있는 현상 그대로를 관찰하고 분석하는 전인미답의 새 탐구 자임을 자임하였고, 후대의 연구자들은 그런 그를 최초의 근대 사상가라 부르고 있다. 영랑과 용아는 바로 그 새 길, 새 형식과 새 표현의 새 경로를 보답(步踏)하였던 최초의 조선 시인이었다.

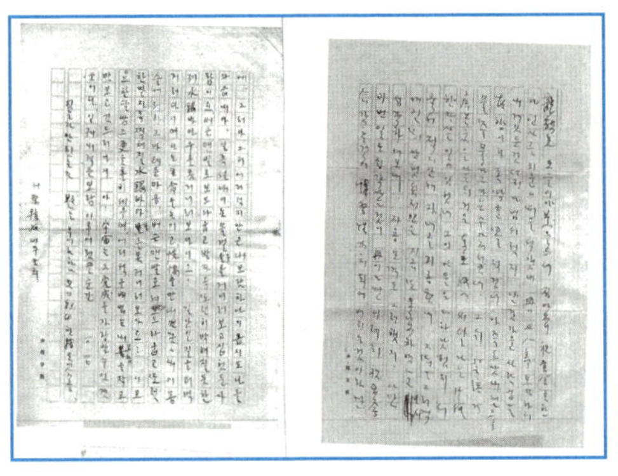

영랑과 용아는 일본 유학 시절의 친구였다. 일본으로부터 돌아와 강진에 낙향해 있으면서 일경의 날카로운 감시와 가당찮은 회유를 시시각각 받으면서 좌절과 고독 속에 살던 영랑의 가

장 큰 위안거리의 하나는 용아와 시신(詩信)을 주고받는 일이었다. 거의 정기적이었던 용아로부터의 편지는 일제의 날카로운 순찰 감시의 속박감을 잊고 넘어서는 희망 서신이었다. 영랑이 무려 100여 통의 편지를 받았다고 하였으니, 오고 간 편지만도 200여 통에 이르렀다는 얘기다(*영랑이 받은 용아 편지는 6·25 전란 등을 겪으며 현재 한 통도 남아 있지 않고, 용아가 받은 영랑 편지는 다행히 두 통이 보존되어 있다.). 이 편지 교환으로 두 사람의 시혼(詩魂)과 우정은 더욱 심화되어 갔다(김학동 2000, 171~172). 용아는 "내가 시문학을 하게 된 것은 영랑 때문이여"(김영랑, 『박용철 전집』, 1권 「후기」)라는 말을 농담 삼아 종종 한 바 있거니와, "지난번 (내) 시조에 대한 평과 수정(의견)도 자네(=영랑) 의견을 따르네. 재현설(再現說)〔=내면세계의 정서를 정교하게 제시하는 입장(presentation)과 개념적으로 표현하는 입장(representation)의 두 입장 중 뒤쪽을 더 강조하는 방법〕과 정서를 푹 삭히라는 것도 알아들었네. 나는 이즈음 와서야 그것들을 차츰 깨달아 가네... 내 깜냥에 큰 발견이나 한 듯 (하네)" 같은 편지를 영랑에게 보낼 만큼 스스럼없이 영랑을 믿었고, 또 서로 의지하였다. 편지 교환으로 부족하면 영랑과 용아는 서로 강진과 송정(=광주광역시 광산구)의 집을 찾았다. 나이도 영랑이 한 살 위고, 자신을 문학으로 이끈 처지이기도 해서 주로 용아가 영랑을 찾았다. 강진에 오면 용아는 보통 일주일 정도 묵으며 영랑과 함께 머리를 맞대고 생각과 계획을 다듬었다. 여기서 마침내 『시문학』이 태동하게 되었다. 그래서 저명한 문학평론가 김현 서울대 교수 같은 이는 시문학파

탄생지가 바로 강진이었다고 주장한다. 김현은 시문학파를 대표하는 김영랑·박용철·김현구(=강진 출신) 세 시인을 따로 '강진시파(=康津詩派)'라 부르고 있다(김현, 167).

이 『시문학』 간행과 의욕적인 창작 시 발표로 영랑과 용아는 우리 시 역사에서 확고한 위상을 획득한다. 영랑과 용아에게 『시문학』은 시인으로서의 출발이자 위상을 확립해 준 운명적인 시지(詩誌)였다(김학동 2000, 173). 영랑과 용아는 『시문학』의 산파였다. 영랑과 용아 두 사람은 이 땅에 우리 시의 순수 강토를 건설하는 선구자가 되었다.

정확하게 얘기해서, 영랑과 용아 중심의 시문학파는 '혁신' 시파(詩派)였다. 기존의 영탄조, 민요조, '사상조(思想調)' 시들을 극복하고 '혁신'하는, 오늘 우리가 보고 있는 현대시의 이 자유롭고 유연한 형식, 이 절제하되 절묘한 의미 표현의 최초 교본을 이들은 거의 백 년 전에 벌써 제시하였다. 서정주에 따르면, 영랑과 용아 중심의 이 시업(詩業)은 1930년대 전반기 "우리 시문학의 가장 큰 빛"이었으며, 국어사적으로 생각하면 "20세기에 우리말의 매력을 맨 처음 의식적으로 가장 많이 정교하게 배합해 낸 공적"을 쌓은 것이었다. 그것은 마치 "우리말이 고스란히 무시되고 짓밟히던 일정(日政)의 식민지 시절에 있어서는 밤길에 흘린 좁쌀을 주워 금강석을 빚어내는 일만큼 어려운 일이었다."(서정주, 「발문」, 김현, 193).

모국어가 실체적 전면적 위기에 처한 식민지 상황 속에서 모국어의 보존과 회복과 풍요와 세련에 바친 시문학파 시인들의 특출한 생애는 가장 치열한 저항적 실천의 하나였다(유종호 1995, 146~147). 순 우리말을 곱고 아름답게 다듬고 가다듬은 『시문학』의 시편들은 일제하에서 숨죽여 살아가던 우리 지식인들과 문학인들에게 신선한 충격과 뿌듯한 자부심을 주었다. 그 이전 제시류(諸詩流)와의 질적, 형식적 차별화에서 오는 감동이었고, 우리글 우리말의 문학적 세련의 고도화에 따른 자부심 같은 것이었다. 『시문학』 동인들이 보여 주었던, 우리말 우리글의 미학적 극치를 경험하며 독자들은 문득 우리 조선어(=우리말)가 이토록 아름답고 시적인 문학어(文學語)였구나 하는 자각의 눈을 뜨는 것이었다. 비록 나라는 잃었어도 이렇게 곱고 싱싱하고 맑게 다듬어진 모국어로 시를 쓰는 시인들이 있고, 그 시들이 우리 겨레 가슴 속 깊은 곳 정서를 꿈틀대게 하여 이윽고 '우리'와 '우리임'을 새로 느끼게 하였다. 이들의 시를 읽으며 일제 강점기 지식인들은 작지만 무시될 수 없는, 빛나는 희망을 읽었던 것이다. [*원로 문학평론가 유종호 교수는, 안중근 없는 20세기 전반의 한국이 훨씬 초라했을 것처럼, 시문학파 시인들의 이름 없는 조국도 한결 초라했을 것이다,라고 단정한 바 있다(유종호 1995, 147). **오세영 교수는, 영랑 등을 우리 정서와 풍정을 가장 아름다운 우리말로 노래해서 "역사의 암흑한 밤을 환하게 밝힌 시인"들이라 평가했다(오세영 2008, 32). ***김명곤은 "영랑은 총칼 대신 펜과 종이로 싸운 독립군이라 할 수 있다"고 말한다(『오마이뉴스』, 2019. 11. 13.).] 『시문학』은 당시 지식인 사회의 박수를 받았다. 앞서도 인용한 바 있지만, 서정주와 김동리 같은 조선의 '문청'들은 『시문학』에 실린 영랑의 시를 줄줄 외우며 들길을 하염없이 걸었다 했다. 우리 시를 우리 시답게 써 보겠다는 많은 이들의 창작시가 용아의 시문학사로 답지하였다. 『시문학』 창간은 그 스스로 1920년대의 시각적(詩角的) 지양이 자 1930년대 시야(詩野)의 새 지평이었다.

영랑의 탄생

김윤식은 1903년 강진 태생이었지만, 김영랑은 1930년 3월 5일 조선 태생이었다. 강진 사람 김윤식은 『시문학』 창간과 더불어 이날 비로소 '조선 시인 김영랑'으로 거듭난 것이었다. 창간호에 실린 창작 시 24편 중 13편이 영랑 시였다. 영랑 시의 지면 점유율이 54%에 달했다(김선기, 37). 『시문학』은 영랑의 시들이 마음껏 펼쳐지는 질펀한 한마당이었다. 정한모 서울대 교수는 "(용아가) 『시문학』을 발간하게 된 것이 영랑 때문이라는 말은 결코 과장이 아닐 것이다."라고까지 얘기하고 있다(정한모 1974, 303). 고려대 고형진 교수의 김영랑에 대한 평가처럼, "시를 읊으면 바로 느낌이 일어나고 외워지는, 아름답고 사무치는 민족어를 구사하는 새로운 (대형) 신인"이 발굴된 것이었다. 시문학파의 탄생은 그대로 영랑의 탄생이었다.

『시문학』 창간호(=제1호)에 실린 영랑의 시들 중 가장 잘 알려진 시는 「동백잎에 빛나는 마음」이다. 이 시는 창간호의 맨앞 권두시로 실려 있다. 『시문학』 창간호의 첫 면을 장식한 작품이면서 5년 뒤에 출간된 『영랑 시집』에도 1번으로 수록된 작품이다. "그만큼 편집자 박용철에게(도) 깊은 인상을 준 작품이겠다."(이숭원 2009, 14). 김현자 이화여대 교수의 평론처럼, 이 시가 주관적 정서에 기반하여 내·마·음을 독백하듯 표현하고 있으면서도 감상에 떨어지지 않는 비밀은 감정의 세련된 압축과 절제를 통해 "시적 긴장을 잃지 않기 때문"일 것이다(김현자, 63).

내 마음의 어디엔 듯 한편에
끝없는 강물이 흐르네

돋쳐 오르는 아침 햇빛이 빤질한
은결(=은빛 물결)을 돋우네

가슴엔 듯 눈엔 듯 또 핏줄엔듯
마음이 도른도른 숨어 있는 곳

내 마음의 어디엔 듯 한편에
끝없는 강물이 흐르네

예술원 회장을 지낸 원로 문인 유종호 교수는 이 시를 "하치 않은 모티프(=동기, 문제의식)가 일급의 예술 작품이 될 수 있다는 가능성을 보여 준 시"라고 평가한다. 유종호는, "말의 음악"인 시 세계에서 말의 의미와 음악의 통일이야말로 가장 이상적 상태일진대 20세기 우리 시단에서 가장 좋은 두 사례를 김소월과 김영랑의 시세계라고 말한다. 그러면서 유종호는, 김소월보다는 이 같은 새로운 시도를 보다 성공적으로 선보인 김영랑이 이에 더 어울린다고 결론짓고 있다(유종호 2011, 147~148).

이 시는 표현하지 않으면서 표현하고 있는 영랑의 대표 시편이다. 아름다움, 슬픔, 허무, 삶 같은 시어를 구사하지 않으면서 아름다움, 슬픔, 허무, 삶의 시가(詩價)(=시 값)를 내고 있다. 서정주가 영랑 시정신으로 설명하는 '촉기'의 시경(詩境)인 것이다. 서정주는, 마음에 끝없는 강물이 흐른다는 이 칠칠한 '촉기'야말로 영랑 시 정신의 가장 중요한 특질이라고 한다. 같은 슬픔과 비애라 하더라도 영랑의 시에서는 모두 충분한 촉기[=싱그러움과 풍윤(豐潤)한 빛남]가 넉넉히 담겨 있다는 것이다. "영랑 이전의 시인으로서 영랑과 방불한(=비슷한) 이를 찾는다면 이조의 고산 윤선도가 아마 가장 가까울 것"이라고 미당은 쓰고 있다. 나아가, 미당은 "우리 역사상 아마 제일 딱한 시기였을 1930년대의 일정(日政) 때에 이만큼 칠칠히 살아 있었으니, 그(=영랑)라면 어느 역경에서도 고갈이나 괴리를 만들어 지닐 시인은 아닌 것"이었다고 절찬하고 있다(서정주 1962, 229). 문학평론가 이숭원 교수는, 이 시에서처럼, 시어의 의미만이 아니라 미세한 음감 하나하나를 고려하는 시작법(詩作法)은 김소월이 민요 가락을 빌려 시도한 후 1920년대 후반 들어 침체되어 있던 것을 김영랑이 시의 전면으로 부활시킨 것으로 적극 평가하고 있다(이숭원 2009, 15). [*정숙희는, 영랑이야말로 "모국어의 시어화에서 황진이, 윤선도, 한용운, 김소월을 이어 한국어의 아름다움을 가위 극한에까지 끌어올리려"한 시인으로 규정한다(정숙희, 63).]

창간호에 실린 영랑 시 중 「제야(除夜)」(=섣달그믐날 밤)는 슬프면서도 아름다운, 슬퍼서 아름다운 시다(*인간의 가장 아름다운 감정은 뭘까. 맑은 슬픔은, 아래 시에서처럼, 별처럼 푸르고 아름답다.). 시인의 눈높이에 조선적(=향토적) 한이 이슬처럼 맺혀 있어 여름철에도 가슴을 촉촉하게 하는 참 특별한 시다. 제운 밤, 촛불, 별, 골목골목, 수심, 종이등불, 샘물, 흰 그릇, 그대…로 이어지는 싯길(詩路)이 내내 적막하고 고즈넉하다.

제운 밤(=한 해가 기운 밤) 촛불이 찌르르 녹아버린다
못 견디게 무거운 어느 별이 떨어지는가
어둑한 골목골목에 수심(=근심)은 떴다 갈(=가라)앉았다
제운 밤 이 한밤이 모질기도 하온가(=하여라)
히부얀(=희뿌연) 종이등불 수줍은 걸음걸이
샘물 정히 떠 붓는 안쓰러운 마음결
한 해라 기리운(=그리운) 정을 묽고쌓아(=모으고 쌓아) 흰 그릇에
그대는 이 밤이라 맑으라 비사이다(=비나이다)

겨울은 눈 내리는 밤에 의해 더 깊어간다. 흰 눈 내리는 깊은 밤의 겨울은 우리 인생을 토닥거리는 은밀한 지성소(至聖所)다. 추운 섣달 그믐날 깊은 밤에 정안수 한 사발을 올리는 여인의 모습과 마음을 눈에 선하게 그리고 있다. 이 밤 하얗게 차려입은 수심 가득 찬 여인이 깨끗한 샘물을 떠 놓고 아직 돌아오지 않는 사람을 애타게 기다리며 부디 맑은 밤이 되기를 정성껏 빌고 있는, 절망적 희망의 정경이 눈앞에 가득 채워진다. (*사족이지만, 이런 김영랑의 시를 처음 접한 서정주나 김동리 같은 문학청년들이 주체할 수 없는 감동으로 전율했다는 얘기에 수긍이 간다.)

뿐만 아니라, 「오-매 단풍 들것네...」로 시작되는 유명한 시도 이 창간호에 실렸다.

"오-매 단풍 들것네"
장광(=장독대)에 골 붉은(=물이 붉은) 감잎 날아와
누이는 놀란 듯이 치어다보며
"오-매 단풍 들것네"

추석이 내일모레 기둘리리(=기다려지리)
바람이 잦이어서(=잦아서) 걱정이리
누이의 마음아 나를 보아라
"오-매 단풍 들것네"

여태 여름 끝이라 생각하고 있던 누이는 장독대에 떨어지는 감나무 잎을 보며 한 계절이 가고 다른 계절이 오고 있음을 깨닫는다. 계절이 바뀌면 그에 따라 해야 할 일들도 있게 마련이다. 누이는 그 일이 걱정이다. 시인은 세상 일을 잠시 내려 두고 떨어지는 감잎과 함께 오고 있는 저 가을을 맞지 않겠느냐고 누이에게 얘기하고 있다. 『농무』의 시인 신경림은 자신의 시 기행집 『시인을 찾아서』 중 「김영랑 편」의 권두에 이 시를 영랑의 대표작으로 싣고 있다. 첫 연의 주체는 누이이고, 둘째 연의 주체는 시인이다. 울긋불긋 타들어 가는 감나무 잎을 보고 놀라는 누이의 모습이 그림처럼 아름답다. 바람이 잦은 것이 걱정되는, 혼인을 해야 할 누이의 두근두근하는 마음을 '누이의 마음아, 고향에서 기약 없이 살고 있는 나를 보아라' 하며 쓰다듬는 시인의 마음이 또 늦여름 잠자리처럼 여유롭다[*문학평론가 오하근 원광대 교수는 "오-매 단풍 들것네"를 "누이를 설득하는 체하면서 실은 자신을 설득하는 발언"으로 해석하고 있다(오하근, 71).]. 영랑의 막내딸 김애란이 아버지 시들 중 제일 좋아한다는 시다[*필자가 김애란 선배께 왜 이 시를 좋아하시느냐고 물었더니, "모르겠어요. 그냥 제일 마음에 드는 시예요…"했다. 누이(=고모) 얘기가 들어 있어서일까…]. 신경림 시인은 이 시를 언급하면서, 영랑 시에마다 흐르는 저 탁월한 음악성이 남도 사투리의 절묘한 활용에 의해서 더 빛을 발하고 있다고 평한 뒤, "미당이 남도 사투리의 맛을 두고 지용보다 영랑을 늘 한껏 윗길로 친 것도 이해가 간다"고 적고 있다(신경

『시문학』 제2호에 실린 영랑의 시들 중 가장 유명한 시는 「돌담에 속삭이는 햇발같이」이다. 정일남 시인은, 돌담의 햇살과 풀 아래 웃음 짓는 샘물과 같은 표현은 "김영랑이 아니면 쓸 수 없는 표현이다."라고 단정한다. 정 시인은 이 시를 해설하면서 김영랑 시의 한국적 정서의 아름다움은 "가히 으뜸"이라 한다(정일남, 180). 「서른, 잔치는 끝났다」, 「선운사에서」 등의 시로 유명한 최영미 시인이 봄을 노래한 우리나라 시들 중에서 최고 시라고 평했던 그 시다. 국어책에도 실렸던 시다.

돌담에 속삭이는 햇발같이

풀 아래 웃음짓는 샘물같이

내 마음 고요히 고운 봄 길 위에

오늘 하루 하늘을 우러르고 싶다

새악시 볼에 떠오는 부끄럼같이

시의 가슴을 살포시 적시는 물결같이

보드레한 에메랄드 얇게 흐르는

실비단 하늘을 바라보고 싶다.

정지용이 자기 친구 김영랑의 시를 "간결 청초의 시"라고 얘기한 그 의미를 떠올리게 하는 시다. 우리말과 우리 자연이 이처럼 곱고 청결한 시어로 완벽하게 하나를 이루는, 드문 시편이다. 티

없이 맑은 시인의 시세계가 온통 푸른 하늘 은하수 같지 않은가. 돌담에 속삭이는 햇발, 풀 아래 웃음 짓는 샘물이라니, 한 폭의 수채화를 연상시키는 저 독특한 시적 개성, 그리고 여기서 획득되는 서정의 보편성에 독자는 그저 황홀할 따름이다. 최영미는 이 시를 "귀에 익은 음악처럼 친근하게 들리는, 가곡으로도 만들어져 사랑받는 겨레의 노래"라 하면서 "시처럼 고요하고 고운 봄길이 내 생에 다시 올까?" 하고 적고 있다(『조선일보』 2023. 2. 22.). 영랑의 3남 김현철이 아버지 시들 중 가장 좋아한다는 시이기도 하다. 공교롭게, 지금 오스트리아에 거주하고 있는 다섯째 아들 김현도도 이 시를 아버지의 시 가운데 가장 좋아한다고 얘기하고 있다.

『시문학』 제3호인 종간호에 실린 영랑의 시들은 하나같이 애달프고 간절하다. 그 대표적인 시가 교과서에도 나오고 해서 많이 알려져 있는 「내 마음을 아실 이」일 것이다.

　　내 마음을 아실 이
　　내 혼자 마음 날같이(=나처럼) 아실 이
　　그래도 어데나(=어디엔가) 계실 것이면

　　내 마음에 때때로 어리는 티끌과
　　속임 없는 눈물의 간곡한 방울방울
　　푸른 밤 고히 맺는(=곱게 맺힌) 이슬같은 보람을

보밴 듯(=보배인 듯) 감추었다 내어 드리지

아! 그립다
내 혼자 마음 날같이 아실 이
꿈에나 아득히 보이(려)는가

향 맑은 옥돌에 불이 달아
사랑은 타기도 하오련만
불빛에 연긴 듯(=연기인 듯) 희미론(=희미한) 마음은
사랑도 모르리 내 혼자 마음은

눈물 어린 보람과 웃음 짓는 슬픔이 구름처럼 가을 하늘을 떠
도는 날 쓸쓸하고 줄 곳 없는 마음의 시인은 바람에 씻긴 찬 별
을 바라보며 고독의 상념에 잠긴다. 다음에 싣는 이 시 또한 간
절하고 애달프다. 그리고 아름답다.

눈물 속 빛나는 보람과
웃음 속 어둔 슬픔은
오직 가을 하늘에 떠도는 구름
다만 후젓하고(=호젓하고) 줄(=전할) 데 없는 마음만
예나 이제나 외로운 밤
바람에 슷긴(=스치는) 찬 별을 보았습니다(=바라보았습니다)

영랑의 밤은 옛날이나 지금이나 사무치고 외롭기만 하(였)다. 빈 세상을 들여다보고 세월의 무심한 흐름을 지켜보는 식민 조선인들의 밤이 다 그렇지, 누구의 밤인들 외롭지 않으랴. 영랑은 바람에 스치는 찬 별을 홀로 바라보며, 외롭고 간절했던 시대의 밤을 짐짓 자기의 사무치는 밤으로 시화했던 것 같지 않은가.

한 가지 흥미로운 일은, 영랑의 같은 시가 『시문학』 2호와 3호에 연이어 게재되고 있다는 사실이다. 2호에 실렸던 시 「꿈밭에 봄마음」이 다소 수정되어 3호에 다시 실린 것이다. 매우 이례적인 일이 아닐 수 없다. 영랑의 '완전주의'와 용아의 영랑과 영랑 시에 대한 무한 신뢰를 읽을 수 있다. 먼저 2호에 실린 시를 소개하고, 이어 3호에 실린 수정된 시를 여기 소개한다(*이 시를 얼마나 아꼈던 것인지, 그럴만큼 이 시가 얼마나 곱고 아름다운 시인지, 독자 여러분은 곧바로 느끼실 것이다.).

꿈밭에 봄마음 가고 가고 또 간다
굽어진 돌담을 돌아서 돌아서
달이 흐른다 놀(=노을)이 흐른다
하이얀 그림자 그림자
은실을 즈르르 말아서(2호에 최초 게재)

굽어진 돌담을 돌아서 돌아서
달이 흐른다 놀(=노을)이 흐른다

하이얀 그림자

은실을 즈르르 말아서

꿈밭에 봄마음 가고 가고 또 간다(3호에 수정 재수록)

　편집을 맡은 용아는 "이 시는 영랑 작으로 2호에 발표되었던 것이나 심한 오식(誤植)이 있었으므로 여기 재록합니다."라며 그 경위를 약술해 주고 있다. 시 한 편을 완성할 때까지 고치고 고치고 또 고치는 영랑의 경건한 시습(詩쩝)(=시작 습관)에 마음이 엄숙해진다[*영랑 시 해석의 권위자인 원광대 오하근 교수는, 영랑을 "압축된 시어로 함축된 의미를 시에 새겨 넣었다"고 얘기하면서, "언어를 대하는 결벽증의 흔적을 엿볼 수 있을 정도"로 "긴축된 언어"를 구사하는 시인으로 평가한다. 오 교수는, 김영랑이 1930년부터 1950년까지 시를 발표하면서 줄곧 '영랑'으로 "행세"한 것도 "이름에서 성조차 생략할 정도로 극도의 절제력으로 언어를 다룬 듯싶다"고 해석한다(오하근, 68).]. 이를 수용해서 다음 호에 다시 실어 주는 박용철의 우정과 배려가 참 보기 좋음은 두말의 나위가 없다.

　영랑 시를 줄줄 외우고 있을 만큼 꿰뚫고 있던 정지용이 "조선어의 운용과 수사에 있어서 (영랑의 시는) 기술적으로 완벽하다"고 평가한 것은 결코 과찬이 아니었다. 영랑의 우리말 탐연(探研)과 그 배열은 실로 천재적 경지였다. 영랑은 그 어떤 시인보다도 훌륭하게 한국의 향토적인 정서를 가장 한국적인 언어로 노래했다(오세영 2008, 32). [*영랑의 시를 논평한 문학평론가 김흥규 교수는 "시가 시의 언어를 위하여 있다고 할 수는 없다"는 부정적 입장을 견지하지만, "확실히 그는(=영랑은) 시의 언어를 다듬고 세련하는 데 남다른 정성을 보인, 그리고 이 정성을 그 자체로서 의의있는 시적 과업으로 설정한 거의 최초의 시인이었다"면서 영랑을 "문학의 미적 가치를 실천으로써 옹호하고 순수서정의 세계를 개척 심화한 인물, 1920년대적 애상과 영탄을 보다 고양된 심미적 차원으로 이끌어 올려 이른바 순수시의 한국적 모범을 제시함으로써 그 이후의 시사(詩史)에 값진 영향을 끼친 선구자"로 얘기하고 있다(김흥규, 146~147).] 시인이자 평론가였던 서울대 정한모 교수는 영랑을 "한국의 시에 비로소 현대를 가져왔다"고 단도직입적으로 평가하고 있다. 그것은 "언어에 대한 자각"이 시로서 나타났기 때문이라는 것이다. 이것이 영랑의 시와 1920년대의 시가 "확연히 구별되는 연유"라 한다. 정한모에 따르면, 영랑은 "새로운 서정을 위해 한국어가 가지는 모든 기능을 발휘시키려 했다."(정한모 1997, 20~21). 영랑은, 말 그대로, 우리 순수시 세계의 전환점이었고, 새 경지이며 새 변경이었다.

'북에는 소월, 남에는 영랑'이라던 세평은 우연이 아니었고, 수사적 과장이 아니었다. 영랑은 뒤에 오는 시인들이 거쳐 가야 하는 이정표가 되었고, 이들이 필요로 하는 자극과 영감을 제공하는 조선 시인들의 샘이자 북극성이었다. 영랑은 이후의 시인들이 세련되고 정교한 미학 수준을 끊임없이 지향하며 거기서 비약하게 하는 시인들의 시인이 되었다. 시문학파의 탄생, 영랑의 탄생, 우리 현대시의 탄생은 순차적 동의어가 되었다.

　서울대 오세영 교수는 영랑을 "우리 문학사에서 영원한 민족 시인"으로 평가한다. "우리가 역사상 가장 비극적인 시대를 맞아 국가의 운명이 풍전등화에 처했을 때 그 누구보다도 가장 아름다운 한국어로 가장 한국적인 정서와 가장 한국적인 향토를 노래해서 민족의 언어를 참답게 지켰다는 바로 그 점 때문"이라고 설명하고 있다. 시문학파와 영랑은 모국어가 처한 엄중한 위기 상황에서 시대정신의 구현을 위한 문제의식의 중심에 위치해 있었고, 그렇게 하여 스스로 이 시대정신의 정점이 되었다.

　영랑의 시는 슬프고 아름답고, 시어들은 한결같이 곱고 맑고 푸르르다. 영랑은 이것으로 조선을 새롭게 표현했고, 그럼으로써 조선의 뜻과 가치를 더 높은 곳에서 지켰고 혁신했다. 이것이 시문학파 시인 김영랑의 작가정신이었고, 존재가치였다. 시문학파와 영랑은 경향과 추세를 기계적으로 모방하고 추종하는 '후위'이지 않고, 오히려 그렇게 스스로 자기 당대의 중심이자 정중앙이었다. 여러 의미에서 그들은 당대 조선 시단의 진실한 '전위'였다.

민족언어의 완성자
영랑용아지용

절친 사이였던 영랑과 용아는 『시문학』과 시문학파를 상징하는 명실상부한 두 기둥이었다. 이 두 사람이 창립 동인들을 물색하고 영입해 나갈 때 가장 먼저 합의에 도달한 대상자가 또 다른 절친 지용이었다. 이 셋은 학교를 같이 다녔고, 이후 한라산·지리산·금강산을 같이 올랐고, 나중에는 서울에서, 강진 영랑생가에서, 같이 먹고 자며 문학과 세상을 얘기하는, 다시없는 인생 친구들이 된다. 이 세 단짝의 혈육같이 뜨거웠던 우정은 우리 문학사에서 유례가 없는 아름답고 귀한 것이었다. [*저명한 국문학자들인 유종호, 오세영, 이숭원 교수도 이 세 시인 간 결연과 비슷한 전례를 우리 시사에서는 더 찾아보기 어렵다고 얘기하고 있다. 굳이 유사 사례를 찾는다면, 사제지간이던 김억(=김안서)과 김소월의 우의사(史) 또한 빛나고 아름다운 것이었다. 제자의 천재를 알아보았던 스승 김안서는 자비를 털어 소월의 시집 『진달래꽃』(1925)을 내주었다. 소월은 살아 있던 내내 극도로 불우했고 궁핍했다.]

하늘이 일제 강점기 이 땅에 영랑과 용아와 지용을 동시대인으로 함께 내리신 것은 축복이었다. 나라의 국권은 잃었지만 우리 얼과 혼까지 잃지 않았던 것은 이들과 같은 굳건한 선각자들의 우리말 우리글 지킴 그 노력에 힘입은 바 컸다. "우리의 시는 우리 살과 피의 맺힘이다."라는 담대한 선언과 뒤이은 우리말 우리글 시 운동은 1930년대 우리 문학사를 밝히는 조선 해변의 등대였다. 이들은 시로써 민족의 언어를 참답게 지켰다. 조선어의 미학적 세련이 이들의 전부였다. 감정의 절약과 의식의 철저한 심화가 말하자면 이들의 '복무지침'이었다. "한글이 우리 목숨이다."라고 했던 주시경, 최현배의 조선어 지키기를 연상케 하는 일이었다.

암흑의 일제 치하에서 빛나는 우리글 시 우리말 시 운동의 세 선봉 영랑 김윤식과 용아 박용철과 지용 정지용(=정지용은 아호 없이 그냥 우리말로 '지용'이라는 필명을 썼었다.)은 처음 만나던 때부터 죽는 날까지 서로 좋은 친구들이었다. 같은 또래(=각각 1903, 1904, 1902년생)였고, 문학의 '동업자'들이었고, 순수문학의 동지들이었다. 이들은 외국 유학을 다녀오고, '해외 문학'을 공부하고 온 사람들이었음에도 우리말 우리글 시를 썼다(* 일본 유학 시절 지용은 일본어로 20여 편의 시를 쓰고 발표도 했지만, 일제를 찬양하는 시는 전무했다.). 이들은 1930년 『시문학』 지를 함께 창간해서, 모두 아홉 분이 참여하는 시문학파를 결성해 이끌었다. 이

들은 일제하 우리 순수시 역사의 최전방 주역들이었고, 순수한
의미의 민족 '지사'들이었다. 이 세 시인들은 치열하게 살며 일제
치하 세월을 견뎠다. 이들의 인생이 각자의 시였다. 그리고, 이
거장 시인들의 이야기는 극보다 더 극적이고, 어딘지 모르게 하
나같이 운명적이랄까 비극적이었다.

강진군에 있는 한국시문학파기념관 앞뜰에 있는 『시문학』의 세 선봉 동상.
왼쪽이 영랑 김윤식, 오른쪽이 용아 박용철, 뒤쪽이 지용 정지용이다. 1920년대 말에 맺은
이 세 시인의 빛났던 우정이 1930, 1940년대 우리 문학세계를 넉넉하게 살찌웠다.

　1929년 가을쯤 이 셋은 처음 함께 만난다. 앞에서 잠시 살핀대
로, 이미 영랑과 용아, 영랑과 지용은 서로 잘 알았으나, 용아와
지용은 이때가 처음이었다. 이 자리에서 이 세 '문청'은 "(우리) 셋
이서 일어서면 우리 서정시의 앞길도 찬란한 꽃을 피게 되리라
는 대망"(=영랑 자신의 회상)을 갖고 의기투합했다. 이 셋의 문학
적 결연은 조선 시단 초유의 거사였다. 두 줄보다 더 단단한 세

줄로 꼰 새끼줄 같은 상호비옥화(interfertilizing) 효과를 훨씬 초과하는 일대 사건이었다. 이 셋은 하나로서 진정한 의미에서 조선 현대시의 아버지가 되었다. 1929년의 가을은 우리 현대시의 새 시발점이었다.

이 세 사람들은 서로를 믿고 의지했고 서로를 좋아했다. 상대의 시를 죄다 외우고 지낼 정도였다. 같은 창립 동인이었던 이하윤의 회고에 따르면, 용아는 "아직 한 편도 세상에 발표된 일이 없는 자기와 영랑의 시고(詩稿) 뭉치를" 애지중지 가지고 다녔다(이하윤, 230). 지용은 영랑의 시를 애송했고, 영랑은 지용의 시를 높게 우러렀으며, 용아는 사재를 털어 1935년 지용과 영랑의 첫 시집을 차례로 내었다.

이들은 최고 준비된 당대 지식인들로서 당시의 막강 권력 일제에 순수 문학적으로 '맞섰다'. '민족언어의 완성'(=『시문학』지 창간 「후기」에 선언되었던 표현)을 위해 헌신했다. 이들은 민족 정서의 맥박 치는 시경(詩境)을 각자의 필생 동안 구현했다.

이 세 시인들은 당대에도 그랬었지만, 지금껏 저마다의 뚜렷한 위상과 위치를 확보하고 있다. 이들은 다 최고 유명 시인들이다. 이 세 시인을 하나로 묶어 '불멸의 대시인' 또는 조선의 '계관시인'이라는 데 이의를 달 사람은 별로 없을 것 같다.

'영랑용아지용'은 문학으로 먼저 자기 고향을 대표하고 있다. 영랑의 강진은 매년 영랑시문학상을 시상하며, 영랑문학제를 개최한다. 영랑생가는 강진 대표 관광명소가 되어 있다. 고향은 한국시문학파기념관을 개관해서 운영하고, 동상을 세워 그를 기리고 있다.

용아 박용철 생가 역시 광산(=광주 광산구)의 대표 관광명소다. 용아의 고향은 매년 용아문학상을 시상하고, 전국용아박용철백일장을 개최하고 있다. 광주에는 용아 박용철 시비와 동상이 세워져 그를 기리고 있다.

정지용의 고향 충북 옥천은 해마다 지용제를 열어 오고 있다. 옥천군은 지용시문학상을 매년 시상하고 있다. 지용의 생가와 기념문학관은 옥천을 대표하는 최고 관광명소다. 지용 생가에는 시비와 정지용 동상이 세워져 있다.

영랑과 지용은 고향에 묻히지 못한다. 영랑은 우여곡절 끝에 2024년 8월 서울 망우역사문화공원에 묻힌다. 지용은 월북보다는 납북 중 사망한 것으로 추정되지만, 아직껏 사인도 묻힌 곳도 제대로 알려진 바 없다. 서울에서 지병이던 결핵(=담결핵)으로 요절한 용아만이 고향으로 모셔져 와 지금 선영에 묻혀 있다.

어디 고향에서만이랴. 영랑용아지용은 우리나라에서 가장 사랑받고 존경받는 시인들 가운데 한 분들이다. 영랑의 시비는 모교 휘문고 교정에 설치되어 있다. 영랑과 용아를 기리는 쌍(雙) 시비가 광주공원에 있다. 일본 교토에 위치한 도시샤(同志社) 대학에는 지용의 시비가 세워져 있다.

이 세 시인들은 사후 국가로부터 문화훈장을 받는다. 각각 금관문화훈장, 은관문화훈장, 금관문화훈장을 받았다. 각도가 조금 다른 얘기일 것 같긴 한데, 2001년 용아 박용철에게 은관문화

훈장이 추서된 것은 이해하기 어렵다. 『시문학』 창간호에 실린
「떠나가는 배」라는 그 명시 한 편만으로도 그는 최고 문화훈장
을 받을 만하다. 더구나 용아는, 영랑의 평가대로, "오늘날 우리
시원(詩苑)(=시단)의 유일한 시론가(詩論家)의 지위를 점하"고 있
었다(김영랑, 「후기」, 747). 평론가 박용철의 존재는 왕자(王者)로
서 그 옥좌가 햇빛이 무안할 만큼 빛나는 것이었다(김영랑, 「문학
이 부업이라던 박용철 형」, 141). 용아는 1세대 시문학평론가였다.
박용철의 쉽지만 중심을 뚫는 다음과 같은 시론은 그가 1930년
대 순수시파의 이론적 근거를 대변한 제일 시론가임을 잠시 엿
볼 수 있게 한다(서덕민, 93n).

또한 박용철은 해외 문학을 우리말로 옮겨 소개하는 선구자였
다. 일제 강점기 용아는 무려 320여 편에 이르는 외국 시들을 우
리말로 옮겼다. 어마어마한 일이었다(*어느 외국 문학 전공 교수도
해내기 어려운 업적이었다.). 게다가, 그는 자기 사재로 일제하 우
리말 문학 출판사를 세워 기념비적인 한글 시집들과 문학지들
을 간행했으니, 이 얼마나 근사하고 장한 위업인가. 그 누구도 생

각하지 못했고, 하지 못했던 일이다. 문학평론가 이숭원 서울여대 교수는 이런 박용철을 바로 "의인"이라고 부른다. 용아는 시인, 문학평론가, 번역작가, '명편집인'(=영랑의 표현)으로서 각각 뚜렷하고 두드러졌다[*서울대 김윤식 교수는 용아 박용철의 문단 활동을 순문예지 출판인, 문학비평가, 시인, 번역가, 연극운동가, 수필가 등의 여섯 영역으로 분류하고 있다. (김윤식, 332~335).]. 용아의 고향 지자체는 용아의 공적 사항을 다시 정리해서 재건의해야 한다. 정부는 일제치하 우리의 최고 문화재였던 용아 박용철에게 당연히 최고 영예를 새로 제공해야 한다. 어리석었던 지난 판단을 바로잡는 일이고, 고인을 합당한 수준으로 예우하고 위무하는 뒤늦은 첫걸음일 것이다.

영랑과 용아는 같은 해인 1917년 휘문의숙(=현 휘문중·고)에 입학한다. 입학 동기였던 것이다. 다만, 입학한 지 얼마 안 되어 용아가 배재학당으로 전학을 가게 되어 이 미래의 두 시인들이 그때 서로 만나 알고 지내게 되었던 건 아닌 듯하다. 이듬해인 1918년에는 지용이 휘문의숙에 입학한다. 지용의 회상대로 "맨 아랫반 1년생에 내(=정지용)가 끼어 있었다."(정지용, 247). 지용은 영랑의 휘문의숙 1년 후배였다. 이때부터 영랑과 지용의 교분이 시작되었다.

영랑과 용아는 일본 유학도 같은 학교에서 했다. 아오야마(=청산, 靑山)학원의 중학부에서 영랑과 용아는 (다시) 만났다. 영랑이 4학년으로 먼저 와 있었는데, 용아도 이 학교 4학년으로 입학한 것이다. 지용의 얘기대로, "청산학원에 입학된 후 (영랑은) 고우 (故友)(=고향 친구) 용철과 바로 친하여 버렸다."(정지용, 319). 수학 도의 길을 가고 있던 용아를 설득하고 유혹해서 문학의 길로 '전 향'시킨 장본인이 영랑이었다. 용아 스스로 "내가 시문학을 하게 된 것은 영랑 때문이여"(=『박용철 전집』)라고 밝히고 있다. 용아 는 농담 삼아 "영랑이 나를 오입(=궤도 탈선)시켰다," "영랑이 나 를 버려 놨다"고도 했다. 이 뒤부터 영랑과 용아는 가끔 시작(詩 作) 방향에 관한 견해 차가 아주 없었던 것은 아니지만, 평생의 친구이자 진실한 의미의 혈연 동지가 된다.

　광주 송정의 대지주 집안 장남 용아 박용철은 제대로 된 우리 말 시작의 발화점이라 할 『시문학』 창간을 위해 서울 종로 적선 동에다 집을 마련했고, 출판사 '시문학사'를 설립 운영했다. 다행 히 "아들을 가장 잘 이해하시는 어버이"(=영랑의 표현, 「후기」, 749)였던 아버지 박하준이 아들의 출판 편집 사업에 대해 이해 심이 컸고, 쉽게 자금을 마련해 주곤 했다. (*박하준은 어떻게 하면 사회에 기여할 수 있겠는가를 생각하는, 깨어 있는 대부호였다. 『시문 학』 창간의 숨은 주역은 용아의 부친 박하준이었다.) 용아는 문학이 부업일 정도로 문학 출판을 위한 재정과 편집에 열성을 쏟았다. 『시문학』 세 권, 『문예월간』 네 권, 『문학』 세 권 등 모두 열 권의 문학지를 자비 출판했다. (*박용철은 1934년 4월부터 1936년 9월까 지 『극예술』을 발행하기도 했다.) 글을 써서 기고해 오는 사람도 많 지 않고, 이 문학잡지들을 사서 읽어 주는 사람도 별로 없던 그 가난하고 어렵던 식민지 시절 용아는 이런 일을 했다. 수학 천재가 어떤 '계산'을 했던 것인지, 아무튼 용케도 용아 박용철은 이 일을 해냈다.

용아는 1935년에 『정지용 시집』과 『영랑 시집』을 연속 출판한다. 이 두 시집이 용아의 사실상 마지막 문학 출판물이었으니, 이 역시 용아의 마지막 자비(自費)로였다. 이것은 지용의 첫 시집이었고, 영랑의 첫 시집이었다. 시인으로서 지용과 영랑의 '머리'를 얹어 준 이가 용아였던 것이다. 이 두 시인의 연이은 시집 발간은 1935년 당시 우리 문단의 단연 최고 최대 사건이었다. 국문학자 서강대 김학동 교수에 따르면, 이 두 시집 발간은 "당시 엄청난 파장을" 일으켰다. 그만큼 이 두 시집의 "내용이 뛰어났고 독자들의 반향이 컸다"는 것이다(김학동 2019, 46). 왜 아니었겠는가. 그때 30대 초반이던 지용과 영랑으로 한국 시문학사는 활력과 차원을 단연 달리할 수 있었다. 이로써 세 사람은 세상에 자신들의 동인적 결속과 우정을 알렸고, 세상은 이들을 동시대의 살아 있는 시사(詩史)로 받아들였다. 대단한 일이 아닐 수 없다. 용아는 진실로 대단했다. 이 세 사람 전체가 대단했다.

용아는 『시문학』 등을 통해 자신의 시를 지속적으로 발표했음에도, 정작 자신의 시집을 생전에 내 보진 못하고 말았다. 용아는 자기 시집을 자기 생전에 자기 출판사에서 내는 일을 내켜 하지 않았다. 필자는, 용아 생전에 자기 작품집이 안 나오고 그의 사후에 이르러서야 친구들에 의해 유고집으로 나오게 된 일이야말로 인간 박용철이 지녔던 지적 겸허의 정점 같은 일화였다고 생각한다.

용아는 자기 개인의 시집은 낼 생각을 하지 못했고, 하지 않았다. 자기 작품집을 만들 겨를도 없었을 것이다. 영랑은 "생전에 지용과 내(가) 그다지도 권하여도 종시(=끝내) 거절하던 그대의 작품집"을 이제 사후 유고집으로 내게 되니 가슴이 무너진다고 회고하고 있다(김영랑, 「후기」, 750). (*김영랑과 정지용이 그렇게도 권했건만 끝내 거절하던 용아 박용철의 마음 씀씀이와 그릇 됨됨이여…) 오히려 용아는 『시문학』 동인 '강진시파' 김현구의 시집을 낼 생각부터 했다. 이 일은 용아의 건강 악화로 미완 계획이 되고 말았지만… 이렇듯 용아는 희생적이었고, 수학의 천재답지 않게 진정 이타적이었다.

용아 박용철에게 출판 일을 포함한 문단 활동 이외의 경력은 전혀 없다. 글을 쓰고 시집을 간행해주고 문예지를 발행하는 등 문학 활동에만 전념했다. 용아의 생(=1904~1938)은 짧았지만, 자신의 온 생을 문학 활동만으로 가득 채웠다. 용아의 『시문학』 창간호 「편집 후기」와 1935년 12월에 쓴 「올해 문단 총평」, 그리고

『삼천리문학』에 게재한 「시적 변용에 대해서」에는 용아가 이 땅에 우리만의 순수 문학을 토착시키기 위해 헌신한 그 열의와 펄떡이는 비평 정신이 고스란히 남아 있다[*박용철은 시의 변별적 위상을 "한갓 고처(高處)"로 제시하면서, 시는 살과 피의 맺힘인 까닭에 "비상한 고심과 노력이 아니고는 그 생활의 정을 모아 표현의 꽃을 피게 하지 못하는 비극을 가진 식물"이라고 규정한 바 있다(정과리, 74~75).].

용아는 지병으로 1938년 35세 젊은 나이로 홀연 세상을 뜬다. (*일본 유학 중 세례를 받은 이래 독실한 천주교 신자였던 지용은 용아를 천주교에 귀의시켰고, 용아는 영세를 받는다.) 용아의 영결식이 끝나고, 영랑이 용아 부인 임정희를 따로 찾아와 용아의 작품집(=유고집)을 내기로 했으며, 자신과 정지용, 김광섭, 이헌구, 함대훈이 이 일을 보기로 했다는 뜻을 전한다(임정희, 751). 이 뒤 영랑과 지용은 몸소 용아 댁에 한동안 체류하면서 유실된 원고를 찾고 어딘가에 버려져 있던 메모를 모아 정서하는 등의 "총괄적 정리를 맡아보아" 주었다(임정희, 754). 영랑과 지용은 슬픔에 잠겨 하염없이 울면서 용아의 유고들을 모아 사후 이듬해인 1939년 두 권짜리 저 『박용철 전집』을 내게 된다. 영랑용아지용의 우정이 빛을 발하는 마지막 시간이었다.

용아가 먼저 세상을 뜬 뒤, 남은 두 사람은 차츰 서로 다른 길을 걷는다. 영랑은 우익에, 지용은 좌익에 섰다. 영랑과 지용은 해방 이후 서로 보지 못한다. 돌아가실 때까지 두 친구는 끝내 서로 만나지 못한다. 영랑은 '지용이 이럴 줄 몰랐다' 생각했다. 지용은 '영랑이 그럴 줄 몰랐다' 생각했다. 그러나 영랑과 지용은 한 번도 친구의 '변신'을 비판하거나 부정해서 언급하지 않았다. 그러므로, 이 두 시인은 끝내 동인일 수 있었다. 지용의 월북 소식에 영랑은 큰 충격을 받았다. 형제처럼 의지하며 가까이 지내온 지용이 이제 더 이상 만나 볼 수 없는 곳으로 가 버렸다는 당혹감과 상실감에 영랑은 쉽게 그 슬픔을 가누지 못했다. 해방이 '원수'였다.

용아가 먼저 세상을 뜨고, 10여 년이 흐른 1950년 영랑과 지용은 전쟁통에 목숨을 잃는다. 김영랑은 1950년 9월 전쟁 중 포탄 파편에 맞는 비운에 생을 마쳤다. 정지용은 아마도 인민군에 납북(또는 월북) 중 (좌우 어느 한쪽에 의해서) 피살된 것으로 추정되고 있다(*추정자들의 얘기가 서로 엇갈려 우리는 여태 정지용의 최후를 제대로 알지 못한다.).

영랑용아지용의 세 죽음은 모두 다른 양상이었지만, 아쉽고 황망하고 원통한 것이었다. 시인으로서도 '다 이루었다!'고 할 수 없는 '미완의 죽음'들이었다. 그러나 이 '세 단짝'은 하나로서 훌륭히 완성을 이룬 게 있다. 당대 민족언어의 완성이었다.

영랑용아지용은 우리 현대시의 새 시대를 개척한 선구자들이었다. 이들의 시는 낭만주의의 감상 과잉의 영탄조나 단순한 율격에 얽매인 민요시, 정치 과잉의 이념시의 한계를 넘었다. 이들은 시란 무엇이며, 시적인 것은 무엇이며, 시인은 누구인가를 고

민족언어의 완성자 영랑용아지용

민하며, 이를 새 형식 새 의미의 시로써 제시하였다. 적절한 비유일지 모르겠는데, 1920년대의 영탄조, 민요조, '이념조(理念調)'의 시들이라는게 축음기 같았다면, 1930년 이후 영랑용아지용의 시들은 사운드 트랙 같은 것이었다. 당시의 독자들과 문(학)인들에게 이것이야말로 시적 현대성이며, 현란한 차이감(差異感)이었을 것이다. 영랑용아지용은 일제하 우리 시단을 대표했으며, 우리 현대시의 눈부신 한길을 내었다.

지용은 아버지 정태국과 어머니 정미하 사이의 4대 독자로 태어난다. 지용은 대표 시「향수」를 21살 때인 1923년 일본 유학 가기 전에 썼을 만큼(*발표는 1927년이었다.) 영랑과 용아보다 문단 활동을 일찍 시작했다. 지용의 시작 활동은 사실상 휘문 재학 중일 때부터였다. 문단 활동에도 아주 적극적이었다. 1939년 『문장』지의 시 추천 심사위원으로 있으면서 청록파의 박두진, 박목월, 조지훈을, 그리고 박남수, 이한직, 김종한 등을 추천한 장본인이 정지용이기도 하다. 1935년 박용철에 의해『정지용 시집』이 나왔고, 1941년에는 두 번째 시집『백록담』이 출간되었다. 일제의 전쟁을 찬양하는 시를 썼다는 일각의 논란이 없지 않으나, 더 중요한 것은, 1942년 이후 정지용은 조선총독부의 우리 문화 말살 정책에 항거, 붓을 꺾고 결연히 절필했다는 사실이다(*영랑의 항일 절필 선언은 1940년이었다).

일본 도시샤(同志社)대학에는 정지용 시비와 윤동주 시비가 세워져 있다. 그 유명한 시집『하늘과 바람과 별과 시』의 윤동주는 도시샤대학 선배인 정지용을 문학적 스승으로 생각했다. 문학평론가 김윤식 서울대 교수는 지용을 "당대의 천재적 시인"으로 평가하고 있다. 지용은 '동시(童詩)의 아버지'로 불리우기도 하는데, 그에게서는 소년같이 순수한 느낌이 풍겼다 한다.

여기서 우리는 정지용의 시 한 편을 같이 감상해 보았으면 한다. "넓은 벌 동쪽 끝으로/옛이야기 지줄대는 실개천이 회돌아 나가고//그곳이 차마 꿈엔들 잊힐리야…"라는 그 유명한 「향수」를 읽는 대신, 「유리창」이라는 시를 함께 보기로 한다. 지용에게는 「유리창」이라는 제목의 시가 두 편 있는데, 그중 한 편을 여기 옮긴다.

유리에 차고 슬픈 것이 어른거린다

열없이 붙어 서서 입김을 흐리우니

길들은 양 언 날개를 파닥거린다.

지우고 보고 지우고 보아도

새까만 밤이 밀려 나가고 밀려와 부딪히고,

민족언어의 완성자 영랑용아지용

위 시에서 '늬'는 어릴 때 폐결핵으로 세상을 떠난 지용의 큰딸을 가리키는 걸로 알려져 있다. 딸을 산새처럼 떠나보낸 아버지의 타는 애간장이야 지우고 또 지운들 어찌 지워질 수 있으랴. 영랑이 옛일을 회상하여 "자신(=용아)이 비정서적임을 한탄하시면서(도) 어쩌면 그리도 넉넉히 지용의 「유리창」을 샅샅이 캐고 해석할 수 있었느냐. 아! 벗이 가신 뒤 그만한 일을 우리를 위해 해주실 이 어디 있단 말이냐"고 했던 바로 그 시다. 아아, 너는 산새처럼 날아갔구나!

영랑은 첫 부인과 사별했고, 최승희와 결혼하려 했으나 집안의 반대로 뜻을 이루지 못하고 극단적으로 괴로워했다. 사별 이후 7년 만에 안귀련과 재혼했다. 내내 고향에서 살며 5남 3녀를 뒀다.

용아 박용철은 16세 때 김희숙과 결혼했지만, 서로 정을 느끼지 못했고, 1929년 이혼했다. 2년 뒤인 1931년 5월 누이동생(=박봉자)의 이화여전(=현 이화여대) 친구였던 임정희와 재혼한다. 용아는 지병이던 결핵으로 늘 고통스러워했지만, 용아의 시를 좋아했고 문학을 공부했던 임정희와 결혼하며 안정을 찾고, 문학에 더욱 헌신하게 된다. (*언젠가 영랑이 지나가는 말처럼 "내가 처음에는 임정희가 누군지 몰랐는데, 차츰 지켜보니 용철이에게 참 잘해. 지혜롭고 훌륭한 부인이야." 하고 얘기하는 걸 안귀련은 들은 적이 있다.) 용아는 임정희와의 사이에 세 아들을 두었다.(*용아의 막내 박종열이 지금 생존해 있다.)

지용은 아버지 정태국이 약재상이어서 처음에는 비교적 부유했지만, 큰 홍수로 집과 전 재산을 잃어버려 가정 형편이 어려워졌다. 이후 지용은 늘 경제적 어려움 속에서 살았다. 지용은 옥천공립보통학교(=현 옥천죽향초등학교) 4학년이던 열두 살 때 동갑내기 소녀 송재숙과 결혼한다. 그 송재숙이 "아무렇지도 않고 예쁠 것도 없는 사철 발 벗은 아내"다. 송재숙과의 사이에 열 명이 넘는 자녀가 태어나지만, 결국 4남매(=3남1녀)만 장성한다.

영랑용아지용 중 용아와 지용은 안경을 썼다. 영랑은 안경을 쓰지 않았다. 물론 안경을 쓴 사진도 없다. 안경 너머의 용아는 명석한 수재형이지만 어딘지 허약해 보인다. 안경을 쓴 지용은 예리한 천재형으로 높은 감수성이 느껴진다. 영랑은 학교 다닐 때 축구 선수도 하고 정구를 선수처럼 치던 처지였다. 영랑의 휘문 친구 행인 이승만의 회상대로, 공부보다는 민족의식이 남달리 강했던 게 영랑이었다. 다른 두 친구와 달리, 영랑은 강골이었고, 육체적 근력이 넘치는 사람이었다. 미당이 얘기한 대로, 영랑은 "그런 운동선수(가) 되기에 충분한 육신을 가진 장부였다."(서정주 1962, 226). 그런 영랑이었기에 일제 35년의 극한 중압감, 무한 고립감 속에서도 거뜬히 또는 처절하게 견디고 버텨 낼 수 있었을지 모르겠다. 그러나, 어찌 육체적 강약만으로 그이의 순결한 민족의식과 조선인으로서의 강인한 지조가 설명될 수 있으랴. 영랑의 그 지고지순했던, 오직 내 나라 내 겨레에로의 외길 생의 그 고통은 무엇으로도 설명되어질 수 없고, 어느 누구도 흉내 낼 수 없는, 무겁고 어둡고 힘겨운 것이 아니었을까.

> 숲향기 숨결을 가로막았소
> 발 끝에 구슬이 깨이어지고
> 달따라 들길을 걸어다니다
> 하룻밤 여름을 새워버렸소

홀로 달빛을 맞으며 전신이 숲향기에 가득 취해 강진 땅 바닷길 들길 걷고 밟던 영랑은 조선의 아름다움과 조선의 소중함에 잠을 잊어버렸다. 어디 하룻밤 여름만을 새워 버렸을까. 사계 사철을 그렇게 잠을 잊고 밤을 새워 영랑은 스스로 조선의 자연이 되었을 것이다.

용아는 어릴 때부터 다정하고 자상하고 침착했지만, 집념이랄까 고집이 세고 기억력이 좋은 수재였다. 광주공립보통학교(=현 광주서석초등학교)를 졸업하고, 휘문의숙, 배재학당을 다니다가 3·1운동으로 학교를 다닐 수 없게 되자 자퇴했다. 16세 때 일본으로 건너가 동경 아오야마(=청산) 학원 4학년에 편입했다. 거기서 운명적으로 영랑 김윤식을 만난다. 운명이었다. 인생이 바뀌는 숙명 같은 것이 아오야마 학원에서 그를 기다리고 있었던 거다. 졸업 후 용아는 수재들만 다닌다는 유명한 동경외국어학교 독문과에 입학한다. 그러나 1923년의 관동대지진 때문에 자퇴하고 귀국하게 된다. 그 후 1923년 10월 연희전문(=현 연세대) 문과에 편입하지만, 이듬해 9월 건강 때문에 휴학하게 된다. 1924년 5월에는 연희전문 교지 『연희』에 최초의 창작 희곡 「해피나라」를 발표하기도 한다. 용아는 늘 건강이 좋지 않았다.

용아는 일찍 죽은 두 형을 대신한 사실상의 장남으로 7, 8년 동안 고향에서 농업 관련 가족 사업을 했지만, 별 성과가 없었고, 별 흥미도 느끼지 못했다. 1929년 용아는 오랜 칩거를 끝내고 서울로 간다. 용아의 이 서울 상경은 문학사적으로 아주 의미 있는 일이었다. 『시문학』 창간은 용아가 서울로 옮겨옴과 동시에 급진전한다. 서울에서 그는 문학전문 출판사 '시문학사'를 세워 시전문지 『시문학』을 간행하고, 아홉 명의 쟁쟁한 동인들로 이루어진 시문학파를 결성한다. 이때의 용아는, 이하윤이 기억하는 대로, "창의성이 풍부한 재사, 사업욕이 왕성한 투사"인 것이 틀림없었다(이하윤, 220).

용아는 1930년 들어 본격적인 문학 활동을 시작한다. 일본 유학 중 영랑의 권유로 문학에 발을 딛게 되었고, 1923년 귀국 후 차츰 시를 쓰기 시작했다. 영랑은 용아 사후 출판한 『박용철 전집』 「후기」에서 "실상 벗은 그때(=일본 유학 시) 아직 문학이나 시니 생각도 안했던 때인데 공연히 벗을 끌어들여서 글에 맛을 붙이게 하고 글재주를 찾아내려 했다...”고 회상하고 있다(김영랑, 「후기」, 745).

용아는 어마어마한 분량의 해외 시 번역 작업을 통해 그 누구보다 당시의 해외 문학에 대한 이해가 높았지만, 서구 문학 사조에 대한 무분별한 편향과 추종을 극복하고자 했던 의식 있는 선각자이기도 했다. 용아 시의 밑바닥에는 조선인으로서의 어떤 시대의식이나 민족의식이 늘 깔려 있었다. 용아는 계급문학이라든가 낭만주의 문학에 경도되어 있던 1920년대 조선 문단을 일대 전환시켜야 하는 자신(들)의 과제를 정확히 인식하고 있었다. 용아 박용철은 우리의 살과 피가 흐르는 민족언어의 사용과 완성을 확고하게 주창했다.

영랑은, 70여 편의 용아 시들 중 「떠나가는 배」와 「밤 기차에 그대를 보내고」를 최고의 시라고 평가하면서 “이 두 편의 시는 시인 용철을 말할 때뿐 아니라, 우리 서정시를 통틀어 말할 때 반드시 논의되고 최고의 찬사를 바쳐야 될 걸작이라 할 것”이라 하고 있다(김영랑, 「후기」, 748). 물 위를 노 저어 흘러가는 듯한 압도적 운율미에다 일제 치하 식민지 지식인의 애수 어린 감성이 덧얹어져 쉽게 외워지고 오래 잊혀지지 않는 우리글 명시 「떠나는 배」가 박용철의 대표 시다. 용아 스스로도 그 전까지는 시란 기교만 있으면 될 줄 알았으며, 이제 비로소 시 속에 ‘덩어리’(= 생각의 어떤 깊이)를 가지고 쓴 시가 이 「떠나가는 배」라고 자평하고 있다.

나 두 야 간다

나의 이 젊은 나이를

눈물로야 보낼 거냐

나 두 야 가련다

아늑한 이 항구-ㄴ들(=항구인들) 손쉽게야 버릴 거냐

안개같이 물어린 눈에도 비최나니(=비치나니)

골짜기마다 발에 익은 묏부리(=산봉우리) 모양

주름살도 눈에 익은 아, 사랑하는 사람들

버리고 가는 이도 못 잊는 마음

쫓겨 가는 마음인들 무어 다를 거냐

돌아다보는 구름에는 바람이 희살짓는다

앞 대일 언덕인들 마련이나 있을 거냐

나 두 야 가련다

나의 이 젊은 나이를

눈물로야 보낼 거냐

나 두 야 간다

"골짜기마다 발에 익은 묏부리 모양/주름살도 눈에 익은 아,
사랑하는 사람들"이라는 표현은 절묘하다. 어찌 그리 생생한지,
운율은 또 어찌 그리 자연스러운지, 감탄과 감동에 젖어 들게 한

민족언어의 완성자 영랑용아지용

다. 시인의 발에 오래오래 익숙했던 저 꼴짜기들의 생김새 하나 하나, 시인의 눈에 익숙했던 고향 마을의 사랑하는 이들을 다 두고, 이제 아무런 기약도 준비도 없이 시인은, 또 우리 모두는, 그렇게 버리고 쫓기듯 떠나가는 것이다. 배를 댈 언덕조차 마련 없는 어느 먼 곳을 향해 소리 없는 눈물을 훔치며 떠나가는 것이다 [*서덕민 교수에 따르면, 「떠나가는 배」의 모티브(=창작 동기)는 이향(離鄉)이다. 이 시는 존재론적 불안과 피식민자의 고통과 슬픔을 짊어져야 하는 '표박(漂迫)하는 주체'의 좌절감과 열망을 함께 드러내고 있다(서덕민, 84~90).].

지용은 집안이 어려웠지만, 전교 1위를 할 정도로 성적이 뛰어나서 휘문의숙(=현 휘문중·고)을 교비생(=장학생)으로 다녔다. 그는 1919년 3·1운동 이후 학내 문제로 무기정학을 당했다. 일본 유학 학비는 휘문에서 지원했다. 귀국 후 모교인 휘문중에서 영어교사로 재직했고, 해방 이후에는 이화여전 교수로 한국어와 영어, 라틴어를 강의했다. 휘문과 이화의 학생들 사이에서 지용은 시인으로 벌써 인기가 높았다. 이화여전 학생들은 정지용 교수를 '정종'이라는 애칭으로 불렀다. 정종을 유독 좋아하는 애주가인데다 이름(=정지용)까지 발음이 비슷해서 붙여진 별명이었다. 『한가람 봄바람에-이화 100년 야사(野史)』에 "…(정지용 교수는) 가난한 학생에게는 아낌없이 도움을 주기도 했다. 자신이 가난하므로 모든 가난한 사람을 사랑했다."라는 대목이 인상적이다.

지용의 아들 정구관(=1927~2004)이 쓴 「아, 내 아버지의 향수」
에 "생활 경제 0점짜리시지만, 자식들의 잘못에 한 번도 용서 않
으시고 매로 다스리던 아버지…"라고 아버지 지용을 회고하고 있
다. 단호하고 엄정했던 시인을 다시 느끼게 하는 대목이다. 정구
관은 2001년 2월 제3차 남북 이산가족 북측 상봉단으로 서울에
온 동생 정구인(=지용의 3남)과 50년 만에 다시 만난다. 그들은
떼울음으로 재상봉했다. 그리고 며칠 뒤 정구인은 떼울음을 흘
리며 다시 북으로 돌아갔고, 남쪽에 남은 정구관은 3년 뒤 이 세
상을 원망하며 저 먼 세상으로 떴다. 정지용 자식들의 슬픔과 생
이별은 이 땅의 비극의 분단사 자체였다.

안치환은 영랑의 대표 시 「모란이 피기까지는」을 노래로 만들
고 불렀다. 용아의 대표 시는 가수 김수철에 의해 「나두야 간다」
는 명곡이 되었다. 이동원, 박인수는 지용의 대표 시 「향수」를 국
민가요로 만들었다[*정지용 시, 채동선 작곡 「고향」도 명곡이다. 시
도 아름답지만 채동선의 곡도 그만이다. 음악인이었던 영랑은 당대 최
고 음악가 채동선(=1901~1953)과 아주 가까웠다. 바로 이 채동선은 영
랑의 「모란이 피기까지는」도 작곡하였다. 바이올리니스트이자 작곡가
였던 채동선은 실내악단과 고려교향악단을 창설했고, 여동생이던 이화
여전 성악과 교수 채선엽이 거기서 독창을 해서 장안의 화제가 되기도
했다.].
셋은 어떻게 그렇게 절친하게 되었을까. 휘문 그리고 아오야
마라는 기적같은 학연이 있었기에 연이 싹틀 수 있었겠지만, 영

랑용아지용이 혈육처럼 가까워질 수 있었던 것은 단연코 통했기 때문이었을 것이다.『시문학』제3호 편집과 발간을 두고,『문예월간』창간을 놓고, 이 세 단짝 사이에 논쟁이 있기도 했지만, 앞에서도 언급한 대로, 이는 이들 우정의 찰나에 불과했다. 1935년을 보라. 자기 시집 발간은 뒤로 미룬 채, 용아는 자비로 이해『정지용 시집』과『영랑 시집』을 연거푸 발행했던 것 아닌가. 영랑은 무명 시절 용아의 "유일한 글벗"이었고, 그 영랑이 영랑 자신의 "시에 실망하여 지치려 할 때 벗(=용아)은 과한 격려로 붙들어" 주던 열 번의 지지자였다[*김영랑이 박용철의 인도자였다면, 박용철은 김영랑의 후원자였다. 영랑의 초기 시 37편 모두가 박용철이 낸『시문학』과『문학』을 통해서만 발표된 것에서 보듯, 김영랑의 등단과 초기 창작에 "후원자 박용철이 큰 역할을 하였음"은 의심의 여지가 없다(이숭원 2008, 123~124).]. 용아와 지용은 "서로 늦만남을 서뤄(=서러워) 하며" 우정을 열어 가매 "천하가 우리 것이 아니더냐" 하게 되었다. 용아의 "영결식이 끝난 뒤 지용과 영랑 단둘이 나중에 남았을 때" 영랑과 지용은 호젓하고 너무 슬픈 마음이 되어 "'이번은, 거꾸로 말고, 내 먼저 갈 걸(=걸세)'(=지용의 말), '처음부터 거꾸로니 내 먼저 가지'(=영랑의 말)... 이런 문답을 한 일이 있다"고 얘기하고 있다(김영랑,「문학이 부업이라던 박용철 형」, 141,『박용철 전집』1권,「후기」, 127~128). 1929년 처음 함께 만나서, 문학동인이 되고, 함께 산에 오르고, 몇날 며칠 먹고 마시고 함께 자고, 1934년 봄처럼 같이 탑골 승방(=절집, 요사채)에도 들르고, 프로 문학의 기수 임화 병문안도 함께 다닐 정도의 세 쌍둥이 육친 혈육 같았던 단짝 중 가장 늦게 태어난 용철이 가장 먼저 떠난 마당에 우리 두 사람이 이승에 더 머물러 존재할 이유가 무에랴 했던 것이다.

세상에서 제일 소중하고 제일 어려운 일 중의 하나는, 생각이 통하고 말이 통하는 평생 친구를 발견하고 얻는 일일 것이다. 마음과 가슴으로, 온 몸으로 치열한 삶을 살았던 세 사람, 자기 시대를 뜨거운 시적 결연함으로 품고자 했던 영랑용아지용은 불우했지만 행복한 시인들이었다[*영랑 스스로도 "어려서 한솥밥, 한글방 친구가 나이 먹어 가며 가장 가까운 시우(詩友)가 되고 보니 나는 이에서 더 행복일 수 없었다"고 술회한 바 있다(김영랑, 『박용철 전집』 1권, 「후기」, 127).]. 서로를 인정하고, 서로를 믿고, 서로의 시와 문학을 하늘처럼 높이 평가했던 평생 친구들이 있었기에다.

영랑용아지용은 우리에게 물려진 거룩한 보배들이었다. 이들은 하늘이 허락한 우리 문학의 선지자들이었고, 일제 치하 이 땅이 배출한 우리 문학의 굳센 자부심이었다. 시인 고은은 미당 서정주를 "우리 시의 정부(政府)"라 상찬한 바 있는데, 시문학파의 영랑용아지용은 우리 시의 백두산 천지였다. 우리 근현대 시문학사가 영랑용아지용의 출현 이전과 이후로 나뉘는 것은 우연이 아니다(오세영 2018, 13). 정지용(鄭芝溶)의 태몽이 연못에서 용이 하늘로 올라가는 꿈이었단다. 그래서 아명(兒名)이 지용(池龍)이었다. 우리 시역사상 최고 시붕들이었던 영랑용아지용 세 단짝은 늘 푸르른 용들이었다. 조선의 푸른 밤하늘을 누비는 푸른 용 말이다.

민족언어의 완성자 영랑용아지용

초기, 중기, 후기 시

가장 널리 알려진 김영랑 시 「모란이 피기까지는」은 "민족의 대춘부(待春賦)"(=봄을 기다리며 쓴 시)다(김용성, 1973). 더 빼고 말고 할 것 없이 그대로 우리나라 명시 반열 최상단에 위치하는 시일 것이다. 청록파의 시인 박두진 교수는 이 시를 두고 "하나의 시로 완벽에 가까운 표현을 얻었"다고 얘기한다. 박두진은 "영랑의 주정적(主情的) 주제가 자연의 소재와 완벽한 조화"를 이루어 "오래고 많은 시의 한 정점적(頂點的)인 성공을 기록하고 있"다고 평가한다. 우리말이 도달한 가장 값진 것을 작품의 효과로 현상화하여 철저하게 영랑적이면서 민족의 서정시로서의 보편성을 띠고 있다는 것이다(박두진, 93~94). 모란꽃이 피고, 모란꽃이 떨어지고, 모란 꽃잎이 떨어져 눕고, 자취도 없어지면서 5월은 시작되고 끝난다. 모란은 5월의 봄 내내를 관통해서 여름으로 변해 간다. 조물주의 차선의 발명품이 계절이고, 최고 발명품은 그 계절의 변화라 한다. 5월이 시작하고 끝나면서 한 생이 끝나고 다른 생이 시작한다. 영랑은 모란에서 한 넋이 가고 다른 넋의 인연이 오고, 한 세월이 가고 다른 시대가 오고, 그걸 그는 기다리겠다 했다. 희망은 이내 절망으로 변해 가지만, 이 절망이 머잖은 날 다시 희망을 낳으리라는 걸 시인은 믿고 있다. 절망을 절망으로 여기지 않는다는 데 이 시의 깊이와 의미가 있다(정일남, 176). 이제 함께 읽어 보시기로 한다.

모란이 피기까지는

나는 아직 나의 봄을 기다리고 있을 테요

모란이 뚝뚝 떨어져 버린 날

나는 비로소 봄을 여읜 설움에 잠길 테요

오월 어느 날 그 하루 무덥던 날

떨어져 누운 꽃잎마저 시들어버리고는

천지에 모란은 자취도 없어지고

뻗쳐 오르던 내 보람 서운케 무너졌으니

모란이 지고 말면 그뿐 내 한 해는 다 가고 말아

삼백예순 날 하냥 섭섭해 우옵니다

모란이 피기까지는

나는 아직 기다리고 있을 테요

찬란한 슬픔의 봄을

국어책에도 나오기에, 다 외우지는 못해도 모르는 사람은 거의 없을 만큼 널리 알려진 시다. (*이 책의 제목도 바로 이 시에서 따온 것이다.)

「모란이 피기까지는」을 읽으면 「붓꽃」이 생각나고, 「붓꽃」을 보면 「모란이 피기까지는」이 생각난다. 고흐가 생 레미 정신병원에 입원하고 나서 그린 첫 작품이 「붓꽃」 아니던가. 이미 "정신이 반쯤 망가져 버린" 빈센트가 왼쪽 귀랑 어딘가를 붕대로 칭칭 감은 환자복 차림으로(*어쩌면, 어두운 병실 창살 너머의 눈부시게 환한 화단을 보며) 그렸을 이 그림 속에서 붓꽃들은 일제히 일어서서 외치고 있다.

비운의 천재 화가 빈센트 반 고흐의 걸작 「붓꽃」.
고흐 사망 1년 전에 그렸다. 살아 생전 그를 천재라고 생각했던 사람은 아마 단 한 명도 없었다.
세간의 눈이란 늘 그 정도다.

운명에 대한 항거 같기도 하고, 남은 생에의 가냘픈 재생 의지

같기도 하다. 그래서 「붓꽃」은 이례적으로 화려하지만 찬란한 슬픔의 그림이다. 「모란이 피기까지는」 역시 눈부신 시이지만 눈부시도록 슬픈 시다. 교활하고 무자비한 이민족의 감시에 시달리는 나이 서른의 시인은 나라를 잃고 사랑을 잃고 세상을 잃은 듯 아파하면서도 호박 꽃잎만큼 너른 모란의 보라빛 꽃잎을 텅빈 가슴으로 다시 기다리고 있다. 이 우리말 명시는 1934년 4월 용아 박용철이 내는 『문학』 2호에 처음 실렸다. 그런데 앞에서도 잠시 언급했듯이, 이 시에는 일화가 있었다.

　1930년대 초 어느 봄날이었다. 영랑이 전국 유명 문인들과 문학지망생을 자신의 강진 자택으로 초청해서 시 창작대회를 열었다. 영랑 자신도 사랑채 앞뜰에 화려하게 핀 모란을 보며 시 한 편을 썼다. 아마도 머릿속에서 여러 날을 이리저리 생각하고 궁리해 오던 시상이었을 것이다. 하지만 그는 이 시가 끝내 마음에 안 들었던지 남들에게 보여 주지도 않고 원고지를 구겨 쓰레기통에 던져 버리려 했다. 이때 마침 곁에 유명한 춘원 이광수(=1892~1950)가 생가 사랑채 마루에 앉아 있었다. 영랑보다 10여 년 이상 연상인 춘원은 "왜 애써서 만든 시를 구겨 버려? 이리 줘 봐." 하고 원고지를 빼앗듯 가져가 펴서 읽어 보더니 대문호답게 이 시의 진가를 이내 발견했다. "아니, 이 좋은 시를 버리려 하다니, 하마터면 큰일 날 뻔했네!" 하고 반색한 뒤, 춘원 스스로 이 시를 크게 낭송하는 것이었다. 영랑생가 사랑채에 함께 있던 문인들로부터 박수갈채가 쏟아졌다. 쓰레기통으로 사라져 버릴 뻔했던 우리들의 명시가 극적으로 기사회생했던 것이다. 유종호

(=연세대 국문과 특임교수, 예술원 회장)는, 「모란이 피기까지는」을 "이 작품은 우선 잘 읽힌다. 몇 번 읽다 보면 쉽게 외워진다. 그만큼 음율적이요 군소리도 없다. 20세기 한국 시가 낳은 최상의 서정 시편의 하나로, 소월의 「진달래꽃」보다 한결 유려하고 섬세하다"고 평하면서, 영랑은 이 한 편만으로도 우리 문학사에서 최고 시인으로 평가받을 만하다고 극찬하고 있다〔*유종호 교수는 "서정시에서는 모티프(=창작 동기 또는 문제의식)의 결여가 최고의 경지를 마련하는 계기가 된다"고 하면서, 「모란이 피기까지는」에서의 시인에게 모란의 개화와 낙화가 모든 삶의 의미일 만큼 그 밖의 다른 어떤 동기도 희미해지면서 시문학의 뚜렷한 경지에 도달하고 있다는 이색적인 평을 내놓는다. 그러면서 유종호는 이렇게 기술하고 있다. "영랑은 모더니즘의 시대에 모더니즘과의 로맨스를 거부해서 과소평가된 시인으로 8·15 광복 이전까지 적정한 평가를 받지 못했다. 그러나, 테제(=강령)주의의 시(=이념시, 경향시, 프로문학 등)가 별로 살아남지 못했다는 사실, 그리고 모더니즘(*유종호 교수는, "요컨대 모더니스트의 문학은 양복쟁이의 문학이다"는 흥미롭고 깔끔한 규정을 내리면서 모던 도회 청년들의 일상과 풍속을 다룬 이상을 모더니즘의 대표 시인으로 꼽는다.)이 시의 고립을 자초했다는 사실,을 상기할 때, 영랑이 갔던 길이 정도(正道)였으며, (영랑의 시는) 그 후의 서정시에 보이지 않는 사표 구실을 했다." (유종호 2011, 167~186, 특히 172, 176)〕.

영랑은, 용아 살아생전, 아마도 1936, 1937년경 용아와 단둘이 창경원에 모란꽃 구경을 간 일이 있다. 낙화하는 모란꽃의 비장미를 병약한 절친과 함께 느끼고 싶었으리라. 이때 일을 그는 이렇게 적어 놓고 있다(김영랑, 「인간 박용철」, 138).

> 어느 해 봄이던가 창경원 박물관 앞
> 늙은 모란이 활짝 피었을 즈음, 때마침
> 늦은 봄비가 내려서 넙죽넙죽한 모란이
> 뚝뚝 떨어지는 광경이 과연 비장한
> 바 있으리라 하고 벗을 끌고 비를
> 무릅쓰고 쫓아갔었더니 벗은 그런
> 것쯤 대단찮이 여겼었다.

　영랑이 말하는 바에 의하면, 앞에서도 잠시 인용했듯이, 용아 박용철은 자신이 시를 쓰는 사람이지만 "비정서적"이라면서 이를 "한탄"한 바 있다 했다. 일본에서의 학창시절 수학 천재로 이름을 날리던 용아였으니 몸에 합리적 사고와 논리정연한 체계화가 뱄을 법도 하다[*영랑과 용아는 아오야마 중학부 같은 반이었다. 어느 날 같은 반 학생들의 시회(詩會) 석상에서의 일이다. 한 학생이 "푸른 하늘에서 하얀 눈이 내린다"고 시를 읊었다. 이때 용아가 그 친구를 바로 보며 "눈이 내리는데 하늘이 어찌 푸르오." 하는 바람에 좌중이 웃음바다가 되었다(김영랑, 「인간 박용철」, 132).]. 그래서인지 용아를 시인으로서보다 시(평)론가로서 더 높게 평하는 이들도 있다. 앞의 창경원 모란꽃 일화는 그래서 더 시사적으로 읽힌다. 건강한 영랑이 더 다정다감하고, 병약한 용아가 덜 정서적이었던 걸 보면, 육신과 정신의 상관관계에 대한 정리 역시 뒤엉켜 버리

초기, 중기, 후기 시

는 느낌도 든다. (*영랑의 예민하고 여린 감수성에는, 넙죽넙죽한 모란이 뚝뚝 떨어질 때 과연 비장한 바 있었으리라…)

　필자 개인적으로 정말 감탄해 마지않는 영랑의 시는 「청명」이다. 늦잠 자서 삶이 살아 있는 아침 시간을 짧게 하지 말라던 쇼펜하우에르의 말뜻을 깨닫게 하는 아름다운 '아침 시'가 「청명」이다. 가을 아침이 이토록 싱그러운 이룸의 시간임을 새삼 느끼게 한다. 이 시를 통해 드러난 "영랑의 섬세한 감각과 날카로운 심미안은 예술시의 새로운 경지를 열어 보여 준다."(임환모, 157). 정지용은 이 시를 평하여 "시가 여기에 이르러서는 차라리 평필(評筆)(=논평)을 던지고 독자로서 시적 법열(=즐거움)에 영육의 진감(震撼)(=감동)을 견디는 외에 아무 발음(發音)(=말)이 있을 수 없다.… 영랑의 자연과, 자연의 영랑에 있어서는 완전히 일치된 협주를 들을 뿐이니, 영랑은 모토(母土)의 자비하온 자연에서 새로 탄생한 갓낳은 새 어른으로서 최초의 시를 발음한 것이다. 환경과 운명과 자업(自業)에서 영랑은 제2차로 탄생한 것이다." 라고 얘기하고 있다(정지용, 264-265). 전혀 때 묻지 않은 순연한 자연 시의 거룩한 탄생을 지용은 친구로서 이렇듯 극진하게 예찬하고 있다.

　　호르 호르르 호르르르 가을 아침
　　취어진(=적셔진) 청명을 마시며 거닐면
　　수풀이 호르르 벌레가 호르르르

청명은 내 머릿속 가슴속을 젖어들어

발끝 손끝으로 새어나가나니

온 살결 터럭 끝은 모두 눈이요 입이다

나는 수풀의 정을 알 수 있고

벌레의 예지를 알 수 있다

그리하여 나도 이 아침 청명의

가장 고읍지(=곱지) 못한 노랫꾼이 된다

수풀과 벌레는 자고 깨인 어린애

밤새여 빨고도 이슬은 남았다

남았거든 나를 주라

나는 이 청명에도 주리느니

방에 문을 닫고 벽을 향해 숨쉬지 않았느뇨

햇발이 처음 쏟아오와

청명은 갑자기 으리으리한 관(冠)을 쓴다

그때에 토록 하고 동백 한 알은 빠지나니

오! 그 빛남 그 고요함

간밤에 하늘을 쫓긴 별살의 흐름이 저러 했다

왼 소리의 앞 소리요

왼 빛깔의 비롯이라

이 청명에 포근 취어진 내 마음

초기, 중기, 후기 시

자연 찬미, 아침 예찬의 시들 가운데 이 시만큼 시간적, 공간적, 청각적, 시각적으로 완전한 성취를 거둔 시가 더 있을까 싶다. "호르 호르르 호르르르"라는 음성 상징 자체인 부사들은 물론이거니와, "호르 호르르 호르르르//수풀이 호르르 벌레가 호르르"라든가 "청명은 내 머릿속 가슴속을 젖어들어/발끝 손끝으로 새어 나가느니..." 같은 표현은 우리말 시의 언어 미학적 극치를 예시하는 듯하다. "호르 호르르 호르르르 가을 아침"은 맑고 고요한 가을 이슬방울이 이파리 위에서 구르는 듯하지 않는가. 맑고 깨끗한 가을 아침 청명(淸明)한 자연의 품속에서 "감각의 낯익은 고향"을 찾은 영랑은 "평생 못 떠날 내 집"에 마침내 안착하게 되었다. [*1938년 9월의 『조광』에 기고한 글 「감나무에 단풍드는 전남의 9월」에서 영랑은 "이 아침에 동백이 또 토록 하는 통에 내(=나는) 맨발로 또 금빛 이슬을 깨칩니다. 청명을 들이마시며 거닙니다."라고 쓰고 있다. 가을 아침의 청명함을 들이마신다는 것이다. 시인이 계절이 되는 것이다. 그러면서 영랑은 "자! 9월도 늦어갑니다. 마루 끝의 발을 걷어 치웁시다." 하며 "이 가을도 쓸쓸하지요"로 이 글을 마무리하고 있다(김영랑, 1938년 9월, 103~106).]

시문학 평론가인 김현자(=이화여대 국문과) 교수의 평대로, 영랑은 "언어의 마술사"다 [*김현자 교수는, "영랑은 한국어의 아름다움을 빼어나게 되살린 시인으로 꼽힌다. 김소월, 정지용과 더불어 우리말

시인

구사에 가장 탁월한 능력을 보여주는 영랑은 우리말의 감각적 매력을 그의 시 속에서 가장 빛나게 한다"고 얘기한다(김현자, 2008).]. 영랑은 우리말의 연금술사다. 영랑은 "한국 현대시에서 '시적인 것'이 무엇인가를 여지없이 보여 준 시인이다."(허윤회, 10). "토씨나 점 하나도 버릴 것이 없는 정갈하고 아름답게 빚어진 시어로 대표되는 김영랑의 시세계는 전통을 이으면서도 소월이나 지용과는 또 다른 지점을 획득했다."(김현자, 54~76).

한편, 문덕수 교수에 따르면, 영랑의 시는 양상적(樣相的)으로 두 가지 경향을 띤다. "소망과 상실의 교착에서 오는 유연한 서정의 미적 결정(結晶)을 보이는 경향, 민족 의식을 바탕으로 강인한 저항적 결의를 보여 주는 경향이 그것이다."(문덕수, 63). 이 같은 두 양상적 경향은 시간의 흐름에 따라 특징화한다. 영랑의 시를 시기적(時期的)으로 보자면, 자연스럽게 초기, 중기, 후기의 세 단계를 거쳐 확장되며 변화를 겪는다.

초기 시 (또는 전기 시)는 1930년 시문학파로 처음 등단해서 가장 왕성한 시적 활동을 펼치던 1935년 무렵까지다. 앞에 든 「모란이 피기까지는」과 「청명」이 이 시기에 나왔다. 1930년과 1931년 사이에 『시문학』 1호, 2호, 3호가 간행되었는데, 여기에 영랑은 각각 13편, 9편, 7편, 모두 29편의 시를 싣는다. 영랑은 이후 『문학』 등의 시지(詩誌)에 계속 시를 발표했다. 그리고, 1935년 용아 박용철이 이 시들을 묶어 『영랑 시집』을 출간하는데, 이 시집에는 그동안의 영랑 시 53편이 수록되어 있다. 여기까지를 초기 시로 분류할 수 있겠다.

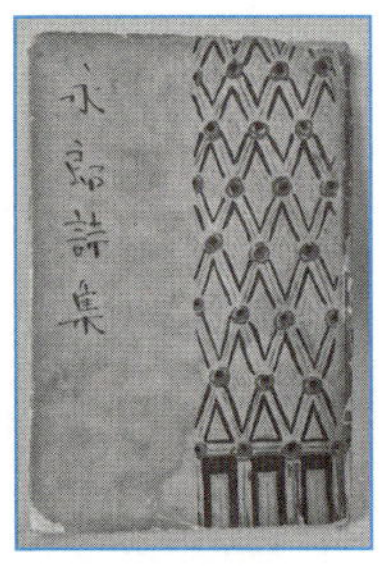

용아 박용철이 운영하던 출판사(=시문학사)에서
1935년에 나온 김영랑의 첫 시집 『영랑 시집』

영랑의 두 번째 시집 『영랑 시선』은 1949년 절친했던 미당 서정주의 편집으로 간행된다. 이 『영랑 시선』에는 새로운 영랑 시 30여 편과 기존 시 30여 편 등 총 60편이 수록되어 있다. 이 시들 중 해방 이전(=1936~1940)에 발표되었던 시들을 시기적으로 중기 시 단계로 분류할 수 있겠다.

영랑의 후기 시(=1945~1950)들은 해방 이후 여러 매체에 기고하는 형태로 발표된 시들이다. 주로 『동아일보』, 『민성』, 『백민』, 『신천지』, 『문예』, 『민족문화』 등의 지면에 발표되었다.

영랑의 초기 시는 순수 서정시의 원형을 그대로 잘 보여 주는 시들이다. 우리들이 통상적으로 이해하고 있는 영랑 시가 바로 이 초기 시들이다. 순수 조선 서정적이고 유미주의적이고 자연주의적인 경향의 시들이 대부분이다. 서정적 자아에 충실한 내 마음의 세계(=내 마음의 영역)를 탁월한 언어 미학으로 형상화했고, 조형적 아름다움이 시의 원리를 이루었던 시기이다(임환모,

163).

  중기 시는 초기 시의 경향과 근본적으로 크게 다르지 않지만, 초기 시와는 달리, 영랑의 결연한 저항 의지 표명이 드러나기도 하고, 죽음이 직접 또는 연관되어 시 속에 나타나고 있다. 일제의 폭압이 극심해지고, 영랑 개인에 대한 감시와 탄압도 가중되던 시대 상황이 그의 시작에 반영된 결과로 봐야 할 것이다. 식민지 지식인의 "슬픈 천명"(=윤동주의 표현)을 받아들이되 때로는 허무적으로 때로는 의지적 결연함으로 이를 읊어 시화했다. 우리 고유어보다는 한자어가 더 많아지고, 문장이 길어져 말의 지시적 기능이 주축을 이루었고, 현실에 대한 즉물적 태도를 보이는 시들이 대부분이다(임환모, 163). 「거문고」, 「춘향」, 「두견」, 「독을 차고」 등이 중기 시의 대표작들이라 하겠다. 박두진은 이 중기 시를 "서정의 한이 민족적 한의 비분으로 극치화한 것이 「두견」을 정점으로 한 일련의 민족적 정한(情恨)의 시"라고 정의하고 있다(박두진, 95). 임환모(=전남대 국문학과 교수)는 이 중기 시들에서 영랑 시의 두드러진 '건강성'을 확인할 수 있다고 말한다. 시인은 자신의 순결과 지절을 고수하기 위해 죽음을 곁에 두고 "독을 차고" 살아간다. 비록 육신이 찢길지라도 "마지막 날 내 깨끗한 마음 건지기 위하여", "평생을 닦는 좁은 길" 하나만이라도 지키기 위해 비장한 각오로 살아가는 시인의 모습에서 식민지 시인의 강단진 삶을 읽어낼 수 있다는 것이다(임환모, 178). (*영랑 시를 서정주의, 유미주의로만 이해하는 것이 올바른 독해가 아닐 수 있음을 중기 시들은 의미 있는 반증으로 보여 주고 있기도 하다.)

초기, 중기, 후기 시

후기 시는 해방 이후에 쓰인 시들이다. 기다리고 기다리던 조국의 광복에 대한 환희를 노래하고, 미래를 예견하고 찬양하는 시들이다. 초기 시적인 모습은 크게 사라지고, 중기 시적인 절망과 죽음 같은 비애 의식도 크게 달라진 모습이다. 반면, 후기 시에서는 '서서히'(=보다 정확히는, 광복과 '동시에') 드러나는 동족 간, 남북 간 이념 갈등과 이에 따른 참극과 참상을 꾸짖고 개탄하면서 단결과 통합의 절실성을 간곡히 제출하고 있다. 후기 시에서 영랑은 비로소 발언한다. 그리고 증언한다. 후기 시는, 영랑의 시 전개 과정으로 본다면, 초기, 중기 시의 변증법적 확장이자 영랑 시 세계의 결론부라 할 것이다. 「아, 8·15」, 「천리를 올라 온다」, 「바다로 가자」, 「겨레의 새해」, 「절망」 등이 후기 시의 대표작이다.

중기 시의 대표작 「거문고」는 애국지사(=기린)와 일본인들(=이리 떼), 친일파들(=잔나비 떼)을 비유적으로 언급하며 2차 대전 발발 이후의 암담함을 표현하고 있다. 즐겨 타던 거문고를 1919년 3월 1일 이후 스무 해가 되도록 검은 벽에 세워 놓고 있을 뿐, 노래를 잃고 신명을 잃고 지내는 현실을 완벽에 가까운 소리로 읊어낸 시다. 1939년 1월 『조광』 5권 1호에 게재되었다.

검은 벽에 기대 선 채로
해가 스무 번 바뀌었는데
내 기린은 영영 울지를 못한다.

중기 시의 또 다른 대표시 「독을 차고」를 살펴보기로 한다. 영랑 저항시의 대표작으로 소개되곤 하는 시다. 1939년 11월 『문장』 1권 10호에 실렸다. 시인 김종길(=고려대 영문과 교수)의 얘기처럼, 1937년 중·일전쟁을 일으킨 일제가 조선 통치를 더욱 가혹하게 펼쳐 가던 1939년에 이 시는 "용케도 조선총독부의 검열에 걸리지 않았구나" 하는 생각이 들게 한다(김종길, 25). 청록파 시인 박두진(=연세대 국문과 교수)은 이 시를 "죽음이 아니면 굴욕이 있을 따름이던 왜정 말기의 극한 상황을 사는 뼈 있는 지성인의 서릿발 같은 지조가 칼날의 섬광으로 위의를 떨치고 있다"고 평한다(박두진, 99).

  강명길 교수(=한국 현대사)는 『다시 듣는 한국 현대사』에서 수많은 항일 시 중 영랑의 이 「독을 차고」를 능가할 시는 없다고 강조한 바 있거니와, 저 칠흑의 야만 시대를 살아야 했던 지식인의 기구함을 솔직한 시어 구사로 선명히 토로하고 있다. 시인은 온 조선 천지에서 광폭하게 날뛰는 일제와 친일 세력들이 내 마음을 노리고 내 몸을 노리고 있음을 매 순간순간 자각하고 있다. 언제 이들의 밥이 될지 모른다. 그래서 순결과 지절(志節)을 지키려 독을 품고 논개처럼 선선히 웃으며 갈 것이라 다짐하고 있다. 저 1939년 시점과 극한적 상황에서 우리의 서정시인은 이같이 독한 시를 내쏠 수밖에 달리 뭐가 있었으랴. 권위 있는 문학평론가 유종호는, 이 시가 "식민지 현실에서의 참된 시인의 자세를 잘 대변해 준다"고 평가하면서 "시인 김윤식이 이러한 신념을 시로 창조할 수 있는 역량을 가지고 있었기 때문에... 단 한 줄의 친일적인 시조차 쓰지 않았는지 모른다"고 덧붙이고 있다. (*한·불 수교 140주년을 기념해서 2026년 2월 프랑스 파리에서 양국의 저항시 7편씩 모두14편의 기획 전시회가 열렸다. 한국은 한용운, 심훈, 이상화, 정지용, 김영랑, 이육사, 윤동주의 시가 출품되었다. 김영랑의 시로는 이「독을 차고」가 선정되었다.)

후기 시들은 광복의 기쁨과 희망을 노래한다. 그러나 정반대로, 또 다른 후기 시들은 동족 간 이념 갈등을 개탄하며 눈물짓는다. 먼저, 1947년 8월 7일 『동아일보』에 실린 「바다로 가자」라는 시다. 영랑 후기 시의 대표작이다. 황금찬 시인(=1918~2017, 중앙신학대 기독교문학 교수)은 영랑시 전체를 통틀어서 이「바다로 가자」가 단연 최고 시라고 강조한 바 있다. 「모란이 피기까지는」보다 더 위에 놓여야 할 시라고까지 그는 평가했다. 일찍이 이만한 세계관, 이만한 민족관을 펼쳐 놓은 대작이 우리 시사에 없었다는 것이다. 과연, 이 시는 광복의 뛸 듯한 기쁨과 겨레의 웅대한 미래를 힘차게 표현하고 있다. 시인의 3남 김현철은 아버지의 「바다로 가자」를 낭송하면 마치 베토벤 9번 교향곡의 마지막 악장 「환희의 합창」을 듣고 있는 느낌에 젖는다 한다. 청록파의 시인 박두진은, "여기서 영랑은 순수를 고집해 온 시적 개성의 완벽을 이룩하고, 그 순수가 민족과 인격의 체험을 균형 조화시킴으로써 민족시와 민족시인, 내적인 주관과 외적인 대상과의 주체적 통일성을 시의 창조를 통해서 획득하였다"고 높게 평가하고 있다(박두진, 103).

바다로 가자 큰 바다로 가자

우리는 이젠(=이제) 큰 하늘과 넓은 바다를 마음대로 가졌노라

하늘이 바다요 바다가 하늘이라

바다 하늘 모두 다 가졌노라...

우리 모두 다 가자꾸나 큰 바다로 가자꾸나

우리는 바다 없이 살았지야(=살았었지) 숨막히고 살았지야

(중 략)

우리 큰 배 타고 떠나가자꾸나

창랑을 헤치고 태풍을 걷어차고

하늘과 맞닿은 저 수평선 뚫으리라

큰 호통하고 떠나가자꾸나

우리들 사슬 벗은 넋이로다 풀어 놓인 겨레로다

(후 략)

『동아일보』 1948년 11월 16일자에 게재된 후기 시 제목은 「절망」이다. 여기서 영랑은 해방 정국의 무질서와 극도의 난맥상에 절망하고 통곡하고 있다. 동족 간 갈등과 살육 앞에서 민족과 나라의 장래를 염려하고 고뇌하는 민족시인으로서의 진솔한 면모가 잘 나타나 있다[*한편, 문학평론가 유종호 교수는, 「절망」과 같은 우국충정의 시들이 시의 예술성의 원리보다는 사회성의 논리를 그 중심에 놓으면서 저항과 현실 참여적 성향을 띠게 되는데, 이에 따라 초기 시에서 보여준 절제된 언어 미학적 구조의 아름다움은 약화되고, 대

신 메시지 전달의 의지가 견고해진다고 분석한다. 이러한 시 예술의 한계 때문에 영랑 시의 문학사적 가치는 주로 전기 시(=초기 시)에 국한되고 있다고 유종호는 평가한다.].

> 무슨 정치의 이름 아래
>
> 무슨 뼈에 사무친 원수였기에
>
> 흩한 겨레의 아들딸이었을 뿐인데
>
> 이렇게 유황 불에 타죽고 말았나이까
>
> (중 략)
>
> 아우가 형을 죽였는데 이렇소이다
>
> 무슨 뼈에 사무친 원수였기에
>
> 무슨 정치의 말을 썼기에(=했기에)
>
> 이래도 이 민족에 희망을 부쳐(=맡겨) 볼수 있사오리까
>
> 생각은 끊기고 눈물만 흐릅니다.

그랬을 것이다. 평생을 민족에 대한 희망 하나로 일제 35년을 버티고 살아왔던 영랑으로서 해방과 거의 동시에 격돌하는, 잔인하기 이를 데 없는 동족간 살육전을 보며 어찌 생각이 멸하지 않고 눈물이 흐르지 않을 재간이 있었겠는가(*김현철은, 아버지가 울면서 시를 쓰신 기억이 난다. 좌익과 우익의 갈등이 극심해지고, 이에 따른 민족간 죽임과 죽음을 시로 쓰면서 김영랑은 비통의 눈물을 쏟았다.). 민족주의, 민족우선주의, 민족지상주의로 한 생을 살아온 영랑으로선 '정치 우선', '이념 지상'의 해방 정국이 못마땅하고

초기, 중기, 후기 시

위험천만하다. 여기에, 이 같은 "민족에(게) 희망을 부쳐(=맡겨) 볼 수 있사오리까" 하며 낙담하는 것이다. 「절망」은 무슨무슨 정치들, 무슨무슨 이념들에 대한 시인의 절망을 담고 있다. 희망을 회의하는 절망의 시를 내어 현장을 고발하고 현실을 경고하고 있는 것이다. 이 시는 어떻게 동족끼리 이토록 잔인하게 살육을 감행할 수 있단 말이냐며 당대 민족의 비극성을 개탄하고 통곡하면서 "시대처럼 올 슬픈 아침"(=윤동주의 표현)을 내다보고 민족의 불행을 암시하는 등 영랑의 우국지심이 가장 잘 드러나 있는 시편이기도 하다. 마치 2년 뒤 일어날 재앙적 사변(=6·25 전쟁)을 정확히 예견하고 있는 듯해서 안타깝고 소름이 돋는다. 이미 뜻있는 민족의 선각자들은 이 이념 갈등이 남북간 전면적 군사충돌로 비화할지 모른다고 내다보고 있었다. 「절망」을 비롯한 영랑의 후기 시들은 트로이의 공주 카산드라의 '예지몽' 같았다. 카산드라의 정확한 관찰과 정확한 경고, 그리고 트로이(인들)의 정확한 무시와 어쩌면 그리 똑 닮았다.

영랑의 독자들

정지용이 1938년 『여성』지에 쓴 「영랑과 그의 시」에 이런 대목이 있다(*원래 제목은 「시와 감상-영랑과 그의 시」인데, 김영랑 전집을 낸 서강대 국문학과 김학동 교수가 부제를 제목으로 했다.).(정지용, 313).

영랑은 (내게) 이렇게 말한 적이 있다. '내 시 독자가 다섯이나 될까?' 적어도 셋쯤은 자신이 있었던 모양이나 나머지 둘이 자신이 없었던 모양이다.

겸양의 선비 영랑이 이런저런 생각에서 절친이던 지용에게 그렇게 말한 적이 있었던가 보다. 친구 지용에게는 독자가 많은 것 같은데, 자신의 경우 시가 처음 인쇄되어 사람들 손에 들리우기 시작한 게 '겨우' 1930년 스물일곱 살 때였으니 독자들이라 할 만한 게 뭐 있을까 하는 마음을 에둘러 농담처럼 얘기했었으리라. 지용의 경우는 스물네 살 때인 1926년 등단한 데다 시작 활동 자체는 이보다 한참 전이었고, 1930년 시점의 지용은 어느 만큼 유명 시인인 셈이었으니 그럴 만도 했다.

그렇긴 하나, 이 말은 영랑식 겸허의 말(=겸사)로 아무래도 지나친 것이었다. 영랑이 '내 시 독자가 다섯이나 될까?' 했을 때의 그 결정적 독자 다섯은, 실은, 벌써 아주 가까운 데 있었다. 용아 박용철, 지용 정지용, 미당 서정주, 목월 박영종, 그리고 소천 이헌구가 그들이었다. 영랑과 가장 친했고, 영랑과 영랑의 시 세계를 가장 잘 이해했던 이들이었다. 이들은 영랑의 '5대 애독자들'이었다.

용아 박용철(=1904~1938)은 "영랑의 시를 자기 작품보다 아꼈다." 용아는 "영랑의 시를 거의 외고 있었다."(김학동 2000, 174). 용아는 영랑의 시를 "천하일품"이며, "서정주의의 한 극치"라고 늘 절찬했다(정과리, 136). 그는 강진에 있던 영랑으로부터 건네받은 영랑의 시고(詩稿) 뭉치를 자신의 여장 속에 늘 챙겨 가지고 다녔다. 1930년 봄 서울 화동 중외일보 학예부에 근무하던 이하윤을 『시문학』 동인으로 끌어들이기 위해 찾을 때도 용아는 자기 시와 영랑의 시고 뭉치를 신문사 책상 위에 펼치면서 설명하였다(이하윤, 230). 널리 존경받던 위당 정인보와 수주 변영로를 동인으로 "추대"(=이하윤의 표현, 231)할 때도 용아는 자기 시와 영랑 시고 뭉치를 들고 가 보여주었을 것이다. 『시문학』 창간호는 영랑 시 13편, 정지용 4편, 이하윤 2편, 박용철 5편, 정인보 번역시 1편, 이하윤 번역시 2편, 박용철 번역시 2편을 싣고 출범했다. 이처럼 영랑의 비중이 절대적이었던 그만큼 용아의 우정이자 배려가 거기 담겨 있었다. 5년 뒤 용아는 그때까지의 영랑 시를 모아 『영랑 시집』이라는 이름으로 편집해서 간행했다. 이보다 한 달쯤 먼저 『정지용 시집』이 나왔으나, 용아의 애초 계획은 『영랑 시집』을 먼저 출간하는 것이었다(김학동, 174~175). 영랑이 강진에 내려가 있는 바람에 조금 더 늦어진 것이었다. 이렇듯 용아는 영랑의 첫 독자였다. 진지하고 진실한 첫 독자였다.

1935년 11월에 나온 『영랑 시집』의 출판을 기념하는 1936년 5월의 축하 연회. 앞줄 왼쪽에서 두 번째가 김광섭, 그 옆이 정지용, 한 사람 건너 김영랑, 뒷줄 왼쪽부터 박용철, 함대훈, 이헌구, 그리고 한 사람 건너 앉은 이가 이하윤이다.

용아는 영랑의 의심할 바 없는 최초 독자였다. 정지용(=1902~1950)은 영랑의 최고 독자였다. 일제 때 독립운동가 여운형이 설립한 중앙일보의 자매 월간지에 『월간 중앙』이 있었다.

이 『월간 중앙』에서 「나의 애송시」라는 연재 기획을 하는데, 그 창간호에 「나의 애송시」를 기고한 사람이 정지용이었고, 정지용이 거기 소개하는 자기 애송시가 바로 김영랑의 「모란이 피기까지는」였다고 노국문학자 유종호(=연세대 특임교수, 예술원 회장)는 기억하고 있다. 뿐만 아니라, 앞서 얘기한 『여성』지에 게재한 지용의 글 「영랑과 그의 시」를 읽어 보면 영랑 시의 최고 독자가 지용임을 단박에 알아차릴 수 있다. [*게다가, 「영랑과 그의 시」는 정지용이 쓴 유일한 시인론이었다(유종호 2011, 152). 그만큼 정지용에게 김영랑은 특별했다.] 이 글에서 지용은 영랑 시를 『여성』지 독자들에게 해설하고 있다. 『여성』지 독자들을 모조리 영랑의 독자가 되게 하려는 '홍보평론' 같았다. 지용은 영랑의 시 열두 편을 기막힌 솜씨로 해설하고 있다. 지용의 이 글은 영랑 시에 관한 전무후무한 명해설들로 가득하다. 여기서 지용은, 영랑을 "입은 굳이 봉하고 눈과 가슴으로만 사는 경건한 신적(神的) 광인"이라 부른다. 영랑의 이 가슴 친구는 "그 당시에 범람하던 소위 경향파 시인의 탁랑(濁浪)에서 천부적 시적 생리를 유실치 않고 고고히 견디어 온 영랑으로 인하여 조선 현대 서정시의 일맥 혈기가 열리어 온 것"이라는 최고 평가를 내린다. 지용은 영랑 시에 등장하는 전라도 방언에 대해서도 이르기를 "회우석상에서 흔히 놀림감이 되는 전라도 사투리가 이렇게 곡선적이요, 감각적이요, 정서적인 것을 영랑의 시로써 깨닫게 되는 것이 유쾌한 일이다."라 하고 있다. 지용이 그런 최고 독자였기에 서정주는 1949년 『영랑 시선』을 편성하여 간행하며 쓴 「발사(跋詞)」(=후기)에서 정지용과 박용철이야말로 이 발문을 쓰기에 "누구보다도 적임자들"이거늘 지용은 서울에 없고, 용아는 이승에 없어서 영랑과 자신은 "못내 애석해 견딜 수 없"다고 적었던 것이다. '영랑(永郞)'이라는 필명을 김윤식에게 지어준 이가 바로 최고 애독자 정지용이었다. [*금강산의 '영랑봉' 이름으로부터 이 필명 또는 아호가 유래된 것이라는 얘기도 있다(김학동 2019, 22, 30). **그런가 하면, 만해 한용운 선생이 '영랑'이라는 필명을 지어 주었다는 얘기도 있다.]

영랑의 세 번째, 네 번째 독자는 미당 서정주(=1915~2000)와 목월 박영종(=1915~1978)일 것이 틀림없겠다. 미당과 목월은 영랑으로부터 문학적 세례를 받은 직계 시인들이다. 영랑이 가장 아끼고 사랑했던 후배들이 미당과 목월이었다. 서울여대 이숭원 교수는 이들이 영랑과 "동일한 서정의 영역"에서 시작을 했다는 의미에서 영랑의 "매개자(=서정주)", "후계자(=박목월)"로 이 두 후배 시인을 분류하고 있다(이숭원 2008, 132~144). [*조지훈도 직계 후배 시인이라 할 만하다. 『조지훈 전집』(나남, 1996, 3)의 「서문」에도 "지훈 조동탁(1920~1968)은 소월과 영랑에서 비롯하여 서정주와 유치환을 거쳐 청록파에 이르는 한국 현대시의 주류를 완성"한 이로 평가하고 있다. 청록파의 박두진, 박목월, 조지훈은 영랑·용아·지용의 문학 후예들이자 애독자들이었다.]

미당은 "나는 젊은 시절 영랑 시 전부를 거의 외우다시피 했었다."라고 고백할 정도의 영랑 애독자였다. 미당에 따르면, 자신의 절친으로 단편 소설가이며 시인이었던 김동리(=1913~1995)도

영랑의 독자들

자기처럼 영랑 시를 줄줄 외던 사람이었다.

영랑 선생의 시작품을 내가 처음으로 대한 것은 아직도 내 나이 20 미만의 소년시절 『시문학』이라는 동인지를 통해서였다. 정지용, 박용철씨들과 같이 간행하여 그들의 중요 작품의 일부를 실은 이 획기적인 동인지가 한국현대시문학사상의 찬란한 한 금자탑이 됨은 이미 식자들의 정론(定論)하는 바로서 이제 여기 새삼스럽게 재언할 필요도 없거니와, 표현에 대한 자각이 뚜렷이 서지 못했던 『시문학』 이전의 시작가들의 작품만 대하여 오던 내 눈에 그들의 형성해 놓은 업적이 커다란 경이였음은 물론, 그 중에도 『시문학』지의 서두를 장식했던 영랑 선생의 주옥같은 소곡(小曲)들은 오랫동안 나의 모두 외이는 바 되었었다. 혼자서 그의 소곡을 소리내어 외이며 들길을 헤매다니던 기억 오래잖아서는 또 김동리와 같은 동호자를 얻어 둘이서 같이 읊조리던 기억 등이 아직도 새롭다.

(서정주, 「발사」, 『영랑 시선』)

좀 길지만, 서정주가 영랑 시를 처음 접하던 당시의 소회를 담고 있는 「발사」의 첫 대목을 인용해 보았다. 미당은, "영랑은 시의 최고의 정선자(精選者)요, 광복 전 우리 시단의 모든 시 언어 시험자들 중의 제일인자"라고 평하면서, "현대 한국 서정시(역) 사상 한 절정이었던 시문학파의 몇몇 거성들 가운데서도 가장 오래 가야 하는 존재가 바로 영랑이다."라고 확신 있게 평가하고

있다. 나아가 서정주는 영랑을 "민족 정서를 섬세하게 표현한 제
일급의 민족시인이다."라며 결론짓고 있다.

서정주는, 해방 전 영랑의 시가 정당한 평가를 받을 기회가 없
었다는 사실을 여러 차례 지적하고 있다. 영랑이 서울 문단과 멀
리 떨어져 강진에만 있었고, 시작 발표도 오직 박용철과 박용철
의 『시문학』과 『문학』을 통해서만 한 까닭이었다고 보았다. 이
숭원 교수에 따르면, 그런 "강진의 시인 김영랑을 중앙 문단에
부각시키고, 그 시의 가치를 세상에 알리는 데 서정주는 매우 큰
역할을 하였"다(이숭원 2008, 132~134). 임환모 교수도 영랑의 시
가 처음으로 시사적 측면에서 검토되고 그것에 의미가 부여되
기 시작한 것은 미당 서정주에 의해서였다고 얘기한다. 서정주
는 영랑 정서의 지속성이 감각적 순간 향수(享受)의 지용보다 우
위임을 설명하는 등 줄곧 '영랑 세우기'에 주력해 왔다. "서정주
에 의해서 다시 읽혀지고 부각된 영랑의 시는 그 후 많은 연구자
들의 주목을 받게 되었다"는 것이다. 그러면서, 임 교수는, 영랑
의 시가 "소월에서 미당으로 이어지는 한국 근대시의 허리를 잇
는 교량일 뿐만 아니라, 예술시의 한 모범을 보여 주었다는 점에
서 다시 읽히는 것"이라고 평가하고 있다(임환모, 137~138). (*한
편, 영랑의 3남 김현철은, 『영랑 시집』에 실렸던 작품이 『영랑 시선』에
다시 실리면서 내용이 약간씩 달라진 곳들이 있는데, 이런 경우 1935년
의 『영랑 시집』보다 1949년의 『영랑 시선』이 원저자인 영랑의 뜻에 더
부합한다고 얘기한다. 1935년의 경우, 영랑은 강진에 있으면서 서울에
있던 용아 박용철에게 일임하여 용아가 직접 편집했던 반면, 1949년의

경우 영랑도 이미 서울에 거주하던 때여서 미당이 필요 시 신당동 영랑 자택엘 수차 방문해서 서로 협의한 후 간행되었기 때문이라는 것이다.)
미당 서정주는 영랑을 사실상 문학적 스승으로 사숙했던 것이니 애독자 이상의 애독자였다. 미당은 김영랑 시의 최고 찬미자였다. 카를 마르크스의 엥겔스였고, 예수의 베드로였으며, 석가의 마하가섭, 소크라테스의 플라톤이었다.

영랑이 미당과 더불어 가장 사랑했던 후배 박목월은 "영랑의 시는 우리나라 최고 시다. 우리 문인들 사이에서는 소월 시와 함께 가장 많이 읽히고 있는 시가 바로 영랑의 시다."라고 회고한 바 있다. 해방 후인 1950년 1월 박목월은 『시문학』이라는 시 전문지를 창간 발행한다. 이 문학지의 첫 장에 권두시를 실었는데, 이 권두시가 바로 영랑의 시였다. 요컨대 박목월은 1930년에 나온 『시문학』의 서정성을 계승한다는 의미에서 잡지의 제목도 같은 『시문학』으로 정하고, 그 창간호 권두에 영랑 시를 실은 것이다. 발행인인 "박목월은 자신들의 선배 시인으로 김영랑을 내세워 자신들이 민족 정서를 표현하는 순수 서정시의 후계자임을 자처한 것이다."(이숭원 2008, 140). 목월이 권두시로 선정한 영랑 시는 다음과 같다.

허리띠 매는 새악시 마음(실)같이(=마음처럼)
꽃가지에 은은한 그늘이 지면
한날의 내 가슴 아지랑이 낀다
한날의 내 가슴 아지랑이 낀다.

박목월은 영랑의 확고부동한 4대 독자였다.

마지막 다섯 번째 독자는 아마도 틀림없이 소천 이헌구(=1905~1983)였을 거다. 이헌구는 함북 명천 출신으로 서울 보성고보를 다녔다. 일본 와세다대학에서 불문학을 공부했다. 그때 벌써 도쿄 유학생들과 해외문학연구회를 결성하며 문학 활동을 폈다. 일제 강점기 작가와 문학평론의 길을 걸었지만, 일제 말기에는 절필하며 지조와 강단을 보여 주었다. 영랑과 소천은 1931년 용아 박용철의 집에서 처음 만났다. 이헌구는 그때 영랑의 첫인상이 담담하고 의젓해 보여 좋았다고 했다. 이후 멀리 강진까지 오고 가고, 개인 서신도 서로 주고받는 사이가 되었다. 영랑이 해방 후 서울로 이사한 곳이 신당동이었는데, 마침 이헌구와 석영 안석주도 한동네여서 함께 산책도 하고 영랑 댁에서 술도 자주 마셨다(김학동 2000, 176). 해방 후에는 독립 정부의 공보처 차장으로 출판국장이던 영랑과 함께 근무하기도 했다. 이헌구는 평론가로서, 동지로서, 영랑의 시와 시 세계를 최고로 높게 평가했다. '북에는 소월, 남에는 영랑'이라고 일찍이 평했던 이가 이헌구다. 이헌구는 "실버들처럼 능청거려 휘늘어지는 한국의 정서와 멋을, 완전히 자기 것으로 소화해서 지닌 서정 시인이 이 나라 시인 중에 영랑 말고 또 있는지 나는 아직 들어 본 적이 없다"고 평하면서 "언어의 멋과 리듬의 격조 높은 점에서 영랑은 옥이요, 소월은 화강석이다. 소월의 그 많은 한의 노래는 영랑의 옥피리의 여운에 미치지 못한다"고 평가했을 정도다. 해방과

영랑의 독자들

6·25 이후까지 오래 살아남아 이화여대 국문학과 교수를 지내기도 했던 이헌구는 영랑 사후 영랑의 모교 휘문 교정에 영랑 시비를 세우는 데 큰 역할을 한다. 영랑의 친구 헌구는 영랑의 열렬한 독자였다.

영랑이 만약 필자에게 "내 시 독자가 다섯이나 될까?" 했다면, 나는 영랑에게 "그렇고 말고요, 선생님. 용아, 지용, 미당, 목월, 소천이 그 다섯 독자들입니다!"라고 대답했을 것이다. 그러면 영랑은 만면에 핫핫핫 파안대소 했을 것이다.

영랑이 지용에게 "내 시 독자가 다섯이나 될까?" 했던 말은 혼잣말 같은 겸사(謙辭)였을 것이다. 앞에 든 다섯의 쟁쟁한 독자들은 그것이 겸사였음을 정확히 후증(後證)해 주는 것이다. 그렇긴 하나, 영랑 시가 순간적 대중성에 약했던 것은 그때 어느 정도 사실이었다.

사실에 있어서, 영랑의 시는, 좀 전 서정주가 문제제기했던 바대로, 일제 때 그리고 해방되어서도 상당 기간 사람들에게 덜 알려졌다. 몇 가지 까닭이 있었다. 그 까닭들을 여기서 조금 설명하려는 건, 김영랑의 김영랑다운 모습, 그러므로 김영랑의 참 모습의 일단이 잘 드러나 보이기 때문이다.

가장 큰 까닭은, 영랑이 서울과 서울의 문단엘 기웃거리지 않았던 데 있다. 일제하였긴 하지만, 서울(=경성)은 문학인들의 집결지였고, 여러 종류의 동인지(同人誌)가 발간되고 문학 조류들이 형성되는 사실상 유일 문화 거점이었다. 모든 신문사와 출판사가 소재해 있는 곳이었다. 입소문이 유통되는 다방과 전시실도 거의 서울에 집중되어 있었다. 영랑은 이런 서울과 분명한 거리를 두었다. 문단에 관여하지도 않고, 문단 활동에 관심을 기울이지도 않았다. 그러니 소수의 문단 종사자들이나 일부 문학 애호 지식인층에서는 영랑을 물론 잘 알고, 영랑의 시 정신과 실력을 높이 평가하였던 것이 사실이지만, 학생들이나 일반 대중들 사이에서의 인지도는 그리 높지 않았다. 일제하 휘문의숙 다닐 때, 일제 형무소 수감자였을 때, 일본 아오야마(=靑山, 청산) 학교 다닐 때를 빼놓는다면, 그는 죽 먼 남도 끝자락 강진에 있었다. 강진 생가에 숨어 있다시피 한거(閑居)했었으니 영랑의 시가 제때 유통되고 소비되기 어려웠고, 독자층이 제대로 형성될 수 없었다.

영랑은 전라도 방언, 남도 사투리로 시를 즐겨 썼다. 영랑은, 남도의 아기자기한 방언들이 시어로서 얼마나 아름다운지에 대해 자주 얘기했다. 자신의 시 속에 남도 방언을 사용하는 문제에 대해 영랑은 용아와도 자주 얘기를 나누었다. 「오-매, 단풍 들것네」 같은 시들이 영랑 시에는 허다했다. 이 시에만도 '장광'(=장독대), '골붉은'(=물이 올라 이파리 바닥이 붉어 있는), '날러오아'(=날려 와), '기둘리리'(=기다리리), '자지어서'(=잦아서) 같은 남도 방언들이 수북하게 들어 있다. 이 방언들은 이 시를 지탱하는 핵심 단어들이어서, 이 방언 해석이 어려우면 시 자체에 대한 해석이 어려워질 수밖에 없고, 그만큼 독자들의 접근은 더 어려워지게 된다. 전라도 사람인 필자조차 해석하기 힘든 영랑 시가 많다. 서울에서 휘문의숙을 다녔고, 일본 유학을 다녀온 처지였지만, 영랑은 대화할 때도 스스럼없이 사투리를 썼고, 전라도 특유의 억양을 보였다. 영랑이 표준말을 몰라서 안 쓰거나 못 쓴 게 아니었을 것이다. 영랑은 알면서 고향 사투리로 시를 썼다. 우리말 우리글이 서울을 표준으로 삼는 거야 필요한 일이고 불가피할지 몰라도, 서울말로만 문학 활동을 해야 하는 것은 아니라는 생각이 영랑은 확고했던 것 같다. 우리글의 토속적 범역을 확장하는 일은 지방(들)의 사투리를 편견이나 제한 없이 받아들일 때 가능하다고 그는 믿었다. 영랑은, 우리말과 글에는 우리 얼이 스며 있기에 우리 지방의 방언과 사투리야말로 단순한 의사 표시 그 이상으로 "더 감각적이어서 보다 더 토정(吐情, 감정의 솔직한 토로)일 것 같다."(김영랑, 『조선일보』, 1940년 2월 27일, 118)고 믿었다. 전라도의 방언과 사투리야말로 오히려 우리 얼의 진면목이자 진수일 수 있다는 것이었다. '색의 혁명가' 앙리 마티즈에게 남불(=프랑스 남부)의 그 빛과 색채가 다른 지역에서는 절대 볼 수 없는 유일한 것이었듯이, 영랑의 연금술에서 전라도 방언은 비법의 결정적 소재였던 것이다. [*김선태 교수는, 영랑의 방언 구사가 당시의 시대상황에 비춰볼 때 민족어를 빛냄으로써 민족정서를 환기시켜주려는 의도로 평가해 볼 수 있다 한다(김선태, 152).] 그렇다 해도, 전라도 사투리를 짙고 전방위적으로 구사하는 영랑의 시가 다소 낯설고, 무슨 말인지 선뜻 이해도 안 가고, 심지어 촌스럽게 느껴지는 것 또한 사실이었다. 영랑 시의 대중성 획득과 저변 확산에는 그만큼 제한적으로 작용할 수밖에 없었다. 영랑과 절친했던 박목월도 그 좋은 영랑 시가 많은 전라도 사투리 사용으로 더 폭넓게 사랑받지 못하고 있는 것은 안타까운 일이라고 회고한 바 있다.

여기에, 영랑은 언어의 연금술사였다. 이화여대 김현자 교수의 표현을 빌리자면, 영랑은 '언어의 마술사'였다. 영랑은 딱 알맞는 시어를 스스로 새로 제작해서 쓰는 경우가 흔해서 일반 독자들을 더 애먹였다. 시「쓸쓸한 뫼아페(=묘 앞에)」에 등장하는 '후젓히'(=호젓이), '갈앉은'(=가라 앉은), '넉시는'(=넋은), '구슬손'(=구슬같이 고운 손) 등은 한글 사전에도 없는 참 고운 신조어들이다. 그 밖에도, '살포시'(=포근하게 살며시), '보드레한'(=부드러운), '훤듯'(=언뜻), '애끈한'(=느낌이 끈끈한), '희미론'(=희미한), '홀히'(=홀로, 고이), '흥근'(=흥건히), '은결'(=은빛 물결), '날빗'(=햇빛), '힌날'(=백주 대낮), '가지오고'(=가직하게 오다, 가깝게 오다), '가득 찰랑'(=가득 찰랑찰랑하다), '자랑찬'(=자랑에 가득한), '시들피느니'(=마음에 마땅치 않아 시들하느니), '훗진'(=기름진) 등등 부지기수다. 영국인들은 셰익스피어의 전인미답적 어휘 구사와 풍성한 묘사로 영어 사전이 풍부해졌으니 그 값어치가 인도와도 바꿀 수 없다고 했다는데, 영랑의 우리말 어휘 사용 영역의 확대 공로는 더 충분히 주목받을 일이(었)다. 겨레의 언어(능)력을 인상적으로 신장시킨 일이었다. 시인 허형만(=목포대 교수)은, 영랑의 신조어는 한국어의 시적 조사(措辭)(=낱말을 다루어 쓰는 일)의 한 지평을 열어 주었다고 높게 평가하고 있다.(허형만, 130~193) 어쨌든, 영랑 시는 그만큼 손쉽게 읽히질 않았다.

　마지막 까닭, 어쩌면 영랑 시가 사람들 사이에 덜 알려지고 있었던 가장 결정적인 까닭은, 영랑 자신이 그런 일에 별 관심을 두지 않았거나, 심지어 그런 일을 싫어했던 데 있었다. 영랑의 시, 특히 중기 시에는 삶에 대한 회의와 죽음에 대한 의식과 수용 태도가 두드러지게 보여지는 데, 시인의 이런 인생관이 현실에서의 목적 의식이랄까 목표 달성과 같은 일에 소극적이었거나 심지어 경멸적이게 했을지 모른다.

　영랑이 지녔던 교육 수준과 식견, 글쓰기에 대한 치열함이라면 당시의 조선일보나 동아일보 기자가 될 수도 있었고, 출판사에서 일할 수도 있고, 교사나 교수로 취업할 수도 있었을 텐데, 영랑은 이런 일을 시도조차 하지 않았던 것 같다. 물론 1919년 독립만세운동 모의로 감옥살이를 한 전과로 현직(顯職) 진출은 쉽잖았을지 몰라도, 취업 노력에 집중했더라면 영랑을 극진히 아꼈던 항일 애국자이자 재혼 주례였던 송진우 동아일보 사장 등의 배경을 볼 때 그리 불가능한 것만도 아니었을 텐데, 영랑은 취직 자체를 생각해 보지도 시도해 보지도 않았던 것이다[*박헌영(=1900~1953)이 공산주의 활동 등으로 1922년에 구속되었다가 1924년에 출옥한 뒤였음에도 동아일보에 입사해서 잠시지만 기자 생활을 했던 걸 보면, 영랑은 일제하 취직 취업을 전혀 생각하지 않았던 것이 틀림없어 보인다.]. 일본 제국주의에 대한 일체의 참여와 협조를 불결하고 자신의 가치를 훼손한다고 보았던 영랑의 이면에는 조부와 부친이 일구어 놓은 넉넉한 집안 형편이 있었음 또한 사실이다. 일제 강점기에 영랑은 자기 집 사랑채 옆에다 연식 정구장을 조성해 놓고 이 테니스 코트에 강진의 동호인들과 자신의 외부 지인들을 초대해서 정구를 가르치고 함께 즐겼을 정도였다. 필자도 대학생 때 영랑생가 안쪽에 있던 이 클레이 코트(=다져진 진흙 구장)를 보고, 영랑의 그 취향에 놀랐던 적이 있다. (*지금은 정구장 자리가 모란 꽃밭으로 조성되어 있다.) 영랑의 판소리 실력은 당대 명창들이 인정해 주는 수준이었다. 북을 치고 소리를 하는 한량이자 고아한 멋을 아끼고 즐기는 그는 시종일관 예술가였다. 일제와는 말할 것도 없고, 현실과 타협하지도, 심지어 독자들과도 타협하지 않았던 이가 김영랑이었다. 목표나 목적을 달성하기 위해 분발 분전하는, 이른바 '권력의지' 같은 게 거의 없었고, 이런 걸 아예 무시했던 이가 바로 영랑 김윤식이었다. 그에게 중요한 가치는 시였지 독자가 아니었고, 민족이었지 현실이 아니었으며, 선비의 길이었지 성공의 길이 전혀 아니었다.

남도 끝자락 강진 땅은 그의 은거지였고 그의 시 세계이자 온 세상이었다. 강진에서 그는 시대적 부자유의 속박을 비웃듯 초극하며 소소한 자유(=예컨대, 정구나 국악 같은)를 절대 추구할 뿐이었다. 영랑의 모든 일은 강진을 중심으로 이루어지고 있었다. 당대 최고 문인들을 강진으로 모셨고, 명창과 소리꾼들을 강진댁으로 초대하였고, 강진에 있으면서 서울을 다녀오고, 강진에서 금강산 여행을 다녀오고, 일본으로 음악회를 다녀오는 것이었다. 영랑이 조선일보나 동아일보에 자기 시를 투고하기 위해 신문사를 방문하기도 하고, 연희전문(=현 연세대)이나 중앙불교

전문(=현 동국대), 이화여전(=현 이화여대) 학생들에게 특강 형식의 강의를 하기도 했지만, 이는 어디까지나 예외적인 일이었다. 영랑은 강진에서 자유자적하고 여여자연(如如自然)하며 서울의 '속세'를 거부하는 것이었다.

영랑은 내성적이고 수줍은 지식인이었다. 제 입으로 자기 홍보를 한다든가 하는 일은 영랑의 삶의 길이 아니었다. 예나 지금이나 적잖은 문학 문화 예술인들이 권력과 금력과 언론과 의외로 깊이 연관을 맺고 자기 홍보를 하고 생업 생계를 위해 밀착하고 있다. 이를 딱 뭐라 비판할 일만도 아닐 수 있겠지만, 그게 영랑의 가치는 아니었다. 좀 더 정확히 말하자면, 영랑 방식의 정반대였다. 영랑은 자기 자랑은 물론 자기 홍보를 안 하고, 못 하는 인성이었다. 선비는 그렇게 살아선 안 되는 것이었다. 그의 문학 활동과 시작 생활 또한 마감 시한에 쫓기면서 종종걸음 하듯 이루어지기보다는, 온종일 하루 종일 시상(詩想)에 잠겨 몇날 며칠을 두고 시어(詩語)를 매만지고 쓰다듬어 가는 방식이었다. 자기 마음에 안 들고 성에 차지 않으면 원고지를 찢어 버리기 일쑤일 정도로 자기 시에 지독하게 엄격했던 시인이 영랑이었다. 그것이 영랑의 시품(詩品)이었다. 휘문의숙 다닐 때부터 가깝게 지냈던 평생의 친구 정지용은 영랑을 "지극히 과작(寡作)"하는 시인으로 평하면서, 영랑은 시를 "숨어서 지어 온 까닭에 남의 인식(=눈)에 그다지 선명하게 윤곽이 돌 수 없는 불운을 비탄함직하다"고 얘기하고 있다(정지용, 313~314). 서울에서 천 리 길인 남도 끝에서 은둔하듯 지내며 혼자 시를 쓰고 있으니 누가 어떻게 알아보겠느냐는 지용의 우정 어린 푸념 같은 얘기 아닌가.

영랑의 시는 쉽게 쓰인 시들이 아니다. 갈고 닦고 조이고 조여서 쓴 시가 영랑의 시다. 언어의 끊임없는 발굴 조탁과 극세공 탁마 과정을 거친 영랑의 시들은 어렵게 쓰여진 시다[*영랑은 1950년 5월 『민성』에 기고한 「신인에 대하여」라는 글에서 신인(≒시인)으로서는 "글자 한 자 한 자에 문학인의 생애가 묻히어 있어야 할 것"이고, "글 한 구 글 한 편에 각기 생명이 깃들어 있어야 할 것"이라며 혼신의 글쓰기를 역설하고 있다. 영랑 스스로 시인으로서 그렇게 살았던 것이다. 나아가, 신인은 겸허한 마음으로 인생을 진실되게 보아야 한다는 것, 이것을 제외한다면, "첫째도 글 공부, 둘째도 글 공부라는 것을 잊어서는 안 될 것이다."라고 주문하고 강조하고 있다(김영랑, 『민성』, 1950, 157).]. 지용이 정확하게 평가하듯, "영랑의 시는… 단조(單調)가 아니라 순조(純調)다. 복잡을 통과하여 나온 정금미옥(精金美玉)의 순수(純粹)이다." 대체로, 단숨에 읽어 내려지지 않는 시가 영랑의 시들이다. 이런 시들이 척박했던 식민지 시대 대중들로부터 일순 폭 넓은 사랑을 받기는 어려울 수밖에 없었겠다.

이런 까닭들을 감안할 때, 영랑은 자기 시 실력, 오직 이것 하나로 무명의 한계를 스스로 뚫었고, 누구의, 그 어느 기관의, 어느 지면의 도움도 없이, 오직 자기 실력만으로, 자기 시정신 하나로, 오늘에 이르렀다. 지금은 영랑이 널리 알려졌지만, 지금도 영랑은 자기 시력(詩力)(=시능력) 만큼의 명성을 누리고 있을 뿐이다. 전혀 거품이 없이 말이다.

4부

해방 전후

항일

영랑 김윤식과 일본 제국주의는 양립 불가한 가치였다. 영랑과 일제는 모순이며 반(反)명제였다. 둘 중 하나가 소멸되어야 끝나는 대립관계였다. 이 대치에서 줄곧 밀리면서도 무너지지 않던 영랑이 마침내 살고, 막강 막대 일제가 쓰러져 버린 것은 영랑과 영랑이 들었던 기치(旗幟)의 진실함 때문이었다.

필자가 강진 군수로 있을 때, 강진 태생의 이 대시인이 우리 순수 서정시의 극치를 보여준 사람이라는 것보다 이이가 해방되던 날까지 전혀 변절하지 않고 처음부터 끝까지 민족적 지조를 지킨 분이었다는 사실이 더 흥미로웠고 더 자랑스러웠다. 당시 강진군으로서는 영랑 김윤식 선생의 반일 항일 노선이 얼마나 지속적이고 일관성 있는 것이었느냐는 사실이 아주 중요했고,

그만큼 이에 대한 군민들의 관심도 컸다. 시인으로서의 위상과 진면목은 상대적으로 꽤 알려지고 밝혀져 있는 반면, 민족주의자였다는 사실 관계와 참 모습은 그다지 제시되고 입증되지 않고 있기 때문이었다. 필자와 강진의 공직자들은 단발령도 창씨(개명)도 신사참배도 국민복 착용까지 모조리 거부하며 그이가 일제 35년을 살았다는 사실에 경의를 표하고 싶었고, 제대로 알리고 싶었다. 한편으로는, 정말이었을까, 우리들이 알고 있는 것들이 다 사실이었을까, 혹시 우리가 몰랐던, 친일 행각까지는 아니더라도, 타협적인 태도나 변심이 있었던 건 아니었을까, 솔직히 조마조마하고 불안불안했던 것도 사실이었다.

창씨(개명)를 거부했다는 것이 사실이라면, 자녀들의 학적부를 떼어 보면 금방 확인될 수 있는 거였다. 큰딸 김애로는 광주욱고녀(=旭高女, 현 전남여고)에 재학 중일 때 방학을 맞아 강진 집에 오면 아빠에게 "담임 선생님이 이번에 방학 끝나고 올 때는 꼭 창씨(개명)를 해 가지고 와야 한다고 했어요. 창씨(개명)를 안 하려거든 학교에 올 생각도 하지 말라고 꾸짖으셨어요."라고 애원하듯 보챘다(*김애로는 교장실에도 여러 번 불려 갔고, 나올 때마다 그녀는 울고 있었다.). 애로는 영랑에게 매달렸다. 다른 아이들 집처럼 창씨(개명) 해 주시면 될 텐데, 왜 우리 아빠는 저러실까, 배경을 모르는 애로는 영랑이 답답하고 야속할 뿐이었다. 한두 번 있던 일이 아니었다. 방학 때마다 되풀이 되는 부녀간 긴장 국면 같은 것이었다(*서울에서 학교 다니던 큰형 현욱도 마찬가지였다고 현철은 회고하고 있다.). 영랑의 대답은 늘 똑같았다. 별로 길지도 않았다. "알았다, 다음에는 그렇게 하겠다고 하신다 말씀드려라."였다. 영랑의 대답이 '일품'이다. 무력하게 느껴져 조금 서글퍼지는 일품이긴 하지만 말이다. 자식(들)의 담임 선생에게 무어라 할 것인가. 어린 자식(들)에게 창씨(개명)의 민족적 부당성을 어찌 설명할 것인가. 그런 까닭에 영랑의 대답은 그저 알겠다는 것이었다. 다만, 지금은 어렵고, 다음에 그렇게 하겠다는 것이었다. "알았다. 다음에 그렇게 하겠다고 하신다 말씀드려라…" 그 나라의 얼과 글과 이름과 성까지 짓밟고 빼앗아 버리겠다는 외세의 거대하고 무자비한 위압 앞에서 힘으로는 도저히 감당할 수 없는 무력한 식민지 지식인 아버지에게 남겨진 최후의 결연함, 죽어도 지금 내가 너희들의 창씨(개명)에 협력할 수는 없다, 라는 울부짖음 같은 짧은 단호함이 그대로 느껴져 가슴이 뭉클해지는 것이었다.

필자는 군수로서 이 사실의 진위 여부를 확인해야 했다. 우리나라의 대표적 순수 서정시인일 뿐만 아니라, 저항시인, 민족지사이기도 했다는 주장을 뒷받침하기 위해서, 입증 자료를 중앙정부 보훈 당국에 제출하기 위해서, 확인 작업이 필요했다(*영랑이 6·25 전란 속에 급서한 데다, 유가족은 생계가 막막했고, 유자녀들은 어렸고, 유관 기관들이 나서서 처리할 우선 순위는 또한 아니다 보니, 영랑 김윤식 선생 보훈 일은 잊혀져 버린 듯했다.). 필자는 관련 공무원들을 전남여고에 출장 보냈다. 학적부를 확인해 와 달라는 임무를 주었다. 군 공무원들로부터 전남여고에 도착했다는 전화 연락을 받고부터는 조마조마했다. 대입 수험생을 응시장에 들여 보내 놓고 교문 밖에서 기다리는 학부모의 마음 같다는 생각을 했다. 만약 학적부상에서 확인이 안 된다면, 나아가서 김애로의 이름 역시 넉 자(=일본식으로 변경)로 기재되어 있다면 어쩌지...,이런 불안하고 불길한 마음이 드는 것이었다. 한참 지난 뒤, 드디어 그 공무원이 다시 전화해 왔다. 다른 학생들은 거의 다 넉 자 이름으로 창씨(개명)되어 있는데, 김애로는 홀로 김·애·로 이름 석 자 그대로 학적부에 등재되어 있다는 것이었다!

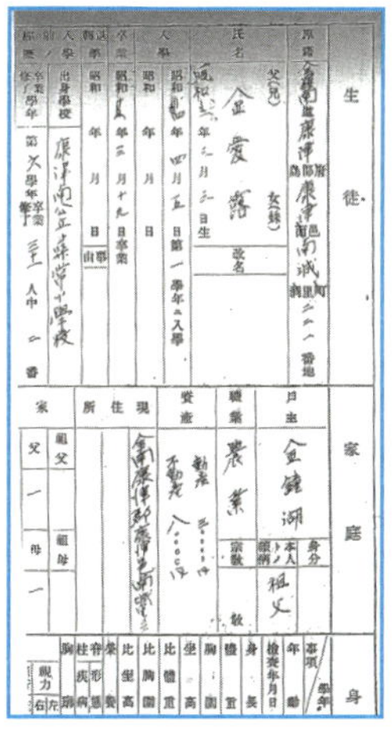

장녀 김애로(金愛露)의 전남여고 학적부.
김애로의 이름이 적힌 성명(씨명, 氏名)란 바로 밑(창씨) 개명(改名)란이 공란으로 비워져 있다.
대부분의 다른 학생들은 이 공란이 일본식 넉 자 이름으로 채워져 있었다.

'아, 영랑은 저 거친 들판의 푸르른 조선 소나무처럼 그렇게 홀로 꿋꿋했구나. 얼마나 힘들고 외로웠을까...' 깊은 감동과 안도감으로 필자는 가슴이 벅차오르는 것이었다.

셋째 아들 김현철은 해방 당시 열 살이어서 일제 말엽에는 강진남국민학교(=현재의 강진중앙초등학교) 1, 2, 3 저학년이었을 게다. 이 현철의 회고에는 흥미로운, 그리고 상당히 주목할 만한, 대목이 있다. 현철은 국민학교 시절 친구들의 놀림감이었다. 전교 1등을 도맡아 할 정도로 성적이 뛰어났지만, 반 친구들로부터 놀림을 받곤 했다. 내용도 섬뜩하다. "병신, 우리는 모두 이름이 네 글자인데, 너는 왜 세 글자뿐이지? 깅(김) 겐(현) 데쓰(철)가 뭐야, 이 바보야!" 이때 현철은 친구들에게 놀림감이 된 게 창피해서 얼굴을 붉히곤 했는데, 지금도 그때 기억이 선명하게 떠오른다 했다. 창씨(개명)를 안 하고 끝까지 우리 이름을 지키는 집안과 그 아이들이 '병신'이 되고 '바보'가 되고, 일본식 넉 자 이름으로 바꾸고, 바람 부는 대로 누워 사는 사람과 그 아이들이 더 요란하게 짖는 겁 많은 개처럼 큰 소리 치며, 지조와 자부심을 지키는 (아)이들을 갖고 놀고, 학대하는 식민지 시대의 한심한 진풍경이 아닐 수 없었다. 물론 그 어린아이들이 친일이니 뭐니 하는 걸 알지 못하고 자신들과 다른 모양의 이름이어서 그냥 놀려 먹었을 수 있다. 그러나 조금만 달리 생각해 보면 그 판단은 바뀌게 된다.

우리 아버지 벼슬 떨어지는 걸 친구들이 먼저 안다. 친구들은 누구를 골려먹고 못살게 굴어야 하는질 귀신같이 알아챈다. 친일파 집안의 아이들은 그 친일파 부모들로부터 우리는 친일해서 지금 호의호식하고 있는 거라는 자화자찬성 가정교육을 받았을 것이었다. 사람은 바람 부는 대로 누워야 삶을 순탄히 누릴 수 있다는 밥상머리 훈육을 그 자식들은 귀가 아프게 들었을 법이었다. 지금 강진에서는 김영랑이니 뭐니 하는 못난 놈, 병신 같은 놈들 몇 명이 창씨(개명)를 거부하고 있지만 오래 못 갈 거라는, 즈그들(=지네들)이 막강 대일본제국에 맞서서 뭘 어쩌겠다는 것이냐는, 비아냥과 조롱거림을 부모로부터 자주 듣고 자랐을 것이다. 어쩌면 그 친일파 부모들은 영랑 집안사람들처럼 '잘난 체'하는 것들이 공연히 보기 싫고, 부담스럽고, 조금은 죄책감 같은 걸 들게 하는 거여서 그런 찜찜한 마음 한구석을 털어 버리기 위해 창씨(개명)를 거부하는 집안(들)을 의도적으로 더 멸시하는 언행을 집안에서도 군청에서도 학교에서도 짐짓 일삼는 것이었다.

무엇보다 전교 1등을 도맡다시피 하는 친구를 멸시한다는 건 초등학교 세계에서 쉽게 일어날 수 있는 일이 아니어서, 더 공부 못 하는 아이들의 상당한 의지와 마음속 준비 없이는 '거사'하기 어려운 '도발'이었다. 현철 소년을 보고 '병신'이라고 공격적으로 욕설하는 아이들은 집안에서부터 그렇게 의식화되고 사회화된 아이들이었을 가능성이 높다. 가령, 같은 반 학생들 대다수가 이름이 세 글자이고, 딱 한 학생의 이름만 '김진' 두 글자 외자 이름이라고 치자. 그리고, 이 김진이 전교 1등이라고 치자. 이때 대다수 아이들이 자기들과 다른 두 글자 이름을 가진 동급생 김진에게 '병신'이니 '바보'니 하며 저주 섞인 욕설을 하는 걸 상상할 수 있는가. 더구나 공부도 잘 못하는 아이들이 줄곧 전교 1등을 달려서 선망의 대상일 친구 보고 '병신, 병신' 할 수 있을까.

요컨대, 이름의 글자 수가 두 개냐, 세 개냐, 네 개냐가 중요한 것이 아니라, 조선식 이름이냐 일본식 이름이냐가 아이들의 '왕따' 기준인 것이었다. 넉 자의 일본식 이름으로 바꾼 아이들이 여태 석 자의 조선식 이름을 지키고 있는 아이(들)를 선제적으로, 의도적으로, 과도하게, 짓궂게 놀려 먹는 것이었다. 이것이 김현철 소년 '사태'의 본질이 아니었을까. 이것이 조선인 친일파들의 공격적 사회심리의 배경이었을 것 같다는 얘기이기도 하다. 물론 이도 저도 아니고, 시키는 대로 그저 드러눕는 풀잎 기질의 다수 조선인과 그 아이들도 많이 있었을 것이다. 그러나 이 사실이 친일파 가족과 그 아이들의 가학적 공격 심리에 대한 설명력을 약화시키거나 논점을 흐리게 하는 것은 전혀 아니다. 두 사안은 사실상 별개이다.

영랑은 '센 힘'을 가진 '장사(壯士)'였다. 미당 서정주가 영랑 사후 10여 년이 흐른 1962년 『현대문학』에 게재한 「영랑의 일」이라는 회고 수상에서 사용한 표현이었다.

어느 혹독한 가뭄, 어느 혹독한 환난,
어느 혹독한 중압의 역경에 놓여서도,
민족정서의 청순한 한 샘을 고갈시키지 않을만큼,
센 힘을 가졌던 그는 사실 희세(稀世)의 시의 장사인 것이다.

그랬다. 영랑은 시에 관한 희대의 장사였고, 일제 압제에 굴하지 않고 장장 35년을 버텼던 굳센 민족정신의 희세 장사였다. 센 힘을 가진 장사였던 것이다. 영랑은 단발령에도, 국민복 착용에도, 신사참배에도, 창씨(개명)에도 하나같이 한결같이 우리 유도의 '버티기'처럼, 조선인 "성학사(成學士)와 박팽년"(*1940년 『문장』 2권 7호에 발표한 영랑의 대표 저항시이자 자신의 일제하 최후 시 「춘향」에서 영랑은 사육신의 정절, 특히 성학사 성삼문과 박팽년의 태연자약했던 일편단심을 추앙하여 노래하고 있다. 네 사람의 조선인, 춘향과 논개, 성삼문과 박팽년은 영랑의 마음속 거울이었다.)의 뚝심으로, 버텼다. 대단한 지조였고 구김 없는 저항 정신이었다. 국외로 나가 독립운동을 했던 분들 말고, 국내에 남아 일제 치하를 어쨌든 살아가야 했던 이천 만, 삼천 만 조선인들 중에서 과연 몇 분이나 영랑처럼 끝까지 완전하고 완벽하게 버티고 맞서서 자기 지조를 굳게 지킬 수 있었을지 솔직히 잘 모르겠다. 살아야 했기에 어쩔 수 없이 소극적으로 순응했던 이들을 여기서 비판하려는 게 전혀 아니다. 어찌할 수 없는 최악의 최후 여건에서도 끝까지 순결을 지킨 영랑과 같았던 민족의 위대한 지사들이 있었다는 사실을 잊지는 말자,는 얘기를 하고 싶은 것이다.

2009년 가을 이양우(=『씨알의 소리』 대표) 시인은 자신의 고향인 충남 보령시 주산면 삼각봉에 항일 민족시인 추모공원을 만들고, '항일 민족시인 7위(位) 추모 분향단'을 설치했다. "하늘이 이 민족에게 내려준 위대한 시인"(들)이라는 설명과 함께 심연수, 김영랑, 오일도, 이상화, 한용운, 이육사, 윤동주 시인을 거기

새겼다. 전액 시인의 사비로 조성하였다. (*안윤모를 비롯한 서양
화가 열 분이 2026년 1월 청담동 갤러리서림에서 「시가 있는 그림」전
을 열어 20여 점의 그림을 전시했다. 한용운, 이상화, 이육사, 박용철,
윤동주, 심연수, 함형수, 김영랑 등 항일 민족시인 여덟 분의 시를 캔버
스에 각각 형상화한 것이었다. 멋있고 생각 있는 기획전 아닌가.)

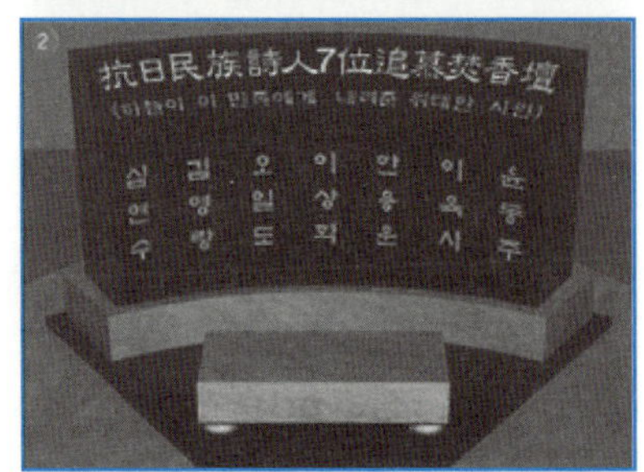

충남 보령시 주산면 사목리 영덕산 삼각봉에
이양우 시인이 사재로 세운 영랑 등 항일민족시인 7위 추모분향단.

해방 전후

단발령은 일본인과 조선인 남성들은 모두 짧은 머리 '단발'을 해야 한다는 제국주의 명령이었다. 군인, 경찰, 공무원, 교사 등의 경우에는 단발령이 특히 엄격하게 적용되었다. 머리를 길게 기르는 것은 일본 천황에 대한 결례라는 것이 그 이유였다. '메이지 천황'이 스스로 단발을 했는데, 그 신민들이 장발하고 있는 것은 있을 수 없는 불경이라는 것이었다. 영랑은 단발령에 개의치 않았다. 광복이 되는 날까지 끝끝내 장발로 버텼다. 성삼문, 박팽년의 강단 같은 게 느껴지는 일이었다. 그는 항일 장사였다.

일제는 전시용(戰時用) 복식이라며 규격이 통일된 복장인 '국민복' 착용을 강제하고 강요했다. 영랑은 단 한 번도 국민복이라는 걸 입지 않았다. 국민복이라는 제복 자체가 영랑 댁에는 없었다. 오히려 그는 버젓하게 한복을 차려 입었다. 청년 시절에는 양복을 입을 때도 종종 있었지만, 1930년대 이후부터 영랑은 주로 한복을 더 즐겨 입었다. 의도적인 한복 착용이 아니었을 거라고 볼만한 사정이 전혀 없었다. 국민복 착용 거부가 아니라 아예 한복 착용 시위를 한 셈이었다. 영랑 김윤식은 능히 그런 사람이었다. 춘향, 논개의 그 일편단심 참 조선인이었다.

영랑의 신사(神社)참배 거부는 두말할 나위도 없는 것이었다. 일본 천황 신격화와 강제 신사참배는 조선을 정신적인 영역에서까지 지배함으로써 식민통치를 강화하자는 것이었다. 일제는 조선 곳곳에 신사를 세운 뒤 참배를 강요했다. 영랑은 이 또한 숫제 거부였다. 조선인의 황민화(皇民化)라니, 이 무슨 가소로운 짓거리냐며 일소에 부쳤던 영랑은 조선의 그 질그릇이었다.

과거 독립운동으로 감옥에 갔다 온 영랑은 이미 확실한 불령선인(不逞鮮人)이었다. 영랑 김윤식은 조선총독부가 작성해 놓은 6천 장의 요시찰 감시 대상자 카드 속 인물이었다. 매주 토요일이면 강진경찰서 고등계(=정보과) 형사가 어김없이 영랑생가에 나타난다. 고등계 형사들이 토요일에만 오는 건 물론 아니었다. 자기들 필요 시 아무 때나 불쑥불쑥 나타났다. 김영랑의 동태를 관찰하고 파악해서 윗선에다 보고하기 위함이었다. 영랑생가 사랑채 대문 기둥에는 아예 '순찰함'이라는 것이 붙어 있었다. 담당 형사는 영랑이 집 안에 있는지 여부를 확인하고 이 순찰함에 매번 확인 도장을 찍었다. 혹시라도 경찰의 감시망을 피해 어딘가로 빠져나가 또다시 '일'을 저지르지 못하게 하려는 것이었다.

형사는 순찰함에 확인 도장을 찍은 뒤 댁 안으로 들어와 영랑을 찾는다. 간단하고 형식적이지만 다소 고압적 취조 같은 일문일답을 한다. 별일 없느냐, 시 쓰는 일은 잘 되는가, 저번에 댁을 찾았던 인사들과는 무슨 얘기를 나누었느냐, 그 뒤 서울 등지로부터 댁을 찾는 사람들은 더 없었느냐, 산행이나 출타 계획은 있느냐, 그런 계획이 있으면 미리 서에 알려 달라... 등등이었다. 그런 뒤 형사는 정색을 하며 영랑에게 주례(週例)의 협박성 당부를 한다. "내일이 일본 전국민이 신사참배를 하는 날이오. 당신도 내일은 신사참배를 하러 나와야 하오. 자꾸 그러면 안 좋을 거요." 하며 형사는 인상을 찌푸렸다. 영랑 역시 형사에게 간단하고 형식적인 몇 마디 대꾸를 한다. "내가 만성 복부 질환이어서 설사병이 심하다고 얘기하지 않았소. 하루에도 시도 때도 없소.

신사참배를 갔다가 도중에 설사를 하게 되면 어찌 되겠소. 나더러 신성한 신사를 모독하라는 것이냐. 그렇게 되면 신사를 모독했다고 나를 붙잡아 가고 감옥에다 집어넣으려 할 것 아니오? 그래서 내가 못 가는 것이오.” 영랑의 그 말이 빤한 거짓말이라는 것을 알지만, 달리 어떻게 할 수도 없고, 어떻게 하려 한다고 고분고분할 사람도 아니어서 공연히 자기 일만 커지고 복잡해질 뿐이니 형사는 이쯤에서 대화를 마무리하고 돌아간다. 영랑은 혼자 마음속으로 피식 웃으면서 부족한 자들 같으니라고, 하며 ‘이보게들, 3천만이 다 가도 이 김윤식이는 어려울 걸세, 내가 성삼문이고 박팽년이다, 핫핫핫...’ 했을 것이었다.

형사가 돌아가면 영랑도 심사가 좋을 리 없다. 심란해진다. ‘아, 저자들과 언제까지 이런 일을 되풀이해야 할 것인가. 내 살아생전 저자들이 패망하는 걸 볼 수 있을 것인가. 얼마 있으면 저 형사는 전근 가고 다른 형사가 올텐데, 어떤 자가 또 오게 될 것인지... 오 복잡한 이 내 심사여.’ 그랬기에 영랑은 “아, 내(가) 세상에 태어났음을 원망하지 않고 보낸/어느 하루가 있었던가. 허무하다!”라고 자기 심경을 시로 남기기도 했다(「독을 차고」, 1939). 그러나 어쩌랴. 영랑은 ‘이것이 내게 주어진 내 운명이다. 내 팔자다. 나는 내 가슴에 독을 찬 지 오래다. 죽으면 죽었지 나는 이 길에서 결코 벗어나지 않는다. 이 길에서 이 김윤식은 죽는 것이다...’라고 되뇌는 것이었다. 매주 토요일마다 영랑은 일경의 신사참배 참석 요구를 뿌리치면서, 자신의 마음속 천지신명께 이 나라를 버리지 말아 달라고, 이 몸에 버틸 힘을 부어 달라고, 참배하고 눈물로 빌고 또 빌었을 터이다.

일제 조선총독부가 조선인들의 성(과 이름)을 바꾸라고 강요한 것이 창씨(개명)(創氏改名)이다. 별 희한한 짓이 아닐 수 없었다. 식민지면 식민지지 개인의 (이름과) 성까지 바꾸라는 하책(下策)이라니, 유례도 없는 일이었거니와, 저급하기 짝이 없는 멍청한 짓이었다. 조선총독부는 창씨(개명) 거부자에게 불이익 조치를 내렸다. 창씨(개명)를 하지 않는 사람의 경우, 공직 채용은 물론이거니와 일반 직장에서도 취업하지 못하게 했다. 심지어 창씨(개명)를 거부할 경우 이유 불문하고 즉시 해고하도록 조치했다. 영랑은 기꺼이 취업을 포기하는 대신, 자신의 신념과 지조를 지켰다. 그는 목숨보다 지조를 더 중시했던 조선의 정품 선비였다.

일제 당국은 영랑에게도 창씨(개명)를 숱하게 요구하고 회유하고 강요했다. 일제의 집요한 공세에 우리의 영랑도 무너지지 않고 집요하게 버티고 견뎌냈다. 영랑의 대구는 이런 식이었다. "내 성명은 김윤식이다. 일본말로 발음하면 '깅인쇼쿠'다. 나는 '깅씨'로 창씨 했다"는 것이었다. 대단한 기개 아닌가. 어떻게 이렇게 당당할 수 있었더란 말인가. "나는 '김씨'에서 '깅씨'로 창씨 했고, '인쇼쿠'로 개명했다"는 영랑에 대해 일제 당국은 시쳇말로 죽이지도 못하고 살리지도 못하는 것이었다. 강진 땅의 아주 악질적인 이 '조센징'에 일경 당국은 골머리를 앓았다. 일제와 김영랑의 이 악연은 1945년 8월 15일에야 비로소 종료되었다. 지긋지긋했던 긴 악몽의 세월이었다.

영랑의 아버지 김종호는 1942년경부터 지병이던 중풍이 악화돼 병석에 눕게 되었다. 그러던 1943년 초, 그가 별세하기 2년 전쯤 되던 어느 날 종호와 영랑 두 부자는 긴밀한 대화를 나눈다. 김종호는 자신의 장례에 대비해 영면 관을 미리 만들어 놓고, 이어 비석과 표지석을 영랑에게 준비시켰다. 이에 아들은 아버지 비석의 비문에 '조선인'임을 표기해서 '조선인 김종호의 묘'(朝鮮人金鐘湖之墓)라고 하면 어떻겠느냐고 당사자인 아버지의 의향을 물었다. 김종호는 "그래, 옳은 생각이다. 나도 같은 생각이다. 그렇게 준비시키거라"하며 흔쾌히 아들의 제의를 받아들였다. 그 아버지 그 아들이었다. 1943년경이면 일제의 단말마적 발악이 날로 우심해가던 시절이어서 '조선인'이라는 단어 자체가 내선일체(內鮮一體) 정책을 정면 부인하는, 아주 불온한 단어였던 때였다. 그럼에도 불구하고, 그걸 모를 리가 없는, 아니 그걸 잘 알았던 김종호 김윤식 부자는 '조선인 김종호'로 죽고 싶었고, '조선인 김종호'로 아버지를 보내 드리고 싶었던 것이다.

아버지의 뜻을 확인한 아들은 남들의 눈에 띄지 않도록 석공을 아예 자택에 기거케 하면서 마당 건너편 곡식 창고 안에서 극비리에 비석을 완성하게 했다. '조선인 김종호의 묘'라고 새겨진 비석에 이어, 봉분 앞과 상석 사이에 세울 표지석을 준비시켰다. 이 표지석에는 선명한 태극 문양을 새겨 넣게 했다(*발각되면, 그대로 경을 칠 일이었다. 영랑은 참 대단한 희세의 장사였다.). 영랑은 완성된 이 비석과 표지석을 창고 안 깊숙한 곳에 보관해 놓았다.

영랑은 이 위에 곡식 가마니를 덮어 잘 보이지 않도록 보안에 만전을 기했다. 부친이 돌아가시기 전에 남의 눈에 띄거나 누군가의 귀에 들어가면 안 되는 일이었기 때문이다. 만에 하나 일본 경찰이 알아차리게 되면 부자와 석공이 모두 붙들려 가고 고초를 겪을 수 있는, 매우 민감한 사안이었고, 위험천만한 일이었다.

김종호는 1944년에 접어들면서 치매 증상까지 겹쳤다. 갈수록 치매가 심해져서 김종호는 병석에 누워 지내야 했을 뿐만 아니라, 아무것도 기억을 못하고 아무도 알아보지 못한 상태가 되어버렸다. 큰며느리 안귀련이 지극정성으로 시아버지 병 수발을 들었다. 강진 지역 김해 김씨 집안 종손으로 최고 유지의 일인이었던 영랑 부친의 말년은 이러했다.

3년 여 병석에 누워 지내던 김종호는 1945년 9월 26일 66 세를 일기로 세상을 뜬다. 김종호는 조국 광복 후 한 달 열흘 만에 눈을 감았다. 김종호는 자신이 운명하기 전에 나라가 광복되리라고는 아마 꿈에도 생각하지 못했을 것이다. 조국 광복을 보고 김종호는 이승을 하직했다. 그렇지만 아무것도 모른 채 병석에만 누워 있었던 것이니 김종호는 조국 광복을 못 본 채, 알지 못한 채, 한 많은 이승을 떴다. 한 많은 한 생의 마감이었다. 오백석군 양반집 장남으로 태어나 자기 장남을 서울로 학교 보내고 일본 유학까지 다녀오게 했지만, 그 장남은 평생 반듯한 직장 생활한 번 못 한 채 일제와 지속적으로 갈등 관계에 있었고, 가세는 조금씩 조금씩 기울어져 가고 있었으니 김종호는 항상 어둡고 쓸쓸했다. 하지만 김종호는 그 아들을 믿었지 한번도 원망하거나 하지 않았다. 아들이 조선 땅에 문학적 명성을 높이고 조선 선비로서 지조 있게 고향과 선영을 지키고 있는 것을 김종호는 자랑스럽게 생각하는 아버지였다.

아버지 김종호의 장례를 마친 후 곳간 창고에 숨겨 놓았던 비석과 표지석을 꺼내 선영 장지로 옮기면서 영랑은 슬픔에 잠겨서 자식들과 주위 일가 친척들에게 이렇게 말한다. "지금 내 마음이 이렇게 심히 아픈 것은 아버지가 노망(=중증 치매)이 드셔서 우리 조국이 광복을 맞은 사실을 전혀 모른 채 돌아가신 것이다. 한없이 기뻐하셨을 텐데 말이다. 아버지는 조국 광복을 학수고대하셨던 분이고, 광복의 날이 오기를 조용히 기도하셨던 분이었다..." 상복 속의 가족들은 오직 숙연했다.

해남군 선영 영랑의 아버지 김종호 묘 옆에 세워져 있는 표지석.
"조선인 김해 김종호의 묘"라는 비문이 지금도 선명하다.
김종호는 일제의 황민(皇民)이 아닌 조선인으로 살다 조선인으로 조선 땅에 묻혔다.

영랑은 2년 전 비밀리에 제작해 둔 비석과 표지석을 그대로 김종호 묘소에 세웠다. 일제 치하에서는 그 의미가 확연한 것이었지만, 해방된 조국에서는 굳이 그런 표현들이 필요한 것은 아니어서 어떻게 할까 잠시 생각하다가 그대로 설치하게 했다. 돌아가신 부친과 부자 합의를 본 마지막 '유품' 같았기 때문이었다. 아, 이제 비로소 아버지는 해방 조국의 품속에서 평화롭고 고이 영면하시게 되는구나, 하며 영랑은 굵은 눈물을 소나기처럼 쏟아 내며 펑펑 울었다. 아버지와 함께 한 지난 40여 년의 자기 삶이 아버지 무덤 위 푸른 하늘의 무심한 구름처럼 멀리 흘러가는 것이었다.

영랑의 항일 반일의 저항 정신과 조선(=대한) 민족으로서의 지조와 자부심이 가장 극적이고 가장 결론적으로 빛나는 장면은 영랑의 곱고 아름답고 슬픈 시들이다. 흔들림 없는 '영랑 항일'의 최고 증거는 단연코 그의 시들이었다. 단발령, 국민복, 신사참배, 창씨(개명) 따위를 간단히 일축했던 영랑의 복잡하고 지난했었을 실존적 고독과 고통, 좌절은 그의 시 속에 고이 스며들어서 그 의미와 가치를 드높게 고양시켰다. 총 87편에 이르는 영랑 시들은 한 치의 오차도 없이 한 편의 예외도 없이 충실하고 담담하고 당당하게 살아냈던 영랑 김윤식 생애의 역사적 증거물들이었다.

영랑의 시와 삶은 별개이지 않고 하나였다. 맑고 깨끗하고 고결한 영랑 시와 맑고 깨끗하고 고결한 영랑 삶은 일치하는 것이었다. 둘은 같은 것이었다. '시 따로, 시인 따로'인 경우와는 정반대적이었다. 영랑의 순수 시와 영랑의 항일 민족주의는 같은 동전의 다른 두 면인 거였다.

영랑의 항일 저항적 생이 얼마나 철두철미했고 일관성 있었던가를 살피게 해 주는 사례는, 일본 유학파였음에도 불구하고, 그어떤 일본 시라든가, 일본식 표현이라든가, 상용어가 되다시피한 외래어 일본 말일지라도 영랑은 그것들을 사용하지도, 쳐다보지도 않았던 데서 더욱 잘 보여진다. 옷도 늘 한복 차림이지, 말투도 순수 우리말 전라도 방언 어투이지, 언행에서 '왜색'이라할 만한 것이 아무리 눈을 씻고 다시 씻고 봐도 발견되질 않는 '찐' 조선인(=대한인)이 영랑 김윤식이었다.

영랑이 일제 때 직장 생활 근처에도 얼씬 거리지 않았던 진짜이유는 이것이었다. 당시 모든 직장에는 일장기와 일본 천황 사진이 걸려 있었다. 모든 근무자들은 거기 거수경례하거나 허리숙여 절한 뒤 출근하게 되어 있었는데, 영랑은 그게 싫은 것이었다. 죽으면 죽었지 그렇게 살 순 없는 것이 김영랑이었다.

영랑에 대한 사전 이해 없이 만나는 사람은 영랑이 일본에서 유학했다는 느낌이나 흔적을 전혀 찾아보지 못했을 정도였다. 이 점은 절친했던 동료 시인이자 인생 친구들이던 용아나 지용과도 크게 대비되는 대목이었다. 항일의식이 투철했던 용아였지만, 용아는 필요할 때 일본적인 표현이나 일본어를 큰 주저 없이 사용하고 있다. 1926년 일본 문단에 데뷔해서 활동했던 지용의 경우는 더 말할 것도 없었다. 임종국은 자신의 유명한 『친일문학론』(467)에서 일제 치하에서 "끝까지 지조를 지키며 단 한 편의 친일 문장도 남기지 않은 영광된 작가들" 15명을 차례로 거명한 뒤, 이 15명 중에서도 "제일 먼저 붓을 꺾었"던 위대한 민족 작가로는 홍로작(=홍사용, 1900~1947), 김영랑, 이육사(=1904~1944), 한흑구(=1909~1979), 이 네 분이었다고 기술하고 있다! 아, 그랬었구나. 아, 그랬었다. 영랑의 저항은 이처럼 독했고, 힘센 장사처럼 장렬했다.

지독하지 않고선 버틸 수 없던 "40년 치욕"[*「겨레의 새해」(1949)에서 영랑은 일제 치하를 40년으로 적고 있다. 그렇게 길었을 것이다...]과 "연옥(煉獄)의 반세기"[*영랑의 시 「감격 8·15」(1949)에서의 표현] 세월이었다. 그의 저항은 수미일관적으로 철저했고, 온 생을 걸어 처절하고 치열했다. 그랬기에 일제 강점기 식민지 조선인 선비 영랑 김윤식은 그 모든 범주적 제한을 한껏 초극하여 어둠에 잠겨 있던 당대 조선을 비추는, 외롭지만 빛나는 별일 수 있었다.

  * 후기: 김현철 중심의 영랑 선생 유가족과 강진군의 노력으로 김영랑은 대한민국 정부로부터 2008년 금관문화훈장을, 2018년 건국포장(국내 항일)을 받는다. 영랑 사후 각각 58년, 68년만의 일이었다.

1945년 8월 15일

영랑은 1940년대에 접어들자 뉴스 시간이면 라디오에 더 바짝 매달렸다. 영랑이 경성방송(=현재의 KBS) 라디오 뉴스에 촉각을 곤두세우는 것은 오로지 2차 세계대전의 전황 때문이었다. 일본 패망에 관련된 어떤 소식이 있을까 봐서였다. 라디오 성능이 나쁜 데다 강진이 난청 지역이어서 찍찍거리는 잡음 때문에 아나운서의 뉴스 소리가 제대로 들리지 않았지만, 영랑은 토끼처럼 귀를 쫑긋 세워 라디오 뉴스에 귀 기울였다.

1945년 8월 15일. 드디어 일본이 항복했다. 천황이 항복했다. 영랑은 경성방송 뉴스를 통해 이 소식을 직접 들었다. 정확했다. 우리 민족의 원수이자 영랑 자신의 불구대천 숙적 그 일본이 완전 패망했다. 이런 날이 오기를 학수고대 빌고 또 빌었지만, 정말 이런 날이 오게 될 줄은 꿈에도 몰랐다. 아, 일본이 항복했다. 35

년 만에 드디어 이 나라 이 겨레 이 땅이 해방되었다. 조국 광복의 날이 온 것이다. 아, 이제 우리도 꿈에 그리던 자주 독립 국가를 갖게 되었다. 아, 이제 우리 집 대문에 붙어 있는 저 '순찰함'도 없어지게 되는 것이었다. 일제 경찰들의 감시도 없어지는 것이었다. 조선의 해방이자 영랑 김윤식의 해방이었다.

사랑채에서 뉴스를 듣고 있던 영랑이 느닷없이 그 큰 목소리로 "만세, 만세! 해방이다, 해방이다!" 하고 소리치는 것이었다. 벌떡 일어서더니 두 손을 기도하는 자세로 모아 쥐며 감격의 눈물을 펑펑 쏟아 내었다. 영랑은 눈물을 펑펑 쏟았다. 벅찼을 것이다. 다른 사람도 아닌, 영랑이야 시달리고 탄압받아온 직접 당사자였으니 얼마나 더 기쁨으로 벅차 올랐겠는가. 사랑채로 몰려온 아내와 자식들이 옆에 있는 것도 전혀 의식하지 않고 영랑은 그저 목청껏 "만세, 만세!"를 부르는 것이었다. 김영랑은 "강진에서 제일 먼저 만세를 불렀다."(김용성 1973).

그때 벌겋게 상기된 아버지의 그 빛나던 얼굴이 80년이라는 긴 세월이 흐른 지금에도 김현철의 눈에 선하다. 그 전에도 이날 이후에도 그처럼 환하게 밝은 모습의 아버지를 뵌 적은 다시 없었다. 얼굴은 눈물범벅이 되었지만 아버지의 얼굴은 아침 햇살처럼 환한 모란꽃으로 가득 피어 있었다. 어머니 안귀련을 포함한 온 가족도 좋아서 어쩔 줄을 몰랐다. 이날 이때까지 마흔 살이 넘도록 제대로 된 사회활동 한번 못 해 본 남편에게도 마침내 해방이, 해금(解禁)이 오는구나, 생각하니 안귀련의 감격의 눈물은 설움의 눈물이 되어 더욱 복받치는 것이었다.

영랑은 이윽고 문갑으로 가더니 거기 깊숙이 숨겨 놓았던 태극기를 꺼냈다. 문갑 아래 아래 태극기가 숨겨져 있었다. 그랬다. 영랑은 자신이 주로 거처하는 이 사랑채에 태극기를 보관하고 있었다. 일제하 장장 30여 년 내내 집에 태극기를 숨겨 놓고 있었다니, 놀라운 일이고 대단한 일이었다(*1919년 강진 독립만세운동 무렵의 태극기였을지도 모른다). 태극기를 꺼내든 영랑은 곁에 있던 자식들에게 "자, 보아라, 이것이 우리나라 국기다. 태극기다. 너희들은 이 태극기를 보고 색연필로 그대로 그려라. 할 수 있는 대로 많이 그려라. 밖에 나가서 우리 강진 사람들에게 이 태극기를 나눠 주자. 아주 먼 옛날 독립만세운동 할 때 태극기를 맘껏 흔들었던 것처럼, 사람들과 함께 만세를 부르러 나가자." 하며 아이들을 재촉했다. 그리고 영랑은 이 기쁜 해방 소식을 일가 친척과 친구 지인들에게 전화를 걸어 함께 기쁨을 나눴다(*세상 천지에서 이보다 더 즐거운 전화 통화가 또 있을까...).

현철을 비롯한 영랑의 자식들은 자신들이 정성껏 그린 500여 장의 태극기를 들고 나가 사람들에게 나눠 주었다. 이렇게 그린 태극기들이 강진 군민들의 손에 쥐어졌다. 사람들은 활짝 웃으며 이 수제 태극기를 한 장씩 손에 받아 들었다. 삼삼오오로 모여든 사람들은 강진 군청 앞에 모여 마음껏 목청껏 만세, 만세, 대한독립 만세를 불렀다. 영랑도 이들과 함께 부둥켜안고 태극기를 흔들며 만세, 만세, 만만세를 불렀다. 영랑의 아이들도 함께 만세를 불렀다. 신났다. "쇠사슬 즈르릉 풀리던 그날//3천만은 낮 낮이 가슴맺힌/독립을 외쳤을 뿐..."이었다(김영랑, 「감격 8·15」,

1949).

영랑은 저녁 때 차부진, 차형환, 김현장 등 많은 친구 친지들을 영랑생가로 불러 가장 편안하고 가장 평화롭고 가장 행복한 시간을 함께 보냈다. 이들은 영랑에게 그 지긋지긋했던 일제 치하에서 고생 많으셨다는 위로와 축하의 덕담을 건넸다. 술이 빠질 수 없었다. 많이 마셨다. 노래도 하고 춤도 추었다. 덩실덩실 춤을 추었다. 다들 꿈인가 생시인가 하며 마음껏 웃고 또 웃었다. 아, 1945년 8월 15일 광복의 날 밤 영랑은 기분 좋았다. 그 오랜 세월 용케 버티고 이겨낸 자신이 고마웠다. 그 지긋지긋했던 일본제국주의의 야만적 폭력 앞에서 무릎 꿇거나 와해되지 않고 마침내 해방과 광복의 오늘 이 순간에 서 있다는 사실이 눈물겹도록 감사했다. '우리가 이겼다… 내가 이겼다…' 이렇게 조용히 속삭이듯 혼잣말하며 영랑은 고개를 끄덕여 보았다. 자신도 모르게 주먹이 불끈 쥐어졌다. 김영랑은 다시 혼잣말했다. '해방이다.'

이튿날인 8월 16일에는 국악기를 다룰 줄 아는 분들이 영랑생가 사랑채로 하나씩 둘씩 모여들기 시작했다. 이들은 오랫동안 영랑과 함께해 온 강진 국악 동호인들이었다. 사랑채에서 1년에 한 두어 번 정도 함께 모여 연습하고 연주해 오던 사람들이었다. 모두 다 하얀 조선 한복을 입고 영랑 댁으로 모여들었다. 20여 명의 동호인 악사들이었다. 영랑이 사랑채 벽장에서 북, 장구, 꽹과리, 징, 거문고, 가야금, 아쟁, 대금, 해금, 양금, 피리 등을 꺼내

자 악사들은 자신들이 잘 다룰 줄 아는 악기들을 하나씩 받아 자리에 앉았다. 여름철이라 모든 창문을 천장 바로 아래까지 들어 올려 사랑채 전부가 완전 개방되게 했다. 넓은 방을 악사들이 빈틈없이 꽉 메웠다. 조금 있더니 이윽고 풍악 소리가 터져 나왔다. 애국가였다! 안익태 선생이 작곡한 현재의 애국가가 아니라, 일제 때는 비밀리에 불려졌고, 광복 직후부터 1947년까지 애국가로 지정되어 연주되던 곡〔=연말이면 연주하는 스코틀랜드의 옛 민요 「이별의 노래, 올드 랭 사인 (Auld lang syne)」에 우리말 가사를 입힌 당시의 애국가〕이었다. 사전 연습도 없이 즉석에서 저처럼 끝까지 애국가를 훌륭하게 연주하는 것을 보며 영랑의 아이들은 즐거웠고, 아버지랑 저 국악 동호인들이 애국가를 연주하는 멋진 모습에 감동했다.

영랑생가 오른쪽에 위치한 사랑채에서 연습 중 기념 촬영한 강진 국악 동호인들.
1927년 사진이라니 김영랑 나이 24세 때다. 해방 바로 다음 날인 1945년 8월 16일
이들은 다시 이 자리에 모여 애국가를 연주했다. 이 사진 속 동호인들 중
일부는 고인이 되었을 것이다.

　　지금 아흔을 넘기신 김현철 선배는 그때 강진의 그 악사들이 모두 한마음이 되어 조국의 광복을 기뻐하면서 신들린 사람들처럼 애국가를 연주하던 그 모습이 지금도 잊히지 않는다 한다. 마당에 모여들었던 수많은 동네 사람들이 함께 따라 부르던 그 애국가 가사(*애국가 가사의 저자는 민영환, 안창호, 윤치호... 등등으로 추정될 뿐, 완전히 밝혀지지 않고 있다. 여러 '작사설'이 분분할 따름이다. 1903, 1904년 간의 한 애국지사가 "동해물과 백두산이..."의 최초 작사자라는 얘기도 있다.) "동해물과 백두산이 마르고 닳도록..."이 마치 어제 일이었던 것처럼 김현철의 귀에 지금도 쟁쟁하다. 그때 조선인(=대한인)들은 밀물이었고, 일제는 이미 썰물이었다. 이 땅에는 물이 들고 있었다. 우리는 모두 하나로 하나의 밀물이었다. 우리 겨레는 도도한 밀물이었다.

　　바다로 가자 큰 바다로 가자

　　우리 인젠(=이제는) 큰하늘과 넓은 바다를

　　마음대로 가졌노라

　　하늘이 바다요 바다가 하늘이라

　　바다 하늘 모두 다 가졌노라(김영랑, 「바다로 가자」, 1947)

1945년 8월 15일

제헌의원 선거

선거란 게 참 묘한 것이다. 가장 훌륭한 후보라고 꼭 당선되는 것도 아니고, 엉터리 후보라고 해서 반드시 낙선하는 것도 아닌 것이 선거다. 그럼 선거란 개판인 것이냐. 그게 꼭 그렇지만도 않다. 선거가 '민주주의의 꽃'까지는 몰라도, 그나마 '가장 덜 위험한 제도'인 것은 맞아 보이기 때문이다. 형식상 선거는 다수 국민들의 '집단 지성'이 발휘된 것으로 볼 수 있으니까 말이다. 어쨌든 이 '개판'만도 아니고 '민주주의의 꽃'도 아닌 선거에 우리의 깨끗하고 올곧다 못해 고지식한 미학자(*그렇다. 영랑은 미학자였다.) 영랑 김윤식이 출마하게 되었다.

해방되고 3년쯤 지난 1948년 5월 제헌(=초대) 국회의원 선거가 있었다. 영랑은 이 선거에 출마했다. 일제 치하에서 강요된 인고의 세월을 보냈던 영랑이었다. 지조를 목숨처럼 지켜 오던 영랑이었다. 압박과 설움을 고고하고 맑은 서정시와 민족 저항시로 이겨내며 울분을 달래 온 영랑은 광복이 되자 새 조국 건설의 일익을 담당하길 열망했다. 주변 지인과 친척들도 영랑을 권면했다. 자네야말로 새 조국 건설의 최적임 지도자가 아니냐 했다. 누가 보더라도 영랑의 출마는 당연하고 정당해 보였다. 일제 때 독립운동을 했거나 일제에 협력을 거부하면서 일관되게 민족적 자존과 지조를 지켜 온 존경받는 이들이 새 나라를 새롭게 이끌어야 한다는 것은 신생 독립국가 정치의 기본이며 과제이기도 했다.

그러나, 이른바 '5·10 총선거'에서 영랑은 형편없는 표차로 떨어지고 말았다. 사실 영랑은 이 국회의원 선거에서 낙승(樂勝)을 기대했던 것으로 보인다. 집안도 그렇고, 학벌도 그렇고, 인물도 그렇고, 전국적 인지도도 그렇고, 무엇보다 영랑에게는 한결같은 높은 지조가 있었다. 도무지 흠잡을 데가 없는 후보자였다. 게다가 강진의 많은 유력 인사들이 영랑의 출마를 권유하고 설득해 오던 터여서 영랑과 영랑 주변에서는 당선이 확실할 거라고 자신하고 있었다(*선거를 여러 차례 치러 본 필자가 수도 없이 체험하고 확인한 한 가지 재미있는 현상은, 개표 결과가 나오기 전까지는 거의 모든 후보들이 자신의 당선을 굳게 확신한다는 사실이다. 양자 구도에서 32% 정도 득표로 완패한 후보에게 개표 전까지는 자신이 이길 거라고 생각했느냐?고 물었더니 "그럼요. 당연히 이기는 걸로 알고 있었죠." 하고 대답했다. 32대 68이었는데도 말이다. 선거판의 아전인수적 착시와 오판은 믿기 어려울 만큼 일반적이다. 선거 결과 불복과 '부정선거' 규탄이 사라지지 않는 이유의 하나일 거다.). 영랑 주변의 자신감은 전혀 무리가 아니었다. 영랑은 강진 사람들에게 자부심이자 한 '전설'같은 존재였기에 선거를 치르기 전의 분위기는 영랑 쪽의 단연 우세였다. 그러나 뚜껑을 열어 본 결과는 전혀 딴판이었다.

4명의 후보자들 중 당선자는 무소속 차경모(56세) 후보였다. 15,104표를 얻어 39.04% 득표율이었다. 2위는 대한독립촉성회 김용선(58세) 후보였다. 12,429표였다. 3위는 무소속 김정식(46세) 후보로 7,450표였다. 한국민주당(=한민당) 영랑 김윤식(46세)은 7,405표(=17.47% 득표율)를 얻어 최하위(*공동 3위에 가까운 4위였다.)로 완패하고 만다.

이윽고 선거전이 처음 시작될 때 여론은 좌익 계열의 차경모와 우익 계열의 김영랑의 싸움이 될 거라는 전망이었다. 남북 협상파와 중도파, 좌익 계열(=남로당)은 남한만의 단독선거에 반대하면서 총선거 자체를 거부한다며 불참 상태였지만, 강진의 좌익 계열은 차경모 후보를 조직적으로 지지하였다. 차경모는 학력이 전무한 데다 경력도 내세울 만한 것이 없었으나, 강진 장날이면 소 떼를 몰고 나가 소를 거래하는 중개 사업을 하며 농민들과 오랫동안 잘 지내온 사람이었다. 차경모는 돈을 많이 번 신흥재력가여서 선거운동 때 돈도 많이 풀었다. 강진의 좌익 청년들은 선거 기간 중 유력 후보자인 영랑의 생가 대밭에 불을 질러 가족의 생명을 위협할 만큼 거칠고 선거에 집요하고 집중적이었다.

좌익 세력들은 5·10 단독선거 반대 투쟁의 명분으로 전국적으로 시위와 파업, 무장봉기를 거듭하면서 경찰서, 경찰 지서를 습격하는가 하면, 통신망을 파괴하기도 하고, 입후보자에 대한 테러를 기도하고, 투표함을 탈취하기도 해서 총선거 방해 작업을 펼쳤다. 선거 당일인 5월 10일 하루에만 선거사무소, 경찰서 등 관공서 습격과 수류탄 테러 등이 일어나 전국적으로 203명이 목숨을 잃었다. 질서가 무질서에 제압되는 듯한 분위기였다. 그럼에도 투표율은 95.5%였다. 경이적이었다(*이 투표율 기록은 지금도 깨지지 않고 있다.). 단군 이래 처음으로 참정권을 부여받은 신생 독립국 국민들의 최초 선거에 대한 자긍심과 열망을 보여 주는 것이었다.

좌익 세력들의 조직적 지지를 등에 업은 차경모 후보는 선거운동 방식이랄까 전략에서도 훨씬 더 효과적이었다. 당시에는 제대로 된 선거법도 없었던 데다 선거운동에 대한 규제 장치가 허술하기 짝이 없었다. 영랑은 순회 강연장에서 유권자를 상대로 하는 유세(=연설)가 선거운동의 거의 전부였다. 반면, 차경모 후보는 장남이 보성전문(=현 고려대) 재학생으로 똑똑한 청년이었는데, 이 장남이 보성전문의 웅변 솜씨가 뛰어난 8명의 대학생들을 강진으로 내려오게 해서 이들을 강진의 각 읍면에 배치시켰다. 이들로 하여금 후보자의 분신인 것처럼 차경모 후보 지지 연설, 나아가 영랑을 비롯한 다른 후보 공격 연설을 하게 한 것이었다. 차경모 후보는 돈을 넉넉하게 푼 덕에 구전(口傳) 홍보요원들의 위력 또한 압도적이었다. 영랑은 순수 서정시를 쓰며 자부심과 자존심으로 세상을 살아온 선비요 지사였다. 영랑의 선거운동은 상대 비방이 전혀 없는 오직 긍정 선거운동 (=positive campaign)이었다. 떨어지면 떨어졌지 그 이하로 떨어져 내려가 흙탕물을 일으키는 일은 영랑의 방식이 전혀 아니었다. 영랑은, 자식들은 말할 것도 없고, 아내인 안귀련조차 선거에 일절 관여시키지 않았다(*선거 과정에서 후보자 부인의 기여도가 후보 당사자인 남편의 50% 이상이라는 것이 정치판의 통설이다.). 오직 차형환과 김현장 등 지식층 일부만이 영랑의 호위 무사로서 백방으로 고군분투했다.

　설상가상으로, 영랑에게는 악재가 발생했다. 선거운동 과정에서는 잘 몰랐지만, 대형 악재였다. 당시에는 자가용 차가 아주 희귀했다. 더구나 강진 같은 농촌 지역은 더 말할 것도 없었다. 그런데 다른 사람도 아닌 후보자 자신이 선거운동 기간 내내 고급 자가용 승용차를 타고 다니는 것이었다. 다름 아닌, 우리의 영랑 김윤식 후보였다. 영랑의 일족인 강진 서문(西門)(안) 김씨들은 강진의 유지들 집안이었고, 서울에서도 행세하고 지내는 사람들이 꽤 되었다. 마침 영랑의 사촌동생 가족들이 형님 선거 돕는다고 자기집 자가용 차를 운전기사까지 대동시켜 강진으로 내려 보내 온 거였다. 세상 물정에 어두웠달까, 정치적(=정무적) 판단 감각이 부족하거나 없었달까. 김윤식 후보자는 그 검정색 승용차를 타고 순회 연설장에 나타나 그 차에서 내리고 그 차에 오르는 거였다. 서울에서 온 그 운전기사는 자동차 문을 여닫아 주고, 영랑이 오르내릴 때 깍듯이 고개 숙여 인사를 하는 것이었다. 그

'그림'은 정말 아니었다.

예나 지금이나 선거에서 가짜 뉴스와 흑색선전은 약방의 감초보다 더 크게 효과적인 '약재'다. 상대 후보들이 이 같은 영랑의 '약점'을 놓칠 리 없었다. "자가용 차 타고 다니는 부자를 농민 대표, 서민 대표로 뽑을 수 없다"는 상대 후보들의 줄기찬 비방 공세에 고지식하고 민심 추이에 유연하지 못했던 영랑은 속수무책으로 당했다. 영랑은 다른 세 명의 후보들의 표적이었고, 존경하던 '영랑 선생'은 어느덧 '공공의 적'이 되어 가고 있었다[*그 당시 스무 살이던 김한식(=1928~   , 강진유림 전교, 강진노인회장 지냄) 회장은 "차경모는 농민들하고 잘 지냈다. 그때 강진 사람들은 거의 다 농민이었다. 김영랑은 시인으로 추앙받는 분이었으나, 농민들하고 가깝게 지내지 못했다"고 그때를 기억하고 있다.].

최초의 통계 집계가 이뤄지는 1953년 우리나라 1인당 국민소득이 67달러였으니, 해방 직후였던 1948년 국민경제 수준은 거의 극빈 상태였고, 우리의 문맹율은 80%대 수준이었다. 1944년 기준으로 초등학교 졸업자가 10.15%에 불과했다. 대체로 무지몽매한 수준이었다 할 정도였다. 지금도 강진은 농업 지역이지만, 그때는 전국이 다 농업 중심이었고, 강진은 더 말할 필요도 없는 농민들의 지역이었다. 평소 영랑을 좋아하고 막연히 존경했던 농민들은 실망하고 차츰 고개를 돌리게 되었다. 정치의식 수준이 조금 낮다는 강진읍내 상가 지역의 여론도 마찬가지로 악화되었다.

퍽 아쉬움을 남겼던 초대 국회의원 선거 결과였다. 여담이지만, 이 제헌 의원(=임기 2년)에 당선되었던 차경모는 다음(=제 2대) 선거(=1950년 5월 30일)에 다시 출마한다. 차경모는 현역 의원이었음에도 불구하고, 8명의 후보 중 7등을 하며 대패한다. 그의 득표 수는 고작 950표에 불과했다. 제헌 의원 임기가 2년이었으니 2년 만에 하늘과 땅을 오가는 대반전이 일어난 것이다. 2년 사이 1등에서 7등이 되고, 1만 5천표 득표는 950표로 쪼그라들었다. 널뛰기도 이런 널뛰기는 드물다. 차경모의 역량과 실체가 '널뛰기'한 것인지, 지역 민심(=표심)이 '널뛰기'한 것인지, 둘 다인 것인지, 여하튼 희한한 사례임에 틀림없었다. 차경모에 관련하여, 옥석이 비교적 제대로 가려졌던 선거는 1대 때였을까, 2대 때였을까. 필자는 정말 궁금하다.

강진 제헌의원 선거는 '잘못 꿴 첫 단추'였다는 느낌을 지울 수 없다. 흠결 없는 민족주의자, 신망 높은 선비, 전국적으로 인지도 높은 우리말 순수시인으로 애국심을 가지고 멸사봉공할 수 있었던 참 후보 중의 후보가 당선은커녕 최하위에 머무르고 말았다는 선거 결과는 충격적이다. 농민들을 위한 진정한 대변자라며 1등 당선시켰던 후보자를 불과 2년 만에 7등으로 내동댕이쳐 버린 그 여론과 민심에 대해서도 실로 충격을 받지 않을 수 없다. 문득 이런 구절이 떠오른다. "정치가에게는 항상 위험이 따른다. 백성들의 뜻만 따르면 그들과 함께 망하고, 백성들의 뜻을 거스르면 그들 손에 망하기 때문이다."(=『플루타크 영웅전』).

해방 후 3년 만에 치러진 강진 국회의원 선거는 아무리 생각해도 잘못 꿴 단추였다. 영랑은 조국 해방의 당당한 주역이었지만, 해방된 신생 독립국의 유권자들로부터 부름을 받지 못하고 쓰라린 고배를 마신다. 경제적 타격도 적잖았을 것이지만, 영랑의 드높은 자부심에 굴욕적 타격이었을 것이었다. 지조와 식견을 두루 갖춘 지식인으로서 시대의 부름을 받지 못한 것은 말 그대로 뼈아픈 불우이자 또 불우였다.

처음이자 마지막 직장

영랑 김윤식은 일생 동안 딱 한 번 직장 생활을 한다. 그것도 단 7개월이었다. 일제 때는 취직할 생각을 아예 안 했던 것 같고, 해방 후에는 당연히 직장을 생각했겠지만, 뜻대로 안 되었던 일도 있었고, 상황이 여의치 못했던 것도 있었다. 제헌 국회의원 선거는 뜻대로 안 되었고, 이 7개월짜리 직장 이직은 상황 탓이 컸다. 그러다 영랑은 전쟁을 만났고, 이 전쟁의 급류에 희생되고 말았다. 결국 일생에 딱 한 번 짧게 직장생활을 했고, 월급 봉투라는 걸 받아 아내에게 그걸 건네 볼 수 있었다(*영랑이 월급 봉투를 건네면 안귀련은 아무 말 없이 두 손으로 받으면서 조용히 웃을 따름이었다 한다. 참 다소곳하고 말수가 적은 아내였다. 그 웃음은 수고하셨다, 고맙다,는 말뜻이었겠다.).

그 직장은 공보처 출판국장 자리였다. 영랑은 대한민국 정부 초대 출판국장에 임명되었다. 중앙청 2층에 전용 사무실도 있고, 전용 관용차도 주어졌다. 출판국 직원들만 해도 40~50여 명이 되었다. 새 독립 공화국 중앙 부처의 중책을 맡은 것이었다.

그때 영랑은 제헌 국회의원 선거에서 예상 밖의 참패를 당하고 침체 상태였다. 선거 종사원들의 인건비, 식음료비, 유세 비용 등으로 인한 경제적 부담도 컸지만, 자부심과 명예에 큰 상처를 입었다. '내가 세상을 너무 몰랐어. 민심도 그렇고, 선거라는 것도 그랬어...' 하는 자탄의 시간이 어디 짧았으랴. 선거 참패 후 3, 4개월 뒤에는 절망적 좌우 대결로 치닫던 고향 땅을 도망치듯 떠나 서울로 이주해 왔던 시기였다. 신은 다시 일어서는 법을 가르치기 위해 우리를 넘어뜨린다 했던가. 고향 땅에서 넘어진 영랑은 서울에서 다시 일어서고 싶었다. 서울에 올라와 보니 서울은 서울대로 어수선했지만, 서울에는 많은 친구들이 있어 그를 반겼다. 말은 제주로, 사람은 나면 서울로,라는 말처럼 신생국의 수도는 거대한 기회의 도시 같았다. 도시를 만든 건 사람이지만, 그 도시는 다시 사람들을 만들어 내고 있었다. 용아 박용철과 정지용은 이제 더 이상 곁에 없지만,[*영랑은 1949년 10월 『민성』에 쓴 글에서 "(용아가 없는 마당에) 지용마저 민족의 선을 넘어서 평양을 갔다는 둥 어수선한 세상 어찌 혼자 남은 듯도 싶어서 섭섭"하다는 허전한 심경을 털어놓고 있다(김영랑, 1949년 10월, 142).] 박종화, 김광섭, 이헌구, 이승만, 서정주, 박목월, 이하윤, 황금찬 같은 오랜 선후배 벗들이 서울 시민이 된 그를 극진히 반겼다.

영랑은 처음으로, 아, 이렇게 서울이 좋구나, 친구들이 있으니

처음이자 마지막 직장

정 좋다,고 새삼 느꼈다. 해방된 내 조국의 수도 명동의 밤 하늘 아래 이렇게 마음껏 걷고 웃을 수 있다니, 해방이 실감 났다. 처음으로 살맛이 났다. 벗들은 일제 치하에서 한 치의 빈틈도 흐트러짐도 없이 지조를 지켜 온 영랑을 잘 알고 있었기 때문에 진심으로 그를 인정하고 존경했고, 이제 자랑스러운 독립국가 대한민국에서 무언가 큰일을 해야 한다며 영랑을 요로에 추천하자는 얘기들을 하는 것이었다. '그렇다, 나는 강진에서 너무 외로웠다. 너무 고립되어 있었다. 근 30여 년을...' 이렇게 생각하며 영랑은 서울의 친구들이 진심으로 고마웠다. 용아도 지용도 없이 혼자인 줄 알았는데, 혼자가 아니었음을 느끼게 했다. 그들은 오랜 대등한 동지들이었다.

영랑의 오랜 친구 중에 이산 김광섭(=1904~1977)이 있다. 시인이자 평론가였다. 일본 와세다대학 졸업 후 중동고보(=현 중동 중·고) 교사로 재직할 때 학생들에게 민족의식을 고취시켰다는 이유로 보안법으로 구속, 4년 가까이 옥살이하다 해방으로 석방되었던 이다. 「성북동 비둘기」가 잘 알려진 이산의 대표 시다(*문학과지성사는 매년 '이산문학상'을 시상해 오고 있다). 어느 날 그 이산으로부터 연락이 왔다. 이산은 독립된 새 정부에서 이승만 대통령의 공보(수석)비서관 일을 보고 있는 터였다. 경무대 안에 있는 자신의 사무실로 한번 놀러 오라는 것이었다. 거기서 이산은 오랜 친구인 영랑의 항일 지조를 다시 높이 평가하면서 공보처 차장직을 맡아 달라고 제의했다. 이승만 대통령의 재가는 자기에게 맡기라는 거였다. 영랑은 글쎄, 나도 무슨 역할이든 새 정부에 참여해서 돕긴 도와야 할 터인데, 내가 그런 일을 잘할 수 있을지 걱정된다,는 정도의 겸양의 말을 했을 것이다. 공보비서관실을 함께 나온 두 사람은 같이 저녁을 하고 헤어졌다.

바로 다음 날 또 다른 절친 소천 이헌구(=1905~1983, 영랑의 '5대 애독자'들 중 1인)로부터 신당동 영랑 댁으로 전화가 왔다. 저녁이나 같이 하자는 것이었다. 저녁에 만난 이헌구는 자신에게 공보처 차장직을 양보해 줄 수 없겠느냐는 얘기를 했다. 사람 좋은 이산이 자신에게도 그 자리를 제의하고 영랑에게도 그리한 모양이니 영랑이 한 번 양보해 주는 대신, 출판국장 자리를 맡아서 뚝심 있게 새 조국의 우후죽순 같은 언론, 잡지, 출판 관련 업무를 이끌어 주면 좋을 듯하다는 얘기였다. 이산은, 영랑과 소천이 서로 협의해 오면 그 타협안을 그대로 수용하겠다고 했다는 것이다.

영랑은 단 1초의 망설임도 없이 바로 자기 입장을 얘기했다. 그렇게 해라, 그렇게 하자,는 것이었다. 내가 언제 자리에 연연하는 걸 본 적이 있느냐, 이산과 더불어 우리 셋이 새나라의 공보와 출판 관련 일을 멋지게 해나가자,면서 영랑은 먼저 덥썩 소천의 손을 잡으며 예의 그 미소년의 앳된 미소를 만면에 가득 짓는 것이었다. '이 자랑스러운 내 나라, 내 목숨을 다 바쳐도 아깝지 않을 이 나라를 위한 길이라면 공보처 차장 자리가 다 뭐냐, 과장이면 어떻고, 계장이면 어떠랴. 설사 중앙청 문지기 자리일지라도 나는 기꺼이 위국헌신할 것이다...'라며 영랑은 스스로 감격하고 다짐하였을 것이다. [*이 무렵의 공보처장, 그러니 이승만 정부

처음이자 마지막 직장

1949년 8월 김영랑은 중앙청(=옛 조선총독부 건물) 2층에 마련된 출판국장실로 첫 출근한다. 생애 첫 출근이다. 처음하는 직장 생활의 첫날이다. 그것도 해방 조국의 공직자로서다. 감회가 무쌍하고 만감이 교차했을 것이었다. 갓 독립한 조국의 유력 공직자로서 굳은 결의도 있었을 것이다. 이날 그는 한복을 입고 중앙청으로 출근했다. 이 한복 차림은 1950년 봄 영랑이 이 직을 그만두는 날까지 하루도 다름이 없었다.

3남 김현철에 따르면, 영랑은 중앙청에서 근무하던 사람들 중에서 유일무이한 '한복 공무원'이었다. 1949년 당시 현철과 넷째 현태는 경복중과 서울중 학생들이었는데, 이 두 학교는 중앙청과 가까운 곳에 위치해 있었다. 그래서 두 아들은 등교나 하교 시 시간이 맞으면 아버지의 지프 관용차를 이용할 수 있었다. 초등학교 시절 친구들로부터 "병신"이라는 조롱을 받게 했던 그 아버지의 근사한 지프차를 타고 중앙청을 드나들 수 있게 된 사실에 두 소년은 한없이 즐겁고 뿌듯했었으리라. 학교 수업이 일찍 끝나는 날에는 국장실에 먼저 와서 아버지의 퇴근 시간을 기다리기도 하고 그랬다. 그러니 중앙청에 근무하던 당시 공무원들이 어떤 복장이었던가는 이들의 눈에 환히 보였다. 다른 공무원들은 한 사람의 예외도 없이 전원 양복이었다. 영랑은 군계일학처럼 유독 눈에 띄일 수밖에 없었다. 앞에서도 잠시 언급한 대로, 영랑에게 양복이 없었거나 양복 착용이 서투르거나 어색해서는 물론 아니었다. 그전에는 말할 것도 없고, 1949년, 1950년의 영랑 사진에도 양복 정장 차림이 분명 여럿 있다. 1948년 영랑과 부인과 자녀들이 신당동 자택에서 함께 찍은 사진에서도 영랑은 양복 차림이다.

서울로 이사하고 며칠 뒤 새 거처인 신당동 댁에서 찍은 가족 사진(1948년).
앞줄 왼쪽부터 3남 현철, 5남 현도, 막내딸 애란, 4남 현태. 뒷줄 왼쪽부터 양복 차림의 김영랑,
장남 현욱, 안귀련, 2남 현국. (큰딸 애로는 벌써 시집을 갔다.)

집에 양복도 있고, 양복 정장 차림으로 나들이도 하던 영랑이 유독 중앙청에 출근할 때만은 항시 한복을 입었던 것이다. 요컨대, 영랑에게는 무슨 생각, 무슨 뜻이 있었던 것으로 봐야 한다. 일부러, 의도적으로, 계속 한복 차림으로 '독야청청' 그 홀로 중

처음이자 마지막 직장

앙청에 출근한 것이다.

영랑은 한복을 대한민국 공직자의 '정복(正服)'으로 생각했던 것 같다. 그것은 안으로는 영랑 자신을 경계하는 자기 다짐적인 성격이었고, 밖으로는 여타 부하 공무원들이나 당시의 신생국 모든 공직자들을 향한 어떤 무언의 '시위'의 성격이었으리라. 일제에 협력하고 부역했던 사람들이 그대로 대한민국 공무원으로 계속 복무하고 충원되던 초기 상황에서 영랑은 '과거는 과거였다 치더라도, 이제 우리 모두 새 조국을 위한 새 공복으로서 몸 바쳐 일하고 또 일해서 제대로 된 민족국가를 건설해 보자'는 그런 권면과 염원을 유일무이한 한복 차림이 주는 엄숙함과 순정성으로 시위하려는 것이 아니었을까. 그게 아니라면 다른 어떤 설명도 그럴싸하지 못하다.

대한민국 초대 출판국장 김윤식의 한복은 1917년 휘문의 중학생으로 친구들과 종로 네거리에서 독립만세를 부르다 일경에 붙들리고, 1919년 강진 독립만세운동 사전 모의자로 4개월간 감옥살이를 했던 날들의 그 정신과 그 기개와 그때의 그 지조가 단 한 자 한 치도 변절되거나 왜곡 변색되지 않고, 40여 년이 지나서도 그대로, 어쩌면 더 단단하고 더 간절하고 더 뜨겁게, 영랑의 가슴에서 영랑의 몸에서 영랑의 복장 차림에서 불타듯 살아 움직이고 있었음을 보여 주는 것이기도 했다.

한복은 양복보다 훨씬 손이 많이 간다. 영랑은, 안에는 흰 바지 저고리 차림이었고, 겉은 언제나 흰 동정에 짙은 밤색 두루마기 차림이었다. 영랑의 부인 안귀련은 그 많은 자식들 뒷바라지에

다 남편 수발까지 하루 한시도 한가할 날이 없었다 한다. 안귀련은 영랑의 한복을 이삼 일에 한 번씩 빨고 말리고 다리미질을 해야 했다. 그래도 어찌 생각해 보면, 서울로 이사해 와서 자식들이 하나같이 좋은 학교에 다니고, 남편이 새 나라 정부에서 중요 공직자로 생활을 하던 이때가 안귀련이 아내로서, 가족의 소리 없는 구성원으로서, 가장 보람을 느끼며 행복했던 시절이 아니었을까 하는 생각이 든다. 개성 여성 안귀련의 진정한 행복은 과연 어디에 무엇이었을까 하는 생각과 함께.

한번은, 영랑과 안귀련과 현철이 무슨 일로 모처럼 명동엘 나가게 되었다. 셋이 길을 걷다가 명동 국립극장 앞에서 유명한 여류 시인들인 모윤숙과 노천명을 만나게 되었다. 안귀련과 현철은 살짝 비켜서고, 영랑은 이들과 반갑게 웃으며 악수를 하는데, 인사가 끝나고도 계속 아버지와 모윤숙은 악수한 손을 거둬들이지 않는 것이었다. 사람들이 힐끗힐끗 쳐다보며 지나갔다. 이들과 헤어진 뒤 영랑이 해명 삼아 "요새 신여성들은 남자들과 악수는 보통이야"라고 말했다. 그러자 안귀련이 "나도 그런 거 알아요. 내가 질투하는 게 아니라, 그렇게 오랫동안 손을 잡고 서 있으면 남들이 오해할 수 있잖아요."라고 대꾸했다. 당시 중학생이던 현철은, 어머니가 할 말을 하셨다고 생각했다(*1954년 영랑의 문인장 장례식에서 그 모윤숙은 사회를 보게 된다.).

영랑의 출판국장 취임을 축하하는 야유회 때 얘기다. 출판국 직원들이 주최하는 축하 자리가 당시 서울의 유원지였던 뚝섬 광나루에서 열렸다. 1949년 8월의 어느 날이었다. 그때의 뚝섬

에는 깨끗한 한강 물을 따라 흰 모래 사장이 널따랗게 펼쳐져 있
었다. 직원들은 모처럼 야외에 나왔으니 수영도 하고 준비해 온
게임도 하며 즐거운 시간을 보냈다. 이어 노래자랑 시간이 되었
다. 신임 국장님과 더불어 한참 여흥을 즐기던 중 한 과장급 간
부가 "국장님 노래 한번 듣는 게 저희 모든 직원들의 소원"이라
며 영랑에게 노래 한 곡을 청했다. 전 직원들의 뜨거운 박수가
쏟아져 나왔다. 이윽고 영랑이 눈을 지그시 감고 노래를 부르기
시작했다. 그런데 직원들이 예상했던 유행가는 고사하고 가곡조
차 아닌, 조선의 명기이자 시인이던 황진이의 시조 "청산리 벽계
수야 수이 감을 자랑마라..."를 부르는 것이었다. 점잖은 평시조
시조창이었다. 신임 국장님의 시조창은 흥겨웠던 분위기에 끼얹
어진 얼음물이 되었다. 영랑으로선 고육지책이었다. 믿기 어려
운 얘기지만, 실제로 영랑은 「타향살이」나 「목포의 눈물」 같은
대중가요는 물론이거니와 「봉선화」 같은 가곡조차 몰랐다(*모든
학교 교육을 일제하에서 받았으니 우리말 가곡을 배웠을 리가 없고, 유
행가는 아예 여름철 벌레 보듯 한 사람이 김영랑이었다.). 어쨌든 신임
국장님과 직원들 간에 거리도 좁히고 서로 친밀해지는 계기를
기대했던 야유회는 소기의 목적을 별로 달성하지 못하고 말았
다. 어쩌면, 항일 독립운동으로 옥고를 치르고, 광복의 그날까지
마지막 지조를 굽히지 않았던, 늘 단정하게 한복 차림을 고수하
는 자기들의 근엄한 상사에 대해 존경을 하면서도 다른 한편으
로는 왠지 조심스럽고 더 어려워하게 되었을 것 같다.

이승만 정부의 당시 공보·언론 핵심 요직이던 공보비서관, 차장, 출판국장 라인은 완벽했다고까지는 말 못 한다 하더라도, 확실히 훌륭한 진용이었다 할 만했다. 이산 김광섭은 일본 와세다대학 출신으로 일제의 탄압을 받아 4년여의 옥고를 치른 시인이자 평론가로서 존경받는 민족주의자였다. 소천 이헌구 차장 역시 와세다대학 출신으로 작가, 문학평론가로 조선일보 기자와 보성중학교 교장을 지냈으며, 일제의 우리 문화 말살 정책에 항거, 붓을 꺾었던 이였다. 공보처의 3인자 위치였던 우리의 김윤식 출판국장은 더 말할 필요가 없는, 우리 시문학사의 선구자, 민족주의자, 곧은 조선 선비였으니, 이들 공보처 라인업은 신생 조국의 공보, 언론, 출판 업무에 거뜬한 진용이었다.

출판국 일은 많고 중요했다. 신문, 주간/월간 잡지, 출판물의 유해성과 이적(利敵)성을 관리 감독하는 기능이었다. 특히 신생 독립국에서는 중요한 일들이었다. 국가 정체성을 지키는 업무였던 것이다. 출판국 직원들은 서울 시내 신문사나 서점들로 나가서 신문과 잡지들을 들춰 보고, 출판사와 인쇄소에도 들러 출판물들을 살펴보는 일을 했다. 출판국장은 출판사와 잡지의 정간, 폐간 권한을 가지고 있었다(*김현철은 아버지가 "굉장히 위험한 자리"를 맡으신 거라고 술회한다.).

김광섭·이헌구·김영랑의 '3각 편대'는 오래가지 못한다. 1950년 1월 어느 날이었다. 충무로의 한 술집에서 주연이 베풀어졌다. 훗날 문교부 장관이 되는 역사학자 이선근이 국장으로 있던 국방부 정훈국에서 가까이 지내던 문인들을 위해 마련한 술자리였다. 문인들에게 군가 가사를 만들어 달라고 요청하는 자리였다. 그런데 이 주연에서 교자상이 엎어지는 촌극이랄까 불상사가 일어난다. 불상사는 김광섭 경무대 공보비서관에 의해 야기되었다. 당시 이승만 대통령은 조선어학회의 1933년 '한글 맞춤법 통일안'을 폐지하고, 대신 소리나는 대로 간편하게 적는 '한글 간소화안'을 주장하고 있었다. '있다'를 '잇다'로, '없다'는 '업다'로, '꽃'을 '꼿'으로 적도록 하자는 식이었다. '없다'라는 말의 '없'이나 '직업'의 '업'이나 발음은 '업'으로 똑같은 데도, '없다'는 '없'으로 쓰고 '직업'은 '업'으로 쓰는 것은 불합리하다는 것이었다. 당시 지식인층에서는 이승만의 이런 주장에 대해 부정적인 여론이 훨씬 강했다. 고위 공직자였지만, 영랑 역시 이에 비판적인 입장이었던 것 같다. 그런데 김광섭이 "우리 박사님(=이승만 대통령) 말씀이 옳지, 뭐..." 하면서 이 대통령의 입장을 두둔하고, 조선어학회의 맞춤법 안은 폐지되어야 한다는 얘기를 장황하게 설명하는 것이었다. 일제 때부터 오랫동안 절친하게 지내온 동료 문인들끼리의 임의로운 자리라 생각했는지 김광섭은 별로 조심스러워하지도 않았다. 영랑은 비위가 상했다. 이런 엉터리같이 저급한 주장에 참석한 10여 명의 문인들 모두가 꿀 먹은 벙어리처럼 입을 닫고 있는 것 또한 영 견디기 어려웠다. 역겨웠다. 순수 서정 시인은 언어 이전의 원초적 행동으로 폭발했다. 영랑은 벌떡 일어섰다. 그는 얼마나 참았던지 아니면 술로 불콰해진 것이었던지 얼굴이 벌겠다. 그는 큰 소리로 "그게 말이 되느냐. 나는 맞춤법 통일안 폐지에 무조건 반대다. 이유 같은 건 설명할

해방 전후

가치도 없다"며 외치듯 말을 짧게 뱉어냈다. 동시에 자기 앞의 술상을 엎어 버렸다. 순식간이었다(*김현철은, 아버지가 성질이 급한 분이었다면서 "나도 성질이 급해요"라고 말한다. 그리고 덧붙여, "그런 건 내려오는 거죠…" 한다.). 문인들의 옷에는 음식물이 튀고 쏟아진 음식과 술병들로 주연은 수라장이 되어 끝나 버렸다. 이 얘기는 그 자리에 있었던 박목월이 훗날 김현철에게 들려준 내용이다. 문인들 사이에는 쉬쉬하며 다 알려진 일이라고 했다.

이승만에 의해 촉발되었던 이 '한글 간소화 파동'은 학계와 지식인층의 심한 반대로 1955년 이승만이 직접 나서서 자진 철회하며 그 막을 내렸다. 그러니까, 조금 단순화시켜서 얘기한다면, 영랑이 옳았고, 김광섭과 이날 침묵했던 문(학)인들은 틀렸거나 틀린 쪽이었다.

이 일은 영랑의 흥미로운 일면을 다시 들여다보게 한다. 사람 좋고 과묵한 성품이지만, 일단 화가 나면 이성이 순식간에 고갈되어 버린다. 특히 옳지 못한 말, 옳지 못한 짓이라고 판단하는, 그런 일에 대한 그의 '의분' 감대(感帶)는 남다르게 예민했다. 영랑은, 손해를 볼지언정 할 말은 한다,는 성격 유형 그 자체였다. 진실의 반대는 거짓이 아니다. 진실의 반대는 비겁이다. 솔직히, 충무로 요정의 그 점잖은 분위기에서, 그것도 현직 대통령의 '신념'에 대해 그렇게 '깽판'을 치는 일은 절대 아무나 할 수 없는, 영랑이 아니었으면 (거의) 아무도 끽소리도 내지 못했을 일이었던 건 확실하다. 능숙한 선장은 조류와 다투지 않고, 조류를 함께 탄다고 하지만, 우리의 영랑은 다퉜다. 필자는 그런 영랑을 지지한다. 세상은 다소 서툴지만 꼭 다퉈야 할 때 다투는 이들에 의해 조금씩 변화해 간다고 믿기 때문이다. 말은 많지 않아야 하지만, 꼭 할 말은 해야 한다. 본능적 느낌을 능가하는 것은 없다. '콜카타(=캘커타)의 성녀'라던 테레사 수녀도 "당신이 정직하고 솔직하면 상처받을 것이지만, 그래도 정직하고 솔직하라"고 영랑을 옹호하고 있다. 영랑은 거짓말처럼 정직하고 순수한 사람이지만, 아니, 정직하고 순수한 사람이었기에, 좋은 게 좋다는 두루뭉술에는 본능적 거부감을 가졌다. 영랑 연구의 권위자 김학동 서강대 교수는 이 일화를 "우리는 여기서 순수하고 순정적인 영랑의 일면을 찾아 볼 수 있다"고 기록하고 있다(김학동 2000, 185). 그는 맑았다. 그는 참 맑은 물이었다. 영랑은 조선의 맑은 윗물이었다.

영랑이 언제나 비타협적이거나 비사교적이었던 건 전혀 아니었다. 이태준의 제자인 소설가 최태응에 따르더라도, 영랑은 "놀기를 좋아하고 남들에게 후하여 많은 후배들을 도왔다."(신경림, 185). 이어 『농무』의 신경림 시인도 적고 있기를, "(강진의 영랑생가) 사랑방에는 문인 묵객의 발길이 끊이지 않았는데, 마음이 넉넉하고 손이 큰 영랑은 늘 이들을 마다하지 않았다."(신경림, 191).

욱, 하는 성정은 우리 (한국인) 모두의 유전자 같기도 하다. 솔직히 그런 '한 성질' 없는 사람 누가 있으랴. 아무리 착한 사람에게도 비장의 '한 방'은 있다.

아무튼, 영랑이 크게 잘못한 것은 아니었다 해도, 아주 잘한 건 또 아니었다. 영랑의 의분은 옳은 것이었지만, 그 방식까지 옳다고 하긴 그랬다. 더구나 김광섭은 모양새가 우습게 되어 버렸다. 친구지간이긴 하지만, 직장에서는 장관급과 국장으로 엄연한 상급자인데 하극상 같이 비칠 수도 있는 일이 벌어진 거였다. 늘 예의 바른 영랑이 그다음 날 이산에게 미안하게 되었다는 사과의 뜻을 전달했을 것 같기는 하다. 또 평소 티 없이 맑고 꼿꼿한 기질의 영랑을 친구로서 누구보다 잘 알고, 영랑의 그 천품(天品)을 좋아해서 신당동 댁에도 자주 놀러가곤 하는 이산이었기에 이들의 '우정 전선'에는 아무런 이상이 없었을 것이다(*그 일이 있고 난 두어 달 뒤 1950년 봄에 찍은 영랑의 마지막 사진에도 김광섭과 영랑은 천하없이 밝은 표정으로 함께 웃고 있다. 1954년의 영랑 문인장에도 김광섭은 왔다. 그렇게 영랑과 이산은 오랜 동지이자 벗이었다.). 하지만, 누구보다도 이 일로 영랑 자신이 속상했을지도 모르겠다.

영랑의 타계 5개월 전인 1950년 4월 동료들과 함께 찍은 사진이다.
출판국장을 사직하기 직전 또는 직후였을 것이다.
(어떤 기록에서는 1950년 2월 석영 안석주 장례식 때 사진이라고 설명하고 있으나, 이는 잘못이다.)
이것이 우리에게 남겨진 영랑의 마지막 사진이다. 왼쪽부터 김영랑, 김광섭, 이헌구이다.
맨 오른쪽은 이들과 친하게 지냈던 언론인·소설가 최상덕인 것으로 보인다.

처음이자 마지막 직장

1950년 1월 충무로 술집 사건이 있고 나서, 석 달 뒤인 4월 영랑은 출판국장직에서 사퇴한다. 출판국장에 취임한 지 7개월만이었다. 사표를 내게 된 직접적인 이유는 신임 공보처장의 지나친 월권행위 때문이었다. 이승만과 미국에서부터 친하게 지냈다는 이철원 신임 공보처장은 국장 전결 사항까지 일일이 간섭하면서 영랑의 자존심에 상처를 입혔다. 영랑은 깨끗이 사표를 던졌다. 1950년 4월의 일이었다(*이승만 직계라던 신임 처장은, 영랑이 사표를 내자 출판국을 아예 '출판과'로 강등 축소시켜 버렸다.).

처음이자 마지막이었던 김영랑의 직장 생활은 이렇게 끝이 났다. 큰 기쁨은 있어도 긴 기쁨은 없다더니 7개월이었다. 다시 영랑은 신당동 집으로 돌아왔다.

신임 공보처장과의 불협화음이 직접적인 이직 원인이었다면, 보다 근원적인 원인도 없지 않았다. '국부'와 같은 존재로 믿었던 이승만 대통령에 대한 점차적 실망도 공직을 떠나는 원인(遠因)으로 작용했다. 제철 음식과 정치인은 금방 상한다 했다. 고령에다 어두운 국내 감각이 이승만의 실정(失政)을 야기한 바 컸겠지만, 더 큰 것은 어쩌면 이승만의 과도한 자아도취였을지 모른다. 이 나라의 '아버지(=국부, 國父)'가 자신이라고 믿는 순간 그는 '성공 함정(success trap)', 성공 도취로 독선과 안일의 함정에 스스로 빠져들게 되었다. 조선어학회의 한글 맞춤법 통일안을 폐지하고 한글을 간소화하겠다는 이승만의 개인적 발상은 자신을 세종대왕 정도로 인식하지 않고서는 나오기 힘든 것이었다. 우리글을 목숨처럼 아끼던, 모국어의 천재적 연금술사 영랑은 한글 간소화 파동을 일으킨 장본인이었던 이 대통령을 도무지 이해할 수 없었을 것이다.

'외교에는 귀신, 내치에는 등신'이라던 말은 오랜 해외 망명 세월로 국내 정치(=내치, 內治)에 어두웠던 이 대통령을 비아냥거릴 때 쓰던 표현이었다. 이런 이 대통령과 영랑 사이에 유일한 일화가 있다. 정부 수립 후 초대 출판국장의 위치에 영랑이 있었기 때문에 영랑이 이 대통령을 이런저런 일로 만날 일은 좀 있었을 걸로 생각된다. 회의석상에서라든가, 보고 자료를 갖고 단독으로 또는 배석자로서라든가 7개월여의 재직 기간 중 최소 몇 번은 있었을 것이다. 우남(=이 대통령의 아호)도 초대 출판국장이 일본 유학파로 저명한 항일 민족시인이라는 사실을 잘 알고 있었을 것이다.

이런 일이 있었다. 영랑이 업무보고 관련해서 대통령 집무실이던 경무대에 들렀던 때였는데, 집무실 뒤 벽면 전체를 대형 병풍 하나가 장식하고 있었다. 그런데 그 병풍 속에 일본의 유명 사찰인 금각사(金閣寺)를 그린 그림이 들어 있는 것이었다. 영랑은 깜짝 놀랐다. 영랑은 바로 우남에게 "각하, 저 병풍은 일본의 유명한 금각사를 그린 그림입니다. 대한민국 대통령 집무실에 저런 그림을 놓아두어서야 되겠습니까? 외국 사절들이 볼까 두렵습니다."라는 취지의 얘기를 했다. 이승만은 상당히 충격을 받은 표정이었다 한다. 그도 그럴 만했다. 일제로부터 갓 해방된 신생 독립국 대통령실에 그 일본의 대표 사찰 그림이 버젓이 놓여져 있다는 것은 있어서는 안 될 일이었기 때문이다. 이승만은 눈

처음이자 마지막 직장

을 크게 뜨며 이렇게 말했다. "아니, 저게 일본 사찰 그림이란 말인가? 저런저런... 누가 그런 말을 해 줘야 내가 알지! 사람을 불러 당장 저걸 치우도록 해 주게!" 후에 알려진 바로, 이 그림은 일본의 마지막 조선 총독 아베 노부유키의 집무실에 있었던 것으로 일본의 국보급 미술품이었다. 아무튼 이 얘기는 출판국장 김윤식이 자기 출판국 업무는 말할 것도 없고, 대통령실 일일지라도 문제가 있다는 판단이 서면 지체 없이 관여하고 기여했다는 점에서 흥미롭고 가치 있는 일화다.

영랑이 공보처 출판국장으로 있을 때 쓴 글도 있다. 『신천지』 1949년 10월호(231~235)에 게재된 것이다. 「출판문화 육성의 구상」이라는 제목의 글이다. 이 글이 지금 우리의 관심을 다소 끄는 것은, 건국 초기 우리 사회의 신문, 잡지, 정기/부정기 간행물 발행 현황... 등등의 정보를 얻게 한다는 이런 것보다는 영랑 김윤식이 대한민국 공보처 출판국장 이름으로 쓴 글이기 때문이다.

이 글에서 영랑은, 일제의 지독한 언론탄압으로 사기(死期)에 처했던 우리 민족의 출판계가 해방이 되면서 "언론출판 자유"를 마음껏 누리며 "출판 황금시대"를 맞게 된 것을 동경(同慶=함께 기뻐함)한다. 영랑은, 일간과 주간을 합쳐 100여 종에 이르는 신문은 "절대 불편부당(不偏不黨)하여 엄숙히 중립을 지켜야 할 것"과 "'신문의 민주화'라는 입장에서 '진실의 보도', '선전왜곡의 불식'을 위해" 노력해야 하며, 자유의 한계를 지나 사회적 문란을 야기해서는 안 된다고 강조한다. 일부 정당, 사회단체의 기관지라든가 선전용 "삐라, 포스터, 팜프렡"이 사회를 혼란시키거나 "민족적 양심을 잊어버리고 쏘련(=소련)의 노예가 되려는 이북 공산도배의 사주를 받아 공공연히 정부를 비방하고 정부와 민간을 이간시키"는 일까지 있다며 이를 경고하기도 한다. 하루속히 "출판문화의 근본정신을 바로 잡아 참으로 명랑하고 활달한 문화 건설을 기"해야 한다고 당부하고 있다.

영랑은, 신문, 잡지를 비롯한 출판문화 관계자들은 민족적 양심을 갖고, 진실한 보도와 참된 이론을 기하며, 불편부당하고 공평무사한 입장으로, 그 기사는 항상 청신하고 명랑해야 한다는 점 등을 제시하고 있다. 정부로서도 용지(用紙)의 입수 난(難), 인쇄물의 배포 수송 문제... 등에 대해 원조 협력할 것을 다짐하고 있기도 하다.

한 가지 재미있는 것은, 평생 유행가를 극히 멀리했던 영랑이 출판국장으로서 "너무 혹평일는지 모르나, 저속하고 야비한 유행가집(流行歌集)이라든가... 국민학생을 노리는 저열한 만화..." 등등이 포화상태에 도달해서 퇴폐와 저속한 취미의 편즙상(相)을 보이고 있다며 우려하고 있는 대목이다. 사실관계의 진위와 상관관계의 여부를 떠나 "야비한 유행가집", "퇴폐"라는 대목과 그 표현이 눈길을 끈다[*그 당시의 유행가들이 어떻게 저속하고 얼마나 야비했을까. 혹시, 김윤식 국장의 유행가관(觀)이 유별났던 건 아닐까. 어쩐지 후자였을 것 같다.].

김현철은 아버지가 출판국장 업무에 심혈을 다 바쳐 일하셨다

처음이자 마지막 직장

고 기억한다. 왜 아니었겠는가. 완벽해질 때까지 시를 다듬고 다듬던 그 완전주의에, 높은 애국심과 민족의식을 지녔던 식견의 영랑이 새 나라 초대 출판국장 일에 소홀하셨을 리가 어디 있었겠는가. 현철은, 영랑이 나라를 위해서 오직 헌신 노력한 만큼 아마도 아버지는 크게 보람을 느끼셨을 거라고 생각한다.

　*여담 한 토막 – 차경모 제헌 의원과 공보처 출판국장 김영랑은 중앙청에서 이따금 만나게 된다. 서로 잘 알던 고향 선후배였던 지라 반갑게 안부 인사를 나누곤 했다. 중앙청 구내다방에서 처음 차 한잔 함께할 때다. 서로 마주 앉자마자 차경모가 "이제 말이네마는, 지난 선거에서 당선되었어야 할 사람은 자네였네."라고 말하더랬다. 김영랑의 대답은 이것이었다. "다 끝난 일인데요, 뭘. 형님은 잘하실 겁니다."

5부

죽음을 넘어

예견

김영랑은 1950년 9월 29일 세상을 뜬다. 47세였다. 6·25 전쟁 때 포탄 파편에 맞는 어이없는 사고로 급서한 것이다.

영랑은 자신의 죽음을 이미 알고 있었다. 영랑의 후기 시에는 죽음을 각오하고 받아들이는 삶의 태도가 자주 드러난다. 1949년에 간행된 『영랑 시선』의 마지막 쪽에 실린 시 「망각」(=『신천지』 1949, 4권 8호) 첫 연은 이렇게 시작된다.

> 걷던 걸음 멈추고 서서도 얼컥 생각키는 것 죽음이로다
> 그 죽음이사 서른 살 적에 벌써 다 잊어버리고 살아왔는데
> 웬 노릇인지 요즘 자꾸 그 죽음 바로 닥쳐온듯만 싶어져…

그런가 하면, 「독을 차고」(=1939년 11월 『문장』)에서는 숫제 "내

산 채 짐승(=이리, 승냥이)의 밥이 되어 찢기우고 할퀴이라 내맡긴 신세임을” 드러낸 뒤 “나는 독을 차고 선선히 가리라”고 의연하고 간명하게 자신의 마지막 날을 예고하고 있다.

영랑은 다시 「망각」에서 “산천이 아름다워도 노래가 고왔더라도/사랑과 예술이 쓰리고 달큼하여도/그저 허무한 노릇이어라/모든 산다는 것 다 허무하오라///아! 죽음도 망각할 수 있는 것이라면/허나 어디 죽음이야 망각해질 수 있는 것이냐...” 하며 자기 마음이 죽음이라는 생각에 붙잡혀 있음을 털어놓는다. 그는 죽음을 예사로운 시재(詩材)로 받아들였다. 생각하면, 어차피 우리 인생이란 ‘죽음을 향한 존재(Sein zum Tode)’다. 우리는 죽음을 의식하며 생 의지를 확인한다. 어떤 의미에서 인간의 삶은 죽음으로 ‘완성’된다.(=릴케) 우연의 이 생은 저 죽음의 필연으로의 여정과 같다. 그래서 셰익스피어는 “죽음을 제외하고 아무것도 우리 것이라 부를 수 없다”고 했을 것이다. 영랑은 시인으로서 그리고 실존인으로서 그만큼 죽음에 가까이 섰다.

김영랑은 자신의 최후를 예견하고 있었고, 그것을 자신의 입으로 얘기했다. 6·25 발발 서너 달 전인 1950년 2월 하순 어느 날이었다. 아직 공보처 출판국장일 때였다. 선배 문인 석영 안석주(=1901~1950)의 장례 날이었다. 안석주는 영랑의 휘문의숙(=현 휘문중·고) 2년 선배이자 극작가로 자택도 같은 신당동이어서 아주 가깝게 지내오던 사이였다. 안석주는 「우리의 소원」을 작사한 이로도 잘 알려져 있다. “우리의 소원은 통일, 꿈에도 소원은 통일, 이 목숨 바쳐서 통일, 통일이여 오라”로 시작되는 「우리의 소원」을 석영은 1947년에 썼다. 아버지의 이 시에 아들인 작곡가 안병원이 곡을 입혀 남북이 함께 부르는 유명한 동요로 탄생시켰다. 부자의 멋진 합작품이었다.

안석주의 장례식은 서울 교외 망우리 공동묘지였다. 안석주의 관을 땅에 묻고 떼를 입힌 후 장례 의식에 함께한 십여 명의 문인들은 봄날같이 따뜻한 날씨를 벗삼아 자연스럽게 묘소 옆 잔디 위에 둘러 앉아 술잔을 기울이며 고인에 대한 추모 덕담을 나누게 되었다. 어느 정도 술잔이 돌아 술기운이 오르며 분위기가 사뭇 울적해졌다. 이때 한 사람이 "아, 석영이 우리 곁을 이렇게 황급히 떠났구나. 이제 또 누군가가 석영에 이어 우리 곁을 떠나 세상을 하직할 테지..." 하며 혼자 독백하듯 얘기하는 것이었다. 좌중은 더욱 숙연해졌다. 한순간이 흐른 후 평소 늘 입이 무거웠던 영랑이 입을 열었다. "다음은 내 차례일세" 하는 것이었다. 영랑과 절친하게 지냈고 이 자리에 함께 있었던 문학평론가 이헌구(=이승만 정부 공보처 차장)는 훗날 이때를 회고하며, 영랑의 그 갑작스러운 말을 처음엔 그저 농담 정도로 받아들였다 했다. 영랑이 평소 건강했고 어떤 지병이 있는 것도 아니어서 다들 농담으로 받아들였다는 것이다. 하지만, 그때의 영랑 표정이 워낙 진지한 데다 평소 말을 쉽게쉽게 하는 성품도 아니어서 뜻밖이었다 했다. 안석주 장지에서의 돌연 발언이 있은 지 7개월 후인 1950년 9월 영랑은 정말 세상을 타계했다. 아무도 상상조차 할 수 없었던 돌발사였다. 그제서야 그때 함께 있었던 문인들은 입을 모아 "아, 영랑이 농담을 한 게 아니었구나...." 하고 영랑을 다

시 회상하고 추모했다. 농담을 한 게 아니었구나, 그는 자기 죽음
에 관해 뭔가를 직감하고 있었던 거구나, 하고들 생각했다.

영랑은 어떻게 자신의 죽음을 이처럼 '단호하게' 또는 거의 확
신에 차서 단정할 수 있었을까. 그에게 예언력이 있었을 리는 만
무하다. 도대체 예언을 할 수 있는 인간은 동서고금 이 세상에
단 한 명도 없다. '무속 예언' 운운은 과학적 인과율의 세계에서
보자면 어리석은 소극(笑劇) 그 이하에 불과하다. 예언을 한다면
이미 그(녀)는 인간이 아니다. 인간은 예언(foretelling) 할 수 없다.
그런 재주가 없기에 '인간'이라 하는 것 아닌가. 예견(foreseeing)
할 수는 있겠지만 말이다. 인간은 바로 10초 뒤의 자기 운명도
미리 알지 못한다. 예언(력)은 인간의 것이 아니다. 하지만 심한
불치 질환을 앓고 있거나 조직폭력배 세계에서 중심적으로 암
약하고 있다면 죽음의 그림자가 자신의 주위에 어른거리는 걸
느끼고 자신이 이내 죽을 수 있다는 사실을 예견할 수는 있다.
사람들은 어느 정도 예견력을 발휘할 수 있다.

영랑은 자신의 죽음을 예견하고 있었다. 그것도 정확히 내다
보고 있었다. 조금 거창한 비유이지만, 예수나 이순신도 자신들
의 죽음을 예견했다. 예수는 자신을 팔아 넘겨 죽음에 이르게 할
배신자가 누구일지도 내다보고 있었다. 자기 죽음의 임박을 느
낀 예수는 따르는 제자들과 '최후의 만찬'을 하기도 했다. 이순신
은 1598년 노량 앞바다에서 자신이 죽을 수도 있다는 것을 감지
했고, 아마, 이제 죽어도 된다, 또는 이제 죽어야 한다,고 생각했
던 듯하다. 어쩌면 백범 김구도 자신의 죽음을 예견했을 것 같다.

예수나 이순신이나 김구 주변에는 이들을 제거하려는 세력들이 늘 이들의 목을 노리고 있었다. 식민지 유대인 동족들은 예수를 기성 종교 질서를 어지럽히는 '이단자'로 지목하면서 사사건건 발목을 잡고 늘어졌었다. 이순신은 왜적들을 다 물리치고 나면 자신이 다시 선조 조정 정쟁의 희생양이 될 걸 내다보았고, 장수가 죽어야 할 곳은 조정이 아니라 싸움터라는 걸 이미 알고 있었을 것이다. 백범은 좌익이니 우익이니 하며 싸우고 죽이고 적대시하는 일이 일상 같았던 해방 정국의 예리한 칼끝에서 자신이 안전하지 못하리라는 걸 느끼고 있었다.

영랑도 그렇게 자기 죽음의 그림자를 보고 있었다. 해방 후의 격렬한 소용돌이 속에서 멋대로 뒤엉킨 민족 현실과 그 모순 덩어리 구조의 한 지점에 어찌어찌 위치해 있는 자신을 정확하게 보고 있었던 것이다. 영랑은 순수시를 지향한 문학지상주의, 예술지상주의적 입장을 초지일관했다. 아름답고 고운 우리말 시어(詩語)의 발굴과 연마, 시상(詩想)의 미학적 세련을 일생 추구해 왔다. 김기진, 박영희, 최학송 등의 사회주의 '(신)경향파' 문학 조류나 임화를 중심으로 한 카프(KAPF)(=조선프롤레타리아예술가동맹)의 프로 문학, 계급 문학과는 다른 입장이었다. 문학의 이념화, 이데올로기 경향에 영랑은 찬성하지 않았다. 이것이 시문학파의 영랑·용아·지용의 방식이었고, 청록파의 박두진, 박목월, 조지훈의 길이었으며, 지금 우리가 보고 있듯이, 이들의 시 운동이랄까 방향이 오늘 한국 시의 중심 흐름이 되었고, 한국 현대시의 모태가 되었다. 그런 의미에서 영랑은 한국 현대시의 선구자이며 시인의 시인이었다. 어쨌든 영랑의 이 문학관이랄까 시정신은 좌파 시 운동, 계급 문학 조류와는 다른 것이었다. 거기와는 일정한 거리와 긴장이 분명 있었던 것이다.

민족 구성원 내부에 이런 종류의 긴장과 모순이 전 사회적으로 점점 확장되고 강화되어 가던 1945년 8월 15일 조국은 홀연 광복과 해방을 맞았다. 해방은 이념들의 해방이기도 했다. 당시 사회는 이념의 분화구였다. 입 달린 사람은 다 한 마디 하는 중구난방 세상이었다. 특히 좌우 이데올로기 대립은 노골화하고 곧바로 폭력화했다. 당시 세상은 모두가 우익 아니면 좌익 같았다. 저 사람(들)이 언제부터 저렇게 이념의 투철한 신봉자였나 하고 놀랄 만큼 당시 사람들은 이념에 처절하리 만큼 열렬했다.

해방을 고향 땅 강진에서 맞은 영랑은 기다리고 기다리던 독립 조국, 그 새 조국 건설에 자연스럽고 당연히 뛰어들었다. 8월 15일 숨겨 두었던 태극기를 꺼내 들고 대한독립만세를 목청껏 외쳐 불렀던 영랑은 조국 광복의 날이 밝자, 강진에서 대한청년단 단장, 대한독립촉성회의 선전부장, 새 정부의 경찰이 출범하고 활동하도록 협조하며 치안을 유지하는 강진치안대 고문 등을 맡는다(*강진치안대 대장은 강진읍 동문안 출신의 김향옥으로 영랑이 정구를 가르치고 함께 쳤던, 절친의 후배였다.). 이 세 조직체 모두 대한민국을 지지하고 그 출범을 순조롭게 하려는 우군 조직이었지만, 대한민국의 단독 출범을 저지하려 했던 좌파 좌익 세력들과는 경쟁 관계이면서 적대 관계가 되는 것이었다. 여운형의 건국준비위원회나 박헌영의 조선노동당, 남로당(=남조선노동당)과는 다른 노선이었다.

강진치안대원들의 기념사진. 1945년 11월 5일 촬영한 것으로,
가운데가 치안대장인 김향옥, 그 오른쪽이 김안식,
그 옆이 유일한 한복 차림의 영랑 김윤식이다.

일제 강점기 내내 한거 혹은 은거하다시피 하며 세상사의 길 대신 오직 문학의 길을 고수하던 영랑으로선 의외의 선택으로 보여질 수 있었다. 그러나 일제의 세상을 거부하고 외면했던 건 우리 민족의 새 독립 세상에 대한 열망이 그만큼 간절했던 때문이었다. 일제에 대한 철저한 부정은 해방 조국에 대한 뜨거운 긍정이었고, 일제에 대한 참여 거부는 새 독립 정부에의 헌신적 참여 염원 그것이었다. 제헌 국회의원 선거 출마 역시 새 나라 건설 열망의 김영랑적 표현이었다. 이제 영랑은 정치적 성격의 조직체에 적극 참여하는 것이었다. 일생일대 초유의 일이었다.

영랑은 고향의 해방 공간에서 대한민국 정부 출범을 지지하는 지도자이면서 강진 지역 우익계 지도자의 위치를 갖게 되었다.

김안식(=1894~1960), 김광(=1897~1981) 같은 강진의 원로 지도자들은 영랑을 만나 "우리가 뒤에서 도울 테니 젊은 자네가 앞장서서 강진의 미래를 위해 수고해 주게." 하며 영랑의 '등판'을 요청하는 것이었다[*강진 독립만세운동으로 영랑과 함께 옥살이를 했던 김안식은 영랑 김윤식의 집안 형님으로 "나는 일본 사람 하고는 밥도 같이 안 먹는다"던 강진의 유명한 민족진영(=우익진영) 지도자였다. **김광은 강진의 재력가로서 강진 원로 모임인 수성당 회장을 지낸 덕인이었다.]. 영랑은 자연스럽게 강진 지역 좌익 세력들의 표적이 될 수밖에 없었다.

강진군 칠량면 출신으로 강진 좌익진영의 대표 격이던 최상철이라는 이를 포함한 좌익계 인사들은 수차에 걸쳐 주로 밤에 영랑생가로 영랑을 찾았다. 함께 손잡고 좌익 활동에 나서 달라는 설득이었다. 영랑은 이들에게 "나는 자유를 버릴 수가 없다. 나는 아무리 생각해도 자유 쪽이다. 나는 자유인으로 살아왔고, 앞으로도 그럴 것이다. 죽어도 살아도 나는 어쩔 수 없이 자유다." 라며 진솔한 자기 심경을 전달하곤 했다. 참 직선적인 피력이었다. 영랑에게 있어서, 자유는 자기(自己) 이유(理由)로 사는 것이며, '광장'에서 제공될 수 있는 것이 아니었다. 영랑에게 있어서, 자유는 'ㄴ'보다 'ㄱ'이 먼저 나오는 그 사전적 우선순위(lexical priority) 같은 것이었다. 설령 자유롭도록 저주받을지라도 자유는 차(次)순위일 수 없는, 인간이라는 종류(=인류, 人類)의 최근간재(財)였던 것이다. 사랑채 영랑 방 옆방이 공부방이어서 현철 형제들은 숨죽이며 이 긴장도 높은 좌우익 간 대화를 엿듣게 되었다. 왠지 모르게 소년에게는, 아버지의 선택에 어떤 대가가 따를지 모른다는 불길한 생각이 들었다.

당시 좌우 대립은 놀랄 만큼 격렬했고, 놀랄 만큼 폭력적이었다. 일본 제국주의자들을 미워했던 것처럼 이제 좌우익은 서로를 그렇게 미워했다. 어쩌면 일제보다 동족 간인 서로를 더 미워하고 더 적대시하는 것 같았다. 설명하기 어려운 일이었다. 매우 낮은 정치경제적 수준에서 타력(他力)적 해방을 맞은 저개발 신생국의 모순적 현실이었달까. 아무튼 비극이었다. 접점을 찾으려는 시도와 노력도 별로 없이 화해의 물결마저 메마른 것은 비극 중의 비극이었다. 35년 동안 이민족(異民族)의 압제하에 있다가 마침내 해방을 맞이했건만 이제 같은 동족끼리 서로 죽이지 못해 안달이 나 있는 듯했다. 살기 위한 사람들 같지 않고 죽기 위한 사람들 같았다. 답을 알면서 문제를 거꾸로 풀고 있는 사람들 같았다. 자식은 아깝지만 이웃은 아깝지 않던 사람들이 1950년 6월 25일 전야의 대조선(=대한민국) 한겨레족이었다. 세상 천지에 법도 규범도 질서도 민족도 역사도 없는 비극 중의 상비극 상태가 1945년 8월 이후의 해방 정국이었다.

영랑 설득이 어렵다고 최종 판단한 강진의 좌익 세력들은 이제 영랑을 노렸다. 급기야 영랑 자택에 불을 질러 버리려고까지 했다. 야밤에 방화해서 영랑 일가족을 몰살시키거나 방화가 미수에 그치더라도 살벌한 경고를 주어 그 활동을 위축시키려 했던 것이다. 이 방화 계획은 결과적으로 그들의 성공한 작전이었다. 상대방을 겁주는 위하(威嚇) 효과를 봤달까. 좌익들이 의도한 목적대로 영랑과 영랑의 전 가족이 이 일로 강진을 뜨게 되니 말이다.

청년단 단장인 영랑을 밀착해서 경호하던 핵심 간부 차형환 등이 영랑생가의 안채 뒤편에 있는 대나무밭과 정구 코트 뒤쪽 등 두 군데에서 방화용으로 의심되는 상당량의 누더기와 낡고 해진 옷가지 등을 발견했다. [*실제로, 좌익 세력들이 심야에 영랑생가 뒤편 대숲에 방화를 했고, 영랑 가족들은 다행히 화를 모면했다는 얘기도 있다(김학동 2019, 55). 그러나 이는 당시 열세 살이던 김현철의 기억과는 차이가 있다.] 이들은 곧바로 강진경찰서에 신고했다. 경찰은 방화용이 틀림없다고 확인했다. 그러나 당시의 경찰은 방화 사건이나 다른 위해(危害) 사건을 수사할 역량도 예방할 인력도 없었다. 경찰은, 영랑의 신변 안전을 경찰이 보장할 수 없다고 했다. 그러면서 경찰은 청년 단원들로 하여금 영랑 선생 댁 주변을 24시간 자체 경비를 서지 않으면 안 될 것이라고 주문했다. 위해 목적의 방화 시도 물증이 확보되었음에도 불구하고 수사를 개시하기는커녕, 공권력이 신변 보장을 장담할 수 없으니 알아서 잘 대처하라는 내용의 주문이었던 것이다. 그 당시 우리 사회의 수준과 실행력이 그랬다.

그렇잖아도 영랑은 혼란 혼탁 정국의 전면에 서 있던 터여서 여러 차례 신변의 위협을 느껴 오고 있었다(*두어 달 전의 제헌 국회의원 선거 때도 그런 비슷한 일이 있었다.). 당시에는 쥐도 새도 모르게 납치되고 살해되는 일이 다반사였다. 강진 같은 지방쪽은 더 그랬다. 거의 무정부 상태 비슷한 실정이었다. 어떤 의미에서 강진의 야밤은 대한민국이 아니라 남로당 치하 같았다. 결국 영랑은 강진을 떠날 결심을 하게 된다.

이미 장남 김현욱과 차남 김현국이 서울에서 학교를 다니고 있는 데다 3남 김현철 역시 9월부터 경복중학에 입학하게 되었으니 아들들의 하숙비도 간단한 부담이 아니었다. 평생 직장을 가져 보지 않고, 돈벌이도 해 보지 않았던 까닭에 영랑이 이끌던 가정의 가세는 예전 부잣집의 그것이 이미 아니었다. 자식들의 교육을 위해서도 서울행의 필요가 있었던 것이다.

게다가, 광복이 되자마자 서울에 있던 동료 문인들로부터 이제 상경하라는 권유와 설득이 계속되고 있었다. 일제 때 모든 참여를 거부했던 지조와 뚝심의 영랑 김윤식을 모든 문인들이 다 잘 알고 있었던 터여서 그 영랑이야말로 새 조국의 최일선에 나서야 한다는 가까운 문인들의 전원 일치 요청 같은 것이었다. "광복이 되었으니 이제 서울로 올라와야 할 것 아니냐? 그만 서울로 와서 새 조국 건설에 힘을 모으세나!"라고 거의 이구동성으로 영랑의 서울 상경을 촉구하는 것이었다. 영랑은 처음에는 못 들은 척 했다고 한다.

영랑에게 있어서 강진 땅을 떠난다는 것은 자신의 '마음 사전'에 없는 일이었다. 아버지와 그 아버지의 아버지(들)로부터 내리 9대를 살아온 고향 강진, 누이와 동생들과 뛰놀며 동심과 시심을 길러준 강진 땅을 떠난다는 것은 그 고향을 등지는 일일 뿐만 아니라, 자기 존재 전체를 등지는 일이라고 생각했을 영랑에게 서울로 이주한다는 생각이란 애초에 없는 것이었다. 그러나 좌익의 테러 위협이 현실화하자 그는 거기서 죽음의 그림자를 본다. 이제 그는 무엇보다 가족의 안전을 위해 고향을 떠나 서울로 이주하는 일을 심각하게 고민하지 않을 수 없게 되었다.

영랑은 며칠을 두고 전전반측 잠 못 이루며 생각하고 또 생각한 끝에 고향을 떠나기로 최종 결심을 한다. 만감이 교차했을 것이었다. 고향을 지키지 못하고 이렇게 타지(他地)로 이거하는 데 대한 상실감과 자책감도 컸다. 자기 시 세계의 뜰이자 자신의 전(全) 존재의 근거와 다름없는 강진을 떠야 한다는 것은 고향의 상실이자 영랑의 자기 상실임을 여리디 여린 감수성의 보유자인 당신이 크고 아프게 느꼈을 것이다. 그래서 그는 잠을 이루지 못했다. 기다리고 기다리던 해방이 끝내 자기로 하여금 고향을 버리게 하다니, 세상에 이런 역설의 삶이라니… 아아, 해방이 ‘원수’였다. 자신의 생가를 비롯하여 얼마 남은 전답 등 전 재산을 부랴부랴 헐값에 정리한 뒤, 영랑 가족은 서울 신당동에 집을 마련하였다. 착잡함이 너무 컸기에 강진 집과 전답을 전광석화처럼 처분했다. 방화 테러 위협이 가시화된 지 불과 한 달만이었다.

꿈에서조차 전혀 상상을 못한 일이 현실에서는 종종 일어난다. 그래서 꿈보다 더 꿈 같은 세계가 현실이다. 영랑이 강진을 뜨는 것은 꿈에서도 있을 수 없는 일이었고, 영랑을 생장시켜 온 고향이 그에게 죽임의 땅이 되었음을 뜻했다. 영랑은 강진 땅에서 그대로 희생될 뻔했다. 고향에서 죽을 뻔한 영랑이 살기 위해 고향을 뜻밖으로 등지는 것이었다. 강진에서의 그는 이미 죽은 목숨이었다.

　1948년 8월 어느 덥던 여름날 영랑 일가는 마침내 강진을 뜬다(*강진에서 서울로 이사 갈 때 영랑 가족은 경찰서 구급차 같은 차량을 이용했다. 영랑이 치안대 고문이었으니 편의를 제공받았을 것이다. 어쩌면 '도요다 부장'이 은혜를 갚기 위해 경찰 선배로서 강진 경찰에다 부탁을 했을런지도 모르겠다.). 이미 모란이 뚝뚝 떨어져 버려 한 해가 서서히 기울어 가던 어느 여름날 아침 그는 이렇게 강진 땅을 떴다.

　다산 정약용은 강진 땅으로 유배 올 때 몇 년 정도 살면 해배(解配)되어 다시 한양으로 올라갈 수 있을 거라고 생각했다. 다시 조정에 나가게 될 걸로 기대했다. 그러나 다산은 조선의 임금과 그의 조정으로부터 잊혀진 존재가 되어 무려 18년을 낯설고 물설은 강진 땅에서 유배 생활을 해야만 했고, 끝내 조정에 다시 복귀하지 못하고 눈을 감는다. 동생과 한날한시에 유배되어 지척인 흑산도에서 살아가던 다산의 형 정약전은 끝내 사면 복권(=해배)을 보지 못하고 이웃에 유배 중이던 동생 얼굴 한번 보지도 못한 채 흑산에서 불귀의 원객(怨客)이 되었다. 세월은 늘 이리 무심하고, 세상은 이리 무정하다. 카를 마르크스는, 기대했던 1848년 혁명이 유산(流産)되고 유럽 대륙에서 쫓긴 몸이 되어 마지막 남은 땅 영국으로 건너갈 때 곧 다시 독일이나 프랑스로 돌아올 수 있을 것으로 생각했다. 영어도 잘 못하는 처지였기에 31세의 마르크스에게 영국 생활은 도무지 내키지 않는 불안하고 불만스러운 것이었다. 그러나 마르크스는 끝내 모국 독일이나 다시 가고 싶어 했던 프랑스로 돌아가지 못한다. 그는 먼 섬나라 영국에서 무려 34년을 살다가 거기서 세상을 뜨고, 그리고 거기 묻힌다.

우리의 영랑도 살아 생전 다시 강진 땅을 더 밟아보지 못한다. 대자연의 일부처럼 고즈넉하고 아늑한 고향을 지키며 대자연으로 내내 살아가고 싶었건만, 자기 어머니의 그 땅에서 모란꽃 향기처럼 살고 싶었건만, 그 고향이 그를 더 이상 받아들이지 않는 것이었다. 강진 땅으로부터의 박해였다. 등지기 싫은 자기 땅을 등질 수밖에 없는 이의 운명은 가혹하다. 영랑의 가혹한 운명이었다. 대대손손 강진 사람 영랑 김윤식의 굴욕이자 비극적 시련이었다. 그렇게도 사랑했던 그 고향으로부터, 그토록 기다렸던 해방 조국의 세상으로부터, 소박받고 '추방'된 것이다. 영랑은 고향의 그 열렬한 싸움꾼들, 무자비한 이념의 전사들로 말미암아 영영 고향을 뜨지 않을 수 없었다.

우연의 죽음

1950년 6월의 6·25 전쟁은 민족 간 모순과 적대감이 일시에 대폭발한 것이었다. 북쪽의 김일성은 적화통일을, 남쪽의 이승만은 북진통일을, 거의 날마다 외치고 있던 상황이었다. 38선 부근에서는 하루 몇 건씩 크고 작은 군사적 충돌이 일어나고 있었다. [*북한군이 38선 이남으로 남측을 도발한 것이 874회, 남한군이 38선 이북으로 북측을 도발한 것(=1949년 1월부터 9개월간)이 432회였을 만큼 남과 북의 '국경충돌'과 국지적 교전은 일상처럼 잦았다.] 남한 내 좌익 세력들은 광범위하고 조직적으로 파업과 폭력과 폭동을 기도했고, 미 군정과 뒤이은 새 정부의 군경은 이를 진압하고 토벌하면서 민족 간 갈등과 대립은 마치 내전 수준으로 치달아 가는 것이었다. 남한 내 좌익 세력들은 북한의 김일성 세력과 연합해서 이승만 정부를 타도 전복시키기 위한 군사적

계책에 심혈을 기울여 가고 있었다. 마침내 북한군이 6월 25일 새벽 38선을 기습적으로 유린하며 전면 공격해 오면서 3년간의 한국전쟁이자 남북 간 민족상잔의 대비극이 시작되었다.

소련과 중공(=중국 공산당=중국)의 군사 지원을 등에 업고 남침 준비를 철저히 해 온 북한군에게 국군은 적수가 되지 못했다. 인민군은 파죽지세로 남하했다. 두 달 전까지 공보처 출판국장이었던 김영랑은 한강 다리가 폭파되어 한강 이남으로 미처 남하하지 못하고 있었다(*영랑은 당시 공보처 차장이던 친구 이헌구로부터 긴박한 전황을 전해 듣는다. 그러면서 이헌구는 6월 27일 오후 2시까지 자기 지프차를 가지고 신당동 영랑 댁으로 가겠으니 기다리라고, 함께 남하하자고 했다. 그러나 그 약속은 지켜지지 않았다. 이후 이 두 문학 동지는 살아 다시 만나지 못한다. 영랑은 친구 말을 믿고 집에서 기다렸고, 6월 28일 새벽 한강 다리 폭파로 피난 기회를 잃어버리고 만다. 야속한 일이지만, 전쟁 중의 다른 무슨 약속인들 개인의 의지만으로 지켜질 수 있었겠는가...).

영랑은 6월 28일 새벽 서울 북쪽에까지 인민군이 내려왔다는 급보를 전해 듣는다. 그때 영랑 자택에는 전화가 가설되어 있었기 때문에 긴급 대피하는 게 좋겠다는 전화 연락을 받았다. 상황이 급박해졌다. 몸을 숨겨야 했다. 영랑은 가족들을 놔둔 채 우선 급한 대로 혼자 밀짚모자에 농부 복장으로 변장을 하고, 같은 신당동이지만 사뭇 거리가 떨어져 있는 8촌 동생 김형식(*강진읍 출신으로 일본 메이지대학 영문과 졸업. 김형식의 강진 본가를 동네 사람들은 '기와 큰집'이라고 불렀는데, 영랑 댁하고는 친형제지간처럼 가

우연의 죽음

깝게 지냈다.)의 집으로 급히 몸을 숨겼다. 김형식 댁으로부터 따뜻한 위로와 환대를 받았지만, 영랑은 이 운명이 너무 기가 막히고 가혹했다. (*그날 밤은 영랑의 생애에서 가장 긴 밤이었다.)

아니나 다를까, 바로 다음 날인 6월 29일 새벽 인민군들이 신당동 영랑 자택으로 들이닥쳤다. 인민군들은 지리를 잘 아는 동네 청년을 앞세워 총부리를 들이대고 자택을 급습했다. 인민군들은 집안 곳곳을 샅샅이 수색했다. 영랑이 이미 도피하고 없자 이들은 재봉틀이며 선풍기 같은 쓸만한 가재 도구들은 말할 것도 없고, 쌀과 김치 등 식량과 찬거리까지 모두 강탈해 갔다. '반동' 가족들이니 먹고 살 것을 하나도 남김없이 반출해 간다는 것이었다. 그대로 죽으라는 것이었다. 그들은, 자신들이 반드시 반동 김윤식을 잡아내고 말 것이지만, 가족들이라도 무사하려거든 빨리 자수시키는 게 좋을 것이라고 협박했다. 전쟁 발발 4일 만에 신당동 영랑 자택에서 벌어진 일이었다. 한국전쟁은 이렇게 처음부터 영랑과 그 가족들의 삶을 통째로 마구 뒤흔들었다.

전쟁 개시 나흘 만인 6월 29일 새벽에 북한 군인들이 현직도 아닌 전직 공직자였던 김영랑까지 체포하러 온 것을 보면 저들이 얼마나 철저히 남침과 전쟁을 준비했는가를 알 수 있었다. 박헌영의 남한 내 조직들은 대한민국 중앙 정부와 지방 도시 지도급 인사들의 명단과 주거지, 이들의 특이 사항을 이미 속속들이 파악하고 있었다. 대한민국 정부와 군경 내부와 서울 시내를 손바닥 보듯 읽고 있었던 것이다.

간발의 시간 차로 몸을 피한 영랑은 안도의 한숨보다는 극한

죽음을 넘어

의 죽음 엄습감에 더 몸을 떨었다. 전쟁이 난 지 불과 나흘 만에 신당동 집에까지 그들이 들이닥쳤다는 얘기를 전해 들은 영랑은 놀랐고 큰 충격을 받았다. 죽음이 바로 가까이에 와 있음을 사려 깊은 영랑은 직감했다. 영랑은 자신이 언제든지 죽을 수 있는 신세임을 다시 절감했을 게 틀림없었다.

강진을 자신의 의지에 반하여 떠날 수밖에 없었던 것처럼, 영랑은 또다시 서울 자택에서 몸을 피해 어딘가로 숨어 들어가야 하는 자기 땅의 '망명자'가 되는 불운을 겪는다. 강진도 위험하고 서울도 위험하다면 이제 어디가 있어 안전할 것인가. 강진에서 이미 죽을 뻔했고, 신당동에서 또 죽을 뻔했다. 남한에서도 쫓기고 북에서도 절망하여 전쟁 포로 끝에 남북 양쪽으로부터 버림받았던 소설 『광장』의 주인공 이명준처럼, 영랑은 강진에서도 서울에서도 제 의지의 생을 살아가지 못하게 되는 것이었다.

중앙청 요직에 있었던 영랑이 그때 체포되었더라면 북으로 끌려갔거나 서울에서 바로 처형되었을 것이다. 공보처 출판국장 자리가 남로당 계열의 좌익 신문, 잡지, 주간지를 검열하고 단속하여 뿌리 뽑는 데 주력했던 위치였으니 두말할 나위가 없었다 하겠다. 제때 몸을 숨겼기에 망정이지 끔찍한 화를 입을 일이었는데, 영랑은 간발로 참화를 모면했다. 천우신조였던지 이렇게 죽을 고비를 용케 넘겼던 영랑이 이다음 고비를 넘기지 못하게 될 줄이야...

영랑은 1950년 6월, 7월, 8월, 9월, 3개월여를 줄곧 8촌 동생 김형식 댁에서 숨어 지냈다. 7월 초에는 아내와 다섯 아들과 막내

딸까지 모두 이 친척 댁으로 피난해 왔다(*큰딸 김애로는 결혼해서 여수에 살고 있었다.). 영랑을 잡으러 왔다가 허탕 친 인민군들은 신당동 영랑 댁을 24시간 감시했다. 혹시 영랑이 나타날지 모른다는 생각에다, 남은 가족들이 어디로 도망갈지 모른다는 생각에서였다. 신당동 댁은 정문과 반대편에 작고 좁은 뒷문이 있었는데, 평복 차림의 보초병은 주로 정문 앞에만 서 있었다. 천만다행이었다. 가족들은 몸에 지닐 수 있는 것만 간단히 챙긴 뒤 야음을 틈타 뒷문으로 집을 빠져나올 수 있었다. 심야에 일곱 사람이 감시병을 따돌리고 목숨을 걸고 몰래몰래 피신하는 일은 상상만 해도 아찔하고 식은땀 나는 것이었다. 일가족 전체가 큰 변을 당할 수도 있었는데, 구사일생으로 탈출에 성공했다. 일주일 만에 영랑과 가족들은 김형식 댁에서 재회하였다.

8촌 동생 댁은 아주 부유한 살림 형편이었지만, 갑작스런 전쟁의 북새통인지라 너나없이 죽을 고생 바가지였다. 그래도 극진한 배려를 받았던 터라, 영랑 가족들은 방 두 개를 쓸 수 있었고, 식량 등 생필품도 전적으로 동생 집에 의존하게 되었다. 모든 걸 인민군에게 빼앗겨 버렸기 때문에 영랑 가족들은 말 그대로 무일푼 적수공권 빈털털이였다.

그러면서도 이런저런 입소문 전문을 통해 아직 남하하지 못하고 서울에 남아 있던 몇몇 문인들과 조심스럽게 연락이 닿았다. 영랑은 시국과 정세가 궁금하고 답답해지면 찜통 불볕더위도 식힐 겸 현욱, 현국, 현철, 세 아들을 데리고 폭포수가 쏟아져 내려오는 세검정으로 두세 차례 비밀 나들이를 하기도 했다. 거기서 몇몇 문인들과 은밀히 만나 서로 안부도 묻고 정보도 교환하였다. 그러나 서로 안부를 묻고 정보를 교환한다 해도 식량이라든가 생필품을 제공받을 수는 없었다. 누가 누구도 도와줄 수 없는 극한 무정(無情)의 세계가 만물의 영장들끼리 벌이는 전쟁이다. 긍정이 부정되고, 부정이 긍정되고, 끝내 모든 가치가 전도되고 소멸되는 것이 전쟁의 전장(戰場)이다. 전쟁의 첫 희생자는 사람이 아니라 진실이라 했다. 진실이 질식하는 무간 지옥, 그 곳이 저 전쟁이다. 전쟁에는 내일이 없다. 그 어떤 약속을 할 수도, 그 어떤 약속도 지켜질 수 없는 것이 전쟁이라는 곳이다. 내 가족과 내가 당장 어찌 될지 알 수 없는데, 무얼 약속하고 무얼 기대할 수 있단 말인가.

영랑의 피난처였던 김형식 댁은 이제 식량까지 다 떨어져서 끼니를 제대로 챙길 수조차 없는 지경이 되어 버렸다(*영랑 가족들만 여덟 식구였으니, 왜 안 그랬겠는가). 전쟁은 끝날 기미가 안 보이고, 먹을 곡식까지 다 동이 나 버린 절망의 한계 상황에 이르자 영랑의 세 아들들은 식량을 구하러 밖으로 나설 수밖에 없게 되었다(*현태와 현도, 막내 딸 애란은 아직 어려서 밖으로 나다닐 처지가 아니었다.). 아버지인 영랑은 숨어 지내야 하는 처지였기 때문에 조금 큰 아들들 셋이 식량을 얻으러 다녔다. 경기도 농촌 지역 이곳저곳으로 걸어 다니면서 식량을 구하러 다녔다. 구김 없이 자랐을 명민한 청소년기 아들들이 끼니를 급급하게 되었다. 이집 저집 눈물로 통사정하러 다녀도 전쟁통에 식량은 쉽게 얻어지는 것이 아니어서 한번 집을 나오면 보통 며칠씩 부모와 떨어져 있을 때가 허다했다. 식량을 조금 얻으면 그걸 어서 아버지 어머니 계시는 서울 피난처로 가져다 드리기 위해 아들들은 걷다 뛰다 했다. 1950년 여름의 일이었다. 아들들은 이 전쟁의 적나라한 민낯이었다.

세 아들들이 먹을 식량을 구하러 다니느라 모두 서울에 없었던 9월 23일이었다. 이날 늦은 오후 영랑은 불의의 치명적 사고를 당한다. 이제 내가 갈 것이라고 스스로 예견했던 죽음의 길이지만, 그것은 가족들과 주변에게는 청천벽력이었다. 전쟁에 총 들고 참전했던 것도 아니고, 강진에서도 구사일생이었고, 인민군들이 체포하러 자택을 급습했을 때도 운 좋게 몸을 피해 구사일생으로 무사했고, 죽도록 힘들고 고통스러운 도피 생활이었던 건 맞지만, 비교적 안전하게 몸을 숨기며 국군이 다시 서울에 입성하기만을 고대하고 있었던 영랑이 쌍방 간 교전 중 날아 든 포탄 파편에 맞아 이 풍진 조국을 뒤로 하게 되었다. 어이없고 어처구니없는 죽음이었다. 말 그대로 기가 막히는 죽음이었다. 순수한 시인의 시인이자 시종여일의 민족주의자이며 올곧은 큰 선비가 이렇게 허무하게 죽어서는 안 되는 죽음이었다.

1950년 9월 23일은 지독한 격전이었다. 석 달 전 서울에서 마구 밀렸던 국군이 다시 서울에서 인민군과 한바탕 제대로 붙은 날이 이 날이었다. 서울을 버리고 정신없이 남하했던 국군과 미군 중심의 연합군이 서울에 재입성하기 시작한 날이었고, 인민군들은 서울을 조금씩 포기하고 퇴각하기 시작하던 날이었다. 9월 23일 늦은 오후 국군과 인민군은 격렬하게 공방전을 벌인다. 양쪽 군대는 서로 쉴 새 없이 시내 민가에도 대포를 쏘아 희생자가 속출했다. 영랑은 이때 희생되었다. 지금까지 알려진 바대로 하자면, 퇴각하던 인민군들이 발악하듯 포탄을 쏟아부어 무고한 민간인들이 희생되었고, 영랑도 그렇게 희생되었다.

영랑의 3남 김현철의 기억과 판단은 조금 다르다. 국군과 연합군이 인민군을 겨냥해서 쏜 대포의 파편에 아버지 김영랑이 쓰러졌을 수도 있다는 것이다. 김현철에 따르면, 9월 23일이라면 폭파된 한강 철교와 인도교도 모두 복구가 안 된 상태였고, 아직 아군이 한강을 건너오기 전으로 한강 남쪽인 영등포 방향에서 한강 북쪽 지역에 남아 있던 인민군을 향해 포격을 계속할 때다. 용산에서도 한참 북쪽인 신당동에 떨어진 포탄들은 대부분 아군이 쏜 것이 맞다. 인천상륙작전 개시일이 9월 15일이었고, 서울 수복 날짜가 9월 28일이었으므로 13일 만에, 그리고 영랑의 피폭 5일 후에야, 아군이 서울을 완전 탈환했다는 뜻이다. 그만큼 인민군은 서울 사수에 안간 힘을 쏟았음을 말한다는 것이다(*인민군이 퇴각하면서 쏘아 댄 대포 파편에 맞아 아버지가 운명한 걸로 하자, 그것이 우리들에게 유리하겠다,는 유가족들의 당시 판단이 있었던 것이라고 김현철은 여기서 새로 밝히고 있다.).

사인을 밝히는 일은 중요한 일이다. 어떠한 사인 밝힘도 사소할 순 없다. 더구나 일제 암흑기 우리 문학을 대표하던 김영랑의 사인에 있어서랴. 그러나 잔인하고 처절한 증오심으로 교전 중이던 양측 군대가 마구 쏟아붓던 대포는 서울을 폐허로 만들며 수많은 민간인 희생자를 양산했다면, 그 희생자들은 이 전쟁의 희생자들이지, 어느 한쪽 군대에 의한 희생자들만이었다고 말하긴 어려울 수 있다. 또 그렇다 한들 그게 무슨 대수냐는 생각이 든다. "그러나 대체 무슨 상관이란 말인가."(=어느 시인의 시에 나오는 표현)

1950년 9월 23일 오후 누가 영랑을 향해 대포를 쏘았느냐, 누가 쏜 대포의 포탄 파편에 맞았느냐,는 그 진상은 이제 와서 밝혀 낼 수도 없는 일이거니와, 밝혀진들 영랑을 위해, 남겨진 우리를 위해, 무엇이 달라질 것이겠는가. 그런 의미에서 '누가' 김영랑을 죽였느냐는 '진상'은 그렇게 결정적으로 중요하지 않다. 영랑은 한국전쟁의 와중에 '전사'한 것이다. 전쟁에서 죽은 것이다. 대한 독립을 위해 온 생을 바친 백범 김구가 그 대한민국 군인의 총에 쓰러졌듯이, 한국전쟁이 조선의 철두철미했던 민족주의자 영랑 김윤식을 죽였다. 동족이 동족을 죽였다(*이 사실에 가슴이 아프고, 이 지점에서 새 생각이 찾아져야 하는 것이 아닐까...). 백범의 경우가 그러했듯, '시대살인' 같은 것이었다. 대포 파편이 아닌 이 전쟁이 영랑을 죽였다. 이 명분 없는 전쟁이 대의명분의 지사를 죽였다는 이 사실이 지금 우리에게 더 중요한 것이다(*글쎄, 대의명분이 있는 전쟁이 있을까. 있다면 그건 어떤 전쟁일까...). 6·25 전쟁은 일어나지 말았어야 할, 대의명분이 전혀 없는 전쟁이었고, 이 전쟁으로 인해 남북의 숱한 민족 구성원들이 이유 없이 까닭도 잘 모른 채 파리 목숨처럼 죽임을 당했고, 명분을 생명처

죽음을 넘어

럼 중시하며 살아온 우리의 영랑도 무고히 '순국'했던 것이다.

　서울 탈환 목표의 국군 연합군과 서울을 사수하려던 인민군 사이의 교전이 극에 달하던 9월 23일 영랑은 아내와 아직 어린 현태, 현도, 막내딸 애란과 함께 김형식 댁 지하 방공호 속에 숨어 들어가 있었다. 김형식 댁의 방공호는 제법 큰 편이어서 20여 명이 거뜬히 몸을 숨길만 했다. 친척 집 식구들과 영랑 식구들은 모두 여기 숨었다. 이날 포격이 워낙 자주 이어지고 대포의 폭발음이 무시무시했기 때문이었다. 문제는 이웃들이었다. 방공호가 없는 이웃 집의 부인들이 포탄을 피해 자기 아이들을 데리고 이 댁의 방공호로 자꾸 몰려드는 것이었다. 방공호는 사람들로 발 디딜 틈이 없이 비좁고 붐비게 되었다. 그도 그럴 것이 머리 위에서 대포가 폭발하고 포연이 동네 하늘을 잿빛으로 물들이는 마당에 무슨 배짱으로 집안에 머무를 수 있었겠는가. 이제 방공호 속은 사람들로 꽉 차서 숨이 막힐 지경이 되었다. 이때 갑자기 영랑이 홀로 중얼거리듯 "아무래도 내가 밖에 나가 있어야 하겠구나…" 하더니 일어나 이웃들에게 자기 자리를 양보하고, 위험하기 짝이 없는 방공호 밖으로 걸어 나가는 것이었다. 순식간이었다. 곁에 바닥바닥 붙어 있던 안귀련과 자식들이 미처 제지할 겨를조차 없는 순식간이었다. 이제 주객전도 상황이 되었다. 주인이 자리를 비켜 주고 객들이 이 자리를 차지한 것이 되었다. 자칫 목숨을 잃을 수도 있는 위험천만한 신당동의 지상으로 포탄이 쏟아지는 대낮에 영랑은 스스로 걸어 나왔다. 이것은 지극히 영랑다운 모습의 마지막 장면이기도 했다.

'지명 수배' 중이던 사람이 자기(친척) 집 방공호 자리를 전쟁 공포에 떠는 이름도 성도 모르는 이웃들에게 양보하고 '나 잡아 가거라' 하듯한 자발적 위험 감수하에 포연으로 뒤덮인 백주의 세상 밖으로 나왔다는 것, 이건 또 결코 아무나 쉽게 할 수 있는 일이 아니었다. 영랑은 아무도 선뜻 하지 못하는 일, 걷지 못하는 길을 또다시 선택했다. 설사 손해 볼지언정 끝내 구질구질할 수 없었던 조선 선비의 최종 모습이었다(*그러나, 조금 달리 생각해 보면, 영랑이 스스로 방공호 밖으로 걸어 나온 것이 혹시 이 구차해진 삶에 더 연연하지 못하겠다는, 이 가혹하고 피비린내 나는 동족 간 어이없는 내전에 '이제 내 수(壽)를 내놓는다'는, 회한의 내심이었을지 모른다는 생각도 얼핏 든다. 강진에서도 죽을 뻔했고, 신당동 자택의 새벽에도 죽을 뻔했더니, 아아, 대체 이게 뭐냐는 생각이 왜 들지 않았겠는가...).

영랑은 당시 서울대 재학 중이던 조카이자 이 댁 둘째 아들 김현영과 함께 밖으로 나왔다. 영랑은 이 대학생 조카와 방공호 입구에 앉아서 대화를 나누고 있었다. 무슨 대화를 나누었던지에 대한 기록이나 기억은 남아 있지 않다. 바로 이때 방공호 바로 옆에 포탄이 떨어졌다. 파편들이 굉음 속에 사방으로 튀며 폭발했다. 그리고 이 포탄 파편들은 그대로 영랑의 복부와 다리를 뚫었다. 치명상이었다. 아, 영랑은 바로 그 자리에서 피를 철철 흘리며 힘없이 풀썩 쓰러졌다. 세상에, 희대의 장사처럼 그 건강하던 영랑이 눈깜짝할 사이에 피투성이로 의식을 잃어 가고 있었다. 함께 있던 조카도 왼팔에 중상을 입었으나 생명에 지장은 없었다. 영랑은 상태가 심각했다.

서울 시내의 의사들은 모두 군의관으로 전쟁터에 불려 나가 의사를 쉽게 찾을 수가 없었다. 급히 수소문한 결과 군 징집을 피해 숨어 지내던 한 젊은 내과 의사를 겨우 만날 수 있었다. 신당동의 내과 의사 집에서 의사는 수술을 했다. 출혈을 막고 응급 조치를 취했다. 외과 의사가 아닌 데다 변변한 수술 장비나 약품이 있을 턱이 없는 전쟁 상황이었으니 그 수술이 제대로 될 리 없었고, 중환자를 살릴 수도 없었다. 수술을 해서 다리 쪽의 파편은 제거할 수 있었지만, 영랑의 복부 깊숙이 들어가 박힌 포탄 파편들은 제대로 제거하지 못했다.

경기도 평택으로 식량을 구하러 간 현철이 형들과 함께 9월 25일 신당동 병실로 달려와 눈물을 쏟으며 "아버지!" 하고 영랑을 봤더니, 영랑은 "현철아, 내가 이렇게 당하고 말았구나. 아, 힘들구나..." 할 뿐 더 이상 말을 잇지 못했다. 이 말이 셋째 아들에게 하는 영랑의 '유언'이 되었다. 고흐는 1890년 7월 27일 동생 테오의 품에 안겨 "이 모든 것이 이제 끝났으면 좋겠다"고 가느다랗게 마지막 말을 남겼었다.

김영랑은 중상을 입은 지 6일 만인 1950년 9월 29일 낮 복막염으로 만 47세를 일기로 생을 마친다. 아내와 자식들이 지켜보는 가운데 영랑은 한 많은 그 일생을 마쳤다. 영랑의 유해는 신당동에서 가까운 이태원쪽 남산 자락에 묻힌다. 관도 없었다. 인부가 가져온 허름한 흰색 종이로 시신을 덮은 뒤 손수레로 남산

우연의 죽음

에 모시고 가서 매장하였다(김용성 1973). 1940년 『조광』에 쓴 영랑 시 「한줌 흙」이 문득 떠오른다. "지쳐 원망도 않고 산다///어치피 몸도 피로워졌다/바삐 관에 못을 다져라//아무려나 한줌 흙이 되는구나." 전쟁통이라 오직 유가족들만 참여한 채 남편과 아버지의 마지막 가는 길을 눈물로 배웅하였다.

1905년의 을사늑약으로 나라의 국권이 일본으로 넘어가기 직전이던 1903년 대한제국(=조선) 전라도 강진 땅에서 태어나 1945년 해방될 때까지 35년을 단신으로 일본 제국주의에 맞서 일체의 협력과 타협을 거부한 채 식민지 조국 땅에서 사는 게 사는 게 아닌 고통과 굴욕, 고독의 삶을 살다가, 해방되어 고작 5년을 독립된 조국 땅에서 뜨겁게 살아가려던 그 영랑은 동족의 누군가가 쏜 대포 파편을 가슴에 안고 초라하고 기구하고 비극적으로 숨을 거두었다.

영랑이 숨을 거두기 하루 전인 9월 28일 마침내 서울 수복이 이뤄졌다. 서울을 빼앗긴 지 또 석 달만이었다. 중앙청 건물에서 인공기가 끌어내려지고 태극기가 다시 게양되었다. 영랑이 기다리고 기다리던 그날이었다. 졸지에 병석의 중환자가 되어 이미 혼수상태에 빠져들고 있던 영랑이었지만, 그래도 그는 서울 수복 소식을 들었다. 가족들로부터 서울에 자유가 회복되었다는 최고 낭보(朗報)를 영랑은 무의식 상태에서 들었다. 숨죽이며 숨어 지내던 서울 시민들이 태극기를 들고 나와 국군과 연합군을 뜨겁고 열렬히 환영하고 있다는 얘기도 듣는다. 병세가 워낙 위중했던 탓에 영랑은 별다른 말을 할 수가 없었지만, 그는 분명 미소를 지었고, 처음으로 그의 얼굴이 잠시 환해졌다. 영랑은 마음속으로 '아, 다시 자유의 바람이 분다. 살아보고 싶다'고 스스로 되뇌였을지 모르겠다. 서울 수복을 환영하고 함께 기뻐하지 못한 채 누워 죽음의 문턱을 넘고 있는 영랑 자신의 회한과 절망감이 얼마나 극심했을지...

　나무와 사람은 누워 봐야 비로소 그 크기를 안다고 했다. 영랑의 죽음을 원통해 하던, 살아남은 서울 문인들이 삼삼오오 주선해서 장례식을 치른다. 무의미했던 전쟁이 휴전 되고 정부 수복 후인 1954년 11월이었다. 이들은 영랑 장례식을 문인장(文人葬)으로 치른다. 혹독한 3년 전쟁을 치르고 무슨 경황이 있었으랴마는, 그런대로 격식을 갖춰서 이뤄졌다. 문인장은 장충단 공원에서 치러졌다. 이날 김영랑 문인장에는 유족과 문인 등 100여 명 가까운 이들이 함께해서 영랑의 죽음을 애도했다. 이헌구와 모윤숙이 사회를 보았다. 강진 영랑 댁에도 몇 차례 왔었던 판소리 국악인 김소희 명창이 마지막 가는 길의 영랑을 위해 망가를 불렀다. 김광섭, 이하윤, 박종화, 이승만 화백, 김진섭, 설창수 등등이 자리를 지켰다. 휘문 선배 박종화가 회장으로 있던 전국문화단체총연합회 주관이었다.

김영랑의 장례식은 한국전쟁 직후였던
1954년 11월 14일 서울 장충단에서 문인장으로 치러졌다.
왼쪽부터 시인 김광섭, 언론인 최상덕, 박진, 이하윤, 그리고 모윤숙.

유가족과 친구들은 남산 자락에 가(假)매장되었던 유해를 이 날 망우리(忘憂里) 공동묘지로 이장한다. 이후 영랑은 망우리에서 장장 삼십 오륙 년을 묻혀 있게 된다. 망우리 지하에서 망우 그 이름대로 모든 시름 다 잊고(忘憂) 계셨을지 모르겠다.

영랑 유해는 1990년 천주교 용인 묘원으로 다시 이장되었다가, 최근(=2024년 8월 19일) 서울 망우역사문화공원으로 재이장, 안장되었다.〔*중국 5·4운동의 기수 천두슈(=진독수, 陳獨秀, 1879~1942)가 "나는 우리 중국 청년들이 톨스토이나 타고르가 되기보다는 콜럼버스나 안중근이 되기를 바란다”고 찬숭했던 그 안중근의 사형 집행 전 마지막 유언은 “국권이 회복되면 나를 고국으로 반장(返葬)해다오.”였다. 하지만 아직 안중근은 효창공원 백범 김구 묘역에 함께 묻히지 못하고 있다. 애석하다.] 영랑은 여러 까닭과 곡절로 꿈에도 잊지 못하고, 죽어서도 잊지 못할 고향 땅 강진의 영랑생가 터로 끝내 다시 돌아오지 못하고 있다. [*”사랑하는 나의 고향/한번 떠나온 후에/날이 가고 달이 갈수록 내 맘속에 사무쳐/자나깨나 너의 생각 잊을 수가 없구나/나 언제나 사랑하는 내 고향에 다시 갈까…”(현제명 작사·작곡, 「고향생각」) **6·25 발발 직전 오랜 고향친구 차부진이 서울로 영랑을 찾아와 이틀을 함께 지냈는데, 그때도 영랑은 고향 땅 강진으로 다시 돌아가고 싶다는 심정을 몇 번이고 토로했었다 한다. (김학동 2019, 321).] 이 또한 영랑의 기구함과 찬란한 슬픔의 삶, 빛나는 삶이었으되 슬픔으로 가득 차 있었던 그의 삶을 보여 주고 있는 듯하여 강진 사람인 필자로선 그저 깊이 애석할 따름이다.

필연의 죽음

김영랑의 죽음은 퍽도 운 없는 객사 비슷한 사고사였다. 우연치고는 '더럽게' 재수 없는 우연의 우연의 죽음이었다. 그러나 조금 달리 생각하면, 6·25 전쟁 중 영랑이 불의에 사망한 것은 어쩌면 영랑의 필연이었을지 모른다는 생각이 든다. 우연적 필연 또는 필연적 우연이었달까.

어떤 죽음은 우연보다는 딱 그때 그곳에서 죽게 되는 필연인 죽음도 있다. 그 어떤 시점에 죽음 또 죽임이 필연적으로 오게 되는, 그런 생 같은 것이겠다. 백범 김구의 죽음이 그러했다. 그때 백범은 죽을 때도 아니고 죽어서도 안 되는 것이었다. 해야 할 일이 크고 많았고, 많은 동시대인들은 그에게 높은 희망을 갖고 그의 역사적 소임을 빌었다. 그럼에도 백범은 자신의 거처였던 경교장에서 총탄을 맞고 죽고 만다. 대한독립을 위해 평생을 바쳐 온 노애국자가 그 대한민국 군인의 손에 허무하게 죽임을 당한 것이다. 역설을 얘기하자면, 저 신생 해방국은 절대 모순을 표상하는 죽음의 절대 제단이 필요했던 것이다. 광복을 맞은 조국 현실의 부조리함이랄까 극대화한 모순의 순교이자 필연적 제물이었다. 그런 의미에서 백범의 지도자로서의 생애는 허무하고 미완이었을지 몰라도 민족주의자로서의 삶은 그 자체로 완성 그 이상의 울림과 교훈을 주었다.

빈센트 반 고흐는 극도의 궁핍으로 길잖은 그 생애 내내 삶을 힘겨워했다. 기존 프랑스 (또는 파리) 화단의 반 고흐에 대한 지속적인 멸시와 소외는 정규 미술학교 교육같은 것 없이 귀동냥 눈동냥의 늦깎이로 화가의 길을 가기로 결심했을 때부터 그를 따라다녔던 질긴 열패감을 지속적으로 부추겼다. 한편, 지금은 이렇듯 철저히 외면받고 있지만 언젠가 자신의 그림이 세상 사람들로부터 인정을 받고 사랑을 받게 되리라던 그만의 슬픈 자부심과 성취감은 그를 겨우 지탱해 주던 동아줄이었다. 이 열패감과 성취감이 자신의 내부에서 간단 없이 부딪혀 모순으로 충돌할 때 그의 정신은 분열하고 쇠약의 나락으로 더 떨어져 내려갔다. 세간의 멸시와 극도의 궁핍은 이 늦깎이 화가의 분열적 생명력을 가차 없이 갉고 또 갉았다. 뒤이은 불의의 사망은 그러므로 필연에 가까웠다. 언제 스스로 목숨을 끊어도 의외일 수 없는 절망적 한계 상황이 서른 일곱 살 고흐의 세계이자 조건이었다. 이른 새벽부터 밤늦도록, 밤하늘에 별들이 반짝이며 쏟아지는 아를강(江)가에서, 오베르의 밀밭에서, 보랏빛 붓꽃 밭에서, 그는 미친 듯이 그림만 그렸다. 깡마르고 못 차려 입은, 마치 신들린 것처럼 광기(*앞에서 살핀 대로, 정지용도 친구 김영랑을 "경건한 신적 광인"이라 표현한 바 있다.)가 흐르고, 옆에 곁에 앞에 뒤에 사람이 있어도 이를 전혀 모르는 것 같아서 세상살이에 문맹처럼 보이는, 이 미치광이 같은 화가를 못된 동네 청년들이 괴롭히고 야유하며 마침내 광인(狂人)을 처단한다는 호기에 찬 객기로 고흐를 죽이고 말았다는 얘기 역시 별로 이상하게 들리지 않는다. 당시 세계 미술 시장을 이끌고 있던 파리의 쟁쟁한 화상들과 화가들도 고흐를 최하등급 그 이하 등급으로 멸시하고 차단하며 차츰 절망의 검은 늪으로 밀어 넣고 있었다는 점에서 오베르의 불량배들과 같은 타살 혐의로부터 자유롭다 할 수 없는 것이었다. 빈센트에게는 자살도 그럴듯하고 타살도 그럴싸해서 이 천재 화가는 자살이면서 동시에 타살로서 생을 마쳤다. 빈센트 반 고흐가 자살이냐 타살이냐는 이제 와서 밝혀질 일도 아니려니와, 그 구분이 별 의미도 없는, 자살이기도 하고 타살이기도 하는, 타살이면서 자살인, 그런 필연의 죽음이었다는 말이다.

최인훈의 소설 『광장』의 주인공 철학도 이명준은 한국전쟁 후 남과 북 어느 쪽으로의 귀환도 거부하고 중립국 인도에 가서 한 많은 삶을 마치기로 한다. 그러던 이명준은 타고 가던 타고르호(號) 위에서 깊고 시퍼런 물결이 출렁거리는 인도양에 결국 몸을 던지고 만다. 이명준은 이렇게 자살한 게 맞지만, 남과 북, 이념, 체제, 이런 거 말고, 그냥 자유롭고 착하게, 일하고 사랑하며 소소하게 살아 보고 싶어 했던 한 젊은 주인공을 세상이 그토록 모질게 박대하였으니 그의 죽음은 종당 시대에 의한 필연의 타살 같은 것이었다. 이명준의 죽음은 필연이었다.

영랑은 해방 이후 민족적 대립과 모순의 현장 한복판에 있었다. 민족보다 우선할 수 없는 이념이 민족보다 중요해진 어이없는 해방 공간과 해방 시간에서 영랑은 좌파와 대척 관계일 수 밖에 없는 우파에 서게 되었다. 그것은 어찌 보면 영랑의 숙명이었고 필연이었다. 죄라면 그게 그의 유일한 '죄'였다. 일제하 시작(詩作)을 할 때도 영랑은 이념 시들에 무관심했지만, 그렇다고 그(것)들에 대해 뚜렷이 배타적인 것도 아니었다. 태생적으로 영랑은 좌파이지 않았다. 그에게 있어서 시는 오직 시였다. 그에게 시는 바로 시 그뿐이었다. 그렇게 시는 그의 삶의 전부였다. 시인 영랑에게는 노선이 없었다. 순수시 노선이 노선이라면 노선이었다. 조선인 지식인 김윤식에게도 노선은 없었다. 굳이 그의 노선을 물어 캐자면 반일 조선민족 노선이 노선이라면 노선이었다.

시에 계급과 이념이 가해지는 것은 영랑에게 생경했다. 시가 계급과 이념의 도구일 수 있다는 생각은 그에게 거의 전무했던 것 같다. 그건 시의 이탈이자 외도 정도일 뿐이었다. 그랬기에 『시문학』 동인이자 절친의 가슴 친구 정지용이 월북했다는 소식에 영랑은 큰 충격을 받았다. 지용의 선택을 도무지 이해할 수 없었다[*해방 후 영랑은 지용의 월북 가능성 풍문을 접하고, 지용을 만나 보려고, 지용의 진심을 듣고 여기 그대로 같이 남아 있자고 설득해 보려고, 지용의 돈암동 댁을 세 번 찾았으나 만나지 못했다. 지용이 그때 집 안에 있었지만 둘은 서로 만나지 못한다. 집으로까지 찾아온 좋은 평생 친구, 유일의 가슴 친구 영랑을 여기서 만나 봤자 이제 더 어쩔 수 없음을 이성의 사람 지용이 이미 깨닫고 있었다면, 좌우 이념을 하위적 '허위의식' 같은 걸로 이해하고 있던 감성의 사람 영랑은 그럴 수 없었던 것이다. 옛 마음으로 다시 만나 우정과 문학과 눈물이면 '전향'이 일어나지 못할 까닭이 어디 있겠느냐는 것이 영랑의 생각이었다(이동주, 『현대문학』, 1967).].

영랑에게 순수시는 선택 사항이 전혀 아니었다. 시는 모름지기 대자연의 서정과 풍정을 표현해야 하고, 문학은 생의 신비와 경이에 대한 의식을 세련화하여 인간 영혼을 더 높고 더 맑게 해야 하는 "한갓 고처(高處)" 같은 것이었다. 영랑에게 이 일은 의심의 여지가 없고, 증명의 필요가 없는 문학의 공리(公理)와 같은 것이었다. 그러나 1920년대 이후 우리 문학에도 이념이 등장하게 되었고, 일제하 지식인 사회 역시 서서히 좌우익 간 배타적 두 질서로 재편되며 대립하였다. 영랑으로서는 선택하지도 않았건만, 어느덧 자신이 좌익의 반대편이 되어 있는 그런 상황이었다. 선택 아닌 '선택'이었다. 자발적 선택이 전혀 아닌, 양자택일적 강압 같은 피택이었다. 비극이라면 이보다 더한 부조리 비극이 또 어디 있을까.

내전만큼 참혹하고 비참한 전쟁은 없다. 상대를 너무 잘 아는 동족 간 전쟁만큼 피비린내 나는 전쟁은 없다. 1950년의 한국전쟁은 내전의 성격이 강했다. 그만큼 서로 처절하고 서로 잔인했다. 일편단심 애국지사로서 창씨(개명)와 신사참배 따위를 일축하고, 나아가 일제의 공직은 물론 일체의 참여와 협조를 철저히 거부하면서 오로지 조국 광복의 날만을 학수고대해 오던 당대의 순백한 지식인이자 민족주의자였던 영랑에게 남과 북의 혈육 전쟁은 실로 기막히고 통탄스럽고 허무한 것이었다. 세상에, 해방된 조국이, 기다리고 기다리던 광복의 끝이, 이것이었단 말인가. 자나 깨나 빌고 염원하던 해방의 결말이 민족 분단이고, 민족 갈등이고, 민족 간 전쟁이란 말인가. 영랑은 깊은 자기 부끄러움과 이 개같은 민족 운명에 허탈하고 참담하고 분연했을 것이다. 6·25 때 생고생을 해야 했던 소설가 박완서는 "이념이라면 넌더리가 난다. 좌도 싫고 우도 싫다. 보수도 진보도 안 믿는다."라고 쓴 적이 있다(박완서,『못 가본 길이 더 아름답다』, 2010). 영랑의 마음이 아마 그랬을 것이다. 영원한 것은 오직 민족이고 오직 사람일 뿐, 이념이나 사상 같은 건 대량생산되는 한낱 소모품이건만, 멀면 머리가 좀 춥고, 너무 가까우면 가슴이 타 죽는 요물 같은 것이건만, 수단이 목적이 되는 저 광란의 동시대에 영랑은 깊은 무력감으로 그저 고개를 가로저을 따름이었다.

영랑은 두 쪽으로 동강 나 서로 한쪽을 요절을 내고 말겠다는 의지로 피범벅 세상을 초래하는 저 모순의 전장에서 목숨을 잃었다. 평양의 의대 교수직까지 버리고, 살기 위해, 오직 자유 하나 찾아 남하한 '죄'밖에 없는 「한씨 연대기」(=황석영 소설)의 주인공 한영덕의 개죽음만큼이나 기만적이고 모순적인 개죽음이었다. 영랑은 다른 이가 아닌, 저 잘난 조국에 의해 개죽음했다. 영랑은 자연사하지 못하고 비명횡사했다. 백범과 한영덕과 이명준을 살해했던, 바로 그 비좁고 편협한 당대가 겨레 앞에 잘못다

필연의 죽음

운 잘못을 범하지 않았고, 민족에게 무슨 죄지은 것이 없었던 영랑이, 민족만을 생각했고 우리의 얼이 담긴 우리글 저 한글만을 외롭도록 붙들고 갈고 닦았던 순결한 지조의 의인 김윤식이, 죽임을 당하고 말았다. 지독했던 일본 제국주의 치하를 의연하게 시인의 시인으로 우리말을 지키려 했고, 조선민족 사랑을 가슴에서 한시도 내려놓지 않고 뜨겁게 간직해 온 민족주의자의 길에서 한 치 이탈이 없었으며, 고고한 선비 정신으로 방공호 피난 자리에서마저 자기 자리를 이름도 성도 모르는 아낙들에게 선뜻 양보할 수 있었던 영랑 김윤식이 피비린내 나는 동족 간 이념과 증오의 전쟁에서 속절없이 스러졌다.

시대에 의해서 죽임당했던 빈센트 반 고흐는 지금 동생이며 운명의 도반이었던 테오와 함께 반듯이 누워 우리 가슴속에서 영원히 빛나는 인류의 밤하늘이 되었다. 영랑의 그 죽음은 개죽음이었지만, 그 죽음이 갖는 의미까지 개같은 건 아니었다. 전혀 아니었다. 개같이 '죽임'당한 고지식한 의사 한영덕이 소설로, 영화로, 연극으로, 우리 곁에 다시 머물며 부끄러운 우리의 성찰을 여태 도와주고 있듯, 노애국자 백범 김구가 또한 그러하듯, 영랑은 죽어서도 결코 죽지 않고 살아, 우리 곁에 머물며 우리를 되돌아보게 하고, 우리를 부끄럽게 하고 있다.

영랑의 죽음은 생물학적으로 우연이자 미완의 것이었대도, 국권 상실과 동족 상잔의 슬픔과 아픔을 통절하게 짊어졌다는 의미에서, 47세 청백한 민족(지상)주의자의 최강 수단, 최후 고발로서 자기 죽음을 예견하듯 맞았다는 의미에서, 완성이자 완결이었고, 비극의 종결점이자 포화점이었다. 영랑의 죽음은 자기 시대의 모순과 역설에 굴복하지 않고 오히려 이 모순과 역설을 직시하고 포섭함으로써 죽음을 필연으로 우리에게 증명하고 있다. 영랑 개인의 비극적 삶과 죽음이 이 비극의 적나라한 의미 전환을 통해 구김 없는 완성작이 되었다. 영랑의 죽음은 적대적 모순을 어리석은 우연으로 돌려 버리는, 이 적대적 증오는 모순이며 한낱 우연일 뿐이라는, 역동적 필연성이었으며, 역사적 요구의 필연이었다. 영랑을 대표하는 그의 마지막 '시'가 바로 그의 비극적 죽음이었다. 영랑 시업(詩業)의 완결이 이 죽음의 필연이었다. [*1939년 『조광』에 발표한 영랑의 시 「묘비명」에 "외롭건(=외롭거든) 내 곁에 쉬시다 가라"는 구절, 내 그렇게 외롭게 살다가 여기 묻혀 있노니 이제 내(=나는) 외로운 영혼들의 안식처가 되겠다는 시인의 마음이 바로 그것이었다.]

 적절한 비유가 될지 모르겠는데, 예수는 그렇게 젊은 나이에 산 채로 십자가에 못 박힐 만한 일을 한 바가 없었다. 스스로 선하고 정직하게 살며 당신들도 그렇게 살라고 권면하고 있을 뿐이었다. 그러나 예수는, 그가 개인적으로 꼭 원했던 것만도 아니었지만, 십자가상의 죽음으로써 지역적 의미의 예수로부터 비로소 초월적 의미의 그리스도로 위상 전환을 이루었다. 이순신의 서사는 불가사의의 23연승을 거두며 임진 정유 7년 전쟁을 승전으로 종전하는 1598년 그 당일 노량 해전에서 전사하면서 미완되는 것이 아니라 저 장엄한 성웅의 조선 역사로 곧 완성되었다.

영랑은 순교자였다. 그는 자기 운명의 순교자였다. 그는 막강 일제에 등지고 오직 민족을 향하여, 순탄의 길 대신 험한 고초와 고난의 길을 자초하듯 걸었다. 나라와 겨레의 '팔자'가 드셀 수밖에 없던 시절 영랑은 시로써, 삶으로써, 빈가(貧家)의 초겨울 홑이불같던 당대의 추세와 질서 앞에 서서 스스로 드센 팔자의 파도를 맞는 것이었다. 그는 그 팔자에 스스로 배역된 선지자였다. 이것이 영랑 김윤식의 비극적 결말이자 자기 서사의 대단원이자 완성이었다. 영랑은 자신이 설정하고 자초하고 예견한 대로 가장 순수하고 가장 뜨겁고 열렬한 절정의 순간 87편의 시와 그 애족 애국심과 그 선비 정신을 남겨둔 채 홀연 조국 땅을 등짐으로써 죽어도 죽지 않고 영원히 자기 조국의 자랑스런 일원으로 남게 되었다.

가난

『군주론』으로 유명세와 때로 악명세(惡名稅)를 함께 누리는 니콜로 마키아벨리는 사분오열되어 있던 조국 이탈리아의 통일을 위해서라면 모든 것을 희생해도 좋다는, 자기 목숨보다 이탈리아(=자신의 소속 국인 피렌체를 포함한)가 더 중요하다는 사람이었다. 그는 정치 전략가로서도, 『군주론』, 『로마사론』 같은 불멸의 대작을 남긴 사상가로서도, 우리에게 거대한 문화유산을 남겼지만, 자식들에게는 전혀 다른 유산을 남겼다. 마키아벨리의 아들은, 아버지가 가족들에게 유산으로 남겨 준 것은 극심한 가난뿐이었다고 했다. 영랑이 딱 그랬다.

영랑이 아내와 일곱 자녀들에게 물려준 것은 극심한 가난뿐이었다. 대지주의 유복한 장남이었던 영랑은 그 큰 손으로 계속 돈을 쓰는 일만 하였다. 47세로 세상을 뜨는 날까지 그는 돈을 벌어들이는 일을 하지 않았다(*잠시의 중앙청 출판국장 재직 7개월이 유일한 예외였다.). 일제의 세상을 개처럼 핥으며 목숨을 부지할 수는 없는 것이었다. 전쟁 중에 인민군에게 재산을 털려 버리던 날 5백 석, 천 석군하던 영랑은 신당동 집 한 채밖에 없는 처지가 되었다. 그 집마저 주인은 죽고 유가족은 피난살이하며 전쟁통에 망가질 대로 망가져서 주택 구실도 제대로 못하는 상태였다. 중공군이 백만 인해전술로 북에서부터 밀고 내려오자 서울은 다시 적들의 수중으로 떨어졌고, 졸지에 절대 가장을 잃은 유가족들은 이듬해 1951년 1월 얼어붙은 한강을 건너 끊임없이 이어지는, 정처가 있을 리 없는 피난 행렬에 올랐다. 6·25는 그 모든 의미에서 생지옥이었고 무간지옥이었다. 1년 뒤인 1952년 영랑 유족들은 전시임에도 서울 집으로 돌아왔다. 그러나 그 집은 옛날 영랑과 함께 살던 그 집이 아니었다. 마룻바닥까지 다 뜯겨서 완전한 폐가 그것이었다. 빈털털이인 가족들로서는 이 집을 수리하거나 보수할 돈마저 아예 전무했다. 전쟁 중이라 거래가 제대로 이뤄질 수도 없었건만, 생활 방편이 아득했던 까닭에 결국 마지막 남겨진 그 집마저 말도 안되는 헐값에 처분해야 했다.

적수 무산자가 되어 버린 영랑의 유가족들은 그 후 장장 20여 년을 서울 변두리를 전전하며 셋방살이를 해야만 했다. 한국전쟁은 참혹한 3년 전쟁이었지만, 전쟁의 미망인과 유가족들에게 이 전쟁은 최소 20년간 계속해서 참혹 또 참혹이었다. 이 전쟁은 사람을 한 번 죽이지 않고 두 번 세 번 끊임없이 죽였다. 그때를 김현철은 "말 그대로 극빈 상태였다"고 회상한다. 먹을 게 없고

사 먹을 돈이 없어서 현철은 그때 물만 마시며 아홉 끼니까지 굶어 보았다 했다. 당시로선 거부 집안이던 김영랑의 10대 청소년 셋째 아들이 그 아버지 사후 가난에 찌들려 아홉 끼를 굶주렸다는 것이다. "가난이야 한낱 남루에 지나지 않는다(=어느 시 표현)"는 것이 전혀 아니었다.

김영랑은 시인으로서 우리의 빛나는 국어 교과서였을지 몰라도 아버지로서 김영랑은 유가족들에게 혹독한 가난의 시련을 남겨 주었다. 그는 부를 확대 재생산할 경제력을 지녔지만, 풍요로운 이재(理財) 대신 가난한 지조를 택했다. 그러므로, 그는 마지막까지 김영랑일 수 있었다. 제대로 된 조선의 선비는 굶을지언정 치사하거나 비굴해져서 무릎을 꿇거나 적당히 타협하지 않았다. 제 것 없으면 깨끗이 굶어 죽는 것이다. 그것이 선비의 길이라 믿었던 이들이 제대로 된 조선 선비였고 사대부들이었다. 청백리로 지금도 널리 기억되고 칭송되는 세종의 정승 황희는 왕이 불러도 타고 갈 말은 고사하고 소도 없어서 쩔쩔매었다. 비가 오면 지붕이 새는 일도 허다했다. 부를 삶의 순위 자체에 두질 않았던 영랑은 시종 그 조선 선비였다.

역사가 되다

영랑은 불운한 문학인이었고, 비운의 민족주의자였으며, 불우한 선비였다.

일제에 의해 모국어를 차압당하고 자국어로 시를 쓸 수 없었던 문학인으로서, 게다가 "가장 허물없고 다정하고 친근하고 미더운" 가슴 친구 용아 박용철을 그렇게 일찍 떠나보낸 위에, 기다리고 기다리던 그 해방이 하나 남은 가슴 친구 지용 정지용하고마저 영영 생이별시킬 때 그는 문학인으로서 불운했다. 장장 35년의 이민족 지배하에서 민족 전체를 부정당하다가 민족해방이라는 걸 맞았지만, 바로 그 길로 그 민족은 두 동강 나서 피투성이의 전면 전쟁까지 불사하던 시대의 민족주의자가 비운이 아니라면 그 뭐랴. 지조와 강단과 인품과 식견으로 능히 자기 당대를 대표할 만했건만 그 뜻과 포부를 펼쳐 볼 기회와 세상을 만나지 못했던 그는 선비로서 또 불우했다.

영랑은 이 모든 불운과 비운과 자기 불우를 무겁게 그리고 가볍게 받아들였다. 자신의 업이며 운명이자 임무라 믿고 군더더기 없이 수용했고 꿋꿋이 복무했다. 그는, 해가 지고 달이 뜨고, 달이 가고 해가 가도록, 한결 그 한길 위에 홀로 섰다. 영랑은 비극의 시대를 가장 비극적으로 살았다. 우리 근현대사가 비극이었기에 그는 자신의 이 비극으로써 우리 근현대사와 동의어가 되었다.

그는 우리 근현대사의 비극의 주인공이었으되 동시에 우리 근현대사의 곧은 기치였다. 가족들에게는 극심한 가난을 유산으로 남겼어도, 우리 시대 지식인과 동시대인들에게는 맑고 깨끗한 거울 같은 교사이며 스승으로서 우리 역사를 아픈 그만큼 뼈아프게 채워 주고 있다. 우리가, 이 편협한 세상이 의인을 잡았다는, 좌우익 대립의 야만적 잔인함이 순정한 예술시의 대시인이자 지조있는 민족지사이며 큰 선비였던 생사람을 끝내 우리 손으로 처형했다는, 이 역사를 우리 동시대가 부디 한번 되생각하고 부끄러움으로 받아들이면서, 영랑 김윤식의 희생과 비극적 불행은 보듬어지고 승화되는 것이다.

그는 이순신처럼, 백범처럼, 우리 곁에 오늘 잊혀지지 않고 살아 있다. 죽었으나 잊혀지지 못하는 이는 살아 영원하다. 김영랑은 일제 강점기 우리 역사의 자서전이며, 우리 시세상의 지지 않는 불멸의 별로 높이 떠 이 세상 어두운 삶의 골목들을 밝히고 있다. 죽은 영랑 김윤식이 한영덕과 이명준처럼, 다시 살아 우리를 엄연히 독려하고 있다. 그는 우리말과 우리글을 온 생을 걸어 지켰다. 모든 것이 뜨고 지고, 변하지 않는 것이 없는 이 세상에서 김영랑은 적응하지 않는 불변이었다. 우리 겨레와 그 얼과 그 세상을 굳게 신봉할 뿐 촌음 일각 일점 일획도 타협하지 않고, 남산 위의 저 소나무처럼 불변했다. 변하지 않는 것만이 진실이 되고 보석이 된다. 영랑은 조선의 불변하는 진실이며 보석이었다(*영랑은 1940년 9월 항일 저항시 「춘향」을 끝으로 붓을 꺾어 절필했다. 일제가 우리말로는 더 이상 글을 써선 안 된다는 우리말 말살 정책을 발표하자 영랑은 가장 먼저, 절필선언으로 이에 항거했다. 그렇다. 그는 가장 먼저였다.).

짧든 길든 한번 걸어가게 되어 있는 자기 앞의 생을 김영랑은 회피하지 않고 고고한 의연함 그 하나로 외롭고 아프지만 떳떳하게 살았다. 길이 없어 칠흑처럼 캄캄하고 막막했던 날 영랑은 스스로 별이 되고 길이 되고 배가 되었다. 푸른 하늘 은하수 하얀 쪽배가 되었다. 맞다. 우리 역사에 참 이런 인물이 있었다!

1917년 열네 살 민족소년으로 휘문의 친구들과 함께 종로 네거리에 나가 독립만세를 불렀던, 그 2년 뒤 1919년 강진 독립만세운동의 한 주모자로 대구형무소까지 끌려가 모진 징역살이를 하던, 1930년 『시문학』지에 열세 편의 처음 시다운 조선어 시를 실으며 끝까지 우리말 우리글을 참답게 지켜냈던, 세상에 어느 누구도 그 누구보다 덜 중요한 사람은 없다고 믿었던 그 천품(天品)으로 오직 맑고 슬퍼서 향기 있는 시품(詩品)을 이 땅에 남긴, 아아, 저 1945년 8월 15일 태극기 500장을 만들어 고향 사람들과 얼싸안고 가장 먼저 만세, 만만세를 불렀던, 그리고 1950년 전란 속에 고통스럽게 죽어가면서 이 비극적 운명에 맞서 스스로 사투했던, 영랑 김윤식의 모든 날들, 쓸쓸하고 슬프고 힘겨웠던, 그러나 그 높은 뜻으로 매일매일 빛났던 이 모든 날들을 기억하는 자, 이제 때가 왔으니 모자를 벗으라. 저 찬란한 그의 슬픔에 그대여, 머리 숙이라.

가. 참고한 글(=수필, 기고문, 연구논문 등)

김병균, 「영랑 김윤식의 인간과 시문학」, 『강진일보』,
    2021년 3월 25일~4월 8일.
김선기, 「강진 시문학 공간의 문화콘텐츠화 연구-김영랑·김현구의 시를 중심으로」,
    전남대 박사학위논문, 2012.
김선태, 「김현구 시 연구-김영랑 시와의 대비를 중심으로」,
    원광대 박사학위논문, 1995.
김영랑(=김윤식), 「감나무에 단풍드는 전남의 9월」, 『조광』, 1938년 9월,
    김학동(편), 『김영랑』, 2000.
──────────, 「두견과 종다리」, 『조선일보』, 1939년 5월 20일, 24일,
    김학동(편), 『김영랑』, 2000.
──────────, 「인간 박용철」, 『조광』, 1939년 12월, 김학동(편),
    『김영랑』, 2000.
──────────, 「춘심」, 『조선일보』, 1940년 2월 27일, 김학동(편),
    『김영랑』, 2000.
──────────, 「수양」, 『조선일보』, 1940년 2월 28일, 김학동(편),
    『김영랑』, 2000.
──────────, 「문학이 부업이라던 박용철 형」, 『민성』, 1949년 10월,
    김학동(편), 『김영랑』, 2000.
──────────, 「출판문화육성의 구상」, 『신천지』, 1949년 10월.
──────────, 「신인에 대하여」, 『민성』, 1950년 5월, 김학동(편),
    『김영랑』, 2000.
──────────, 「박용철과 나」, 『박용철 전집 1, 2권』 「후기」, 김학동(편), 『김영랑』, 2000.
김용성, 「문학사 탐방-모란이 피기까지는 김영랑」, 『한국일보』,
    1973년 1월 7일.
김용직, 「남도가락의 순수열정-김영랑의 시어」, 『문학사상』, 1974년 9월호.
──────────, 「문학 절대의식, 그 의미와 궤적」, 『박용철 유필원고 자료집』, 푸른샘, 2005.
김원용, 「영랑은 모란을 정말로 사랑했을까」, 『전북일보』, 2013년 1월 18일.
김종길, 「암흑의 시대에 있어서의 시인의 길」, 한국시인협회·한국시학회(편),
    『남도의 황홀한 달빛』, 우리글, 2008.
김현자, 「영랑 시와 민족언어」, 한국시인협회·한국시학회(편), 『남도의 황홀한 달빛』, 우리글,
    2008.
김현철, 「나의 아버지 영랑 김윤식」, 제1회 영랑문학제 특별강연,
    2006년 4월 29일.
김흥규, 「영랑의 시와 세계인식」, 김준오(편), 『김영랑』, 1997.

박용철, 「편집 후기」, 『시문학』 제1호, 1930.

문덕수, 「김영랑 시의 두 가지 양상」, 김준호(편), 『김영랑』, 1997.

박지윤, 「'독을 차고' 일제에 저항한 시인 김영랑」, 『한국일보』,
    2018년 8월 18일.

서덕민, 「박용철 시 연구」, 강진군시문학파기념관,
    『남도의 서정과 상상의 깊이』, 2013.

서정주, 「발사」, 『영랑 시선』, 정음사, 1956.

──────, 「영랑의 일」, 『현대문학』, 1962년 12월호.

오세영, 「저항정신으로 본 김영랑의 시」, 한국시인협회·한국시학회(편),
    『남도의 황홀한 달빛』, 우리글, 2008.

──────, 「왜 시문학파인가?」, 강진시문학파기념관,
    『개관기념 학술대회 자료집』, 2012.

──────, 「왜 시문학파인가?」, 강진시문학파기념관,
    『김현구 시와 서술적 순수성』, 2018.

오하근, 「영랑 시 해석의 오류」, 강진시문학파기념관,
    『시문학파의 위상과 가치』, 2016.

유종호, 「시인과 모국어」, 유종호·최동호(편저), 『시를 어떻게 볼 것인가』,
    현대문학, 1995.

이동주, 「실명소설 김영랑」, 『현대문학』, 1967년 3월호.

이숭원, 「김영랑 시의 계보학」, 한국시인협회·한국시학회(편),
    『남도의 황홀한 달빛』, 우리글, 2008.

이하윤, 「박용철의 면모」, 『현대문학』, 1962년 12월호.

임정희, 「간행사」, 『박용철 전집 1,2권』, 1939.

임환모, 「영랑 시 읽기의 즐거움」, 강진군시문학파기념관,
    『시문학파의 위상과 가치』, 2016.

정과리, 「이른바 '순수 서정시'가 출현한 사태의 문화사적 의미」,
    강진군시문학파기념관, 『1930년대 시문학파-김현구 시와 서술적 순수성』, 2018.

정숙희, 「김영랑문학연구」, 인하대 박사학위논문, 1987.

정지용, 「시와 감상-영랑과 그의 시」, 『여성』, 1938, 3권 8, 9호, 김학동(편),
    『모란이 피기까지는』, 1981.

정한모, 「서정주의의 한 극치-김영랑의 시문학사적 위치」, 『문학사상』,
    1974년 9월호.

──────, 「김영랑론-조밀한 서정의 탄주」, 김준호(편), 『김영랑』, 1997.

최영미, 「돌담에 소색이는 햇발같이」, 『조선일보』, 2023. 2. 22.

나. 참고한 책

강진군시문학파기념관, 『남도의 서정과 상상의 깊이』, 2013.

──────────, 『시문학파의 위상과 가치』, 2016.

──────────, 『1930년대 시문학파–김현구 시와 서술적 순수성』,
　　2018.

──────────, 『모란이 피기까지는』, 2020.

김영랑(=김윤식), 『영랑 시집』, 시문학사, 1935.

──────────, 『영랑 시선』, 정음사, 1956.

김용직(편), 『박용철 유필원고 자료집』, 푸른샘, 2005.

김윤식, 『근대 한국문학 연구』, 일지사, 1973.

김재홍, 『한국현대시인 연구』, 일지사, 1986.

김준오(편), 『김영랑』, 서강대학교 출판부, 1997.

김학동(편), 『모란이 피기까지는』, 문학세계사, 1981.

──────────, 『김영랑』, 문학세계사, 2000. (*김학동 1981과 김학동 2000은
　　같은 책인데, 김학동 2000에는 파본 등이 있어 어쩔 수 없이
　　두 권을 각각 참고하였음)

──────────, 『영랑 김윤식 평전』, 국학자료원, 2019.

김현(편), 『김영랑 박용철 외』, 지식산업사, 1984.

김현철, 『아버지 그립고야』, 동아일보사, 2009. (개정증보판, 예다인, 2024)

박두진, 『한국현대시론』, 일조각, 1971.

박용철, 『박용철전집 제1, 2권』, 시문학사, 1939.

신경림, 『시인을 찾아서』, 우리교육, 1998.

유종호, 『한국근대시사』, 민음사, 2011.

유종호·최동호(편저), 『시를 어떻게 볼 것인가』, 현대문학, 1995.

이숭원, 『영랑을 만나다』, 태학사, 2009.

임종국, 『친일문학론』, 평화출판사, 1963.

정일남, 『명작에 얽힌 일화와 생애』, 다시올, 2020.

조지훈, 『조지훈 전집』, 나남, 1996.

차부진, 『강진3·1운동사』, 강진3·1운동기념비건립위원회, 1976.

허윤회, 『원본 김영랑 시집』, 깊은샘, 2007.

허형만, 『영랑 김윤식 연구』, 국학자료원, 1996.

──(주해), 『시문학』, 2008.

램프의 심지

황지우(시인, 한국예술종합학교 전 총장)

마당 한편 해마다 모란꽃 필 때마다 나는 부지불식간에, 그 어떤 의지나 매개 없이, 그냥 팍! 고등학교 시절 외었던 김영랑의 시와 접속되어 버린다. '모란은 찬란한 슬픔'이라는 영랑의 이 모순어법적인 은유는 두보의 춘망(春望)에 비견할 만한 동아시아권의 빼어난 시적 성취이자 한국 현대 시 문학 속에 응축시킨 압권 가운데 한 장면이라 할 것이다.

김영랑의 평전, 『저 찬란한 슬픔』은 식민지의 차압된 땅, 강진에서 태어나 한국전쟁이 끝날 무렵까지 살다 간 영랑 김윤식의 만만치 않은 삶을 편년체의 일화들로 서술하고 있다. 그 일화들은 특히, 영랑의 역사를 육친의 눈으로 목격했던 그의 3남 김현철의 증언과 감수를 통해 보다 믿을 만하며 친숙한 디테일들을 부여해 주는 듯하다. 그래서 잘 읽힌다.

이 책의 특이점이라 할 법한 것은 여느 시인 평전과 달리, 문학 연구자가 아닌 정치학자에 의해 쓰여졌다는 점이라 하겠다. 저자 황주홍은 우리 한국 통사에서 가장 가혹했던 구간인 일제 강점기와 해방/분단, 그리고 한국전쟁을 통과하는 동안 여러 갈래로 흩뿌려졌던 이념적 스펙트럼 가운데 영랑 김윤식의 정체성을 투철한 '민족주의자'로 자리매김한다. 그 뜨거운 민족주의는 잘 알다시피 1930년 영랑, 정지용, 박용철 등이 결성한 '시문학파'의 실핏줄에 흘렀으며, 유독 영랑의 시에 두드러진 순우리말의 그 맑은 순도와 섬세하고 여린 듯한 서정성으로 나타났다. 저자는 영랑을 '민족언어의 완성자'로 선양한다. 나랏말씀이 통째로 거덜 나던 일제 강점기하에 언어는 민족의 실존을 지켜 낼 최후의 항체였기 때문이리라.

다른 한편으로, 영랑의 뜨거운 민족주의 멘털이 그의 시에서는 한결같이 가녀린 여성적 음성으로 새어 나오고 있다는 점은 아이러니하면서도 의미심장하다 하겠다. 이는 비단 영랑만이 아니다. 소월, 윤동주, 만해의 시들도 대부분 그 시적 자아의 목소리가 끝내 뒤돌아서 슬픔을 억누르는 듯한 여성성에 의해 조율되어 있다. 이 여성성은, 아마도, 저 일제 파시즘의 강력하고 폭력적인 남성성에 반하는, 혹은 그것을 '초월하는 절규' 같은 것이 아니었을까?

저자 황주홍이 추적하는 영랑 김윤식의, 현실 속에서 부대끼며 숨 쉬고 살았던 실상은 1930년대 한국 순수 서정주의 대표 시인으로서 창백한 지식인의 이미지와는 전혀 어울리지 않는, 오히려 어느 전라도 의병장 같은 우람한 대장부의 모습을 하고 있다는 게 놀랍다. 그의 시만 읽고 영랑을 처음 만난 서정주도 그의 물리적 외관에 당황했다고 한다. 영랑 자제들의 기억 속에서도 그는 아들들을 엄격한 눈빛으로 지켜보며 도덕의 규율에서 벗어나지 않도록 훈육했던, 전형적인 유가적 부상(父像)을 하고 있다. 이는 모더니스트 정지용의 경우도 마찬가지다. 나는 우리의 근대적 멘털 가운데 삼투압처럼 스며들어서 아직도 작용하고 있는 전근대적 멘털의 지속성을 이 책에서도 발견할 수 있었다는 것이 흥미로웠다.

개인적으로 이 책에서 흥미가 단박, 당겼다고 할까? 하는 대목은 일본 유학 시절과 그 이후까지 이어진 김영랑과 최승희의 열애 서사였다. 당대 최승희의 무용은 동경 공연에서 가와바타 야스나리를 어지럽게 홀렸을 뿐만 아니라 피카소 등 유럽 아방가르드 예술가들을 사로잡았으며, 그녀의 무대를 보려고 조선반도가 기우뚱할 정도였다고 한다. 최승희는, 요즘 난리 난 K-컬처의 첫 번째 파도였던 셈이다. 선뜻 다가갈 수 없는 이런 세계 '보살'과 말수 없는 서정시인 사이의 극치의 사랑 이야기는 오늘날 영화나 뮤지컬의 대박성 원천 네러티브가 될 만하지 않은가?

황주홍은 고등학교 때 같은 교실 창문을 바라보며 함께 공부했던 나의 동창이다. 그는 미국 유학에서 정치학 박사를 득하고 돌아와 대학 교수를 역임한 다음, 그의 고향 강진에서 3선 군수를 하더니 그 지역 국회위원 재선을 마쳤다. 군수 시절 강진 군청은 밤늦게까지 불이 켜져 있었고, 내가 그의 군수 집무실에 놀러 갔을 땐 대학 교수 연구실처럼 네 벽이 빼곡히 책들로 둘러싸여 있었다. 그는 보기 드물게, '지성이 있는 목민관'이었다. 그의 재임 시절 강진은 유홍준이 '남도답사 1번지'라 칭한 문화고을의 인프라를 튼실하게, 선제적으로 깔아 두었던 것이다. 영랑생가 복원 사업에 이어 생가 옆에, 30년대 어둠 속에서 한국 문학을 밝힌 램프, '시문학파기념관'을 조성한 것도 그 일환이었다. 일체 공직에서 물러난 근자에 그가 『저 찬란한 슬픔: 김영랑 평전』을 출간했다. 이 책은 영랑 문학 이해를 위한 첫 관문이면서 어쩌면 강진의 영혼을 더욱 황홀하게 밝혀 줄 램프의 심지 같은 것이라 하겠다.